风暖月光甜

金玉颜 著

天津出版传媒集团

百花文艺出版社

图书在版编目（CIP）数据

风暖月光甜 / 金玉颜著. -- 天津：百花文艺出版
社, 2022.9
ISBN 978-7-5306-8293-7

Ⅰ.①风… Ⅱ.①金… Ⅲ.①长篇小说–中国–当代
Ⅳ.①I247.5

中国版本图书馆 CIP 数据核字(2022)第 131853 号

风暖月光甜
FENGNUANYUEGUANGTIAN

金玉颜　著

出　版　人：薛印胜　　**策划统筹**：魏　青
责任编辑：张　雪　　**美术编辑**：郭亚红
出版发行：百花文艺出版社
地址：天津市和平区西康路 35 号　　**邮编**：300051
电话传真：+86-22-23332651（发行部）
　　　　　　+86-22-23332656（总编室）
　　　　　　+86-22-23332478（邮购部）

网址：http://www.baihuawenyi.com
印刷：天津新华印务有限公司
开本：880 毫米×1230 毫米　　1/32
字数：280 千字
印张：10.625
版次：2022 年 9 月第 1 版
印次：2022 年 9 月第 1 次印刷
定价：58.00元

如有印装质量问题，请与天津新华印务有限公司联系调换
地址：天津东丽开发区五经路 23 号
电话：(022)58160306
邮编：300300

目 录

2000 年 9 月

秋季开学，唐熙正式升入大二。

开学第一天唐熙就被通知：微积分不及格，重修！重修！！重修！！！

唐熙还没从暑假的狂欢中回过神来，就被打入了无底深渊。微积分唐熙是真的不会。

高中时期数学就不好，天晓得她付出了多少辛苦。她大学学的是管理类学科，谁知道高数竟然是必修课。微积分、线性代数、概率论，每个奇妙的学科名都让她欲哭无泪。

现在唐熙摔在了起跑线上，确切地说是死在了起跑线上！唐熙磕磕绊绊地努力了一个学期，老教授讲的每一个字她都认真听，无奈是真的听不懂。

期末考试时她凭借"聪明"的脑袋，死记硬背例题，最终得了 42 分。说实话，就这 42 分都是她超常发挥。估计老师批卷子时也是睁一只眼闭一只眼，无奈实在没有得分点。即使老师想让她及格都很难。

而且，重修也是白搭。教授那带着江南大家风范的口音、抑扬顿挫的讲解，让唐熙听到地老天荒她也还是不会，不会！

开学的第一天晚自习，唐熙就与微积分课本在阶梯自习室相见了。

"哎呀,微积分,微积疯吧。"唐熙把披在肩上的长发揉得一团糟。这发型武超说好看,有女孩子样,所以她才放下马尾来一个淑女披发。可是,现在还顾及什么形象啊,想想微积分唐熙就烦。

即使她再考一次,也是不能过关。难道真的要因为微积分而得到一张肄业证吗?! 那不得丢死人?"怎么面对妈妈? 怎么面对学霸姐姐? 爸爸倒无所谓,他一向宠我,他一定会对我苦笑的。"

唐熙现在有一些怨爸爸了。她高中学习尚佳,爸爸给她填报志愿的思路是,只要学校牌子响亮,进差一点的专业也没关系。唐熙所在的学校在帝都的高校中排位中等,是一所工科主打的高校。

唐熙搞不懂,为什么理工院校也开设经济管理类学科。难道是因为设立成本低吗? 或者是理工类男生颇多,需要经济管理类学科的女生来平衡一下性别比例? 现在如果因为高数不过关,被劝退重新高考,再经历一次生死考验,那还不如杀了她。

"我怎么办啊!"唐熙仰天长叹。

"唉,同学,你动作幅度不要那么大,你一直在动,影响我看书了。"唐熙闻声转身,是一张帅气的脸庞配上低沉性感的男声。

唐熙第一眼看这个男生的感觉就是淡定。云淡风轻,一切尽在他掌控的感觉,说白了就是"牛掰掰"的感觉。而且他不戴眼镜,眼睛也很有神,很漂亮。

"姐姐心情不好,嫌吵你可以闪!"唐熙小声回击。

"你一个大二小丫头是谁的姐姐? 我在这个自习室坐了四年,坐出感情了,你让我往哪里闪?"帅哥反驳道。

"你是因为挂科没拿到毕业证吗?"唐熙看谁都像难兄难弟,同情地问男生。

"哥哥研一。保研。"帅哥学着唐熙的腔调回答道。

"哦。"唐熙有些失望。这所学霸遍地的学校,试问有几个人会不及格!

唐熙接着问:"你怎么知道我大二?"

"你看的微积分是一本旧书,说明你考试不及格,准备重修对不对? 而且你不会，重修也白搭！"帅哥津津有味地小声分析着。

唐熙很生气，都被眼前这个帅哥说中了，然而她竟然无言以对。

"哼！"唐熙重重哼了出来，顺势把头发理好。

帅哥高傲地说："这样吧，哥助人为乐，帮助一下你这个小菜鸟，哪道题不会，哥教你。"

唐熙撇撇嘴："谢谢，我不是哪道题不会。我看微积分如同看你一般，完全陌生！"

帅哥一笑，心想这小丫头是真不认识我，还是在故意撩我？

他自我介绍道："我叫金一鸣，计算机系，很高兴认识你！"

"哦。"唐熙应付道。"谁问你了。"唐熙转回身小声嘀咕。

"哦就完了，同学，你起码尊重一下我，介绍介绍你自己呀。"金一鸣不忿，前倾着身体小声说。

唐熙半转过头，给了后面帅哥一个侧颜。她食指放于唇前，做噤声态："嘘，自习室禁止聊天！"

金一鸣第一次如此近距离地看一个女生。她有一张清秀的脸庞、星子般的眼睛、长长的睫毛，狡黠和单纯交错。她因为生气微噘着小嘴，一副霸气小女生的样子。

现在娇媚的侧颜透着戏谑和俏皮，金一鸣心中一荡，不由得脸红了。

他真想抽自己一个嘴巴，心想就这么一个小破孩，你脸红什么！

金一鸣坐正了身子。他在这所大学四年，又保送研究生，一身运动细胞，顶着超高的颜值，身边一众追求者。但是，没有一个女孩子像眼前这个妹子让他怦然心动。

这妹子柔中带有坚毅，坚毅中带有娇憨与妩媚，就像一株向日葵，浑身散发着撩人的阳光的味道。

而且大学四年里，从没有哪个女生对他这么不屑。以前只要他看一眼某个女生，对方一定会脸红、低头。

这个小丫头是对他有免疫力吗？抑或是他老了，对女生没有杀伤力了？金一鸣开始怀疑自己的魅力，但她也激起了他的征服欲。

金一鸣在剩余的时间里一直心神不宁,玩味地看着眼前女孩的背影。

他虽然手里捧着书,但是一直没有翻页。作为一个学霸,自律学习是他这十六年来积累下的好习惯。可是今天晚上怎么了,他一直在关注着前面这个小女生。

唐熙实在看不下微积分,但也不想耽误时间,学别的学科。刚开学也没有什么作业,唐熙收拾东西准备回寝室了。

现在她有点想她的死党楚佳人了。佳人妹子人如其名,艳压群芳,说是校花也不为过。今天佳人的拉拉队社团开学集结,她去练习了。

唐熙现在需要佳人温暖的拥抱。想想佳人丰满的身材,唐熙就想晕死在她的怀中,从此君王不早朝啊。

唐熙收拾好东西,出了教学楼。

夏末的夜晚依然炎热。起了一阵风,吹得唐熙裙摆飞扬,长发肆意妄为地飘起来。当淑女也要付出代价啊!这头发也太闷了,不能听武超的建议,他懂什么!唐熙站定,把头发高高绾起,一个丸子头清爽利落,整个人都鲜活起来。真舒服!

校园温柔的路灯灯光下,一个穿着白色连衣裙的女孩,梳着利落的丸子头,俏脸微仰,明眸微闭,深深地呼吸着清凉的空气。这美好的景致被金一鸣收入眼底,藏于心里。若干年后,当他回忆起这情景的时候嘴角依然泛起笑意。

"小菜鸟!"金一鸣走了过来。

"学长什么事啊?"微风一吹,早已把唐熙的烦恼吹走,她对着金一鸣报以微笑。

"我还不知道你的名字。你不告诉我,我会失眠的。"金一鸣居然说出了这么肉麻的话,他自己都被吓一跳。

"失眠你就去保卫处值班!"唐熙虽然心情好,但心想可不能惯着他,谁让他喊自己小菜鸟。虽然微积分菜鸟是一个事实,但事实也不能说出来,更不能喊出来!

"最简单的经济类数学都不会,抬杠倒是一流。"金一鸣揶揄道。

唐熙给了他一记大白眼。唐熙从小被学霸姐姐藐视已经习惯了,所以对他的揶揄一点不在乎。

金一鸣佯装严肃而又担心地说:"我看微积分对于你确实是难点,这样下去可不行。你是哪个专业的? 我帮你分析一下吧!"这问话,套路满满。

唐熙木木地点点头,说:"会计学。"

"哦,高数是必修课,微积分是第一关,还有线性代数和概率论。你过得了这三关吗?"

"不能。"唐熙被他刺激得眼泪汪汪。难道真要退学重新高考吗? 本来晚风吹走了烦恼,但是眼前这个不解风情的大哥又来给她添堵。

金一鸣一看火候到了,就英勇地说:"这样吧,我也是好心,以后每天晚上你来刚才那间教室,我给你补课。每天两小时,我给你讲会一个知识点,你做会五道习题,循序渐进,包你及格不成问题。"

唐熙看着眼前这个帅哥真诚的脸,也报以真诚地说:"学长,你贵不贵? 我生活费有限。"

"什么贵不贵?"金一鸣一脑子问号,心想怎么问我贵不贵? 如同问那个特殊职业者的价格,如同她要消费他。

唐熙说:"补课费,补课费多少钱? 你可不能漫天要价,我很穷的。"

"哦,这个呀。"金一鸣对刚才内心的想法感到有点儿不好意思,"哥不差钱。免费!"

"不要钱?! 我们又不熟,我猜你也没那么闲吧,为什么帮我补课?"唐熙挑了一下眉,审视着这个帅哥。

"哥是比较忙,但愿意把时间用在学术上,给你补习也是我再提高的一个过程。但是生活方面我就没有太多的时间分散精力了,所以想请你帮我洗衣服、刷球鞋。就这么简单。"金一鸣一脸笑意。

"做梦!"拿姐当保姆还要姐感激涕零吗? 唐熙懒得理他,直接往前走。

金一鸣看她急了,快走几步一把拉住唐熙的手腕。这是他第一次碰女孩的手腕,柔柔软软,微微的凉,如同夏季里触摸到一泓清水。唐熙抽出手腕把手背后,愤愤地看着他。

金一鸣接着说:"我是真想帮你,这样吧,你能做我女朋友吗?"

唐熙当然不会把这话当真,骂道:"找死吗? 你不怕我男朋友打死你!"

金一鸣哈哈大笑,笃定地说:"我敢打赌你没有男朋友。"

唐熙愤愤道:"关你屁事。"

金一鸣只想反将她一军,没想到小丫头功力不够,露了底牌。他心中暗喜,看来这女孩是真的没有男朋友。

金一鸣做了一个少安毋躁的手势,说:"你听我说完,你就会觉得这个要求不过分了。我身边一直有爱慕者,可是我现在还不想谈恋爱。但每天顾忌这些女孩子的感受,总想着怎么委婉拒绝她们,确实挺耗费精力的。这样我每天帮你补习两个小时,就是与你在一起两个小时,如果再有女孩追我,我就说你是我女朋友,可以吗? 帮忙客串一下。只是……假装女朋友。"

哦,假装啊。唐熙安心了。还有他怎么把自己说得跟偶像明星一样,真自大。

这个方案……也可行,高二高三时武超就冒充过我两年男朋友,帮我挡住了烂桃花,也没有什么特殊的事情发生。

可是,我跟这个老兄才认识两个小时,靠谱吗? 他不会有什么企图吧? 但是他如果真能帮我渡劫,让我顺利过数学这关也不错。唐熙脑子飞转,也恨自己就这么耳根子软。再看看金一鸣,大约一米八五的身高,干净的白T恤,阳光的笑容,优雅的举止,应该是说话靠谱的人。

唐熙是外貌协会的资深会员,不管男女,只要容貌尚佳,她都认为不是坏人。

金一鸣看出唐熙在做思想斗争,接着说:"我帮你补习微积分,以后的线性代数、概率论都包在我身上。你不吃亏!如果有人向你求证咱们俩的关系,你可以不肯定也不否认。怎么样? 我们互帮互助。"

金一鸣看着唐熙不断变换的表情,把面包一个一个抛出,让唐熙没有了拒绝的理由与想法。毕竟拿到毕业证是头等大事。

唐熙又想到一个问题，问道："如果我真的跟别的男生谈恋爱了怎么办？你还会给我讲课吗？"

金一鸣窃喜，有门儿。他回答道："不要紧，到时候我会跟你男朋友解释清楚，而且不终止服务。既保你顺利毕业，又不会耽误你的爱情。"其实，金一鸣在想，我这么个大帅哥、校草、保研的学霸，有几个能与我媲美。有我在你身边，你怎么可能会喜欢上别人？

"你叫什么名字，我也不能一直喊你小菜鸟吧？"金一鸣接着问道。

"唐熙，唐朝的唐，康熙的熙。"唐熙报出了名字，也是变相地同意了金一鸣的方案。

"唐熙，人如其名，好甜。"金一鸣内心自语。

金一鸣继续严肃地说："明天晚上六点半开始上课。把你寝室的电话号码给我，如果你不来我就打给你。从现在开始我是你的老师，我给你制订学习计划。好吗？"

"等等，我怎么知道你行不行？"唐熙又想到一个问题，如果他水平不行，教不会自己怎么办？不过这话问得确实有歧义。

"什么意思？"金一鸣玩味一笑，心里又一阵胡思乱想。

"就是没有学习效果怎么办。"唐熙解释。

"哦，试用期一周，行不行你试试就知道，我敢说——包你满意。"金一鸣表情复杂地笑着，一语双关，也给了她一个有歧义的回答。不过，唐熙小朋友哪懂这深层含义。

"成交！"唐熙就是痛快人。然后唐熙报出电话号码，与他互道晚安后，她向宿舍区走去。

走着走着唐熙觉得饿了——她高中时候落下的毛病，只要专心学习，开动脑筋就会饿，就要吃夜宵。唐熙的脑细胞是需要蛋白质来维持的，最好的蛋白质就是肉肉。她拐去宿舍区外的烧烤摊吃了十串羊肉串，喝了一瓶雪碧，心满意足，准备回去约会佳人喽。

当唐熙回到寝室的时候，楚佳人在上铺已经睡着了。一个假期没有训练，有一点强度的运动就把楚佳人累倒了。唐熙想跟佳人说说金一鸣，可看到已经不可能清醒的佳人，唐熙放弃了。

这一夜唐熙辗转难眠，她有一种稀里糊涂把自己卖了的感觉。金一鸣，唐熙的反射弧太长，现在躺在床上的她终于想起来了。

大一时去看篮球比赛，有一个大众情人叫金一鸣。那场比赛，只要金一鸣一投篮，不分敌方我方还是中立方，只要是在场的女孩子们都会尖叫。她们如同看见流川枫一样的兴奋。即使是金一鸣擦汗、与队友击掌、微笑这样的小动作，女孩子们都被迷得心旌荡漾的，那真是一脸桃花，两行热泪，三生有幸与君同校。

但是唐熙却对他无感，觉得他长得也就那么回事，没有武超帅，武超短跑才叫拉风。她的重点是来看楚佳人的啦啦操表演。佳人妹子在领操的位置，扭腰摆臀那才叫迷人，嘿嘿……

客串他的女朋友，天啊，那岂不是自残! 现在唐熙同学终于意识到问题的严重性。这会不会有生命危险，会不会被那些粉丝手撕，甚至毁容?!

唐熙忽然觉得这是一个很危险的交易，这买卖不划算，甚至赔了! 可是他能帮自己补习高数，为了前途，为了命运，只要提高警惕，做好自我防护就应该问题不大。嗯，就这样吧。唐熙真是决定拼了。

还有装他女朋友会不会有诸如接吻、拥抱等亲密接触呢? ……要注意的问题越想越多。明天一定要跟他讲清楚，不，要落实在纸面上，签个协议啥的。对，就这么办……

还有如果武超知道了这件事，他会不会笑呢? 笑我也步入他的后尘，也要冒充别人的女朋友了。

不知道武超那厮现在在干什么。这家伙也不给我打个电话。这个暑假教会他用 QQ 了，可是只有一条留言，他就再也没有上线。真是个没良心的家伙，白做了十几年的哥们儿! ……唐熙的思绪转变太快，东一头西一头，最后昏昏沉沉地睡着了。

晚上，唐熙做梦了，梦见高中时武超接她放学，他骑着自行车载着她，晃晃悠悠走在那条两旁栽满槐树的小路上。春雨过后，槐花散落一地。空中月光皎皎，他说槐树招鬼，吓得她把头埋在他背上不敢往两侧看……

今夜,金一鸣同学也是难眠的。

他难掩内心兴奋,千年铁树终于开花了。在短短两个小时里,他认识了一个叫唐熙的漂亮女孩。

这个大二小女生,让他觉得以前四年的大学生活真是枯燥,现在才是大学应该有的样子。还好,来得不晚,一切都刚刚好,这就叫一见钟情吧。

当有眼缘的人出现在自己面前的时候,完全没有陌生感,一切都那么熟悉且自然。

未来的三年里,他可以牵着小女生的手徜徉在学校的情人路上,可以揽她的肩、吻她的唇。他可以帮她拧开饮料瓶的盖子,可以在她不舒服的时候帮她揉肚子。他要把所有的柔情都给她。

他研究生毕业的时候,他的小女生也该大四毕业了……他越想越远,有点儿刹不住车了。再想下去,他儿子都上小学了,他儿子甜甜地喊小女生妈妈。

哎呀,你的理智和高冷哪里去了!现在的金一鸣狠狠鄙视了自己,把自己蒙在被子里乐出了声。

哈哈哈哈,真是一个美妙的夜晚……

第二天晚上六点半,唐熙与金一鸣在阶梯教室如约相见。金一鸣很害怕唐熙不来,不过这小丫头的求知欲很强,求生欲更强。为了恼人的高数,她还是来了。

当金一鸣刚准备上课时,唐熙拿出了一张纸。纸上密密麻麻写了很多条款,唐熙小声说:"你先把这个签了。"

金一鸣看纸上密密麻麻一堆字,问道:"这是什么?"

唐熙严肃地说:"《合作协议》。"然后小声读了起来:

甲方:金一鸣

乙方:唐熙

甲乙双方本着自愿原则,甲方为乙方提供无偿教学服务(包含但

不仅限于数学),乙方愿意帮助甲方打发爱慕对象(可不限人次),但甲方必须遵从如下原则:

  1.不可以在任何场合有过于亲密的接触(如接吻等);

  2.不可以要求乙方为其提供洗衣服、刷球鞋服务;

  3.除补课时间,甲方不可以干涉乙方的日程安排;

  …………

  "这是什么跟什么!"金一鸣打断了唐熙。如果她再读下去,金一鸣就要抓狂了。这还怎么谈恋爱?金一鸣一把抢过唐熙的协议,撕了,撕了!

  这是唐熙辛苦想了一天的注意事项,她瞪大了眼睛想制止,可是一切都太晚了。

  金一鸣吐了一口气,无奈道:"小妹妹,你想多了。我跟你的约定没有那么复杂,你也别把我想象成腹黑渣男。我就是帮你补习,你帮我挡桃花,就这么简单,我铁定不会与你亲密接触。"

  唐熙的大眼睛无辜地看着金一鸣的帅脸,认真地说:"有些事情还是提前协议清楚的好。"

  金一鸣突然有一种想亲她的冲动,他被自己吓了一跳。但他嘴上依然"义正词严"地说:"你放心,你不是我的菜。你虽然长得不错,可惜脑子太笨,为了我下一代的智商考虑,我不会对你动心的。"

  "那就好,那就好。"唐熙放心地笑了。她最喜欢听的一句是"你长得不错"。对于智商的评价她觉得一点都不重要,本来在这些学霸面前智商真的一文不值。

  唐熙智商回归,接着说:"可是我怕被你的爱慕者毁容!因爱生恨也不是不可能的。"

  金一鸣一字一句地说:"小妹妹,你想象力真丰富,不会有那种情况。万一有人毁你,你就毁我,然后,我娶你。"

  唐熙说:"你想得美,你想娶我还不愿意嫁呢!"

  金一鸣直接被这位唐小姐戗死了。

接下来的两周时间里,唐熙按时来上课,金一鸣真的很神奇,他的课程由简入深,让唐熙觉得微积分也没那么可怕了。而且金一鸣对她要求严格,也不轻浮,一副长者风范。唐熙慢慢放下戒心,安心学习了。

在唐熙专注做题的时候,金一鸣总是偷偷瞄她。他眼里的唐熙,像只可爱的小猫,安静的时候那么乖巧,与他互动的时候又那么灵动。而且唐熙一点儿都不笨。也是,能考入这所学校怎么会笨呢? 据她自己说,她是超常发挥,只比录取分数线高 2 分,而且她爸爸填报志愿的水平也很高,完美地把她送进这所京城里的学府。

每当唐熙发现金一鸣看她的时候,金一鸣就会辩解说,他是在看她做题思路是否正确。唐熙也看见了某些女生看他们的眼神,酸酸的,好失落的样子。有时候她走在路上,还会有人对她品头论足,以她的性格,倒也无所谓。

唐熙也把自己与金一鸣的奇遇讲给了楚佳人听。那是走在校园的路上。楚佳人听完的第一反应是尖叫。

楚佳人的结论是:"你是个傻子,校草哥哥想追你。"

唐熙辩解道:"不是啦,他说他不喜欢大脑不灵光的。而且我对校草哥哥也不感冒。"

楚佳人翻翻白眼,问道:"小姐,你想找什么样的? "

唐熙不怀好意地看看楚佳人丰满的胸部,色眯眯地说:"就你这样的。"

楚佳人点头赞赏道:"有眼光,我也看好你了,可惜咱俩在一起生不出孩子,白白浪费了我们的优秀基因,所以我们各自找一个异性完成传宗接代的大任吧。哈哈哈哈……"

唐熙也大笑起来。

楚佳人言归正传:"我承认你是个大美女,金一鸣这个大帅哥也足够配得上你了。据说他家世也不错,他爷爷是知名地质学家,他爸爸是某大企业的掌舵人,还经常上财经杂志呢。"

唐熙看着楚佳人说:"你真够八婆的,我把他介绍给你,你要不要? "

换来楚佳人的一记大白眼,她说:"喊,我又没挂科,不需要补课。"

"哎呀,你刺激我,你摧残我幼小的心灵。"唐熙气得哇哇大叫。

周四晚上下课后,金一鸣说:"明天晚上我请你吃饭。"

"嗯?为什么?"唐熙问。

"第一,谢谢你的帮助,已经有人知难而退了,你帮我把伤害降到最小。第二,咱俩这绯闻传得还是不够响亮,我请你吃饭,就当放出一个小彩蛋,虚虚实实才更有迷惑性。"

喊,真幼稚,脸皮也够厚,还真拿自己当校草了。虽然内心独白如此,不过唐熙表面还是微笑倾听。

"明天下午五点半,咱们二食堂二楼见,我请你吃小砂锅。不见不散。"金一鸣微笑着说。

唐熙答应:"好,有人请吃饭一定去。"楚佳人家是本市的,明天周五,她一定雷打不动地回家蹭吃蹭喝,唐熙自己用餐也是无聊。跟这个养眼的帅哥一起吃饭也还不错,而且帮他挡桃花也是自己分内之事,吃完饭可以直接找个自习室补习。

不过这学霸哥也真二,找的地方也挺二:二食堂二楼。呵呵呵呵。

周五的下午,唐熙满课,下课已经五点了。校园真大,唐熙疾步向二食堂走去。当她跑上二楼的时候,金一鸣已经买好餐食坐在桌子前等她了。

唐熙走了过去,由于急着赶路她的脸红红的。

唐熙说:"对不起,学长,我来晚了。"

金一鸣柔声纠正道:"称呼不对,叫我名字,或者叫哥哥也行,韩剧里的女生不是都这么叫吗?"金一鸣平时都是挺傲气的,但是一跟这个小女生在一起就莫名地泛起柔情。

唐熙摆出公式化的笑脸,装作没听懂。

唐熙实在是跑热了,口干舌燥。她看见桌子上的小玻璃瓶汽水,一手拿起筷子,一手护住瓶口,用筷子一撬,"砰!"一声闷响,瓶盖落入手中。唐熙咕咚咕咚一口气喝了大半瓶。真过瘾啊!咽下去最后一口,腹中气息上涌,唐熙打了一个嗝。这才是喝汽水最舒服的时刻,她捂了一下嘴,拍拍胸脯真是超满足。

对面的金一鸣看得目瞪口呆,虽说喝汽水是这个样子,怎么她如此不拘小节,不过够真实、够劲!

金一鸣默默地递出自己面前的汽水瓶,说道:"帮我!"唐熙拿起筷子又一次撬瓶盖。这次她为了炫技,并没有用另一只手阻止瓶盖飞出去的方向,小小的瓶盖飞起一个弧度。金一鸣长臂一挥,接住瓶盖,帅帅地来了一句:"吃饭!"

第一次约会的序幕跟金一鸣想象的差别很大。金一鸣的剧本是这样的:唐熙求助金一鸣,请他帮忙开汽水瓶盖,金一鸣拿开瓶器打开,递给唐熙。唐熙应该娇羞地接过来,拿着吸管慢慢地饮。但是眼前的这位小妹妹完全跑偏了,不过这才是最真实的唐熙,他很喜欢这个唐熙,很喜欢!

金一鸣温柔地说:"第一次请你吃饭,我猜你应该喜欢吃鱼,我点的鱼头豆腐锅,正好补一下脑子,还有两个小青菜。喜欢吗?"

因为唐熙没到,金一鸣就自作主张点了这个鱼头双人套餐。因为唐熙家在著名的海滨城市,所以金一鸣认为唐熙应该喜欢吃鱼。

金一鸣还认为女孩子为了身材和文艺女青年的形象,都不喜肉食而喜素食的,所以他又加了两份小青菜。他真心希望这餐食符合她的口味。

唐熙早就看见这一桌子没有荤腥的菜了,她喜欢吃肉肉:炒牛柳、葱爆羊肉、大盘鸡、麻辣兔腿、熘排骨……最最爱吃的是武超妈做的红烧肉。

呵呵,吃吧。既然人家请吃饭,就不要挑三拣四。

"呵呵,挺好挺好,正好我这脑子需要补补。"唐熙拿起筷子,看着这个实在没什么肉的鱼头,对着鱼眼睛下手了。鱼眼睛后面的肉是最好吃的。金一鸣专注地看着唐熙吃下鱼眼肉,动手把另一个鱼眼肉也挖给了她。金一鸣从来没有如此温柔地对待一个女孩子,他被自己感动,要融化在自己的柔情里了。

"谢谢。"唐熙咽下嘴里的饭,又搛了点青菜。这菜,实在是不下饭。

"学长。"一个兴奋的声音响起。说话的是金一鸣在跆拳道社的学弟王子赫。

金一鸣一抬头:"哦,吃晚饭啊。"

"学长不介绍一下这位美女吗?"王子赫好奇地问道。

"这是我女朋友,唐熙。熙熙,这是王子赫,计算机系大四。"金一鸣有点儿小兴奋,又故作镇静。

"熙熙——"唐熙听见这两个字鸡皮疙瘩都起来了。爸爸妈妈都是喊她二宝或者小熙,生气或者严肃的时候会直呼其大名,姐姐更是直接喊她傻妞。至于那几个死党嘛,都是喊她的诨名,武超求助她时还会喊一声熙姐。"熙熙"真的跟她不搭边。

唐熙被"熙熙"二字弄得脸通红,尴尬地放下筷子与王子赫打招呼。而在金一鸣眼里唐熙是被"女朋友"三个字电到了,这是小女孩的娇羞态。看来唐熙是渐入佳境了,客串女友马上就会成为正牌女友了。金一鸣心里好激动。

王子赫说笑几句走了,唐熙完全没了胃口,但是从小妈妈就不许她浪费食物,唐熙勉强把碗里的饭咽下去。

金一鸣以为是唐熙饭量小,体贴地说:"吃不下就别吃了,以后你可以分给我半碗。"

唐熙低着头翻翻白眼,真想一头碰死在豆腐上。

吃完饭,金一鸣说:"今天给你放假,不上课。我们……"他想说我们去看电影,但"看电影"三个字还没说出口,唐熙抢着说:"那我去打篮球了,学长再见。"说着唐熙抓起书包就要逃离。

因为今天晚上的气氛太怪了,如此温柔的金一鸣让她很不习惯。她还是觉得跟严肃的金一鸣在一起的时候更舒服,更安心。即使被他骂笨,也比现在好。

"我们一起去吧,我不但跆拳道黑带五段,篮球也是我们校队的主力。"金一鸣从来不喜把自己的特长宣扬出来,但是面对自己喜欢的女生的时候也是想小秀一下实力。

在学校里是运动健将的男生最迷人,再加上学霸的身份,所以这个"校草"金一鸣同学当之无愧。他也希望唐熙因为他的优秀而开心。

"好吧。"唐熙骂死自己了,忘记他篮球打得也好。她不好拒绝,心想既来之则安之,而且有个帅哥陪自己打球也是一件很有意思的事。

唐熙在研究生男生宿舍楼外,等着回寝室拿篮球的金一鸣。漂亮的女生总是惹人注意的,其间进进出出的男生都向她行注目礼。研究生宿舍楼外就有一个小篮球场,今天场上没人。唐熙把书包放在篮球架底下,跟金一鸣互动起来。

唐熙的家乡在东北一个海滨城市。那里四季分明,空气里弥漫着腥腥咸咸的味道,那是大海特有的清新。这清新的环境给予了唐熙白净的肌肤。唐熙一米六八的身高不算很高,但也不矮,她的身材比例很好,腿长且灵活。

唐熙的父母都是医生,她家住在医院的家属区里,那里就有几块篮球场地。篮球场四周种着垂柳,旁边还有跑道。围着篮球场还设有休息长凳和单杠双杠。一架秋千常年在风里晃晃悠悠。

每年夏季傍晚,医院工会都会组织篮球比赛。但是每支队伍的球员都不固定,不是这个上手术没下来就是那个值夜班,所以比赛也永远没有冠亚军队。工会给每个上过场的人发一条印着"某某年篮球比赛纪念"字样的毛巾或者背心。

唐熙从小是跟三个小男生在篮球场上疯跑长大的,她的篮球技能也是那时候练就的。他们四个是死党,他们一起与父母斗智斗勇,互相帮衬着撒谎和圆谎。他们一起去海边抓小螃蟹,一起放鞭炮,一起打雪仗……

唐熙真不是花拳绣腿,金一鸣的篮球水平自是一流,两人配合非常默契。唐熙负责各方位投篮,金一鸣负责接球,再传球给唐熙。有时候他还会做几个假动作干扰一下她。小女生很灵活,轻巧地躲闪,一套标准的三步上篮动作很完美,飒爽英姿很是动人,金一鸣满眼的惊喜与欣赏。这才是配我金一鸣的女人。

唐熙跑到三分线外,金一鸣传球过来,唐熙手感极佳,球应声入网。顿时,鼓掌声、口哨声四起。

唐熙慌了,这……这是还有观众吗?

唐熙回头看去,只见研究生宿舍楼上,几乎每个寝室的窗口都趴着几个脑袋。这些家伙是在为刚才的三分球喝彩,也是单身狗们吃了狗粮后的兴奋。

唐熙慌了,脸唰地一下红了,说了一句不玩了,转身就要走。

金一鸣伸手揽住她的腰,两人对视着。金一鸣的眼是深情的,脸是微红的。

"亲一个,亲一个!"楼上一个个看热闹不怕事大的人在"火上浇油"。

唐熙看着金一鸣的眼睛,有点儿眩晕。此情此景让她有点儿迷乱,金一鸣长得很帅气也很阳光,他的双眼在看着她,眼睛里有无以言表的羞涩和紧张,但是她从来没有往这方面想。

金一鸣也没想到事情会发展得这么快,这得感谢楼上兄弟们的助攻。

金一鸣小声问唐熙:"可以吗?"

唐熙回过神来:"不行,你敢!"顺势用手背封住了唇,瞪着金一鸣。

金一鸣一手揽着唐熙的腰,一手朝楼上的兄弟们挥了挥,笑着喊道:"都散了吧,不会表演给你们看的。"

唐熙后退一步从金一鸣的臂弯里撤出来。她跑到篮球架下,拿起书包慌乱地说:"我要回寝室了。"因为刚才的场景让她好尴尬,如同当众表演一般。

金一鸣说:"好,我送你。"

此时的唐熙不知道是该答应还是该拒绝。此时的金一鸣也看不透唐熙的表情是接受还是抗拒。金一鸣有一点儿不安,他怕今晚的"当众表演"会把唐熙吓跑。金一鸣不能给唐熙拒绝的机会,他拿过她的书包背在肩上,拉着她的手就走。身后又传来了一阵口哨声和骚气的起哄声……

唐熙就这么被金一鸣拉着走了一小段。当她反应过来便挣脱了金一鸣的手。

"不是说客串女朋友吗？君子协定在前，你刚才……刚才……"唐熙有点儿结巴了，"刚才违约了。"

金一鸣开始耍赖："违什么约？我们有什么约定吗？"

唐熙愤愤不平："你没有契约精神。"

"哈哈，开玩笑的，我刚才也没吻你，你怕什么！"金一鸣说了一个事实。也是在掩饰自己内心的慌乱。他怕轻易地表白吓跑了眼前的姑娘。

"咕噜咕噜"，唐熙的肚子咕咕叫起来，打破了尴尬。

金一鸣问："你饿了？"

唐熙如实回答："嗯，刚才没吃饱。运动完更饿。"

"我请你吃饭你居然没吃饱？是我疏忽了，你想吃什么我再请你一顿。"

"羊肉串吧。"唐熙眼里放光。

金一鸣反驳道："烧烤食品不健康！"他很惜命的。

唐熙仿佛看见了妈妈的脸，妈妈经常一脸鄙视地说：不健康。

金一鸣提议："换一个吧。"

"关东煮。"唐熙又说出一种美食。

"都是淀粉和香精。"金一鸣又反对。

"你一点儿诚意没有，一个大男人哪那么多事，活得那么仔细不累吗？"唐熙有一点儿不高兴了。

"好，好，你别生气，你想吃羊肉串就羊肉串。"金一鸣妥协并赔着笑。

"走吧。"一提到美食，唐熙的双腿就充满了力量。

金一鸣从来没有在路边摊吃过东西，看唐熙大快朵颐的样子，也勾起了金一鸣的食欲。其实吃什么不重要，最重要的是和谁一起吃。金一鸣现在觉得路边烧烤摊也没那么不卫生，而且味道一流。

经过这段时间的相处，唐熙也慢慢拿金一鸣当朋友了。金一鸣虽然是讲课的时候严肃，但其他时间，他很健谈也很幽默，知识面还很广，与他聊天是一件很有意思的事。

只是，有时候他的眼神让她不自在，那眼神有一种火辣辣的感觉。与他对视，唐熙只想躲，怕溅一身火花。但大多数时候金一鸣还是很正常的。

"明天周六，你什么安排？"金一鸣佯装自然地问唐熙。

"明天上午去网吧，看看武超有没有给我留言。下午我们摄影社有活动，金秋时节了，该讨论去哪个景点拍外景了。"

"武超是谁啊？"一个男孩的名字，是她高中同学，还是什么？金一鸣有点儿紧张。

"武超是我的邻居、发小，算上托儿所我们是十六年的同学。"一说起武超，唐熙像献宝一样，满脸笑意。

"哦，那你们关系很好喽？"金一鸣接着问。

"是啊，他是我最好的哥们儿。告诉你一个好玩的事，他还冒充过我两年的男朋友呢，就像咱俩现在一样。他帮我挡住了烂桃花。他每天晚上接我放学。周末陪我去图书馆学习，还带我去吃好吃的。最美味的是刘记小馄饨，有鸡肉馅的、虾仁馅的，特别鲜美。"说起美食，唐熙兴奋地回味。

"他喜欢你吗？"金一鸣问出这句后，就后悔死了。这是在变相地提醒唐熙吗？

"不可能，我们是兄弟。"唐熙有点儿慌乱地撸起了羊肉串。金一鸣突然这么一问，问得她心里慌慌的。真的提醒了她一个问题，她也想知道武超喜欢不喜欢自己。

就是那种喜欢，哎呀，就是男孩喜欢女孩的那种喜欢。唐熙被自己的想法弄得羞红了脸。幸好烧烤的炉火，成功帮她掩饰了脸上的绯色。

金一鸣有一个预感，一个不好的预感——这个武超会是他强劲的情敌，以后尽量少提这个名字，要尽快让小唐同学爱上自己，不要让她嘴上再挂着这个男生的名字。

"你开瓶盖的手法很老练嘛。"金一鸣换了一个话题。

"嘿嘿，武超教我的，为了练习，我俩一下午时间把我家整箱汽水都打开了，被我姐追着打。"

又是武超，金一鸣醋意上头，再换："你很有运动天赋啊。"

"嗯，以前放寒暑假我爸爸从不许我睡懒觉，我家楼下就有篮球场，我每天早上跑步，然后和武超打篮球。"

"又是武超,他无处不在啊。"金一鸣真不知道这个天怎么聊下去,随口一句话就是醋意满满。

"不只武超,还有李钢和李铁。我们四个一起玩。"唐熙兴奋地说。

忽然从一个情敌,增加到三个,金一鸣有一点儿泰山压顶的感觉。但是他抓住了一个细节。

金一鸣对唐熙说:"明天早上咱俩一起跑步。我在你楼下等你。"不是商量,是决定的口吻。

"唐熙眨眨眼睛,在纠结怎么回答他。

"你都有三个哥们儿了,不差我一个吧,哥们儿!"金一鸣找到了她的软肋。

"好吧。明天早上六点见。"唐熙爽快地答应了。

唐熙的性格一向偏男孩子气,从小到大也是与男孩子玩得比较多。她喜欢与男生跑跑跳跳,胜于与女生窃窃私语。所以金一鸣的一声"哥们儿",激活了她身体里住着的假小子唐熙。

整个大一一学年她都缺少一个势均力敌的玩伴。这回找到了。

唐熙水足饭饱回到寝室。

室友陈璐嗲嗲地说:"皇上你回来了,刚才武超给你打电话了。他说不要打他家里电话,让你往他值班室回,这是电话号码。"说着,她递出了一张纸条。

2000 年,手机价格不菲,很少有学生拿手机。同学们与亲友沟通也都是通过寝室的座机电话或者公用 IC 卡电话。

所以,如果打电话的时间不对,你想的人和想你的人,就很可能找不到对方。这样,想念就如同面团儿一样在心里发酵,然后会把心胀得酸酸的、满满的。

"皇上"是室友对唐熙的爱称,因为唐熙的学号是 95 号,这是全专业按入学成绩排的学号,她后面没有 96 号了。她很喜欢这个学号,自称九五之尊,也就是皇上。

也是，她不喜欢也没办法，还不如欣然接受。

"谢啦，皇上爱你！"唐熙一听见"武超"这两个字就高兴，抱着璐璐亲了一口。

璐璐笑着躲闪："哎呀，一股子孜然味。哈哈哈哈……"女孩子之间相处有时候就是轻松有趣。

唐熙是室友们共同的"老公"，她是皇上，其他五人是她的妃子。因为她打得了蟑螂，换得了窗帘，修得好抽屉，别得开门锁。没有唐熙，室友们这日子真就没法过了。

唐熙以最快的速度洗漱完毕，然后上床准备与武超煲电话粥。

以前，她每次都有一肚子的话与武超说。两人经常絮絮叨叨嘻嘻哈哈好久，放下电话后唐熙都不知道自己说了些什么，就是觉得很开心。

有时候武超是在公用电话亭打给她，因为在家打电话武超爸总捣乱，总说他们俩占线时间太长，影响真正有事情的电话进来。

他俩经常能打爆一张电话卡。可是自从这学期开学以来，他们就一直没联系上。

武超在 QQ 里只有一条留言，说他调岗到急救中心，做救护车司机助理，其实就是当徒弟，需要跟师傅出车，也需要晚上值班。有时候唐熙打他家里电话，他去值班了；他打唐熙寝室电话，唐熙又去上自习了。

"嘟……嘟……嘟……"电话响了好久，没人接。估计武超是出车了，去拉命悬一线的病人……唐熙有说不出的失落，同时她也有一丝自豪，因为武超是去救人了。

唐熙有一点儿说不清、道不明、想不透，就是武超的工作，她为什么会有自豪的感觉呢？

"哎哟……哎哟……"小时候听过一个相声，说救护车的笛声就是"哎哟，哎哟"。当时觉得很好笑，但是长大了，特别是从事救护车司机的职业，武超领略到了不同的含义。

武超，一个还有一个月才满二十岁的大男孩，在跟救护车的几周时间里,他看到了鲜血与内脏,看到了绝望与无助,看到了生死与别离……

今天晚上,武超与师傅出车,去一个车祸现场。伤者是一个小姑娘,年龄与唐熙相仿。接到的时候,女孩血流如注,生命体征微弱。一个鲜活的生命就要在自己眼前消失。

师傅开着车又快又稳地往医院赶,武超坐在副驾驶座上还一直希望师傅能快点,再快点。

他不想如此年轻的生命就这么消失。

后面的医护人员给女孩急救,护士姐姐还在不停地鼓励着女孩,要女孩保持清醒。

武超不自觉地通过脑后的小窗户回望那受伤的女孩。女孩目光涣散,大口大口地吸着氧气。

武超能看出女孩的求生欲望,她不想死。是呀,花季般的年龄,谁能料到自己会命悬一线。

救护车停在急救中心的快速通道口,女孩被推了进去。武超愣愣地看着。师傅让他把车开到后院。

师傅淡淡地说:"以我的经验,这姑娘不妙啊。"武超看了师傅一眼,眼里泛起了泪光。师傅拍拍他的肩膀,安慰道:"这种事经常会发生,习惯就好。"

师傅去休息室了,车厢的地板被姑娘的鲜血染红,空气里充满了血腥的味道。

武超拿出水管,做起了清洁。水流冲刷着地板,血液被冲淡,但依然鲜红。血水顺着地沟流走,武超拿出消毒水,细致地喷洒着车厢……他做事情的优点是尽职尽责、一丝不苟、从不糊弄。这对一个年轻人来讲实属难得。

北方秋季的夜晚,刺骨的寒冷。医院临近海边,武超吸进的空气到胸口还是冰冰凉的。空气在胸口凝结成了霜,包裹了心脏,越来越紧,让武超觉得压抑并全身颤抖。

他抬头看看天空,一弯新月俏皮地挂在夜幕中,如同唐熙笑弯的嘴角。想到唐熙,武超觉得世界没那么冷了。

因为那个叫唐熙的女孩让他牵挂也给他温暖,此时此刻,他真的很想她。

不是此时此刻,是一直,只要唐熙不在他身边,他就一直想,一直想……想得头痛、心痛、浑身都痛,能治好他的良药也只有她。

在过去的二十年时间里,他们有十六年的朝夕相处,两年的"默契配合",剩下的时光就是他无尽的思念……

故事是这样的……

第二章

冰棍儿，好甜

唐熙和武超是同一天出生的，而且武超还是唐熙妈妈接生的。只是，当时唐熙还在妈妈肚子里。

神奇吧？哈哈，神奇，也不神奇。

1980年　深秋的清晨

产妇李芬芳在产房折腾了一个通宵，孩子还是生不下来。值班的小王医生慌了，胎儿过大，胎头没有对准产道，还有打横的迹象。她处理不了。

小王医生跑出产房，对外面等着的孩子的父亲武治国说："武师傅，你爱人难产，我处理不了，你快去找林大夫过来！"

武治国慌了神，外面下着秋雨，道路泥泞，寒气袭人。

武治国受伤的左腿因为寒气而疼痛。他跌跌撞撞地向家属区跑去，也不知道摔了多少跤。武治国参加过中越边境战事，是上过战场的英雄，由于左腿负伤，退伍后被安排在城市大医院的后勤处工作。他接来了乡下的媳妇，过起了小日子。

武治国曾经帅气英勇，也因为他上过战场，是战斗英雄，所以他在新的工作岗位上更加严格地要求自己，工作兢兢业业，从来不提额外的要求。

用他的话说，比起那些长眠的战友，他能活着就是赚了。这是经历过生死的人的大彻大悟。医院的领导和同事们也都对他敬重有加。

家属区是四层筒子楼,二层到四层是外走廊,有钢筋护栏。可能住户都是医护人员的原因,筒子楼格外干净。外护栏上也没有搭拖把等杂物,每家的东西都规规矩矩地摆在走廊里。

武治国家住在一楼的一室房子里,林医生家住三楼的一套两居室的房子里。他们平时总是能遇见,都互相敬重,但是交流不多。

林惠医生,是医院的产科主任。她的爱人唐玉川医生是外科副主任医师。夫妻俩育有一女,今年七岁,名叫唐诗。

现在林医生又怀孕了,还有两周就到预产期了。医院领导为了照顾她,最近一个月没有给她安排夜班。

"咚咚咚,咚咚咚……"急切的敲门声响起。唐医生起身开门。门外站着一身泥污、狼狈不堪的武师傅。

"武师傅,怎么了?"唐医生问道。

武治国把事情说了一遍,在里屋的林医生边听边穿好外衣。

唐医生不放心自己也要临产的妻子,与武治国一左一右地搀着她往前面门诊大楼赶。

唐医生把妻子送到门诊大楼,又返回家里。因为他要给小唐诗做早饭,还要送小唐诗去上学。

手术室里都已准备齐全,林医生挺着大肚子上了手术台……

"哇……"一声清脆的啼哭声,一个胖乎乎的小男孩诞生了。

"男孩,体重八斤,身高五十二厘米,出生日期:1980 年 11 月 11 日早 6 点 30 分。"助产士一一报着数据。

"是个大胖小子,眉眼好看,让武师傅买喜糖啊!"手术里的医护人员打趣着李芬芳。李芬芳虚弱又满足地微笑着。

此时,窗外秋雨,淅淅沥沥。

林医生拖着沉重的身子先出了手术室。她真的很累,而且胎动很频繁。门外的武志国已经得到了消息,知道媳妇生孩子极其凶险,是林医生救了他们母子俩。他又哭又笑,握着林医生的手一遍一遍地说着感谢的话。

林医生打趣道:"你儿子是哥哥,可不许欺负我肚子里的这个啊!"

武师傅笑道:"一定一定,他不敢。他敢放肆我揍他。"

林医生说着话,就觉得自己胎动愈加强烈,一股暖流顺腿流下。林医生捂着肚子,对武治国说:"快去喊小王出来,再去找老唐,我肚子里这个也要出来了!"

啊!武治国蒙了,这节奏也太快了,这么不禁念叨,说来就来,说生就生!

六个小时后,一个粉嫩嫩的女娃娃出生了。

女娃娃出生时,已经雨过天晴。深秋的天空湛蓝湛蓝,阳光耀眼。

这天是 11 月 11 日。我们同一天出生。我们,都是天蝎座。

科里把两个产妇安排在了一个病房里,两个爸爸照顾在侧。

这时胖小子哭了,嗓音洪亮,如同战场上的冲锋号。

武爸爸迅速进入战斗状态,但是他毕竟没有经验,看着软软的儿子不知道如何下手。

唐爸爸做起现场指导,当他把手指放在胖小子的脸颊上时,胖小子转头就要吸吮。

唐爸爸说:"孩子是饿了。"

武爸爸抬头对媳妇说:"儿子饿了,你喂奶吧。"

李芬芳躺着不能动,含泪道:"我现在没有奶水,你给他喂点糖水吧。"

这已经是儿子第二次哭了,第一次哭时武治国回家拿东西不在场,是护士帮忙喂了一些水,胖小子喝了水后睡着了。

李芬芳不知道自己什么时候能有奶水,难道儿子要一直喝水维持吗?!委屈与辛酸让她流下了眼泪。

武爸爸忙着照顾儿子,没看见妻子的泪水。他拿着杯子倒了些开水,加了点红糖,拿出了一个小匙准备喂宝宝。

唐爸爸阻止道:"才出生的孩子不能喝这么多红糖水,喂点奶粉吧。"

武爸爸不好意思地笑了:"没准备,也没有奶瓶。"

李芬芳躺着别过了脸,偷偷擦拭着泪水。

武爸爸讪讪地说:"我以为生完就会有奶水。"

另一张病床上躺着的林医生洞察了一切,她说:"奶瓶就用我们二宝的吧。我给她准备了两个,给胖小子一个,奶粉我这里也有。"

二宝,是小女娃没有名字时候的昵称,后来也成了她的乳名。

武治国红着脸道谢,他没有拒绝的理由,因为他儿子——饿!

唐爸爸教武爸爸冲奶粉,顺便用备用奶瓶也给二宝冲了一些。

武治国学着唐医生的样子,抱起了他的儿子。两个男人,抱着两个宝贝,喂奶。

林医生对李芬芳说:"我们过两三天就会有奶水了。二宝自己也吃不完这罐奶粉,奶粉受潮就浪费了,这几天他们俩一起吃吧。"林医生说得很自然,小心翼翼地维护着武氏夫妻的尊严。

躺着的李芬芳和喂奶的武治国,对林医生投来了感激的目光,连声道谢。

人,自己苦一点儿无所谓,什么困难都能克服,一碗清粥配小菜也是一顿饭。但是嗷嗷待哺的孩子不行,这时父母的骄傲与自尊都不值一提。

喂完了孩子,两个男人回家给产妇做晚饭去了。病房里就剩两个妈妈和两个小宝宝。

由于李芬芳是剖宫产,不能动,她躺在床上扭头看着林医生,说道:"林大姐,谢谢你。"这一句谢谢包含了很多含义,有救命之恩,也有送奶之情。

林医生笑了:"不用客气,我是医生,也是妈妈。"

两个女人聊了起来,林医生了解了武家的窘迫。

武治国老家在农村,是家里的长子,下面弟妹众多。他母亲早逝,父亲身体不好,李芬芳当时倾慕武治国的英雄身份和帅气的面孔,义无反顾地加入了这个大家庭。

后来安置办给武治国安排了工作,她随夫进城。但是她没有工作,打了几天零工后发现怀孕了,对方也就不敢再用她。

武治国每月工资有限,还要省出一部分寄给家里的老父亲。武治国退伍时,国家给他的安置费也用来给父亲建了房子。所以夫妻俩一点儿积蓄都没有。李芬芳一边倾诉一边流泪。

林医生安慰着她:"有儿子就有了希望,一切都会好起来的。"

这时,一群医护人员进到病房里,她们是交接班查房的。同事们嘻嘻哈哈地恭喜这两位新妈妈。

两个小娃娃都是那么白胖可人,都长着一双大眼睛。一个小护士说:"真像龙凤胎。"大家也纷纷称赞。是啊,还真像一对龙凤胎。

同事们都去下一个病房了,护士长没走。她说道:"林主任,咱科的保洁员吴大姐想辞职,她儿媳妇怀孕了,她要回家照顾。我上报后勤处,让他们找人?"

林医生看了看李芬芳,说道:"芬芳,你愿意做保洁员吗?只是个临时工。"

李芬芳忙点头道:"愿意,愿意。可是我现在不能活动!"

林医生与护士长说:"你让吴大姐再辛苦两个月,就说是我拜托她。以后她儿媳妇生孩子我接生。你也先别上报后勤处,等芬芳出了月子我跟后勤处处长说说,让芬芳接替吴大姐做这个工作。"

护士长听完安排出去了。

李芬芳感动得又哭了,这回是喜悦的泪水。

林医生安慰她道:"看,你儿子是小福星,给你家带来了好运。"

李芬芳笑道:"林大姐,是你给我带来了好运,让我的日子有了盼头。"

这时,病房门开了。唐医生带着大女儿唐诗来了。唐医生放下饭盒,看着熟睡的小女儿,又看了看一样熟睡的武家胖小子。

这时武家胖小子忽然哭了起来,嗓门大,底气足。

婴儿哭的缘由有三,就是冷、饿、便便。排除前两点,那就是便便了。

李芬芳躺着不能动,唐医生熟练地打开褓褓,果然这小子屙臭臭了。唐医生给胖小子擦了屁股,换了尿布。

正准备包好褓褓,这小子又……又……又尿了,而且射程很远,滋了唐医生一脸。唐医生扶着他胖乎乎的两条小腿,待他尿完,才敢动弹。

这时唐医生的脸上、眼镜上、前胸都湿了。李芬芳不好意思,连连道歉,心里恨丈夫不快点回来,弄得人家唐医生多尴尬。

唐医生哈哈笑道:"不要紧,童子尿,是多少人想求都求不来的。方家谓之轮回酒、还原汤,有真元之气啊。"

唐医生把胖小子清理好。这是一个三人床位的病房。两个妈妈睡在左右,中间有一个空床。唐诗让爸爸把两个胖娃娃从婴儿床里抱出来,放在中间的空床上,她要与他们两个玩。

小女娃还在睡觉,唐诗说:"妈,我妹妹是假人吗? 弟弟都醒了,她还在睡。"

林医生笑:"你妹妹比较懒。"

唐诗问:"妹妹叫什么?"

林医生:"她还没有名字呢。你给她取一个吧。"

唐诗想了想:"糖豆!"

大人们摇头反对。

"糖球、糖果、糖心、糖块……"唐诗就是离不开吃的。

父母笑着摇头,说都不好。

"糖稀!"唐诗又想了一样美食。

唐医生没说话,细细品味。

"糖稀,唐熙! 熙,喜庆和乐,光明兴旺之意。对,就叫唐熙。愿我的小女儿一生和乐,美满幸福!"

从此小女娃有了名字,叫唐熙。

武师傅也回来了,兴奋地端来一大锅鸡汤。刚才乡下的父亲捎来几只鸡和一些鸡蛋。给媳妇补了身子,媳妇就会有奶了! 武师傅给林医生和媳妇各盛了满满一大碗鸡汤,还把鸡腿撕给唐诗吃。

李芬芳一边喝着汤,一边说:"二宝有名字了,叫唐熙。你也快给咱儿子取一个名字。"

武师傅笑答:"他爷爷给取好了,叫超。武超! 超过武家所有人,要为武家争光提气。"

超,八〇后的男孩子最普遍的名字,这也是老人一个美好的愿望。

唐诗把两个宝宝当布娃娃玩,拿着他们俩的小手说道:"你叫武超,你叫唐熙,你们认识一下,握握手吧。"说着,她把两个小手往一起碰。

小唐熙还是攥着小婴儿拳呼呼大睡。小武超醒着一直没睡,突然他的婴儿拳松开了,碰触到了小唐熙粉嫩的小拳头。

握手,你好。

今生初见,请多关照。

宝宝们一天天长大,两个妈妈也上班了。她们白天就把宝宝们放在医院的托儿所里。以前单位都有托儿所,每天上午和下午都有妈妈的喂奶时间。

"哇……哇……"婴儿的哭声。

李芬芳还没走进托儿所就知道唐熙又哭了。她一向嗓门大。

唐熙看见李芬芳进门就张开了双臂求抱抱,六个月的孩子已经认识人了。

有奶便是娘。小唐熙已经认为她就是娘。

李芬芳抱过唐熙,对托儿所阿姨说:"小熙怎么又哭了?"

阿姨说:"饿了,她的备用奶粉吃完了。她妈也不来喂奶。"

李芬芳笑道:"林医生这是又忙忘了。"

说着李芬芳把唐熙抱在怀里,再让阿姨把儿子武超也抱过来。她一左一右一起喂奶。

两个宝宝吃得满足,小脚还互相蹬着对方。

旁边的于护士也在喂奶。

她怀里的宝宝比唐熙和武超大了一圈,这个宝宝可不好看,黑胖黑胖的。

李芬芳说道:"你家小铁长得真大,比他们俩小四十天,看着好似大他们两个月。"

于护士笑道:"太能吃了。可能是取错了名字,叫个铁!"

阿姨打趣道:"你家两个儿子一个叫钢,一个叫铁,钢铁是怎样炼成的?就是你这个妈妈喂出来的。"

于护士家的老大叫李钢,李钢也在托儿所,大他弟弟两岁,但是长得可比他弟弟好太多,白白嫩嫩,笑起来像个年画娃娃。

李芬芳想不通,都是同一对爹妈生的两个孩子为什么反差这么大呢?

李芬芳在林医生忙的时候,会帮忙照顾唐熙。最初是心存感恩,后来她是真的喜欢这个白胖的小丫头。

再后来,两个孩子慢慢会走路了。她就经常牵着两个孩子去买菜,别人都羡慕她有一对"龙凤胎"。

唐熙也是经常在武家蹭吃蹭喝。有时候唐熙的妈妈夜班,她还会赖在武家跟着她李姨睡。

1985 年

时光荏苒,转眼武超、唐熙、李铁都五岁了,李钢也七岁了。他们四个是医院的"不安定因素"。

院长曾经在院内开会时候说过,不许家属区的孩子到前院来玩,指的就是他们四个。

一次上级领导来视察,宣传科提前一天画好了欢迎板报。四个小孩利用月黑风高之夜,给改了版,满黑板的小人书内容。

第二天早上,宣传科忙着接待任务没发现。版画就展示在众目睽睽之下,给院长丢尽了脸。

"哇……哇……哇……"小超又哭着回来了。

武超妈:"咋又哭了?唐熙又欺负你了?"

武超点头:"啊——啊——"哭得大声。

"这次因为啥啊?"武超妈接着问。

武超:"不因为啥。"他说着把胳膊伸出来给妈妈看。前臂上两排小牙印。

武超妈说:"啊?不因为啥她就咬你呀?"说着心疼地摩挲着儿子的小手臂。

武超抽抽噎噎地说:"她说我是小肥羊,她是大灰狼,就咬了一口!"

"哦……"妈妈好无奈。武超妈吹着儿子的小胳膊问道:"她咋不咬小铁?"

武超说:"她嫌小铁脏,她说黑就是洗澡没洗干净,就是脏!"

"她咋不咬李钢?"

"她不敢咬钢哥!啊——"武超心里委屈啊。

"这丫头,属狗的,我那么多红烧肉都喂狗了。"武超妈妈嘀咕着,发泄着心中的不满。

"闭嘴,一个男孩天天被丫头欺负,还有脸哭!"武治国从里屋出来,不安慰儿子反而训斥起来。

武超还在抽抽噎噎。李芬芳说:"咱们以前总教孩子不许欺负唐熙,可唐熙那妮子反过来欺负小超。"

武治国对儿子说道:"小子,男人不能跟女人一般见识。以后躲着她点,别让她打着你就行。还有,即使她打你,你也不能还手!不能打妹妹,记住了吗?!"

"那我就惯着她吗?"武超问。

惯着——是武超听爸爸说的词汇,说妈妈天天惯着他。他大约明白这个意思。

武超妈妈笑了:"对,惯着!"继续给儿子揉着伤口。

武超过一会儿就好了,又拿着玩具出来玩。

"嘿嘿,小敲!"唐熙看见武超就像看见蜜糖。她说不清楚"超"字,喊"敲",她就喜欢欺负武超玩。

武超记得爸爸的话,躲着她点。

"干啥?"武超拿着玩具机关枪看着唐熙。前臂还隐隐作痛。

"枪给我玩一下!"说着唐熙霸道地伸手。

"不给,我爸新给我买的,我还没玩够呢!"武超躲闪着。

"我不管,我要玩!"唐熙上手抢。

"不给!"武超把枪抬高。

唐熙火了,对着武超的上臂又咬下一口,与刚才那口是同一只胳膊。

"啊!"武超哀号。

唐熙就是不松口。

武超攥着拳头想揍她,想起了爸爸说不能打妹妹,又松开了手。

他想哭,又想起爸爸说男孩子不能哭,就忍着,忍着,不让自己的眼泪掉下来。

林医生下班回家,看见小女儿在对着武超下嘴,喊了一声:"唐熙!你给我松开!"唐熙愤愤地松开嘴。

"你是小狗吗?怎么还咬人?"林医生训斥道。

林医生看着小超的上臂。上臂肌肉最多,咬得都紫了。

"林姨,你看。"武超又把刚才手臂上的牙印给林医生看。

"林姨,她还拿棍子打我,还拿沙子扬我!我脑袋上这个包也是她打的。"武超控诉着。

"啊?!"林医生看着唐熙,一个白胖的小女孩,怎么这么暴力!

林医生安慰武超道:"阿姨收拾她。她以后再欺负你,你就来告诉阿姨!"

说着,她拎起唐熙就往楼上走。

武超好奇唐熙妈妈怎么收拾她,就喊了李钢李铁,偷偷跑上三楼,蹲在唐熙家窗户外听音儿。

林医生把唐熙拎回家,骂道:"小霸王,你还反天了!人是肉长的,你那样欺负小超,小超不疼吗?"说大道理一个五岁小孩也不懂。

说着,唐熙妈拿起鞋拔子对着唐熙的小屁股抽了一下,问道:"疼吗?"

"啊——啊——"唐熙张着嘴大哭。其实妈妈抽得不是很用力,唐熙的演技绝对一流。

林医生觉得必须管住唐熙这个坏毛病,就又在她屁股上抽了四下。还让她自己数出来,每抽一下报一个数,让她记住疼。

林医生说:"如果你再欺负小超,我下次就打十下!"

唐熙点头保证。

武超他们三个在扒窗户根儿,听唐熙哭得如此惨烈,武超忽然觉得唐熙好可怜,真的好可怜,还挺招人心疼。

孩子们的矛盾睡一宿觉就会忘干净,还是在一起玩。只是唐熙有了记性,因为屁股疼她记得。她再也不对武超暴力折磨了。

盛夏的傍晚,太阳没有了白天的嚣张,有气无力地挂在天上,如同熬着时间,等待下班的人们。

四个小家伙,蹲在筒子楼前的柳树下和泥玩。

唐熙的姐姐唐诗已经是六年级大女孩了。她吃着冰棍儿往家走。

"姐!"唐熙水嫩嫩的声音响起。

"嗯。"唐诗应着,眼睛没看小丫头。

"姐,我也想吃冰棍儿。"唐熙看着姐姐手里的半支冰棍儿馋出了口水。

真烦人。唐诗心里想着。她舍不得花钱,也懒得再去跑腿儿买冰棍儿。

"唐诗姐,我也想吃冰棍儿。"李铁和武超也喊着。

大一点儿的李钢看了看没说话。

不过唐诗姐今天很高兴,她又赚了一笔小钱,心想就大方一次,请他们吃冰棍儿吧。

"等着!"唐诗转身往小卖店走去。

"冰棍儿五分钱一支,四支就两角钱。这也太贵了。我赚点风险钱容易吗!"唐诗在心里盘算。嗯,就买两支吧。

"两支奶油冰棍儿!"唐诗跟老板下单。

"好嘞。"老板递上冰棍儿。

唐诗拿着两支冰棍儿回来了。给了李铁一支,给了唐熙一支,命令道:"你们两个人吃一支,一人一口,不许抢!"

小孩子们答应着,有冰棍儿吃了,都特别开心。

李铁和李钢一组,享受着夏日的清凉。

武超和唐熙一组,冰棍儿冻得还很硬,两人咬不动,就你舔一下,我舔一下。后来唐熙耍小聪明,她舔好几口才给武超舔一口。

武超发现了猫儿腻,说道:"我拿吧。你拿不动!"唐熙没反驳,把冰棍儿递给了他。武超拿着还是比较公正的,两人你一口我一口。

后来冰棍儿要化了，武超吸着冰棍儿的汁，唐熙着急了，吸对面的一侧。两个孩子一对泥猴脸，面对面地吸着冰棍儿。

唐医生今天下午没有班。他去了一趟邮局，取回了托人在上海买的相机，高高兴兴地回家来。

"哟，老唐，新买了相机啊。"路上的同事看见唐医生的脖子上挂着的新相机打着招呼。

"还是海鸥牌的！"同事羡慕地说。海鸥牌相机，在二十世纪八十年代绝对高大上。

"是啊，托上海的同学买的。"唐医生兴奋地回答。

"你可是咱医院第一个有相机的人。宣传科都没你这么好的设备。"同事称赞道。

"哈哈，有需要来家拿啊。"唐医生慷慨地邀请。

"一定一定，免不了麻烦你。"同事客套着。

唐医生路过，看见了四个孩子可爱的模样。"啪""啪"，他举起相机记录下这一瞬间，又兴冲冲地往家走去。

唐熙的妈妈林医生也下班回来了。她看见小女儿浑身脏兮兮的，还与武超在咬一支冰棍儿。武超的鼻涕都流出来了。

身为医生的妈妈怎么能容忍女儿如此不卫生的行为。

"二宝！"林医生喊道，"回家喽，回家让爸爸给你做肉吃。"

唐熙站起来："小涛，明天再玩，我回家啦！""超"字又被唐熙发成了"涛"音。

"哦。"武超答应着，吸了一下鼻涕，把最后一口冰棍儿含进了嘴里。

林医生头疼，想想刚才他们俩一起吃冰棍儿就反胃。她虽然也很喜欢武超，但是她有点儿洁癖。

林医生牵着小女儿问："谁给你们买的冰棍儿啊？"

"我姐。"唐熙答道。

"嗯嗯。"林医生了解了。

吃过了晚饭，唐诗与爸爸坐在沙发里研究相机，林医生在看一本医学杂志,二宝在茶几上画画。

林医生问:"唐诗啊,你今天给他们买冰棍儿了?"

"嗯!"唐诗应着。

"你怎么四个人就买了两支?"林医生有些责怪。

"因为我没钱,你们就给我那几个零花钱,我当然省着花了。"唐诗辩解道。

"你不差一毛钱吧,你看武超跟你妹妹两人吃一支,又是口水又是鼻涕,多脏啊!"林医生说道。

"哈哈哈哈。"唐诗笑得开心。

"还有他们俩长大了,想起这个事多难为情。"林医生接着说。

"放心,就他们俩这智商,想不起来!"唐诗说着,拿脚踢了踢唐熙的胖屁股,说道,"是不是啊,傻妞?"

唐熙萌萌地点头:"嗯!"

"哈哈,你知道姐姐说的什么呀,你就嗯!"唐医生摸着小女儿的头道。

唐医生接着对唐诗说:"你太谦虚了,你这么个大富翁还能没钱呀?"

"爸,你说什么呢?我什么时候是富翁了?"唐诗开始慌张。

唐医生接着说:"今天你们班主任脚崴了,来我这儿看病。她让我给她开诊断书。"唐医生一边说,一边看唐诗的表情。

"啊?!"唐诗觉得事情不妙,要败露,急忙对着爸爸用眼神求饶。

唐医生像没看见一样,接着说:"你们老师还给我看了唐玉川医生上周开的三张诊断书。内容都是你班同学脚崴了,手腕扭了,需要休假三天,还有要休一周的。我怎么想不起来,我什么时候开过这样的诊断。"

"啊?"林医生一脸疑惑。

唐医生接着说:"把作业借给同学抄五分钱,模仿同学家长签字一毛钱,诊断书,还盖了医院印,你这萝卜印还画得挺逼真,你怎么也得收两毛钱吧?"

"五毛!风险太大!"唐诗有点儿小得意。

"听说还有预约暑假作业服务,你帮同学写暑假作业,劳务费多少钱啊?"唐医生笑着问唐诗。

林医生已经坐不住了，模仿诊断书，这可是天大的事。她站起身，到处找合手的兵器。

唐诗辩解道："是同学需要，我帮忙而已。他们自愿给我点辛苦钱。我凭能力赚……"

妈妈找不到称手的兵器，满屋转悠。马屁精唐熙跑向门口，拿来了鞋拔子："妈妈，给你！"

"傻妞，你还递鞋拔子！你个小叛徒，冰棍儿吃狗肚子里了！"唐诗骂道。

妈妈拿过鞋拔子拉起唐诗就是一顿抽。"爸，爸爸，救命！"唐诗哭喊着。

唐医生起来拉架。二宝笑嘻嘻站在门口说道："哈哈，傻妞挨揍了。一、二、三……九、十、十二、十四、十七……"水平只限于十以内，十以上就数不明白了！

五岁还不会数数，真愁人。

1990 年　夏　筒子楼前

三个小孩子都已经十岁，他们同校同班。每天上学放学结伴而行，其他时间也是玩在一起。

唐熙学习很好。她写完作业，武超和李铁一起抄。有时候唐熙的笔误都被他们俩抄上，也是被老师批评了很多次，但屡教不改。

李钢已经十二岁。他们都到了最难看的年龄，一个个晒得黑乎乎的。李铁更黑，他从小到大，一年四季都黑。

李钢坐在他们三人中间开始散播小道消息。

李钢说："我妈说，咱们要搬家了。"

三个小孩子瞪着眼睛听着。

李钢接着说："医院东面的家属区建好了。我们全搬过去，然后这个破筒子楼就拆了，这儿要建住院处。"

"哦，我们要搬家啦！"三个小孩很兴奋。早知道东面建家属区，只是不知道什么时候建好。还有就是家长三令五申地强调，不许他们去东面玩。

"以后西院就是门诊大楼和住院处，东院是咱们家属区。听说，家属区里还有篮球场呢！还有单杠双杠和秋千。"李钢对新的家属区充满了向往。

这是他没睡着的时候听爸爸妈妈说的。他爸爸是转业的军人，在派出所当警察，他妈妈就是手术室的护士长于虹。

父母说这话的时候，李铁早已睡着了。

他一向吃饭好，睡觉好，就是学习，呵呵，真的很呵呵。反正父母也知道他不是学习这块料。他们家有李钢出类拔萃就行了，父母对李铁就是放养，只要不惹事就行。

"篮球场、秋千。"唐熙向往着。

"咱去看看吧。"唐熙继续说。

"不行。"武超反对，"我爸强调了，院长说小孩不许去工地，如果被发现就扣大人工资！"院长这话就是说给这三家父母听的，这四个孩子真是防不胜防，不一定出什么幺蛾子。

不久前，他们给开水房换了一个新门锁，把它挂在门上。烧开水的师傅着急去厕所，也没仔细看，就用这把新锁锁上了门，回来后手里的钥匙就是打不开门。也是，旧钥匙怎么能打开新锁头呢？最后，待烧开水的师傅拧门撬锁进去时，茶炉子已经烧干了。

唐熙不耐烦道："你不会不让人发现?！"

李钢聪明，有领导能力。

武超少年老成，话不多，但是他心里有标杆，知道什么事能做，什么事不能做。

唐熙是最不稳定因素，好奇心强，你越不让她干啥她就越干啥，而且没有女孩子样。也是，她与这三个男孩一起长大，真的不知道该怎么做女孩子。

而且她姐是超级学霸，所以父母对她也就没多少要求。

李铁是小傻瓜一个，没有想法，就跟着他们屁股后瞎跑。

都说第一个孩子照书养，第二个孩子照猪养。唐熙和李铁就是照猪养起来的。

小伙伴们约好了，吃完晚饭楼前集合，准备去新的家属区探险。

晚上七点，《新闻联播》的片头曲响起。武超和唐熙已经等在楼前，可李家兄弟还没有出来。

唐熙说："李铁一定是没吃完饭，他吃起饭就是没完没了！"

武超说："饭桶一样。上次我去他家，他自己吃了四碗大米饭、一大盘土豆丝。"武超拿手比画着。

正说着，李家兄弟来了，李钢走在前面，李铁拿根黄瓜在后面追。

唐熙一咧嘴："他爸妈养他真难！"

四人集合。

武超说："说好了，今晚行动，谁也不能说出去。不然我爸能打死我！"

李钢说："好！"

唐熙看着李钢："你管好你弟的嘴就行。"

四个人跑到工地外，找了一个围挡的空隙钻了进去。

工地已经下班，天还不算黑。探照灯已经打开，照着场地。不知道看门的老头儿去了哪里。

工地有沙山、砖堆，一堆破铜烂铁、钢筋水泥。四个孩子转了一圈，也没什么意思，篮球场很大，还没有篮球架子，只是抹好了水泥在晾晒。

最后孩子们发现了一个能消耗他们过剩体力的游戏。他们爬上了砖垛，然后一个个往下面的沙堆里跳。

"啊，我是白眉大侠。"李钢从砖垛跃起，在空中摆着姿势。

"我是玉面小达摩！"李铁喊着，跳下。

"哈哈哈，你就是黑熊怪！"唐熙笑话李铁，玉面和黑面他分不清吗？

"我是嫦娥。"唐熙摆了一个臭美的姿势跳了下去。最近他们在看《西游记》，嫦娥是唐熙心中最美的仙女。

"我火眼金睛，我看你就是黑狐精！"武超指着唐熙，也跳了下去。黑狐精是白骨精身边那个不男不女的军师，《西游记》里最丑的妖精。

"你说谁是黑狐精！"唐熙上来就给武超一拳。

武超被打了一个趔趄，还在故意气唐熙："就你，你就是黑狐精！"

"我是黑狐精就先把你吃了！"唐熙很愤怒，追打着武超。追上后，武超被她一顿拳打脚踢。

唐熙的处事原则是：顺我者昌，逆我者"揍"。武超和李铁就是她的手下败将。两个男孩是真不敢与她对抗。因为她虎，闹着玩都下狠手，没轻没重。但是她怕李钢，从来不敢对李钢动武。

月升，星出。四人玩累了，坐在砖垛上休息。晚风轻扬，吹起了小小的梦想。

唐熙问道："钢哥，你长大想干什么？"

李钢说："我想当大人物，就像院长一样！"在他幼小的心灵里，院长就很牛×了。

"你呢？"李钢问唐熙。

"我要当导游。就像《正大综艺》里的主持人一样，去世界各地玩。不看不知道，世界真奇妙。"唐熙学着《正大综艺》里主持人的开场白。

"哼哼，你就是家里待不下！"武超就爱打击唐熙。

唐熙踹了他一脚，问："你想当什么？"

武超说："我想当兵，当英雄！"

唐熙说："你不怕死？"

武超说："打仗就有牺牲。我要是光荣牺牲了，你帮我照顾我妈。"武超学着电视里英雄的样子对唐熙语重心长地说。

唐熙说："行，那你妈就是我的了，她做的红烧肉就没人跟我抢了。"

一听红烧肉，李铁憨憨地说："我饿了！"

"忍着！"三人一起吼他。

"我长大想开个卤肉店，天天吃大肘子！"李铁说出了自己的梦想。他一脸向往，好像大肘子在跟他招手。

"走吧，走吧！回家吧。"李钢发话了。虽然他们没有手表，但是大约的时间还能估计出来。应该是不早了，明天还要上学。

李钢、李铁、唐熙、武超，四个人排成一列往外走。

看门老头儿已经把探照灯关了。他不知道工地里混进了四只淘气的

"小老鼠"。

周围漆黑,四人借着月光往前走。

"啊!"唐熙尖叫了起来。

"你喊啥!不怕被人发现啊!"李钢回头对唐熙厉声道。

"我扎脚了,好疼!"唐熙带着极力控制的哭音。

四人停下。李铁扶着唐熙,唐熙越来越疼,呜呜哭了出来。

李钢和武超蹲下,看到唐熙的脚心扎了一根大钉子。钉子很粗,已经有一半扎进了唐熙的肉里,把鞋子和脚固定在了一起。

男孩子们穿的是球鞋,而唐熙穿的是塑料凉鞋,所以她很容易受伤。

李钢不忍直视,硬着头皮说:"小熙,你忍一下。我把钉子拔下来。"但是他看钉子扎得很深,没敢动手。

唐熙越来越疼,实在忍不住,"哇!"大声哭了出来。

"闭嘴!"李钢告诫她,他怕招来看门老头儿。

"她疼,让她哭吧。"武超帮唐熙说话。

李钢狠狠心,一用力拔下了钉子,脱下了唐熙的凉鞋,鲜血流了出来。

"哇……哇……哇……"唐熙看着鲜血大哭,"止血,止血啊!"唐熙大喊,医生的孩子还挺有医学常识。

武超脱下小背心给她把脚缠上,赤裸着上身。

李钢半蹲下,说道:"上来,我背你走!"

"呜……呜"唐熙哭着爬上了李钢的背。

"你咋这么重。"李钢勉强背着唐熙往前走。武超李铁一左一右扶着他们二人。

"我会死的,失血过多死亡,就是大出血!哇哇……"她想起妈妈的产科书里就这么写的。

"闭嘴,你别在我耳边哭!"李钢的耳朵要被震聋了。

"小超,我先光荣了,你要照顾我妈!"唐熙哭着留下"遗言"。

"你自己受的伤,不能叫光荣!"武超认真与她分辩。

"哎呀,都这时候了,你就别跟她较真儿了!"李钢提醒武超,背着唐熙艰难前行。

"小超,小超,我流鼻涕了,帮我擦擦。"唐熙手搂着李钢的脖子,哭得直抽搐。

武超伸手在她鼻子上抹了一把。

"好埋汰!"武超嫌弃地看着手上的大鼻涕,不知道如何处理。他看看唐熙的半袖娃娃衫,径直抹在了她衣服上。

"啊!"唐熙看着心爱的衣服,哭声更大了。

"闭嘴,闭嘴,你别在我耳边哭!"李钢抗议道。

快十点了,家长们找不到孩子们了,都在楼下焦急地转悠。

武治国推出自行车准备去附近公园找,心想公园有人工湖,他们会不会去捞蝌蚪了?

林医生急得团团转:"小熙如果有她姐姐一半儿省心,我就谢天谢地了!"

这时,哭声由远而近,大人们迎了上去,看到孩子们的狼狈模样,无奈,真无奈。

武师傅说:"快放自行车上!"他推着车与林医生带小熙去看急诊。正好,今天晚上外科是唐医生值班,让他给女儿救治吧。

三个男孩也想随行,被大人们阻止了。

他们还没回过神来,就开始被两个妈妈灵魂拷问。

李芬芳问儿子:"你背心呢?"

武超答:"给小熙包扎了。"李芬芳点点头。

接着问道:"你们去哪里玩了?"

"工地!"李铁很自然地接话道。

"啊?"于护士一手对大儿子锁喉,一手拧着小儿子的耳朵。

"倒霉孩子,把我的话当耳旁风了!"于护士在家经常强调不许去工地。

李钢、李铁被母亲控制住,很难逃脱。

李钢大骂:"李铁,你个二傻子!你那是嘴吗,就是一个漏勺!"

武超一听,就要以百米的速度起跑,他一向跑得很快。但是他再快,也没有他妈妈的手快。

李芬芳一把抓住他胳膊,低喝:"你干啥去?"

"我去看唐熙!"武超是想逃跑,再给唐熙报信。他要告诉她,李铁说漏了嘴。要唐熙早做与父母辩解的准备,起码腹稿要先打一遍。

李芬芳训斥道:"你给我待着吧!看晚上你爸不打死你!"

这夜,李家、武家分别传出孩子的哀号声。

唐熙的脚受伤了,在家休息了两天。

周日,小伙伴们拿了一堆零食来探病。有小熊饼干、无花果、甘草杏、虾条、果冻、果丹皮、山楂片、大板巧克力等等,都是他们四个爱吃的东西。

唐熙坐在床上,脚上包着厚厚的纱布。三个男孩站在床边,大家一起享用着美食。

唐熙说:"你们三个坐下,站我床边跟仆人似的。"

三人笑着摇头:"不客气,不坐,不用坐!"

唐熙明白了,他们三个是屁股疼,坐不下。去工地那天晚上,三个男孩回家被打得特惨。

李家兄弟的爸爸,把警用腰带都打断了,武超家的笤帚也打飞了。后来唐熙还听说,这几天三个男孩在学校上课都是自觉站立听讲。

大人们是后怕,万一他们摔了一跤,被钢筋铁丝之类穿透身体可太危险了。

三人被打,唐熙受伤,这回筒子楼里的邻居们都知道他们去工地胡闹了。

唐熙没挨打。她爸从来不打她,她妈是忙着给孕妇剖宫产,忘记打她了。

最搞笑的是,保卫科科长还把唐熙丢在工地的凉鞋给唐医生送来了。两个大人无奈地摇头苦笑。

唐熙看着小食品越来越少,心里不高兴了,说道:"你们三个要都吃完再走吗?"说是来看我,其实是来跟我蹭吃的,唐熙心里嘀咕。

三人才没那么客气,又开始吃唐熙爸爸洗好的水果。

"唐熙,你家有汽水吗?"李铁吃累了,想喝点汽水。

"没有,回你家喝去。"唐熙吼道。

"孩子们,喝汽水!"唐熙话音未落,唐医生就拿着四瓶汽水进来了。

"谢谢唐叔!"三个男孩接了过来。

武超问唐熙:"你明天上学吗?"

唐熙自豪地说:"不去,我受伤啦!不能上学!"如此冠冕堂皇的理由,多炫!可以不用上学,爽歪歪!

唐医生看出女儿的小心思,严肃道:"不行,马上期末了,你必须上学!明天早上爸爸送你,晚上我和你妈谁有空谁接你。"

"那如果都没有空呢?万一有出车祸的人,你去手术了,有难产的,我妈去剖宫产了,谁接我?所以我不上学!"唐熙大声抗议。谁爱上学,傻子才爱上学呢!

"不行,没商量。学必须上!我想办法接你!"唐医生坚定地说。

"唐叔,我骑唐诗姐的自行车载唐熙吧。反正唐诗姐住校了,也不用自行车。"武超提议道。

唐诗考上了省重点高中,一直住校。她的自行车就在楼下闲置。他们四个一直想偷骑唐诗的自行车,一直没机会。今天机会难得!

唐医生说:"你能行吗?"

李钢接口道:"放心吧,唐叔,我们三个男人还带不回一个唐熙?!"

唐医生笑着点头:"小小年纪就敢号称男人了。好吧,我去给自行车检修一下,充点儿气!"

唐医生又说:"唐熙可挺重的,你们一定要注意安全啊。"

李钢和武超默契一笑,说道:"保证完成任务。"

李铁咽下嘴里的食物,闷声说道:"不过,唐熙你是应该减肥了。你看你,又黑又丑又胖。你现在就是一个小黑胖子!"

"噗……"唐熙嘴里的汽水都喷了出来。

她姐说过:"不能说女人丑!那是奇耻大辱!"

还……还……小黑胖子!不过李铁形容唐熙好贴切哦。

唐熙打不到李铁，气得张嘴大哭："你才是小黑胖子，你是大黑胖子！你就是二黑！哇……哇……"

二黑，是唐熙乡下奶奶家的一条大黑狗。从此，李铁得一诨名——二黑！

三个小伙伴实在听不得唐熙哭，放下美食都跑了。唐熙哭，震耳欲聋！

周一早上，四人出发了。

终于有自行车骑了。

大家商量好了，早上李钢载唐熙，下午放学武超载唐熙。李铁就是跟班，他没有骑自行车的机会。

下午放学，武超就把唐熙栽沟里去了，两人摔了一身泥，好在没有大伤。武超又挨了唐熙一顿揍。

唐熙揍他，他也不躲，就坐地上任唐熙抡拳头打他，这也是被揍习惯了。

暑假结束时，他们就搬到了东院新的家属区。虽然不住在一个楼，但是住在一个大院里。

唐熙家住大院南边楼的三楼，他们家楼下就是篮球场。篮球场很大，有五块标准篮球场地，十个篮球架。篮球场外圈是运动跑道，真的有双杠单杠和秋千。李家和武家住大院北面。

武超家还是住一楼，他们家有一个小院子。李家住五楼。从唐熙家到武超家需要穿过整个大院，慢走需要走十分钟吧。

唐熙选了一个对着篮球场的房间，视野开阔。还有就是以后小伙伴们在楼下喊她玩，她能看见，方便快速做出回应。

天底下，还有什么比玩更重要的事呢！

搬家那天，鞭炮齐鸣，大人孩子都很兴奋。唐医生买了胶卷，为大家拍照。有四个孩子的合照，有几家人的全家福，有李家兄弟的合照，还有"龙凤胎"的合照，满满记录下这幸福的时刻。

第三章
翩翩武家郎，皎皎唐家女

1995 年　秋季开学

三个好朋友上了初三。他们依旧同校同班,每天打打闹闹,形影不离。李钢已经在高中就读,课业紧张,很少跟他们玩在一起了。

唐熙不爱学习,却连续三年担任班级的学习委员。感谢父母给了她一个聪明的脑袋,随便学学就会了,想不优秀都难。

唐熙的容貌好、气质好、身材比例好、协调性也好,这可能是从小在篮球场上跑跳练就的。而且她受唐医生影响,也爱玩相机。她是学校校刊的记者,经常挂着相机出现在学校的各种活动上。

她还当过学校文艺会演的主持人,穿着红色的背带裙子,化着淡妆,站在舞台上时,声音清脆好听,笑容甜美映丽,整个人如星星般耀眼夺目。

她也是学校课间操的领操员。每天早晨,她穿着校服,在充满时代激情的广播操乐曲中,带领着同学们一起做操。她束起的马尾,随着音乐摇动。她动作标准流畅,洋溢着青春的活力。

她是男生们私下话题里的焦点。但是男生们很少与她讲话。因为她身边一直有两大"护法"——武超和李铁。

武超,学习极度偏科。他的语文、数学、历史都很好。最最差劲的是英语,他不爱学英语,学了也不会,成绩从没超过 20 分。唐熙也帮他补习过英语,怎奈他对英语实在没有慧根,最后只能放弃。

好在他父母也不强迫他。武超妈觉得父母都没有多少文化,何来要求儿子。武超还有一个爱好,就是读小说。他从初一开始就看四大名著。这四大名著是武超跟唐熙爸爸借的。唐熙家还有很多很多的书,历史书居多,武超经常跟他唐叔借阅。唐叔也很支持他,有时候两人还会探讨一二。

武超爸爸想让他读个普高或者职高,毕业后去当兵,想让他在部队的大熔炉里锻炼自己,以后争取考军校提干。这也是曲线救国的策略。

武超还有一大特点,就是长得帅,剑眉朗目、肤白唇红。小小少年的他一般不爱笑,但一笑就给人阳光灿烂的感觉。他的笑容很有感染力,让看着他的人也会不自觉地随着他微笑。

他跑得快,篮球打得也很好。他选择练习短跑,主攻百米项目。他喜欢在短短的百米跑道上御风飞行的感觉。

自打上初中以来,他一直在学校百米封神。在区里乃至市里的中学生运动会上,他也为学校取得过好名次。他爸也想让他走体育生路线,但一切都在考量中。

每年学校春秋两季运动会武超都能收获大批粉丝。特别是女生们给他加油时,他总是酷酷的,一副无动于衷舍我其谁的样子。

他不喜欢那些女生的盲目崇拜,他觉得她们好幼稚好无脑。

他从小到大都是与唐熙、李铁一起玩。他内心觉得只有唐熙才是有脑子的女孩。他也很少与女生们交流,除了唐熙。

唐熙不崇拜他,因为太熟了。而且武超小时候总被唐熙欺负,所以在唐熙眼里他是狗熊,不是英雄。

不过唐熙拍的照片里都是他,因为同学们爱看,老师也喜欢。

初中三年里,每次运动会之后的校刊,一定都是武超占据头版头条。女生们还给他起了一个绰号——"小飞侠"。

当唐熙把这个绰号讲给武超听的时候,武超淡淡一笑:"幼稚!"

唐熙点头:"是挺幼稚,还挺傻的。"

武超问她:"谁傻,你说谁傻?"

武超就是爱与唐熙斗嘴,抓住一切机会斗嘴,有时候还主动找骂。

唐熙笑:"谁问我谁就傻。谁被叫这么土的外号,谁就傻。"

武超轻哼:"你才傻,大傻妞!"

李铁纳闷地看着他们俩,说:"唐熙,你说什么绕口令呢!"

唐熙伶牙俐齿:"你别问了,傻子听不懂。"

"哦。"不问就不问,李铁也不爱动脑子。

李铁,学习与他不沾边,他是学与不学一个样,所以何苦为难自己。

他个子很高,人也很壮,曾经在校篮球队训练过一段时间。怎奈他身体不够灵活,脑子反应也慢半拍,最终被委婉劝退。

李铁也无所谓,依旧每天开开心心地上学放学,与唐熙武超嘻嘻哈哈,过着无忧无虑的生活。

武超的百米也不是战无不胜的。在学校的运动会上,他也得过一次第二名,唯一的一次第二名。

那是初三上学年的秋季运动会。

武超参加百米决赛,他是百米跑道上的绝对王者。唐熙作为校刊记者等在终点拍照。因为只有在终点,才能捕捉到武超最真实、最生动的冲线画面。

唐熙站在武超所在跑道的终点上。她尽量退后,尽量离终点远一点。但是太远就超出她的拍照距离了。所以她忽而靠前,忽而靠后,举着相机等比赛开始。

武超穿着钉子鞋站在起点,运动背心、运动短裤,帅气逼人。他看着远处的唐熙,心想,她在晃悠什么?为什么不躲开?

"各就各位,预备,"裁判老师举起了发令枪,唐熙也举起了相机。因为百米很短,运动员转瞬即到。唐熙得做好准备,抓拍武超冲线的瞬间。

"砰!"发令枪响,运动员们冲了出去。

武超的步速很快,专业钉子鞋在跑道上留下一个个小钉眼。到最后的二十米冲刺了，唐熙很紧张，举着相机，不由自主地往前挪步。

武超看见唐熙就在不远的前方，如果他还按这个速度冲刺，惯性必然会把唐熙撞倒。如果钉子鞋扎入唐熙的身体，后果会很严重。

他一犹豫，脚下的频率就下来了，还没到终点就开始减速。武超心里急躁，快躲开啊，你个大傻妞！

"躲开！唐熙！"他最后喊了出来。唐熙还在专注抓拍镜头，根本没听见武超的提醒。

短跑比赛，一秒钟的犹豫就能决定胜负。旁边跑道的王峰抓住了机会，加速冲了过去，第一个撞线夺冠。

武超，第二。

由于惯性，武超还在往前冲。马上就要撞上唐熙了，正面碰撞，一定会伤了她。他从她的侧方把自己摔了出去。

武超跃起，然后重重地摔在了跑道上，同时唐熙也被他带倒了。唐熙实实在在地砸在了武超身上，他顿时觉得一口气上不来，眼前飘满小星星，一闪一闪亮晶晶。

唐熙职业素养就是高，她快速站起身来，对着躺在地上的武超各种角度地拍。

老师们跑上来了，问唐熙："有没有受伤，有没有事？"

唐熙摇头，她一点都不疼。

老师们又来看武超，武超仰面躺在地上，表情痛苦。他对着唐熙大喊："别拍了，你压死我了！你在跑道上晃悠什么！我钉子鞋如果踩上你，能踩到你骨头里！"

唐熙像没听见一样，还是对着武超各种拍。她还拍各位老师。标题她都想好了，"百米大神受伤走下神坛，各位老师全力救助！"多有话题性。比上届的"百米王者终极之战，武超卫冕成功"强多了。

今天的场面多有感情，多有生活！妥妥的小报记者潜质。

老师们把武超扶到班级方阵里。他的手和膝盖都是擦伤，渗着黑红色的血。校医给他处理着创口。

旁边的唐熙又想举起相机。但在武超杀人的眼神里,她又缓缓放下了手。她知道,现在的超哥很恼火。

校医走后,武超坐在椅子上生气。气死他了,百米是他最看重的项目,第二,他从来没得过第二!

广播里播报着成绩:"初三男子百米决赛成绩,第一名初三(3)班王峰,第二名初三(6)班武超,第三名……"

唐熙坐在武超身边,一手端着水杯,一手拿书给武超扇着风。她知道自己惹了祸,一脸讨好的笑容。

武超烦躁地推开她扇风的手:"都秋天了,我还能热吗?我冷,我现在心冷!"

唐熙停手,一脸谄媚地笑,讪讪接话:"不热,不热。你喝水吧,这水是热的,刚好温暖你。"

"不喝!"

"好,好,不喝,不喝!"唐熙附和着,依旧满脸堆笑。

李铁作为武超御用助理,在给他按摩大腿肌肉,做放松活动。因为稍后还有 4×100 米比赛,必须使武超迅速恢复状态。

广播里最后说:"请以上同学到奖品站领取奖品!"

唐熙笑嘻嘻地说:"嘿嘿,超哥,让你领奖呢!"她只有有事求他的时候才会喊一声超哥,其他时候她都是用喊小弟的语气喊"武超"。

"不要!不领!"武超气哼哼地说,态度十分恶劣。

"嘿嘿,超哥,二等奖是一个日记本,可好看了,比一等奖钢笔好……嘿嘿……我想要!"唐熙脸皮厚厚,不知死活地说出内心想法。

"你想要你去领,我丢不起人!"武超都要气死了,她还想着二等奖奖品。

"老师不让代领!"唐熙小声说着。她确实有点小愧疚。

"啊!烦死了!"武超不耐烦地站起来,"你要什么颜色的?!"他看着唐熙闷声说。

他得问好了,不然不是唐熙心仪的款,她会让他回去换的。他不想丢两遍人。

"粉色,粉色,皮上有王祖贤照片的那款!"这是唐熙看其他项目获得二等奖的同学拿着的。

武超去了领奖处,在一堆笔记本里找粉色的带着王祖贤图案的。

领奖处的老师们笑着打趣武超:"大神难得二等奖,心情不错啊。"

"小伙子喜欢王祖贤呀……哈哈,有眼光……"

武超呵呵笑着点头,心里骂着傻妞唐熙。

武超回来了,把笔记本扔给了唐熙,叮嘱她说:"一会儿4×100米,我跑最后一棒,你离我远点。明天200米决赛,你也离我远点!"

"好,好,没问题!"唐熙拿着笔记本,看着王祖贤,心满意足地笑了。现在武超说什么她都答应。

运动会后,校刊也出来了。头版头条当然不能是大神武超被唐熙砸后痛苦的照片。那些照片被审稿老师淘汰了,用了在武超的带领下,初三(6)班男子4×100米夺冠后的庆祝合照。标题是:"百米王者武超率领初三(6)班蝉联男子4×100米接力冠军!"

百米冠军,初三(3)班的王峰,还曾梦想着他终于能登上校刊的头条了。呵呵,他还是没有机会,他的头条梦彻底破灭了。

运动会结束了,学生的任务就是学习。该回归本职了。

武超自打上初三开始,又迷上了武侠小说,特别是金庸的书,真的很好看。他计划把"飞雪连天射白鹿,笑书神侠倚碧鸳"都读一遍,现在他在看《天龙八部》。他最早的情感萌芽是金庸老先生开启的。

他最喜欢的大侠是萧峰。但是他还不理解萧峰与阿朱的情感。阿朱是很好,可是死了就死了,为什么大侠那么伤心,那么撕心裂肺呢?!这不符合大侠的高大形象啊!大侠不是应该冷峻,不在乎儿女情长的吗?

现在上的是班主任王小红老师的英语课。王老师年轻漂亮,大学毕业进校开始工作,就从初一带他们班。可以说王老师是与他们一起进校一起成长。

武超还在回味小说里的情节。人虽然坐在课堂上,魂却在小说里。

王老师卖力讲课："今天我们学的是短语 have got，下面开始做造句练习。"

王老师看了看同学们，一看武超就心不在焉，说道："你有巧克力吗？用英语怎么说？你有巧克力吗？武超！"

武超一个激灵，站起来响亮地回答："没有！"

"嗯？"老师看着他，表示疑问，也是再给武超一个机会。

武超辩解道："真没有，我不爱吃那玩意儿！"

"哈哈哈……"同学们大笑起来。

王老师怒火中烧："这都初三了，你还给我天天梦游！你想中考完再学习吗？给我站着听讲！"

快下课了，王老师说："我们再来读一遍今天的课文。武超，老师给你一个机会，读课文你会吧？"

武超点头，即使再不爱英语，也得给老师面子。

课文是李雷和韩梅梅对话。王老师接着说："我给你找个好一点的韩梅梅配合你。唐熙，你来读韩梅梅！"

唐熙起身："Hi，LiLei！Have you got any chocolate？"（嗨，李雷，你有巧克力吗？）唐熙口语还蛮好听的。

该武超了，武超拿着书，翻着白眼："哦，那个，hi，韩梅梅啊……你那个……I……I……"I 不出来了，中英文结合。他就不喜欢"鸟语"，可以说对比一窍不通。他一直想不通，为什么堂堂中华好儿郎，要学"鸟语"。

哈哈哈，同学们又大笑。

"好了！好了！"王老师制止住同学们，"你这个李雷配不上韩梅梅啊。"王老师无奈，开着玩笑。

王老师接着教育他："武超，你认真点吧。英语是世界上传播最广泛的语言。最基本的对话你都不会，假如以后出国旅游，你如何交流？如果你当了总裁、老板之类，一句英语都不会，是不是有失身份？"

武超觉得老师说得没有道理，贫嘴道："我都是总裁了还用自己说英文吗？我可以雇唐熙当翻译！"

"好了,打住吧!你不怕唐熙给你(出)卖了?"王老师生气反驳。

武超不知道哪根筋搭错了,来了一句:"她不舍得。"可能是最近看《天龙八部》入了迷,受段誉影响,他也学会了油嘴滑舌。

"哦——"同学们起哄。

唐熙和王老师一起红了脸。

"行了,别对付了,课文抄写五遍,明天给我!"王老师对武超下命令。

伴随着下课铃声,王老师走出了教室。男同学们都起哄地喊:"武大侠,你怎么知道唐熙舍不得你?"因为武超是武侠小说专家,所以得"武大侠"这一雅号。

武超笑着坐下,他也不知道刚才怎么就脱口而出那句话。但是同学们问了,面子不能丢啊,就应付道:"她得留着我带她去塞外打猎牧羊!"武超说完差点想掐死自己。都说的什么呀?他把唐熙当阿朱了,把自己当萧峰了。

幸好同学们都不懂,他们都没看过全本的《天龙八部》。《天龙八部》里阿朱与萧峰表白时说,愿意追随萧峰,去塞外打猎牧羊,不畏寒苦,只愿做一对神仙眷侣。

唐熙也不懂武超说的"塞外牧羊"的内层含义,但是"舍不得"三个字让她生气,她气呼呼地站起来,走到武超跟前,说道:"我是舍不得你,把你卖了过年就没有猪肉吃了。过年杀猪先杀你。"说着对他做了一个杀了他的动作。

武超笑了,现在的唐熙更像阿紫,如小兽般张牙舞爪。

转年,很快到了毕业季。中考完毕,成绩也出来了。

学校要开毕业典礼,班级也要举行告别仪式。

唐熙的成绩是上市重点高中。她没有她姐姐厉害,当年姐姐考上的是省重点。但是有一个好处,就是姐姐的省重点需要住校,而她的市重点是走读。这样可以每天回家吃到爸爸做的饭菜了。

武超通过骨龄测试被告知,他的身高最终会在一米八左右,不适合走短跑专业路线。所以他爸决定让他去读职高,学一门技能,然后毕业去当兵。

李铁是不会与武超分开的,他选择与武超同校。武超也不会丢下李铁,小铁太憨直,武超要护着他。两人还约定,高中毕业后一起参军入伍。

学校的毕业典礼上,品学兼优、容貌出众的唐熙代表毕业生上台讲话。唐熙已经出落成漂亮的大姑娘。儿时小脸上的黑红色早已褪去,取而代之的是满满的胶原蛋白,甚是好看。

晨光里,唐熙站在国旗下,扎着马尾辫,穿着最普通的校服,读着离别的诗句:

"同学们,我们一共上过 5760 节课,共度了 126 个星期,走过了 6 个学期。一张试卷考散了一群人。最后只剩下一张照片和一声再见。三年的书全了,人却散了。下学期教室里依然会坐满了人,却不会再是我们。人生难得是欢聚,唯有别离多。再见了同学们,再见了老师们,再见了,我亲爱的母校……"

唐熙读得真情实感,全校师生都感动得热泪盈眶。

武超站在队伍里想:"是啊,我们从托儿所就在一起,每天一起上学,一起放学,周末还在一起玩,朝夕相处了十六年,我们每天都见面,如同吃饭睡觉呼吸。下学期我们就分开了,以前我每天都能听见她在我耳边聒噪,有时候真的很烦。但是以后没有了这聒噪,我会不会不习惯呢?她一个人去新的学校,新的班级,会不会觉得孤单呢?"

雷鸣般的掌声响起,唐熙结束了发言。武超也拉回了思绪。毕业典礼结束,就是各个班级自己的告别班会了。

同学们回到教室,最后一次坐在自己的位置上。

王小红老师很激动,她说:"亲爱的弟弟妹妹们,我想这么称呼你们,因为我只比你们大九岁。你们是我带的第一届学生,也是第一届毕业班。我二十二岁时从象牙塔里走出来,又直接回到学校做老师,当时的我真的很迷茫,不知道怎么做一个好老师,我只能照着前人的样子,鹦鹉学舌。在这三年时间里,姐姐有做错的地方,有伤害到你们自尊的地方,请你们原谅我。

请你们记得我的好,我是真心为你们好。我真的希望把我所有的知识都传授给你们,让你们在未来的道路上少一些阻碍,多一些自信!请记住我,也请记住我们一起走过的青春岁月。我是你们的初中班主任——王小红!"说着,王老师对同学们深深鞠了一躬。

同学们都哭了,又都笑了,大家一起鼓掌。

女孩子们喊道:"姐姐,你是咱们学校最漂亮的女老师。我们都超级喜欢你。"

男孩子也喊道:"姐,以后高老师敢欺负你,你就告诉我们。我们为你出气,一定打得他满地找牙!"

王老师破涕为笑,不好意思地说:"跟高老师有什么关系。"声音越来越小,一点儿底气也没有。

高老师是他们的化学老师,男的,斯斯文文。

同学们喊道:"一对儿,一对儿,一对儿!"

王老师脸红了。孩子们的洞察力绝对一流。

她接着说:"言归正传,我想说的已经说完了,你们谁还想发言?这是最后的机会了,今天不说,明天就没有机会了,因为听众都回家过开心暑假去了!"

武超起身,王老师点头,做了一个请的手势。武超走到前面,他以前极少在班会上发言,今天他一点儿不紧张,从容不迫,真的有一种大侠风范。

他说:"从今天开始,我们如同离巢的雏鹰,要展翅高飞了。我们要为自己的梦想和未来去奋斗了。有的同学会到重点高中继续学习,然后考上大学,甚至出国留学,去做科学家。"说着他的眼睛扫过唐熙,唐熙也在看着他,眼睛里充满了友善与激动。武超接着说:"有的同学会去职业学校学习技术,比如我。但是,同学们,我们要记住今天的每张笑脸,记住我们曾经的欢笑与打闹。以后不管我们进入任何行业,从事任何职业,我们在世界任何角落相遇,都要拥抱,说一声,同学,你好!……以后我们每个人都要有自己的人生目标,我们要有梦想,我们要活成自己喜欢的样子。海阔凭鱼跃,天高任鸟飞。好风凭借力,送我上青云!同学们,让我们一起努力吧!"

唐熙的眼泪流了下来，不住地点头，鼓掌，李铁也鼓掌，同学们一起鼓掌。王老师更是泪流满面，激动地上前拥抱住了武超。

她惊讶地看着这个帅帅的小伙子，以前只知道他跑得快，平时不爱言语，却不知道他脑子里有这么远大的志向，真的是小看了他。

最后同学们紧紧相拥，依依惜别，青春的泪水肆意流淌。

三个小伙伴走在回家的路上。他们之间没有分别的伤感，虽然他们以后不在一所学校读书，但是他们还住在一个大院里，还是可以在一起玩。

他们之间的分别，他们不愿意想象，因为那一天太遥远。他们更希望永远也不会有那么一天。

唐熙还在对刚才武超的青春宣言兴奋不已，说道："小超，你今天帅呆了，酷死了，简直无法比喻了。"

李铁吃醋地说："小红姐还抱了你！"估计王小红老师是李铁喜欢的第一个女生。

武超不好意思了："也没想到小红姐会抱我。那是本大侠的初抱，就被她夺走了！"

李铁语气里充满了羡慕嫉妒恨地说："别得了便宜还卖乖。被那么漂亮的小红姐抱，我估计你回家三天都不带洗澡的。"

唐熙哈哈大笑，表示赞同。

武超辩解道："小红姐的初抱都给高老师了，然后还骗走了本少爷的初抱。"

唐熙笑着打趣他："省吧你。你的初抱准备留给谁？估计你想抱的人还在幼儿园小班吃手指头呢！"

武超停住脚步，在唐熙身后攥起了拳头，做了一个揍她的手势。

武超内心独白："天天跟我抬杠，真烦人！刚才还有点儿舍不得你，现在盼着你快点离开我，离得远远的，眼不见，心不烦，耳根子清静。"

唐熙回头催他："你快点走，磨叽什么呢？猜拳买雪糕吧。"

这是他们之间常玩的游戏，猜拳输了的人请另外两个人吃雪糕。

路上树影斑驳，微风轻拂，穿着同款校服的少男少女，有着不一样的青涩脸庞。但是他们脸上洋溢的笑容,又都是一样的纯真和美好。

人,如果一直不长大,该有多好。

暑假开始了,唐熙妈妈给她报了高中新课程预习班。她每天上午都要去上课,下午在家做习题。

李钢下学期就升高三了,每天都要上补习班。老天不公平,爸妈也不公平。他们把一切的优质基因都给了李钢,用剩下的残次品拼凑了一个李铁。

李钢从小就长得可爱,大了以后更是帅气。他的帅与武超不一样。武超是不笑的时候冷若冰霜,一笑如暖阳照耀。李钢是一直给人如沐春风之感。可能他是当大哥哥习惯了,到哪儿都自带主导者气质,让人不自觉地听从他的建议。任何人跟他在一起都会有一种心安的感觉。

他有礼有节,总是能微笑倾听对方的讲话,回话时也是不徐不疾,思路清晰。他也不缺乏少年的爽朗和活泼。可以说,他就是大人们口中别人家的孩子。

而且他脑子聪明,学习在班级名列前茅,篮球打得也好,一直在校篮球队训练。他父母给他规划的路线是,争取篮球加分,冲击重点大学。所以整个假期他都忙得不亦乐乎。

李铁和武超的家长给他们报了同一所职业高中,准备开学就去报到。眼下他们俩最是轻松,天天都玩在一起。

盛夏,午后,知了百无聊赖地在树上鸣唱。

李铁和武超在篮球场打球。今天的天气,热得要死。

武超把篮球放在一边,坐在了秋千上:"不打了,太热了。天天就咱俩打球无聊死了。"

李铁说:"是呀,咱俩去海里游泳?"

武超说:"没意思,现在海蜇都成熟了,我昨天下海还被蜇了一下。现在还疼!"

李铁说:"这几天都没看见唐熙,不知道她现在干啥呢?"

这也是武超想说的话。这几天只有一天的傍晚,唐熙出来跟他们侃了一会儿,然后又回家了。真不知道这傻妞在家干什么。以她的性格能闲住？

她当然闲不住！

唐熙在家心不在焉地做着习题。她没出去玩是有原因的。处于生理期,她还偷吃了冰激凌喝了凉可乐,量多,肚子还疼,所以她不想出去。

"唐熙,唐熙！"两个男孩在楼下喊。

"唉——"唐熙在楼上隔着纱窗回应。

两个男孩子站在篮球场边。武超喊:"下来玩啊！"

唐熙有难言之隐,说道:"我不想下去,你俩上来吧。"

"好！"俩男孩接受邀请。

他们来到唐熙家。唐熙家的饭厅背景墙是一面书架。这里面有他们一家人收集的各类书籍。用唐医生的话说,他们家是伴着书香吃饭。

武超以前来唐熙家就喜欢坐在餐桌前看书。他除了跟唐医生借过四大名著,其他历史方面的书籍他也借过。唐医生当然全力支持。唐医生还告诉武超,以后想看什么书,就来他这里拿。

唐熙把习题集拿到餐桌上,在餐桌上写作业,还不时与他们俩聊着天。武超找了一本《孙子兵法》看。李铁无聊,太深奥的书他看不进去,就找了一本娱乐杂志随手翻着。他们中间摆了两盘水果,分别是一大串葡萄和六个桃子——这是唐熙的待客之礼。

唐熙家的桃子又大又红。

唐熙碰了一下武超,头也不抬地递上一个桃子。

武超拿过来,稍加力道掰开,桃子一分为二,给唐熙一半,另一半自己吃。这就是默契,唐熙无须说一个字,武超就明白,她吃不下一个大桃子,要与他分吃一个。

待他俩再抬头时,其余的五个桃子已经变成了五个桃核儿。

唐熙吞吞口水说:"小铁,你肚子胀不胀？"

李铁看着书摇头。

"你把葡萄也吃了吧。"唐熙在逗他。

李铁说:"吃葡萄太费劲,还得吐皮,还得吐籽,吃着不过瘾。"

唐熙撇撇嘴："饭桶！"

李铁被骂也无所谓，他都习惯了。看了一会儿杂志，李铁觉得没意思。起身到书架上换书。李铁翻翻找找，看见了唐熙家的影集。

李铁说："小熙，我能看看你家影集吗？"

唐熙没抬头："看吧，看吧！这里面还有你的照片呢！"

李铁高兴了，拿过来开始翻看。武超也好奇，凑过来一起看。

唐医生爱摄影，经常在孩子们玩耍的时候捕捉镜头，也有一些逢年过节的纪念照片。

武超指着一张李铁的照片哈哈大笑："哈哈哈，李铁，你还记不记得，唐叔带我们下海游泳，你泳裤皮筋断了提着裤子上岸？"

李铁窘。唐熙也探过头来看，然后捂着嘴偷笑。

还有唐熙小时候剪了短头发，又黑又丑又胖的照片。照片上唐熙站中间，龇着牙，武超和李铁分立左右搂着她的肩膀。

李铁说："唐熙，你小时候真丑啊！"

唐熙在下面踹了李铁一脚。

武超也说："不但丑，表情还二。"

唐熙又打了武超一拳。

唐熙的武力值爆表，一直秉承"能动手绝不动口"的原则。

李铁又翻了一页，是他们三个换乳牙时候的照片。李铁把照片拿出来，仔细端详，想看看谁最丑。这时，他发现照片后面还藏了一张小的黑白照片。

他拿起这张黑白照，是武超和唐熙两个人小时候，几岁记不得了。但是照片上的两个人，在，在，在，脸对脸——亲嘴儿！

李铁拿着照片喊："你俩在亲嘴儿！"

唐熙和武超在看其他照片，并没注意李铁手里的这张。

闻听此言，两人都吓了一跳。俯下身，头抵着头一起看。

这照片的情景是真的——真的亲嘴儿！小时候的唐熙是后脑勺对着镜头，梳着两个小辫，武超瞪着眼睛。左看右看上看下看，怎么看都是两个小孩在亲亲。

李铁喊："你俩小时候就亲嘴儿！"

唐熙和武超同时红了脸。唐熙最先反应过来，双手掐住李铁脖子："你闭嘴！你是流氓，你乱讲！"

憨厚的李铁怎么可能乱讲。李铁躲闪着，嘴里还辩解道："你看，你俩真的在亲……"话没说完就被唐熙拿起一大串葡萄塞进了嘴里。

"我叫你乱讲，我叫你乱讲！"唐熙边塞边喊。

武超好尴尬地站着，毕竟两个人都十六岁了，正值青春期，这个有点儿太震撼了。

李铁被她塞得满满一嘴，好难受。一闭嘴，葡萄汁水喷射，滋了唐熙一脸。唐熙顾不得满脸葡萄汁，喊道："武超，你傻站着干啥。你还不上来打他。撕了他的嘴！"唐熙认为这时候他们俩应该是同盟，一起收拾这个满嘴跑火车的傻大个。

"吱呦！"唐熙家的纱门开了，唐熙爸爸进了屋，看见唐熙霸道的模样，呵斥道："唐熙，放手，你怎么又欺负小铁。我在楼下就听见你喊，你还让小超跟你一起打小铁。"

唐熙愤然地看着李铁，小脸气得通红。李铁有了救星，咽下了嘴里的葡萄，终于可以开口："唐叔，你看，他们俩小时候是不是在亲嘴儿？"他不可能吐出葡萄，因为从小到大，进他嘴里的食物从来不浪费，都是咽下去。

这孩子真执着，就认准"亲嘴儿"这事了。武超和唐熙也很紧张，怕唐医生给出肯定答案。

唐医生看了一眼照片，摇头笑道："不是。那是他们俩是在吃一根冰棍儿。我那时候第一次照相，没掌握好角度，看着是容易让人误会。"

武超在心里长出了一口气。如果真是亲嘴儿，他以后见唐熙会多尴尬！

唐熙看着李铁："二黑，你听见没有！你就跟狗仔队一样，捕风捉影！"

武超看唐叔已经下班，告辞道："唐叔，我们也该回家了。"说着他拉着李铁出了唐家。

走在回家的路上，由于李铁的身上和脸上都沾染了葡萄的汁水，散发着淡淡的果香,一只小蜜蜂不知死活地落在李铁脸上。

李铁觉得痒痒,拉住武超说:"超,我脸上落虫子了吗?"

武超看了一眼,说:"别动!"

啪,武超一巴掌过来,那声音响亮又清脆,小蜜蜂牺牲了。

李铁说"你打我干啥?"

武超说:"我打蜜蜂!"

李铁说:"你可以赶走它!"

武超说:"赶不走,它粘在你脸上了!"

李铁说:"真的?"

武超说:"嗯,真的!"

"哦!谢谢!"李铁摸着脸,真诚地感谢武超。

暑假结束前,李钢有了片刻的喘息时间。

这天下午,四个小伙伴在篮球场上开会。

李钢说:"放假比上学还累,这两天终于可以休息一下了。"

唐熙说:"钢哥,我们整个假期也没机会好好玩。这马上要开学了,咱出去玩一次吧!"

李铁说:"听说新开了一个轮滑馆,咱去滑轮滑吧!"

唐熙说:"好啊,好啊!"

"好!"李钢答应了。

"Yeah!"唐熙欢呼,"你们等我半小时,我回家换衣服。"

"你这不挺好吗,换什么衣服?"武超不解地问。唐熙穿着一条校服裤子,一件紫色的半袖 T 恤,再正常不过的装束,为什么还要回家换衣服?

李钢、李铁也一样不解,跟着附和。

"闭嘴,你们懂什么!"唐熙喝住三人,"等着!"唐熙转身往家走去,声音飘了过来。

唐熙再出现的时候,三个男孩都傻了眼。

她穿着一条紧身牛仔裤,白色带酒红色亮片的短袖 T 恤。但是,T 恤……

额……有点儿短,隐隐约约前面露着肚脐,后面露着腰肢。她还斜挎了一只闪着酒红色亮片的小包。整个唐熙远远看着,就像被彩色的包装纸包裹好的礼品。

长发被她故意偏着束起,她还涂了闪闪发亮的眼影和红艳艳的唇膏。但是明显看得出她是第一次自己化妆,手法十分拙劣。不过她底子好,打扮起来还是很好看的。

三个男孩第一次看到这样的唐熙,脑子暂时反应不过来。有一种说不出来的感觉。好看吧?是不丑,但是就感觉这个人不是唐熙。

但是她一讲话,又妥妥的就是傻妞唐熙。怎么形容现在的唐熙呢?就是文不对题,对,就是这个词。

而且,越仔细看越觉得别扭。

"哎呀我的妈呀。"李钢一捂眼睛,"你这是闹的哪出?"

李铁问:"是不是唐诗姐回来了,你偷她衣服穿?"

唐熙点头:"你猜对了。但是包包是我自己的。"唐诗现在在京城 A 大研究生在读。放假之初有事没回来,这马上要开学了,回家来住一周。不过,今天她不在家,到图书馆查资料去了,这让唐熙有了偷穿她衣服的机会。

"就包最难看。"李铁净说实话。

唐熙看都没看他,直接用手肘狠狠地撞了二黑的肋骨,二黑疼得弯下了腰。

武超斜睨了她一眼,摇摇头撇撇嘴:"衣服还特短。你不怕坏肚子?"因为他妈说过,肚脐受风容易坏肚子。

唐熙白了他一眼:"就要这样的。你不懂。"

"这明显短了嘛……都……都露腰了。"武超实在不好意思说出口。

"少废话,出发!"唐熙发号着一级命令。

"你还是回家换了吧,跟你出去丢不起人。"武超没有要走的意思。

"不换!你去不去?"武超不会欣赏美,还打击她。唐熙想发火,攥着拳头开始打他。

"去,去。别动手!"武超投降了,心不甘情不愿地喊。他如果再不认怂,唐熙该用脚踹了。

李铁也催促道："走吧,走吧,再不走太阳就下班了。"

李钢和武超交换着眼神,这样的唐熙,怎么看都像一个不良少女。

四个小伙伴来到轮滑馆,这是一家新店,装修得很豪华,超级厚重的窗帘拉得紧紧的,拒绝着外面灿烂的阳光。里面音乐震耳欲聋,霓虹灯闪烁,气氛火热到了顶点。

四人换上轮滑鞋下场。以前他们也滑过几次,技术不是很娴熟,但是也不至于太差劲。

四人转了几圈,先热热身。然后李铁为首,其余三人依次扶着前人的腰,如贪吃蛇状滑行。

武超跟在唐熙身后,她的装束,武超真不知道应该把手放在她哪里好,最后只能勉强拽着她的衣服。

武超不解,真不知道这傻妞怎么想的,出来滑个轮滑,为什么还打扮得跟个小妖精似的?

李铁玩疯了,越滑越快,后面的唐熙已经跟不上他的速度,松开了手。

李铁回头笑道:"唐熙,你天天说我笨,你才最笨!"

他回头喊时,脚下没有停,与对面一个戴黑框眼镜的男生撞了个满怀。眼镜男恶狠狠推开李铁,嘴里骂道:"瞎啊!"然后转身继续滑行。

快节奏的迪曲儿,让人异常兴奋,也让李铁忘乎所以。

李铁追上那男生,问道:"你说谁瞎?"

眼镜男不示弱:"说你瞎!说你咋的?!"

李铁怒了:"你再说一个试试!"

眼镜男说:"你就是瞎,说一百遍都是瞎!"

李铁怒道:"我去你的!你个傻缺,敢跟小爷乱喊!"说着,李铁上手就是一个耳光,打得男生一个趔趄。他忙扶住了旁边的护栏。

眼镜男说:"你敢打我!你等着。"

李铁:"等着就等着,小爷还怕你?"说着,李铁滑走,追唐熙他们去了。

唐熙被李铁甩掉后,她成了第一位,后面跟着武超和李钢。三人慢慢滑行等着李铁归队。李铁追上他们,大声喊道:"等会儿!"

三人收住了脚,这里面音乐声太大了。李铁站在三人中间,喊着说:"我刚才打人了。我撞了那个戴眼镜的小子,他说我瞎,还跟我乱喊,我就给了他一耳光。"李铁指着远处的眼镜男给他们看。

李钢皱眉不悦:"幼稚。他说你瞎,你就瞎吗?而且是你先撞的人家,去跟人家道歉。"

李铁倔脾气上来:"我不,谁让他说我瞎。"

这边,被打的眼镜男对着卡座扯着脖子喊道:"大哥,大哥,有人打我!"

"谁打你?"一个高大的男子站了起来。他身上有文身,嘴里有酒气。

"就他,那个大个儿!"眼镜男指着远处的李铁。

文身男喊了一嗓子:"兄弟们,有人欺负我弟!"

呼啦啦,卡座里站起十几个人,都是小混混儿模样。原来是他们玩累了,在卡座里喝着啤酒休息。小混混儿们问道:"谁?"

眼镜男说:"就那个大个!"

文身男说道:"看我的!"

文身男滑了过去,故意撞向李铁。

李铁正好气不顺,骂道:"瞎啊!"

文身男伸手就是一耳光,骂道:"你敢说爷爷瞎!"说着十余人围了上来。他们已经看见李铁与其他三人讲话,知道他们是一伙的,不由分说开始动手。

李钢和武超积极应战。这时候任何话语都是苍白的,打吧!伴着令人亢奋的迪曲儿、闪烁的滚灯,众人混战到一起!

李家兄弟的爸爸老李是警察,也是退伍军人。武超他爸以前在部队的时候,格斗技术也是一流。他们经常在家教儿子们招式,所以即使对方十几个人,也占不了上风。

对方的小混混儿们很讲江湖道义,不打女孩,所以没人动唐熙。但是李钢还是怕伤到唐熙,边打边喊:"唐熙,躲一边去!"唐熙滑到一边,扶着护栏站着观战。

文身男挺厉害，他在李铁背后锁住了李铁的脖子，几个小弟在前面猛捶李铁的肚子。唐熙急了，虽然她也经常打李铁，但是她打可以，别人打就不行！因为李铁是她异父异母的亲弟弟！

她绕到文身男的身后，一把薅住文身男的头发，用尽全身力气往后一带。文身男没有防备摔倒在地，同时松开了李铁。

李铁开始反扑，对着几个小喽啰拳打脚踢。唐熙骑在文身男身上，连打带掐。文身男被她吓了一跳。当他看清是个漂亮小姑娘的时候，没有还手，而是用手挡住了脸，嘴里喊道："别打脸，别打脸！"

唐熙抓起文身男的胳膊就是一口。文身男疼得哇哇大叫。

武超闻声赶到，喊道："你敢打我妹妹！"蹲下对着文身男的脸就是一拳，文身男顿时鼻子冒血。随后，武超拉起了唐熙。

文身男心里苦啊，他没动唐熙一手指头！

混战还在继续。唐熙打得开心，左右开弓，既然她先动了手，对方也就对她不客气了。三个男生在打架的同时，还要保护着唐熙，渐渐地负伤严重了。

这时，迪曲儿戛然而止，双方都僵在原地。

就听到有人大喊："警察，都住手！分两边抱头面朝墙蹲下！"看来是有人报警了。

四人智商开始回归，这如果被家长知道，可不是好交代的。他们交换了一下眼神，按指示蹲好。

带队的警察正是李家兄弟的爸爸老李。他接到了报警，带着几个警校实习的大学生赶了过来。刚才喝住众人的，就是老李带的实习生徒弟。

老李一眼就认出了他们四个，对徒弟小声说："都给我铐上！"

徒弟回话："师傅，没带那么多铐子。"

老李指了指李钢等四人："先把那三个小子铐上。"

徒弟听命，把三人的手从背后铐上。老李是想给他们一个教训。

老李不怒自威，对众人说："说说吧，小'英雄'们，为什么打架？"

四人一听，是老李的声音。李铁好兴奋，转头就要喊爸爸。

这种情况下怎能认父！武超离他最近，他用肩膀一顶李铁，李铁仰面摔了下去。由于双手在背后铐着，武超也重心不稳，扑倒在了李铁身上。两人面对面，武超的嘴压在了李铁的唇上。

"啊！"李铁大喊，呸呸地吐着口水，这是他的初吻，就这么稀里糊涂地丢了。武超趁机在他耳边嘀咕四个字："别认你爸！"李铁终于明白了什么，乖乖闭上了嘴，但是他的表情却如丢至宝般难过。武超又何尝不是，那也是他的初吻，居然给了二黑！两人的心里都特别不是滋味，如同吃水果吃到半只虫子，已经吐不出来了，细思还极恶心。

唐熙把武超和李铁扶了起来，三人又面朝墙蹲好。

老李接着说："你们谁先说？"

眼镜男很是懦弱，看着警察不敢吱声。

文身男举手说道："报告政府，我先说。"老李点头示意。这文身男是派出所的常客，老李已经认出他了。

文身男说："是那个大个儿先打我兄弟的。"

老李问："他为什么打你兄弟？"

文身男语塞，对啊，为什么打他？

眼镜男哆哆嗦嗦说："我与大个儿撞上了，他就打我！"

李钢心里着急，这回家李铁不得被爸打死。无缘无故惹事，欺凌比自己弱小的人，这是家规大忌。

李钢转头喊道："警察叔叔，我有话说。"

老李也想听听李钢怎么说。文身男是派出所挂了号的小混混儿，他能有什么正经话。

老李指着李钢："好，你说！"

李钢示意唐熙扶自己转过身来。因为手被铐着，脚穿轮滑鞋，实在是难以掌握平衡。李钢脑子在飞快运转。

唐熙扶着李钢转过来，李钢说："警察叔叔，我们是学生，我带着弟弟妹妹出来玩。那个戴黑框眼镜的家伙，他……他骚扰我妹妹，我弟气不过才跟他打起来的。"

李钢暗自夸自己聪明,心想下一步就看你的了,唐熙!

眼镜男差点儿没气死。这不是睁眼说瞎话吗,守不守江湖规矩!

唐熙听李钢这么说,马上心领神会,给了李钢一个安心的眼神。

唐熙一秒钟酝酿好情绪,用委屈的语气,指着眼镜男说道:"警察叔叔,是他撒谎,你应该铐他。他是流氓,是他看我长得好看,先与我搭讪,我不理他,他又故意撞我。"

唐熙在刚才的混战中,本来就歪着的马尾辫也松了,细碎的头发散落了下来,辫子乱七八糟地吊在脑侧,本来就五颜六色的小脸上,还增添了紫色和青色的伤痕。

老李看着她的形象,实在是忍不住笑了。然后他故意清清喉咙,把笑容压了下去。

唐熙理了一下头发接着说:"警察叔叔,刚才是眼镜先动的手。是他对我吹口哨,还故意撞我。我弟弟看见了,就说了他一句,他就先动手了,随后我弟弟才还手的。他打不过我弟,就喊了这些人来帮忙。你不应该铐他们三个,你应该铐他。"唐熙说得跟真的一样,还有隐约的哭音。她从小练就的演技那是一级棒。眼镜男有口难辩。

眼镜男辩解道:"你撒谎!"

唐熙面不改色,言之凿凿:"谁撒谎谁心里清楚!"

呸呸。眼镜男暗骂,没见过这么无赖的小姑娘。

武超和李铁对着墙憋着笑,忍得好辛苦。特别是唐熙说看我长得好看时,他们俩回想起刚才唐熙的狼狈模样,差点儿憋出了内伤。

那句"谁撒谎谁心里清楚",他们真是佩服唐熙怎么好意思说出这句话来。

因为眼镜男与李铁争执时,其他小混混儿并不在身边。所以小混混儿们也觉得唐熙说的是真的,是眼镜男垂涎人家小姑娘的美貌,才惹这一身骚。

老李示意徒弟把三个铐子下了。老李说道:"你们想怎么处理,跟我回所里还是和解?"

李钢大方地说:"这些兄弟也是不知真相,我看就不给警察叔叔添麻烦了。我们各自回家治伤。"

文身男也被唐熙迷惑,觉得是眼镜男惹的祸,自觉理亏,也表示可以和解。然后文身男和李钢分别在出警记录上签字,这事就算了结了。

武超脑子里突然想到《倚天屠龙记》里,殷素素对儿子张无忌说的一句话:"千万不要相信女人的话,越是漂亮的女人越会骗人。"

呵呵,唐熙骗了所有的人,也包括老警察李叔。

唐熙也属于漂亮女人?不对,她就是一个脸皮厚的大傻妞。

老李指着四人说道:"你们四个,跟我走一趟,还有别的事找你们!"

四人点头去换鞋。他们知道,老李是在保护他们。如果老李走了,对方再打他们怎么办?

出了轮滑馆,老李对着唐熙说:"你怎么打扮得跟小妖精似的,难怪被人搭讪。以后不许这么穿了!"

唐熙笑着点头:"Yes Sir!(是,警官!)"

老李跟他们四个小声说:"快点打车回家!回家再收拾你们!"

四人一起鞠躬:"警察叔叔再见!"

老李被他们逗乐了,说道:"滚吧!"

四人打车离开。李钢依旧坐在副驾驶位置,唐熙坐在后排中间,左右"护法"是李铁和武超。一路上李铁和武超谁也不理谁,都气呼呼的。

四人一起回到唐熙家,以前淘气受伤都是唐熙给他们消毒上药,这次也不例外。

四人坐在餐桌旁疗伤。上完药,唐熙从冰箱里拿了四支冰棍儿,递给他们三人做冰敷消肿,她自己也留了一支做冰敷。

三个男孩一起埋怨唐熙,说如果不是唐熙下场参战,他们不至于负伤严重,都是唐熙拖了他们后腿!

唐熙的嘴角红肿,眼睛乌青,额头还有个大紫包。但是唐熙很兴奋,直呼打架真好玩。

唐熙说:"原来当古惑仔这么爽。明天咱再去找架打!"

李钢斜睨着她,说道:"今天都没打赢,还想明天找架打?我看是揍你轻了！"

唐熙摇头："今天是你们三个乌合之众能力太有限。"

"哈哈哈！"三个男生一起哄笑。

唐熙像没听见一样，对李钢说："钢哥，咱这个城市有帮派吗？我想入帮，从最基层的小妹做起，最后混成大姐大！"

三个男孩像看傻子一样看着她，原来熙姐有如此远大的"志向"。

武超怂恿道："你还没混成大姐大呢，就先被人揍死了。这样吧，你成立一个帮派吧，直接当大姐大，我们跟你混。"武超在逗她。

唐熙兴奋："行啊，叫什么帮呢，叫什么呢？"唐熙在认真思索。

李钢说："叫傻白甜帮！傻子加白痴加糖稀就等于傻白甜！"

"哈哈哈！"武超和李钢一起爆笑。唐熙也大笑，给了他们每人一拳。唐熙从小就怕李钢，她一般不敢打李钢。今天是太高兴了，忘乎所以给了李钢一拳。李钢也不与她计较，妹妹跟哥哥撒娇太正常了。武超更无所谓，唐熙揍他如同吃饭喝水，再正常不过。

"别笑了！"李铁想起了心结，生气大喊，"武超，你还我初吻！"李铁对着武超扑了过来！

"住手！打上瘾了是不？"李钢喝住李铁。

武超心里也不痛快，抬头盯着李铁说："那也是我的初吻好不？你以为我愿意亲你的猪拱呢！"

他们俩五年级以后就没打过架，今天都控制不住脾气了。

"啊——"李铁趴在桌子上号叫。原来黑黑的小铁如此纯情。

唐熙无奈，安慰李铁说："别号了。这样吧，这事咱们四个都烂到肚子里。以后你俩有了女朋友，我和钢哥一定守口如瓶，不会告诉她们你俩亲亲过。"

武超表示同意。李铁还趴在桌子上纠结。唐熙把冰棍儿都拿给了李铁，继续安慰道："小铁，你把这些冰棍儿都吃了心里就好受了。"

三人看着李铁吃完冰棍儿，唐熙问："好受了吗？"

李铁摇头，可怜兮兮地说："只好受那么一点点，还是难受多。"

唐熙无奈，又从冰箱拿出半个西瓜，拿了一个小勺子递给李铁，说："这是我家最后的甜食了。你吃了吧。"

李铁嘿嘿笑着，接过小勺子和西瓜，大快朵颐起来。

武超抗议道："我心里也苦啊！你怎么不管我？"

唐熙翻箱倒柜，终于找到一块奶糖，剥了糖纸，直接塞进了武超嘴里，笑说："你们真烦！"

武超含住她塞进嘴的糖，大脑缺氧了一秒。他看着唐熙五颜六色的小脸，觉得她好可爱。从来没有哪个女孩子这么热衷于打群架。对，现在他眼里，她是个女孩子，不是哥们儿。

"呸，呸。我就不爱吃甜的！"武超反应了过来，吐出了奶糖。他就不爱吃甜食。

晚上，老李警官回到家跟没事人一样。他还买了一只烧鸡，给两个儿子一人一个鸡腿。

老李心里认为，男孩子有的架必须要打。嫉恶如仇、惩恶扬善才是有血性的男孩。但是他表面上没有露出来，只淡淡说了一句："以后要克制，不要动不动就挥拳头。"哈哈，李铁安全过关，逃过了"生死一劫"。

第四章
少年的心事

1996 年　秋季开学

9 月 1 日,三个人第一次没有一起上学。唐熙走南门,她在 B 高中读高一。她脸上的伤还没好利落,由于皮肤白,脸上的红红紫紫很是明显。不知道新老师和新同学怎么看这个女孩子,小混混儿? 小太妹? 呵呵,反正唐熙也不在乎别人的评论。

武超和李铁走北门,他们在 S 职高读书。

唐熙踩上自行车的一刻觉得自己好孤单。

武超和李铁结伴而行,两人都没讲话。

走了一段,李铁说:"没有唐熙在身边,真是太安静了。"

武超没有说话,他有点儿想唐熙了,以前每天都能看见她。听她不停地叨叨,他觉得很有意思。

上午老师排了座位,李铁和武超个子都高,被分配在最后面。李铁申请跟武超做同桌,老师也同意了。

课堂上,武超扫过前面的同学,都好陌生,而且同学们第一天上课,都表现得很内敛。在武超看来这些人是呆板,完全没有唐熙的聪明和灵动。因为没有唐熙,武超觉得这个班级真无趣。

武超发现了一个神奇的事情,就是他可以一心二用。他在下面偷偷看着小说，然后老师在前面的讲课内容他也能听见，并记在脑子里。老师也突击提问过他，他竟然都能答对。当然，除了英语，英语他是打死也不会的。

在未来的两个月时间里，他都沉浸在《鹿鼎记》里不能自拔。

原著中女主的出场顺序是沐小郡主、方怡、双儿、苏荃、建宁公主、曾柔、阿珂。

小郡主最先出场，韦小宝拿剪子吓唬小郡主，用剪子在她脸上比画，威胁她要给她毁容，小郡主惊慌之下竟然晕倒了。

武超就想起唐熙，她什么都不怕，就怕带羽毛的家禽。有一次他拿了一只小鸡雏吓唬唐熙，唐熙吓得不敢动，哇哇大哭。最后她上气不接下气，真要晕倒了，情形与小郡主无二，都是那么呆萌可爱。

方怡，武超不喜欢，总觉得她太普通了，是个可有可无的人物，就是小郡主的陪衬，一个附属品，有些情节需要这么个人来完成。

她最开始爱慕师兄刘一舟，希望师兄与她情比金坚，谁知道师兄是个十足小人。她对韦小宝的感情不纯粹，摇摆不定，又骗他又对他真情流露，就是一个拎不清的人。

她不配跟唐熙相提并论。

双儿，武超比较喜欢。原著中写道："一张雪白的脸庞，眉弯嘴小，笑靥如花。"

唐熙是雪白的脸蛋，眉毛却不是弯弯的，那样有点儿小家子气。她的眉毛浓淡相宜、不粗不细，呈舒展的弧形，自然大气。古文里的远山眉估计就是唐熙眉毛的样子。

唐熙的嘴巴也不小，应该是大小正好，唇红齿白，嘴唇的厚度正好，说起话来吧啦吧啦，跟机关枪一样。但是唐熙和双儿有一点是一样的，都是笑靥如花。想到唐熙的笑颜，他也不由自主地翘起嘴角。

苏姐姐，一个美艳的少妇，年纪二十三四岁，现在唐熙才十六岁。估计她到了二十三岁也应该是很美艳吧。

建宁公主，太符合唐熙了。建宁公主和唐熙都是眉目灵动，颇有英气。

唐熙那么不讲理，那么"虎叽叽"，做事不计后果，"二货"一个，跟建宁如出一辙。不过唐熙没有建宁作，唐熙比建宁懂事。建宁打韦小宝那是真下死手，要了命地打。唐熙打他还好吧，不是很疼，起码不要命。

还有就是建宁是真爱韦小宝。她认可被苏姐姐管制，也能隐忍。可见她对韦小宝是一片痴情。不知道唐熙会不会如同建宁喜欢小宝一样，喜欢他呢？

这个念头一冒出来，他就想啪啪抽自己，这都想的是什么呀！

曾柔，原著这样描述她："脸蛋微圆，相貌甚甜，一双大大的眼睛漆黑光亮。"是啊，唐熙人如其名，本身就很甜。唐熙也有一双大大的眼睛，漆黑光亮，睫毛上翘，有时候纯真美好，有时候闪着狡黠的光，但是没有一点儿攻击性。每当她眨眼睛的时候都是那么的可爱。

阿珂，绝色佳人。但是武超特烦阿珂，他觉得阿珂与韦小宝在一起是被动的，是没有办法的选择。因为她怀孕了，也因为小宝能给她一个安身之所。虽然一开始是韦小宝不像话，穿着一身和尚服就调戏人家女孩子，而且这个女孩子也确实身世可怜、无人教导。

不过可怜之人也有可恨之处。这女孩也确实浅薄自私、愚昧狭隘，对韦小宝前倨后恭，关键时刻忘恩负义，人品确实有问题。明知道郑克爽品行鄙陋，还对他一直痴迷。不知道她是痴迷郑小王爷的地位，还是多金，还是伪善。总之愚蠢、肤浅！

他的唐熙比阿珂强千倍万倍，阿珂都比不上唐熙的一根小手指头。等等，唐熙什么时候成他的了？武超被自己的这个想法吓到，不自觉得脸红了。

李铁这些天除了上课，就是观察武超。他看武超捧着书一会儿笑、一会儿怒、一会儿还脸红，表情变化多端，跟二傻子似的，真是有趣。下课了，武超也不搭理他，继续看小说。

李铁觉得很无聊，开始没话找话。

李铁说："超哥，咱俩中午吃什么？"李铁的话题离不开吃。

武超说："随便，你吃啥我吃啥。"武超应付着他。

李铁说："我想吃田鸡。"

武超说:"什么,你想吃唐熙?"武超终于抬起头看李铁了。

李铁说:"吃什么唐熙,你就知道唐熙。我想吃田鸡,香辣田鸡!"

"哦,吓我一跳,我以为你也喜欢唐熙呢。"武超脱口而出。

李铁说:"啊?也喜欢唐熙?谁喜欢唐熙?你吗?"

武超说:"我不喜欢啊,你喜欢吗?"武超口是心非,慌乱掩饰。

李铁说:"我也不喜欢,她总转弯骂我,她还总打我。"

"她还为你打架。她还为你被小混混儿揍得鼻青脸肿,还为了你咬文身男,她都不嫌文身男一身酒气汗臭。她还演戏,让你避免了你爸的皮鞭酷刑,你就是忘恩负义。"武超不断数落着李铁。

"哎呀,你说那么快干啥,让我反应一会儿……唐熙是不错啊,你这么说我真有点儿喜欢她了,她对我真挺好。"李铁没原则。

武超急了:"你不能喜欢她,她当你是弟弟,你应该当她是姐姐。对姐姐尊敬,懂吗?不能用喜欢与不喜欢。"

李铁说:"哎呀,你给我说蒙了。反正我是拿她当哥们儿。她和你,在我心里一样重要。她如果被人欺负,我也一样会上去捏死那个人。赴汤蹈火,万死不辞!"

李铁一边说一边比画,食指拇指往一起使劲,眼神凶恶。

武超拍拍他:"乖,你这样我就放心了。"

李铁说:"你又放心什么?你咋跟唐熙一样,总说一些我不懂的话。"

武超说:"滚一边去,别耽误哥看小说。"

李铁说:"哦!"李铁又无聊了,趴在了课桌上。

武超拍着他的大黑脑袋,说:"自己玩哈,中午哥请你吃香辣田鸡。"

"嗯!"李铁懒洋洋地应着。

武超合上书也趴在了桌子上,心里想着:"唐熙,唐熙,你知道不知道你很烦人,我现在脑子里都是你,我怎么那么想你呢?我……这是怎么了?"他为自己的想法纠结和疑惑,手一下一下地捶着课桌。

李铁凑过来在他耳边吹着气:"你又抽什么风?"

武超没抬头,伸出手,直接把他的大黑脑袋按在了课桌上。

晚上武超家吃红烧肉。武超吃得不多，只吃了几块肥的。

妈妈问："儿子，咋不吃了？"

武超说："晚上不想吃，保持体重。"

武爸爸："胡扯！一个爷们儿保持什么体重。"

武超说："晚上真不能吃太多肉。妈，你炖的红烧肉多吗？"

妈妈说："多啊，炖一次挺麻烦的，我就多炖点，分装到保鲜盒里，放冰箱冷冻层，你想吃的时候，我就拿出一小盒热给你吃。"妈妈絮絮叨叨。

武超说："妈，你别冷冻了。你明天早上给我加热一下，装保温盒里，我中午带学校吃。"

武超妈说："啊？"

武超看着妈妈："嗯！多装些瘦肉。"

妈妈点头："好吧，带学校吃。"

第二天早上，武超跟妈妈说今天他值日，要早点儿上学，拿着装满红烧肉的饭盒出门了。

武超绕到南门，在唐熙家楼下忐忑地等着。

"小超！"唐熙推着自行车走过来，声音脆生生的好听，"你今天怎么走南门呀？"

"哦，我妈做了红烧肉，让我给你送来。"武超撒谎，眼睛慌张地看着唐熙，一套普通的蓝白相间运动服被唐熙穿出了清纯的味道。小熙穿这身校服真好看，武超心中暗暗赞美。

"真的啊，快快，给我吃一口。"唐熙高兴得直跳脚。

"快上学吧，中午再吃。你中午在食堂打一些米饭，盖在红烧肉上面，然后拌在一起超级好吃。"武超告诉她方法。

"不行，我现在就馋死了，快点给我吃一口。"唐熙听他的描述馋出了口水，已经对红烧肉迫不及待了。

"好吧。"武超打开饭盒盖，红烧肉的香味溢了出来。他拿起一块喂给唐熙，唐熙仰着头接住。

"真好吃啊！再来一块！"唐熙咽下这口，又哀求武超再喂一块。

武超又喂了她一块，说道："别再吃了，再不走就迟到了。我给你塞书包里。"说着他把饭盒盖盖好，塞到唐熙背后的书包里。

"好了，滚吧！"武超拍了书包一下。

"替我谢谢李姨，说我爱她！"唐熙跳上自行车头也不回地骑走了。

晨光里，清爽帅气的小男生和明媚娇俏的小女生，相映生辉。

武超开心极了，比他运动会得了第一名还开心。他背着书包又跑回北门与李铁会合。李铁已经等得着急了，他不知道武超去过南门，两人快迟到了，一起向学校跑去。

武超觉得今天的风都是甜的，学校门口憨态可掬的保安大叔都变得英俊潇洒。

下课了，老师说："武超，你把黑板擦了。"

武超应答："好！"然后却坐着不动，面带笑容神游中。

老师一脸莫名其妙。

李铁看了一眼痴呆傻笑的哥们儿，起身说道："老师，我擦吧。"

李铁擦完黑板，回到座位，问武超："你吃错药了？"

武超拍拍李铁的大黑头，说："你还小，你不懂！"

李铁不屑："我猜你一定是喜欢哪个小姑娘了。"

武超笑："滚！"

李铁凑过来，好奇地问："你告诉我是谁，咱班的还是外班的，好看吗？"

武超傻笑："我不告诉你！"

李铁急了："你重色轻友！快告诉我，谁啊？我认识吗？"

武超智商回归，喊道："没有，没有！我想小说里的情节呢！"

好事的李铁失望了："哦——那没意思！"

嘿嘿，憨憨的小铁真好骗。武超怎么好意思说出口呢，即使是最好的哥们儿也不行。

第二天，在产科，林医生把洗好的饭盒还给李芬芳，说道："芬芳，谢谢你的红烧肉。小熙昨天中午把一盒肉全吃了，晚上回家还跟我说，你是她亲妈,你比我爱她。"

"哈哈,爱吃就好,爱吃就好!"李芬芳打着哈哈,心里暗笑,臭小子开窍了。

傍晚,李芬芳特意把饭盒摆在餐桌上。武超放学回来,假装没看见就回自己房间了。李芬芳一边在厨房做饭一边笑,这小子还挺有眼光。唐熙是那么漂亮、那么优秀的女孩。如果以后,他们两个真能……哎呀,我都想的什么呀,李芬芳自己也觉得好笑,现在儿子才多大呀!她想的问题着实有点儿太早了。

老武下班回来后,李芬芳迫不及待地偷偷告诉他这件事,还把自己幻想的未来也说了出来。

老武说:"你别瞎猜啊,就是俩小孩玩得好。人家老唐能跟咱家做亲家?人家孩子以后读大学,没准儿出国留学。你儿子干啥?"

李芬芳撇撇嘴说:"我儿子也不差。"

老武皱着眉说:"懂什么叫门当户对吗,还想吃天鹅肉,脑子坏掉了?"

李芬芳不服气:"什么年月了,还门当户对!有你这么说自己儿子的吗?说自己儿子是癞蛤蟆!有这么帅的癞蛤蟆吗?"

她儿子也不赖,长得不比电视里的明星差,怎么就不能吃天鹅肉了?

呸呸,怎么老在天鹅和癞蛤蟆之间徘徊,就不能是青蛙王子?

老武笑道:"你儿子好,你儿子棒,你儿子帅。"

"那是!"李芬芳自豪道。李芬芳是儿子迷,在她眼里,儿子就是完美的化身,就是她的全部。

此后,武超总是有事没事地与唐熙"偶遇",有时候还会送妈妈做的美食。两人说笑一会儿,然后各走各的。

唐熙在高中里每天按部就班地学习。有时候她也会溜号。自习课,当她累了的时候,她会托着腮看向窗外,回忆与武超、李铁在一起的欢快时光。想到武超风驰电掣的速度,想到李铁无人能及的食量,她都忍不住甜笑。

无奈高中学习太紧张,片刻休息后,她又投入繁重的课业中。

偶尔的周末,他们会相约一起打篮球,然后三个人吹一会儿牛。整个寒假,唐熙也是在补习班和图书馆的自习室度过,没有片刻的喘息。

只有除夕的晚上,武超、唐熙和李氏兄弟才又聚在一起,四人放了鞭炮,又如儿时打闹了一番。

日子过得真快,转眼一个学年过去了。李钢考上京城的大学了,还是部委重点大学,毕业以后就是某领域的专家。这是大人们的说法,唐熙不管那么多,她只知道钢哥要走了。

于护士和李警官要办升学宴,庆祝这天大的喜事。周末,唐医生和林医生要带着唐熙去赴宴。此时的唐诗也放暑假回来了。她早就与高中同学有约,所以就不参加宴会了。

唐熙央求姐姐,借了姐姐一条鹅黄色的连衣裙穿。

唐诗拗不过她,最后威胁道:"你如果给我穿脏一点点,有米粒那么大的油渍,我就掐死你!"

唐熙眨着大眼睛再三保证,一定完璧归赵。

她兴冲冲地套上了裙子,还在唐诗眼前炫耀:"姐,我穿比你穿好看。"

这裙子唐熙穿确实比唐诗穿好看。唐诗哼哼假笑着,懒得搭理小傻妞。

林医生看着如花的小女儿,说道:"来,妈给你编辫子。"说着,让她把头发散开,亲手给她编了一款比较流行的编发。中分,左右分别编发辫,后脑的头发都散在肩上,然后两个辫尾用发卡固定于脑后,清纯又时尚。

唐熙的出场,真是太夺目了,鹅黄色的连衣裙、精致的编发,清丽超群。这才是唐熙的正确打开方式,比去轮滑场的装扮不知道高级了多少倍。

李钢、李铁、武超都用一个"哇"字来形容唐熙。

大人们也惊叹于这个小丫头的美貌。几个阿姨都夸赞,林医生真会生啊,大女儿天赋异禀,小女儿国色天香,把林医生和唐医生夸得合不上嘴。

于护士兴奋地悄悄对李警官说:"这是来相亲的节奏吗?我现在恨不得把她给李钢定下来。"

李警官鹰眼如炬,说道:"你大儿子没戏。他看唐熙只有欣赏,是哥哥对妹妹的关爱。唐熙对他也是兄弟般的情感。"老警察就是老警察,洞察力一流。

还没开饭，众人三三两两地聊天。大人们都在夸奖着李钢，恭喜着李氏夫妇。

一群男孩子不管年龄大小，都围着唐熙聊天。还有两个女孩子则坐在一边，有些小嫉妒。

憨直的李铁凝视着唐熙，靠近她的脸问："傻白甜，你化妆了吗？"

唐熙躲开他，笑答："没呀，天生丽质。"

李铁问："啥意思？"

"就是天生就这么好看。"一个男孩在旁边解释道。

武超站在唐熙身后，看着她的细腰、白肤、长发，不好意思地红了脸。少年时代的暗恋大多如此吧。

"妹妹，你在哪所学校读书？"李钢的一个表弟问唐熙。

"我……"唐熙还没回答完，武超不悦，上前瞪着那小伙："你管她在哪所学校！"

李钢的表弟嗅出了武超的火药味，没敢再追问。

开饭了，大人们很多，坐了四桌。孩子们被安排在一起，坐了一桌。武超早就看好了位置，拉着唐熙一同坐下。他怕那些"阿猫阿狗"抢了唐熙身边的位置。李铁坐在了唐熙的另一侧。李钢作为今天的主角，荣升到主桌位置了。

上菜了，李铁兴奋异常，李警官还在致辞中，李铁的口水就要流下来了。他的小手蠢蠢欲动，要拿筷子。唐熙见状，在下面踢了一下李铁，不动声色。

唐熙小小的声音从牙缝里蹦出："二黑，别给你爸妈丢人。"

李铁知道唐熙说的是好话，嗯了一声。

"一会儿吃饭别吧唧嘴，别抢，慢点吃！"唐熙不看李铁，只是小声提醒着，依然面带微笑地看着李警官致辞。李铁微微点头。

他心里想着，爸爸的感慨怎么那么多，要感谢的人也多，真真急死我了！

致辞终于完毕,开吃!李铁在唐熙的提醒下,收敛了很多,吃相尽量不太难看。

唐熙只撩了一些好撩的菜吃。汤汁多的肉类、有壳的海鲜,她一概没吃。她怕万一油渍溅到裙子上,回家没办法跟姐姐交代。

武超瞧出了端倪,小声问道:"你吃素了?"

唐熙笑着,也不看他,用他们俩之间能听到的声音回答:"裙子我姐的。她说我给弄脏一点点,她就掐死我。"

武超微笑:"那你就馋着吧。"说着他剥起了大虾。唐熙拿着筷子,用眼角余光看着他手里的虾,就等他剥完截和。

武超看出了唐熙的心思,故意用嘴把虾上面的汤汁给吸了。唐熙心里这个气,一咧嘴,心疼马上要到嘴的大虾飞了。她瞪了他一眼,不再窥视他的虾。

武超吃完一只,再剥第二只。

唐熙一直低头吃着小青菜。

嗯?唐熙的盘子里多了一只虾。哈哈,唐熙抬头看着武超娇笑,低头吃了起来。武超也不看她,跟没事人一样装着酷。

然后,唐熙的盘子里又送来了抽掉骨头的排骨肉。

一会儿,是去了壳的酱汁鲍鱼;一会儿,是剥了皮的皮皮虾……嘿嘿,唐熙低头心安理得地享受着美食。

武超用眼睛的余光瞄着唐熙,嘴角藏不住笑。他觉得她那么真实那么可爱。她的笑是那么好看,吃东西也是那么好看,连她冲他眨眼睛都是那么好看。

还有就是,她吃的东西都是他特供的,全桌子的男生都没有这项福利。

吃饭空隙,唐熙靠近武超,低声说了一句:"哥们儿,够意思!"

武超像没听见一样,继续吃饭。正好这时又上了一道烤鸭,搭配了薄如蝉翼的春饼和黄嫩的葱丝。唐熙两眼放光,用胳膊轻撞了一下武超,递了一个眼色。武超不动声色,开始动手卷饼。

"放点葱,放点葱!"唐熙提醒道。

武超没放。他把卷好的饼递给唐熙，说道："挺大一美女，说话一股大葱味儿多影响形象。"

"嘿嘿。"唐熙笑着接过春饼。这是小超第一次说她是美女，她心里冒出了许多的彩虹泡泡。

世间每个小女生都喜欢被人夸漂亮。不是每个小女生，是每个女人都爱听这个绝美的词汇。

一桌子的男孩女孩们都看着他们的小动作。特别是男孩子们都好酸，在这些孩子眼里他俩就是一对儿，别人插不进来的一对儿。

在敬酒的间隙，于护士看着唐熙，还心有不甘，又轻推了一下老公，说道："老二呢？你分析一下老二和唐熙怎么样。"

"你瞎啊。老二的眼睛就盯着肘子。"李警官说了一个事实。

"你看人家小超，那才叫先下手为强。咱家俩小子没戏。"李警官端着酒杯在老婆耳边低语。是呀，小超与小熙真是配一脸。

又上了一道生鱼片，整条的鸦片鱼头被固定住，摆了一个"U"字造型。鱼嘴还在不停地吞吐，身上的肉已经被剥离，供人们享用。旁边有调好的蘸料——辣根！

唐熙很喜欢这道菜，她已经急不可待了。她撰起一片生鱼片，蘸了辣根小心翼翼地送到嘴里，生怕弄脏了裙子。

但是她的辣根蘸多了，吃到嘴里，辛辣上蹿，脑子都是麻麻的，顿时眼泪下来了。她用鼻子吸着气，来缓解辣根带来的上头的冲劲儿。

"水，水！"她摇晃着武超胳膊。

"笨死了。"武超嗔怪她，拿起水瓶给她倒蜂蜜柠檬水，这水酸酸甜甜解辣最好。唐熙端起杯子猛灌水。

此时的李铁，正在对一只螃蟹下手，他去掉蟹壳，双手一用力，把蟹子从中间掰开。酒店的蟹子蒸得刚刚好，肉质滑嫩。这是一只公蟹子，肚子里有黄黄的沫状汁水，这是蟹子的肝胰腺，颜色形状如同我们坏肚子时候的排泄物，可这沫状汁水很是鲜美，李铁拿着一半蟹子在吮吸。唐熙看着他手里的另一半蟹子上的黄沫沫，想到了排泄物，顿时一口水喷了出来，喷了李铁一脸。

"啊——"李铁大叫着,扔下蟹子跑了出去。在座的小伙伴们都愣住了,然后都笑了出来。

"小铁,我不是故意的!"唐熙追了出去,武超也跟着唐熙追了出去。

李铁也不讲话,在卫生间弓着身洗脸。唐熙这一口水里,有柠檬水自然也有口水。李铁使劲揉搓他的大黑脸。

"小铁,你别生气,我真不是故意的。"唐熙哀求李铁。

武超也说:"她是吃辣根呛着了,你别生气!"

李铁没吱声,洗完脸撩起 T 恤擦了擦就走。

唐熙抓住李铁胳膊:"小铁,你……"

"哎呀,你俩真啰唆,我没生气啊。"李铁终于开口讲话。

"那你不理我?"唐熙问李铁。

李铁拽着他们就往包间走:"还有一道烤羊腿没上呢,晚了就被那帮孙子干没了!"

"哦,好吧……"武超和唐熙交换了一个眼色,憋着笑跟李铁回席。

唐熙今天吃得超满足。于姨和李叔点的菜都很好吃,每一道她都喜欢。回到家,她把连衣裙脱下,扔给了唐诗。

"还给你,没脏!"唐熙大大咧咧,又恢复了傻妞形象。

唐诗拿着裙子仔细检查。这是她翻译文献赚钱买的,真丝的,她很宝贝。

"我说唐熙啊……"妈妈的声音传来。只要妈妈喊她全名,那就是要开始说教了。

"我说唐熙啊,你吃饭时候跟武超怎么回事?你是女孩子应该矜持、自重。你俩在那鼓鼓捣捣什么呢?!"妈妈在吃饭的时候,就发现了他们的小动作,人很多不便制止。

"我们怎么了,吃个饭跟矜持、自重有什么关系?"唐熙觉得妈妈不可理喻。

"哦,就是他帮我搛菜,帮我卷饼,帮我倒水吗?你大女儿那么宝贝这条裙子，我怕弄脏了。我不敢吃肉，就怕啃骨头的时候，油汁溅到裙子上。武超帮我，不行吗？"唐熙对着妈妈辩解。

"注意态度！"爸爸着唐熙的脑袋。"怎么跟妈妈说话呢！"爸爸接着训唐熙。

"女孩子大了，在外面尽量不要跟男孩走得太近，保持正常的社交距离。"老唐说得比较委婉。

"爸爸，那是小超，不是别的男孩，他是我哥们儿。我跟他，跟李铁、李钢是一样的。他也拿我当哥们儿才照顾我的。"这回，唐熙觉得爸爸和妈妈都不可理喻。

"人家李铁就好好吃饭，李铁怎么不帮你夹菜？"妈妈说。

"哈哈哈，妈，李铁帮我搛菜？你做梦呢吧？！他自己眼睛都不够用了。他恨不得长四只手、两张嘴，那一桌子菜他能吃一半。刚才我喷他一脸水，他都没生气，拉着我就往回走，说还有烤羊腿没上。"唐熙边说边笑得前仰后合。

"好了，总之，你们都长大了，毕竟男女有别，以后注意吧。"唐熙妈妈做最后总结。

"老封建，读多少书都是老封建。"唐熙在心里默念。

男女有别她懂，她不会吃桌上其他人送来的东西，她会礼貌地、委婉地拒绝。但是武超不一样，武超是她哥们儿，从小一起长大的哥们儿。

换作李铁为她服务她也会吃。可是李铁才没工夫理她，李铁恨不得把桌上所有人都赶走，自己独享一桌美食。

唐熙回到自己房间，觉得今天的宴会太有意思了。另外她意识到，原来自己很漂亮。嘿嘿，对于小少女来说，被人认为漂亮是最重要的，她躺在床上沾沾自喜。

晚上，唐熙父母的卧室里。

老林心有疑虑："你说小熙和小超是不是早恋？"

老唐摇头苦笑："别瞎想，不是。"

老林若有所思："小熙是不像，她没什么。但是小超不一样，他看小熙的眼神是喜欢,藏不住的喜欢。"

老唐安慰妻子:"谁年少的时候没有倾慕的女孩呢?小熙那么漂亮,小超动心也正常。"

老林说:"我就是心里不舒服,还说不出来哪里不舒服。"

老唐笑,他最了解妻子:"如果今天不是小超照顾小熙,而是李钢,你是不是就另一种心情了?"

一语中的,老唐找到了老林的心结。

老林点头说:"对,小超哪里都好,就是学习差点,以后也不能上个大学。以后……"

老唐打断她:"你想太远了,就是小孩子的朦胧情感。"

老林说:"那万一他们长大在一起呢?能幸福吗?小超能给小熙优质的生活吗?虽然现在男女平等,女孩子一样养家,但是差距还是不要太大的好。还有他们的思想步调能一致吗?"

天底下的母亲都是这种担忧,她们希望女儿除了生活的安逸,与伴侣精神层面的沟通也很重要。总结一句就是,身心都愉悦。

老唐摇头笑了:"荒谬!不上大学就没有好生活了?英雄不问出身,只要自身努力,条条大道通罗马。有上大学的经历固然好,眼界会开阔,知识结构会更丰富。但是一次中考不能代表什么,通过后天努力成才的人也不在少数。我们十六岁的时候,可能还没有人家小超现在的文化水平高呢。而且我觉得小超这孩子真的很好,你看他不爱言语,但是他脑子里有想法,这孩子做事有始有终、有毅力。他以前还我书的时候,我会跟他聊几句。这孩子能把厚厚的一套书都完整地看完,还有自己的见解。以后给他个机会,他就能做大事。"

老林点点头。以后的事情谁知道呢,她是担心得太早了。不过,通过老唐的言谈,她能感觉到老唐很喜欢小超。

老林笑问老公:"你怎么那么喜欢小超?是不是'一尿之谊'?"老林是回忆起武超出生当天,老唐给他换尿布的情景。

"如果他们俩长大在一起,你可是天下唯一一个给女婿换过尿布的岳父。"老林笑着拍老唐的肩膀。老唐也笑了起来。

以后的事情,那么遥远,谁知道呢?

武超的父母也在悄悄讨论着这两个孩子。

武超妈妈自打参加升学宴回来,就一脸的笑意。她觉得儿子真挺……挺什么呢?

她说不出来。争气,勉强用争气来形容吧。

武治国看着媳妇:"你又傻笑啥?你儿子跟你一个样,没个出息。"

李芬芳瞪了老公一眼。她继续在自己编织的美梦里,如同明天就娶儿媳妇般兴奋。

武治国说:"你没事给小超泼点冷水。人家小熙还有两年就上大学了,他也要去当兵。以后的事谁能说得清,别让你儿子陷得太深。"

李芬芳说:"我不泼,要泼你泼,这事你当爸的应该管。"

武治国说:"我说他也得听呀!儿子现在属于叛逆期,就不爱听逆耳忠言。"

武超躺在床上,回味着白天的一个个片段。他觉得喜欢唐熙是一种幸福,是如同吃了冰激凌般的清甜滋味。不知不觉中他睡着了。可是他一夜都睡得不安宁,梦中,都是唐熙。

送走了李钢,再开学唐熙就上高二了。本来安安稳稳地读书很好,可是麻烦来了,还是一个大麻烦。

高二班有个男生,目测身高 170 厘米,体重 170 斤,戴个黑框眼镜,还叫一个很霸气的名字"白起"。白起是秦朝的一员猛将,兵家的代表人物之一。可此白起非彼白起,差距甚大,不过,看他的行头他们家应该有点儿钱。

白起追求唐熙。

每天中午去食堂吃饭,白起故意排在唐熙后面打饭,不时与唐熙搭讪,没话找话。唐熙故意跟好友陈可心讲话,不理白起。

这天,唐熙与陈可心刚坐下准备吃饭,白起走过来了,拿着两瓶可乐:

"唐熙,吃菜太油腻,我给你俩买了可乐,爽爽口。"

"不要,不喝,我怕胖。"唐熙头都不抬一下。

"你也不胖,怕什么。"白起把饮料放下就要走。

"拿走!"唐熙很不高兴。同学之间互相关怀是不错,但是白起意图太明显了,而且他长成那样,追女孩的方式还那么直白。反正,唐熙很不舒服。其实白起也不差,就是长得稍微胖了点,学习中等,一个中规中矩的男孩。

但是唐熙就是看不上,死看不上那种。

能入她眼的只有武超、李钢、李铁。其余任何男孩在她眼里都是渣渣。有追她的人,她都不自觉地拿出来比较。比如,学习没有李钢好,说话没有李钢有深度,长得没有武超帅,跑得没有武超快,吃饭没有李铁可爱……

这天晚上放学,唐熙刚出校门,白起就追了上来。

"唐熙,咱们一起走吧。我有一道题不会你给我讲讲。"白起锲而不舍。

"别跟着我,不会明天去问老师!"唐熙拒绝着。

"哦,好。"白起答应着。

但是,一天、两天、三天……每天放学白起都跟在唐熙后面,美其名曰保护她。

"我需要你保护吗?!"唐熙对着白起吼。

"唐熙,我真喜欢你,你做我女朋友好吗?"白起说出了心里话。

"啊——"唐熙抓狂,"我有男朋友了,你别跟着我了!"唐熙骑上自行车就加速,扯谎就是想让白起知难而退。

白起也骑上自行车追上了唐熙:"我不信,你就跟陈可心、张玉如、韩晓旭一起玩。一班的李鹏追你,你给拒绝了。你班潘晓东喜欢你,你也给回绝了。"白起功课做得很好。

"啊,你从哪里得来的小道消息,说得有板有眼!"唐熙十分恼火,一个男孩子怎么跟个街道大妈似的爱打听事儿。

"你就跟我在一起试试。我会对你很好,我会把你当公主一样宠!"白起说着土味情话。

"你恶不恶心?"唐熙可不吃这一套。她实在不知道如何回绝白起了。

"不恶心。喜欢一个人没有错,我就是喜欢你。你一天不答应我就追一天,你十天不答应我就追十天,直到你答应为止。"白起也是很执着。

"明天我男朋友就来接我,到时候你就知道了。"唐熙信誓旦旦地说。她加速骑车,一定要甩掉白起。

唐熙想,也不知道这白同学怎么想的,看来学习还是不够累!学校老师话里话外、旁敲侧击地规劝同学们以学业为重,不要有其他的想法,他都当耳旁风了,怎么还敢冒天下之大不韪!

唐熙回到家气还没消,把书包一扔,就给武超打电话,约篮球场见,马上见!

武超问:"啥事?"

"啥事?江湖救急!"

老唐纳闷:"你不吃饭去哪儿?"由于唐熙下了晚自习已经八点,父母都吃完饭了。妈妈被紧急呼叫去抢救一个高危产妇,只有爸爸一人在家。

"你别问,跟你没关系。"唐熙一直与老唐没大没小。

武超放下电话,嘴角不自觉地上扬。"欧耶,小熙找我,耶!耶!耶!"

篮球场边,武超来了,表情装得很酷:"熙姐,说吧,啥事?"他比唐熙大六个小时,他们俩互相调侃或有求对方时,都称呼对方一声"超哥""熙姐"。

"我要你装我男朋友!"

武超脑子"嗡"一下。当她男朋友,这……这幸福来得太快了吧。他把"装"听成了"当"。

武超再也装不下去酷了,脸通红:"小熙,你,你,别闹。你,你是说真的吗?"

唐熙笃定地点头:"当然是真的。"

武超长吁了一口气,下定决心,鼓起勇气问了一句:"你喜欢我?"

"啊?你发什么神经?"唐熙瞪着大眼睛疑惑地看他,没明白他说什么。

这回是武超莫名其妙:"你刚才是说让我当你男朋友吗?"

"是装,假装,不是当,你耳朵塞驴毛了?"唐熙怒了,踮起脚狠推他的头。本来今天气就不顺,他还总听不明白自己的意思,抓狂!

"行,行,你别推了,你说什么都行!"说实话,武超确实很失落,他非常愿意当她男朋友。不过,装男朋友也行,是男朋友就行。

唐熙嘴巴如同机关枪一样,把白起的种种说了一遍。

"好,明天我接你放学。"武超心里也不高兴。白起敢追唐熙,还那么差劲,没有自知之明吗?

武超接着问:"我明天要不要穿得帅点?"

"不用不用,你就不洗脸都能把白胖子比下去。你知道不知道,你特像一个男演员。就现在播的《神雕侠侣》中演杨过的那个帅哥。"唐熙先夸武超一番,毕竟有求于他。而且,唐熙确实也觉得武超像那个男演员。

"你不用拍我马屁,我一定帮你搞定他。"武超太了解唐熙了。

"好,明天晚上八点你准时出现在我学校门口。"唐熙与武超约定好时间。

"好,一言为定。"两人击掌。

大功告成,唐熙安心多了。上楼吃饭吧,现在唐熙才觉得饿了。

唐熙坐在餐桌前,脸上挂着迷之微笑,嚼着米饭。

老唐问:"丫头,你又憋着什么坏呢?"

唐熙马上换了一副天真烂漫的笑脸:"没有坏主意,爸爸,我觉得你炒的菜特好吃。"

老唐打着哈哈。这丫头虽然能作,但也不出格。她不爱说就不问,谁还没有点小秘密。

第二天离放学还有一节课,唐熙有点按捺不住内心的兴奋。演戏给白胖子看,人生如戏全靠演技啊。哈哈,终于可以甩掉白胖子了。

当唐熙出现在教学楼门口的时候,离校门还有很远,武超就看见她了。她在一群穿一样校服的学生中是那么耀眼。谁说校服不好看,关键看颜值。唐熙身边的女生都被她比下去了,都显得那么平凡普通。

初秋的天气,还有丝丝热度。武超穿了一件短袖白 T 恤,一条牛仔裤,黑发俊颜，简单干净帅气。他朝唐熙抬了一下手，唐熙推了自行车出来，面带微笑。

武超笑着摸了摸她的头。唐熙心中暗赞，超哥这演技真绝了。其实超哥哪是在演，他是真情流露：终于敢明目张胆地亲昵小熙了。

白起在不远处看着他们俩，表情酸酸的。

武超问唐熙："你说的白胖子呢？"

唐熙给了他一个眼色："就树下戴黑框眼镜那个。"武超心说："黑框眼镜又是黑框眼镜，上次轮滑场跟李铁打架那厮也戴黑框眼镜。戴黑框眼镜的就没有好人。"

武超给了唐熙一个安心的表情，随即走到树下，问："你是白起？"

武超气场很强，白起咽了咽口水点点头。

武超说："唐熙是我女朋友，我希望你别骚扰她。不然我对你不客气。""女朋友"三个字，武超说着很爽，由于内心的激动，脸有点儿微红。

武超身高183厘米，比白起高了大半个头，而且武超身形小壮，显得白起更虚胖和猥琐。但是白起气势上不想输，还很执着地说："我们公平竞争。"

"公平，你跟我谈公平？在感情面前没有公平。唐熙喜欢我，我喜欢唐熙。你，没有机会。"武超说完这句话，更是觉得内心爽爆了。他想哈哈哈大笑三声，我喜欢唐熙！我要对所有人宣布，我喜欢唐熙——

白起又吞了吞口水，没敢接话，真对不起他战神的名字。

"武超，走了。"唐熙在远处甜腻腻地喊武超。

"记住了，小子，你没有机会。"武超拍着白起的肩膀，转身走了。

白起在后面怯懦地喊了一声："我不会放弃的！"

武超回头藐视他："哼，你还挺执着！这一次是警告，下次我看见你再纠缠唐熙，我就揍得你趴在地上喊爷爷。"

白起没敢说话，好汉不吃眼前亏。他知道自己打不过武超。

武超走到唐熙面前，接过自行车，单腿跨上，跟唐熙说："上车，回家！"

唐熙坐在后座上，武超内心极度舒适。他是唐熙男朋友，送唐熙回家。

哈哈哈,他想大笑!

武超大长腿一使劲,"啪",自行车的链条断裂了,两人一车,一个晃悠。幸好武超腿长,支住了地,但是他把唐熙从后座上晃了下来。

唐熙站在地上笑得不行,说:"小超,你装大了。哈哈哈,掉链子了,哈哈哈……"

武超好窘,想抬手掐唐熙的脸,突然想到白起一定在后面看着,他一把搂过唐熙的肩膀,红着脸说:"别笑。"

唐熙身子僵了,瞪着眼睛看武超,小声提醒:"超哥,收一收,演过了。"

武超脸更红了,手是抖的,说:"演戏得逼真,白胖子在后面看着呢。"

唐熙眨着眼睛,就任他搂着。两人都不知所措地盯着对方。此刻,时间定格了,世界也变得安静……

"唐熙,注意一下。"一个中年男声小声提醒。

唐熙缓过神来,转头一看,是班主任冯老师。冯老师是一个中年大叔,身材干瘦,常年穿着一件灰色西装,头发油腻。因为冯老师带四个班的课,还是唐熙他们班的班主任,实在是没有精力好好收拾自己。还有一次,他太累了,没忍住在走廊里抽了一口烟,倒霉,被校长抓住,还被罚了二百元。在班级里,他与同学们讲这件事的时候,满脸如同丢了两千元的表情。唐熙觉得这个大叔甚是很可爱,很像老唐。不过老唐可比老冯干净爽利多了。冯老师下班出校门,正好看见了唐熙与武超的亲密互动。

冯老师走到唐熙身边小声说:"注意影响,这是学校门口,你跟校外人员……那个……勾肩搭背……不好!"冯老师也找不出太确切的词形容他们。

冯老师是一个超级"护犊子"的老师。

他在与唐熙讲话的时候,还一直对着唐熙使眼色,意思是让他们快走。他也怕唐熙被教导主任或者校长看见,到时候解释不清还被批评。因为他们学校的校风抓得是极严的。

"哦!"唐熙吐了一下舌头,武超也红着脸放下了手。他们俩推着自行车过了十字路口,走上了两旁种满槐树的小路。浅秋的槐树,树冠依旧茂盛,晚风吹过沙沙作响。

两人刚才的尴尬早已过去，又恢复了以前嘻嘻哈哈的兄弟玩笑。

冯老师挺喜欢唐熙的，虽然去年开学第一天，她就顶着一张打群架负伤的脸来报到，但这小丫头学习确实很好，聪明且懂礼貌。

后来，冯老师还特意因为"勾肩搭背"这事与唐熙谈话，内容就是不能早恋。唐熙再三保证不是早恋，武超是她发小，就是朋友间的玩闹。冯老师这才结束了语重心长的说教。

第二天，武超依然接唐熙，唐熙的自行车坏了，不能骑车上下学，所以两人步行回家。唐熙一出校门，武超就把唐熙书包接过来自己背上。一个高大帅气的男生，背着一个粉色白雪公主图案的书包，很是可爱。白起一直远远看着这一切。

第三天，依然如此。

第四天，唐熙出了校门，对武超说："超哥，这几天在学校白起也没跟着我，估计以后也不会纠缠我。下周你不用来接我了，明天周六我请你吃羊肉串，犒劳你。"

武超背上唐熙的书包，笑着摇头："我晚上也没事儿，当锻炼身体了。你既然求到你超哥，我不能半途而废。下周一继续接你。"

唐熙笑问："你每天晚上出来接我，跟武叔怎么解释？"

武超说："我告诉我爸妈，我每天晚上锻炼身体，出来跑 5000 米，我爸很支持。"这个武超没说谎，他爸确实支持他运动。

唐熙咯咯笑着，说"好呀，超哥够意思！"

周一，武超提早到学校门口等唐熙。自从接唐熙放学以来，他每天都笑呵呵的，对谁态度都甚好。这是他和唐熙的秘密，连李铁都没有告诉。

一个年龄与武超相仿，看着很老实的男孩在不远处喊了一句："武超！"

武超应声抬头。

男孩走近了说："你是武超吧，唐熙男朋友？"

武超说："是。"

男孩说："有人想跟你谈谈,敢跟我去旁边的小胡同吗?"

武超说："有话这儿说吧。"武超才不傻,怎能掉进他人陷阱。

男孩说："马上放学了,同学们都出来对唐熙影响不好。有个人想与你单挑,你不会不敢吧?"男孩的话已经说得很明白,武超表示愿意接受挑战。

为了唐熙而战,他不会退缩。

武超认为这又是唐熙的一个追求者。好吧,放马过来。挡一个和挡两个没有区别。

当武超跟着男生来到小胡同,男生一转身不见了踪影。瞬时,蹿出来十几个人,都拿着木棒,对着武超围了上来。卑鄙,说好的是单挑,这不是群殴吗……

慌乱中,旁边蹿出一个身影,拿着一个玻璃瓶子……武超的额头好痛,右手臂也撕裂般的疼痛,血液模糊了他的眼睛。

直到学校里的放学铃声响起,这些人才作鸟兽散。武超觉得头好晕,靠在墙边努力使自己清醒。他必须清醒,这些人是为了唐熙而来的。他要去保护唐熙。武超扶着墙勉强站起来,出了胡同,往校门口走去。

唐熙出了校门,左右张望了一下,没看见武超,心想他今天一定是偷懒或者贪玩没来。

哼,说话不算话。

"啊!"一群女孩子叫了起来。她们是被武超满身鲜血的模样吓坏了,才尖叫出声。

唐熙循声望去,也被满身是血的武超吓了一跳。她跑上前扶住他,急切地问:"你怎么弄的?"

武超说："被人偷袭。"他头好晕,身子有点儿晃,攀住了唐熙的肩。

唐熙从来没见过他流这么多血,哭出了声:"他们人呢?"

"跑了。"

唐熙哭着说:"去医院,我们去医院。"

由于武超鲜血直流,出租车都不停车载他们,唐熙急得直哭。最后,唐熙借到一个同学的自行车,载着武超往医院赶。

唐熙拼命地踩着自行车。武超坐在她身后，觉得头很疼，右臂也很疼。唐熙踩得很吃力，武超的大长腿在后面蹬着地给她助力。

终于到了临海医院。

唐熙扶着武超冲进急诊外科。

今天碰巧是老唐值班。

唐熙扶着武超冲进了诊室，大喊："唐医生，救命，救命！"

老唐被他们俩的狼狈模样吓了一跳。

老唐今天带了一个学生值班，住院医小张大夫。小张大夫实习年限已满，马上就可以独立行医了。

老唐吩咐小张说："小张，你给他带到清创室。"

"你，挂号去。"老唐吩咐唐熙。

唐熙再回来的时候，老唐已经在清创室诊治武超。武超的头部需要缝合，手臂伤口很长，还有骨折迹象。老唐给他的手臂做了简单的消毒包扎，加压止血。待缝合完头部，再去拍手臂的 X 光片。

老唐开始给武超缝合额角。唐熙看着爸爸的手拿着持针器和镊子，一根有弧度的细针把武超的皮肤挑起来，细线上下拉动。她看着都疼，小超得有多疼啊。

唐熙哭着伸出手，说："小超，你疼就捏我的手。"

武超疼得脸色苍白，反而安慰唐熙道："不疼，没事，你别哭。"

额角四针，很快就缝完了。老唐带着武超去照了 X 光，唐熙拿着爸爸的钱包，跑前跑后去缴费。结论很快出来了，武超的右前臂骨折，需要缝合完伤口打石膏固定。

这时，内部广播里传来了护士小姐姐清脆的呼唤："外科唐玉川医生请马上到抢救室，有重症病患。外科唐玉川医生……"

老唐果断地对小张医生说："你缝合手臂，我去抢救室。"然后他给了小张一个鼓励的眼神。小张曾在他的监督指导下，缝合过伤口。他的水平老唐还是比较满意的。

"不行，你不能走。小超也需要抢救。"唐熙无助地看着爸爸，她认为只有爸爸能救小超,只有爸爸能减轻小超的痛苦,她不希望爸爸走。

老唐火了:"胡闹!正常骨折需要抢救吗?"

唐熙从来没见过老唐这么严肃,哭声更大了:"你走了小超怎么办?哇……哇……"

老唐说:"闭嘴,这是医院。张医生一样会处理好,你现在打电话通知你武叔过来。"老唐安排完,出了清创室,直奔抢救室而去。

唐熙去给武家打了电话,又给自己家打了电话,简单告知妈妈没回家的原因。

唐熙再回到清创室看武超时,张医生正准备缝合他的前臂。张医生先给武超打了麻醉针,然后开始用消毒水消毒。由于麻醉的药效还没发挥出来,伤口一碰到消毒水武超就感到剧烈的疼痛,不禁闷哼出声。

唐熙看他痛苦的模样,眼泪又一滴一滴地掉了下来。她疾步过来扶住武超的肩膀,对着小张医生大吼:"你会不会?你轻点!"

然后她伸出手臂置于武超嘴边,说道:"你疼就咬我。"

唐熙认为电视剧里的英雄,在刮骨疗伤时,嘴里都会咬着一样东西。现在他没有东西可咬,那就咬自己的手臂吧。这样也能为他减轻痛苦。

武超看着白藕一样的手臂,抬头勉强扯出一丝笑容。他看着唐熙哭红了的眼睛和满是泪痕的脸,觉得今天晚上的一切都值了。

小张医生继续手里的动作,不与这小丫头计较。

小张开始给武超缝合。这回,唐熙看着小张的针和镊子在武超皮肤上扎来刺去,眼泪一直没有停下过。小张的手有点儿抖,完全没有老唐的老练。

唐熙嘴里一直质疑他:"你以前缝合过吗?你通过考核了吗?等我爸回来缝吧。"

小张烦死这个小师妹了,这是他第一次独立缝合伤口,本来就很紧张,还总被人指指点点。

小张实在受不了小师妹的吵闹,愠怒道:"等你爸回来?你爸什么时候能回来?你就让他这么晾着吗?"

唐熙反问:"你这是第几次独立缝合?"

小张低吼:"第一次!第一次!"

唐熙大惊:"你住手!"

小张怒道:"你出去!家属外面等着!"

唐熙和小张医生,一个比一个声高。

唐熙哭喊:"我不!我就不出去!"她怒视着小张。

小张停下手里的动作,威胁道:"你再靠近一点儿,你的鼻涕眼泪,就滴到他伤口上了。以后就会感染,你看着办!"唐熙一听,吓得马上退后一步。

小张继续手里的工作。这小师妹,真真的,太捣乱了。

武超拉住唐熙的胳膊安慰道:"你别影响医生了,现在麻药已经起作用,一点儿都不疼。"

唐熙哭着低头看着他。武超抬起左手给她擦眼泪,并给了她一个放心的微笑。

其实张医生的缝合技术还是很优秀。缝合完毕,小张给他打上了绷带。

张医生脱掉手套,转身洗手。

唐熙问道:"他的手臂会留疤痕吗?"

小张洗着手回答:"会!"

唐熙一听又激动了,她从背后狠狠推了小张一下,喊道:"他不可以留疤痕。他是要去参军的。留下了疤痕他怎么当兵!他要去参选国旗班的。都怪你,是你没缝好!"边说边怒打了小张几拳,哭声也更大了。

参选国旗班是武超的梦想,他曾经跟李铁和唐熙讲过,两个小伙伴也认为武超有这个潜质。

小张左右躲闪着。他不敢转过身来,怕唐熙打他的脸,脸上有伤痕可丢死人了。

他心里委屈极了。这是才出道,就遭遇了传说中的"医闹"?!

武超站起来,拉住了唐熙:"小熙,小熙,别打了。我不想参军,一点儿都不想,我吃不了苦。"武超说着谎话。

刚才唐熙担心的疤痕问题，也是他所担心的，只是他一直没有勇气问出口。参军入伍是他从小的梦想。他爸爸说当兵是一个男人至高无上的荣耀，即使选不上国旗班，当一名普通的士兵也是极大的光荣。可是，今天晚上，这个梦想破灭了。他这辈子，注定与军人无缘。

武超制止住唐熙，小张这才敢转过身对他们解释："他的伤口很深、很长，不可能不留疤痕。即使你爸缝也会有疤痕。"

"你胡说，你就是学艺不精。你不负责任。"唐熙不讲理地哭喊，又要对小张动手。

武超左手一直拉着她，说："别闹了，我真不想参军。我怕死，我不想当英雄。"

"你撒谎。那是你的梦想。"唐熙哭着抱住了他。

这是她最好哥们儿的梦想，唐熙替他惋惜，替他心痛。

武超被她抱得愣住了。他脑子嗡嗡的，身上的疼痛都没有了，只有心里的震撼。原来唐熙把他的梦想，看得这么重要。她，那么在乎他的想法。

武超的两手停滞在空中，不知道该放在哪里。

"武超，小兔崽子，你怎么跟人打架？"武治国的吼声从门外传来，吓了唐熙一跳。唐熙松开了手，看着怒气冲天的武叔和目瞪口呆的李姨。

李芬芳看见儿子衣服都是血，额头和手臂都包着白色的绷带，哭了出来。她抱着儿子喊宝贝。武超被他妈妈抱得很不好意思。因为唐熙在看着，他不想当妈妈的小宝宝。

他躲闪着妈妈，嘴里说："妈，你别哭。别这样。"

李芬芳才不在意武超的躲闪，强硬地捧着他的脸说："我儿子破相了，我儿子受苦了，心疼死我了。"

武超拿下妈妈的手，嘴里安慰道："妈，你别哭，一点儿都不疼。"他已经十七岁了，当着暗恋女孩的面被妈妈如此亲昵，他觉得太丢脸了，太难为情了。

唐熙抿着小嘴娇笑，脸上还挂着泪痕。她觉得现在的小超即使长得再高，也是他妈妈的大宝贝。武超看唐熙在笑，他的脸更红了。

这时候老唐也会诊回来了。在小张的辅助下，开始给武超打石膏。

武治国比较理智，他问："武超，谁打的你？为什么打你？在哪里打的你？"

这时，唐熙也反应过来，同问："对呀，谁伤的你？"

"不认识。"武超不知道怎么回答。

他也不知道是谁，但这事跟唐熙有关，他不知道当着大人们的面怎么说。

如果现在只有唐熙一个人，他会跟唐熙说清楚，两人会分析一下。

武治国当然不相信他的话，叉着腰气极："笑话，不认识就打你吗？在哪里打的？"

武超低头不语。

唐熙恍然大悟，她出了声："在我们学校门口。"

"啊？他怎么跑你们学校门口挨揍去了？你们俩怎么在一起？"老唐不解，同时也结束了手里的工作。

武家夫妇也不解。三个大人一起看向了唐熙。武超用眼神阻止唐熙，不让她讲。

唐熙明白他的意思，脸也红了。但是出了这么大的事，她一定要跟家长讲清楚。

她蹲下问武超："你有没有看清楚，是不是白起？"白起，这是唐熙理顺思路后怀疑的第一人。

武超看着她："我没看清楚。我不敢确定，但是我猜应该是他。"

"小超，我对不起你。是我连累你不能去参军了。"唐熙又哭了起来。

"跟你没关系，是他们心狠手辣，你别哭了。"刚才还被妈妈抱着的少年，现在开始安慰心爱的女孩。他又抬起了左手，这是今天晚上第二次给她擦眼泪。唐熙的脸上有眼泪也有鼻涕，他顺手抹在了自己的T恤上。

三个大人一头雾水，不知道这两个小人儿在说什么。

唐熙站起身，断断续续地讲了她请武超冒充她男朋友的经过。武超也讲了被约架的过程。说完两个人的脸都红了。

老唐听完事情的经过,骂唐熙说:"荒唐,有事可以找爸爸给你解决。你出的什么馊主意!"

很明显武超受伤是唐熙引起的。唐熙已经哭得泣不成声。

她最初的哭泣是为武超惋惜和心疼,而现在的哭泣是她对武超充满了愧疚。

这一晚上她流的眼泪,比过去十七年流的总和还要多。

她恨自己为什么出了这个馊主意,害得小超留下丑陋的伤痕,梦想破灭了。

她更恨白起,居然是一个厚颜无耻、阴险狡诈、小肚鸡肠的人。

大人们也没纠缠太多。他们决定报警,为武超讨个说法。

警察到场做了笔录,拍了照。但是确实没有证据指证嫌疑人。因为1997年,天眼还没有普及城市的大街小巷,真是无从查找。

最后,警察说先外围调查,并安排武超第二天去法医处做伤情鉴定。

事情告一段落,就等警察破案了。老唐还要继续值班。

唐熙的妈妈林医生也来到急诊探视小超的伤情,另外也是接唐熙回家。

夜色已经很深,路上没有了嘈杂声。临近午夜,四周静寂。武家三口人和唐熙母女往家属区走去。

走着走着,五人就分为了两组,两个孩子走在了后面。

武超叮咛唐熙:"明天白起可能还会纠缠你,我晚上还去接你放学。"

唐熙摇头:"明天我爸没有夜班,他能接我。你在家养伤。"

武超有点儿失落,他每天都期待接唐熙放学。他快乐的源泉就是陪唐熙一起走的二十分钟。

唐熙问他:"骨折什么感觉,是不是特别疼?"

武超摇摇头:"不疼,就是觉得手臂不是自己的了,麻木,没感觉。"因为麻药的药效还没有过,所以此时他还不觉得疼。

唐熙抬头看着他,坚定地说:"我一定帮你讨回公道。"

武超明白她的意思,警告她说:"不许掺和进来,不许在学校跟白起说什么。"

唐熙看着他,没讲话。

武超急了,抓住她的手腕:"你听没听见?"

唐熙挣脱开他,跑着去追妈妈,转头对他做了一个鬼脸。武超知道她已经打定了主意,继续用眼神警告她。唐熙没理他,挽着妈妈的手回家了。

武家三口人走在路上都没说话。武爸爸是在担忧儿子的前程,武妈妈是心疼儿子的伤痛。

武超的心最乱,他担心唐熙的莽撞,也惆怅自己的前途。今夜唐熙为他掉的每一滴眼泪,都落在了他心里。

第二天,唐熙的 B 高中。

唐熙心有旁骛,上课一直不专注。

下课,她请陈可心去二班打听了一下,昨天白起确实是最后两节课请假了,不在学校。

终于熬到中午吃饭。在食堂里,唐熙特意靠近了白起。

白起心里有鬼,眼神躲闪着唐熙。唐熙特意用餐盘轻撞了他一下,然后对着白起娇羞一笑,什么都不说地走开了。

这是唐熙第一次对白起展露笑颜。白起目眩了,为什么唐熙会对他笑呢? 她的笑还那么甜。

吃饭中,白起特意找了一个离唐熙她们几个女孩子近的位置,坐了下来,正好与唐熙面对面。

今天中午的唐熙特别健谈。与同学们笑得花枝招展。白起完全看不出她"男朋友"受伤的悲伤。白起想,那小子在唐熙心中也不过如此,唐熙根本没把他当回事。

白起看着她笑,也不禁弯起了嘴角。

唐熙的目光瞟向了他,依然面带笑容。她看着好似与好朋友说笑,其实是在对着他笑。此时的白起已经心神荡漾。

此时,唐熙心里暗骂:"大坏蛋,还不上钩,熙姐的嘴都快笑歪了。"

餐毕，白起喊住了唐熙："唐熙，你今天心情很好啊。"

唐熙回以微笑："嗯，是心情不错。你知道我为什么高兴吗？"

白起紧张地笑着摇头。这是唐熙第一次对他和颜悦色地讲话，他心慌得手足无措。

唐熙说："我觉得你是一个英雄，对得起这个名字。"说完，唐熙笑着越过他走了。

白起更恍惚了，难道是唐熙看到了他的真心，知道他为了追求自己而把武超打伤？她，被感动了？种种迹象表明，是的，就是这样。

白起更加高兴了。也就是说，他再加一把劲，唐熙就会是他女朋友了。

白起追上唐熙："我晚上送你回家吧。"

唐熙意味深长地一笑："我爸晚上接我。你明天中午在学校的花园等我，我有礼物要送给你。"

这幸福来得太快了。白起好激动，点头答应。高中生的礼物，无非是八音盒、九连环、风铃等等。

鱼要上钩了，唐熙隐藏好内心的激动，保持着表面的羞涩。

晚上放学，老唐来接唐熙。唐熙提议去探视武超，老唐也欣然同意，毕竟小超是因为小熙而受伤的，探视是应该的。

老唐在大院门口买了一篮子水果，带着小熙来到了武家。

唐熙一进武家的门，就闻到了浓浓的鸡汤味。武超听到唐熙父女的声音，一骨碌从床上坐了起来，吊着胳膊从房间里走了出来。

今天，他的伤口和骨头开始疼痛，他一天都在忍受着伤痛的折磨。现在，他的"止疼药"来了。

"小熙。"少年看见唐熙就心情愉悦。

"啊，李姨，你家晚餐喝的鸡汤吗？"唐熙已经被这味道诱惑，只微笑着回应小超。

李芬芳假装嗔怪："狗鼻子，什么都瞒不过你。"

唐熙撒娇道："还有吗？赏一碗呗，李姨的鸡汤天下无双。"

李芬芳笑着说："等着，我给你热热。"

"妈,你把鸡腿也热给她吃。"武超对着妈妈说。

今天晚上他吃了一只鸡腿,另一只妈妈说留给他明天吃。但是,现在小熙来了,他一切的好东西都要与她分享。

李芬芳在厨房里无奈摇头,心里酸溜溜儿地冒出一个念头:"这小子,真疼……媳妇。"呵呵,她能想到的词就是媳妇。

唐熙问武超:"你手臂疼吗?"

"哼,才想起问我。我以为你眼里只有鸡汤呢。"

"嘿嘿,你比鸡汤重要。真的,还疼吗?"

"疼,手也肿了。"他抬手给她看。他的指尖已经肿胀,这是骨折后的正常水肿。

唐熙伸出如葱玉指,轻轻地触碰他的指尖,又抬头看了看他的表情。她生怕这一下碰触,会加剧他的疼痛。当她看到小超脸上依然挂着微笑,这才放下心来。

"爸,爸,小超胳膊疼。你是不是没把骨头接好?"唐熙对着客厅里的父亲发起质疑。

老唐摇头苦笑,他一个主任医师,一个小小的骨折能没处理好吗?

老唐说:"正常反应。如果坚持不住,就吃点止疼药。"

"我坚持得住。"少年坚强地说。在小熙面前不能懦弱。

"小超,对不起!"唐熙的眼圈又泛红了。

"傻白甜,以后不许说对不起。记住了,再说一次就不是哥们儿。"

唐熙抹着眼泪点头。

这时李芬芳给唐熙端来了鸡汤,里面浸着一只肥美的鸡腿。李芬芳还给她热了一个馒头,炒了一碟青菜。唐熙看见美食,情绪迅速转换。

唐熙哪里是来探病的,完全是来蹭吃蹭喝。

她已经按捺不住兴奋的心情了。大鸡腿,我来了!

李芬芳去了客厅,与老唐和老武讨论着案情和小超的伤势。

餐桌旁,武超看着小熙贪婪的吃相微笑。热气腾腾的鸡汤,把她的俏脸暖得微红。

唐熙悄声对武超说:"你带血的T恤,借我用一下,包起来给我。"

武超不明所以地看着她,问道:"你干什么?"

唐熙回了他一句:"拍照留念。"

武超看着她:"神经病,你这是什么奇特的想法?"

她嘟着嘴央求他,意思是快去。武超起身,回房间把血衣放在一个暗色的袋子里递给了她。唐熙把袋子塞进了书包。

武超还在警告她:"你不会是想干什么吧,别乱来啊!"

唐熙点头如捣蒜:"你放心吧,就是拍照留念。"

第二天午餐后,唐熙拿着一个粉嫩的包装袋来到了学校花园的大花坛边。

教务处管理严格,杜绝一切早恋苗头。所以这僻静所在,学生们都为了避嫌,鲜少有人过来。

白起如约而至。在他的策划下,他与表哥,以及表哥找的人痛殴了武超。他觉得很出气。

唐熙是他第一个喜欢的女孩子,他势在必得。现在大功告成,而且结果比预想的好很多,所以白起有点儿沾沾自喜。

白起带着羞涩的笑容道:"唐熙,我来了。"

唐熙笑靥如花:"白起,你真的很英雄。"

白起有点儿不好意思了:"为什么对我这个评价?"

唐熙笑答:"其实武超就是我好朋友、好哥们儿,我请他冒充男朋友就是为了考验你。我想知道你对我的真心有多少,是否真的愿意为我争取。现在,我看到了你的真心,你确实很有魄力。"

白起被唐熙夸得飘飘然了,说道:"我也没做什么,你不用对我这么崇拜。"

唐熙被恶心得要死,谁崇拜你这无耻小人。

她面露不悦:"你没做什么?武超不是你打的吗?原来是另有其人。那是我误会了。没事我先走了。"说着,唐熙转身要走。

白起急了,拦住了唐熙:"不,你没误会。"

"嗯?你把我说晕了,什么叫没误会?"唐熙接着问白起。

"哦,是这样,武超确实是我打的。我是真心喜欢你。看他天天接近你,我很生气,就找他单挑,结果我赢了。嘿嘿。"白起说出了真相。但事实可不是单挑。

"不对吧,武超说很多人打他的。"唐熙继续说。

"哦,这个,他们都是给我助威的。"白起继续吹牛。

唐熙笑着问:"你是智取的吗?你自己怎么能打过他?"

白起有点儿迟疑。唐熙嘟着嘴说:"你不说算了。"

白起连忙辩解道:"我是智取的。我与他硬碰硬可能会落下风。但是我聪明,我看他不注意拿瓶子砸了他。不过,有点儿下手重了。其他的兄弟是为我抱打不平,才上手打他。"

唐熙怒极反笑:"抱打不平!这个词是这么用吗?十几个人打一个人,还叫抱打不平!"

白起不明白唐熙的笑意,问唐熙:"武超的伤很严重吗?"他对武超也心有愧疚。但是为了心爱的女孩,他想,无毒不丈夫,活该那小子倒霉。

"还行吧。"唐熙给了他一个模棱两可的答案。

白起说:"不说他了,你送我什么礼物?"白起早就看见唐熙拿着的粉色手提袋。袋子上有一个晒太阳的小猫图案,软糯妩媚,如同眼前的唐同学。

唐熙举起袋子,笑着说:"你的礼物,你自己打开看看。"

白起接过手提袋,伸手拿出了礼物。

是一件带血的 T 恤!白色的 T 恤曾被鲜血染红了一半,血液已干,留下深褐色的血痕。

"啊!"白起吓得扔掉了袋子和衣服,瘫坐在花坛上。

唐熙捡了起来。她的面目变得狰狞,完全没有了刚才的巧笑倩兮:"你看好了,这就是武超的血。你就是凶手。他伤得很重,我们已经报警了,你就等着法律的制裁吧。"

白起从刚才的慌乱中缓过了神:"你没有证据,你报警有什么用?"

唐熙说："以前是没有证据，但是现在有了。"她从身上拿出一支录音笔，在白起面前晃动着。

"我劝你去自首，还武超一个公道。否则我把录音笔交给警察。你看着办！"

"你给我！"白起与唐熙争抢起了录音笔。

"不给，这是证据。"唐熙死命护着录音笔……

"救命！"唐熙与白起撕扯间，喊了出来。

"唐熙！你怎么了？"两个女孩子的声音响起，是韩晓旭和张玉如。她们不知道什么时候从树丛中走了出来。

"救命！"唐熙对着她们求救。

"你是（2）班白起，你为什么欺负唐熙？"韩晓旭指着白起说道。

"没事，没事……我们只是小矛盾。"白起慌乱地解释。

唐熙瞪着他，小声说："我给你一下午时间，如果你不去自首，我就把这个交给警察。不信你就试试，我说到做到。你就等着警察来学校，在教室里给你戴上手铐吧！你会在众目睽睽之下被警察带走，你会一辈子都抬不起头来。"其实唐熙也不知道警察叔叔的办案流程，只是一味地吓唬白起。

白起的脸惨白，额头冷汗直冒。他明白过来，他中计了，他中了"美人计"！

唐熙在韩晓旭和张玉如的陪同下，离开了小花园。

哈哈，真过瘾。没想到白起这么不堪一击，这么容易上当。

下午第一节课下课，唐熙特意去（2）班门口转了一圈，特意让白起看见自己。

白起坐在座位上心神不宁。他知道这是唐熙在提醒他去自首，也是在威胁他。

白起恨自己瞎了眼，为什么喜欢这么一个如毒蝎一样的女生。唐熙看着甜兮兮的，没想到这么狠。她眼睛一瞪，就是《封神榜》里的苏妲己。

第二节课下课，唐熙又去（2）班门口转了一圈。白起又看见了她。

他开始哆嗦,直冒冷汗。如果警察真来学校,把他带走,可怎么办,怎么办!

第三节课下课,唐熙来到(2)班,没看见白起。白起的课桌上也没了书本。问了他们班同学知道,白起第三节课请假了。

唐熙的小脸上露出了胜利的喜悦。白胖子,你是真的很懦弱!做事不计后果,这就是你应该得到的惩罚。

白起起先没有去派出所,而是去了他爸爸的公司。白老板看着本应该在学校的儿子脸色苍白,知道一定是出了大事。

他了解了事情的经过,不教训儿子,反而安慰儿子道:"没事,这好办,爸赔他们家几个钱就给你了结了。这都不是问题。男孩子就得能扛事。"

白起被爸爸安慰,也没先前那么紧张了。对呀,细想想就是打架斗殴,下手重了点。身边同学也有这种情况,大不了赔钱,他们家又不缺钱。

白老板拍了拍儿子的肩,玩笑道:"儿子,你眼光太独特了。喜欢的是什么样的女孩子,她能把你吓成这样?"

白起摇摇头,表情很不自然:"她长得很漂亮,看着很阳光。但是发起狠来如地狱使者,两眼冒着寒光。"

"哈哈哈,我儿子就是有文化,夸人都不一样。"白老板年少时,因为特殊的历史时期,没机会好好学习,也没有太多的文化。当他听到儿子不断的甩词儿的时候,他竟然生出一丝自豪感。

白老板一直希望儿子能弥补他的遗憾,通过高考出人头地,考取一所好的大学,以帮助他们脱离暴发户的背景。

他的内心也不把打架当回事,毕竟受伤的不是自己儿子。他也不想儿子躲躲藏藏,整日惶恐,还不如快点把这事了结了,让儿子安心读书。

整个对话过程中,他也完全没有问儿子,对方被伤到什么程度。

白起爸爸毕竟商场上摸爬滚打了些许年,他特意咨询了律师赔偿标准,做到了胸有成竹,这才带着白起来到了 B 高中所在辖区派出所。

这天,派出所民警也在案发现场找到了白起行凶的酒瓶碎片,还找到了一个目击证人,是住在胡同里的一位老人。

白老板与办案民警说明了来意,他们是来自首的。

白老板表达了争取私了的意思。警察征求了武超父亲的意见,约定第二天双方到派出所谈判。

案情已经明了。白起已满十六周岁不满十八周岁,他雇用的人也不满十八周岁,所以白起是直接责任人。

武超的伤也构不成重伤害。这种情况通常是行凶人赔偿受害者相应数额的金钱私了。

即使武家不同意和解,白起应当负刑事责任,但是也可以依法减轻处罚。

晚上放学,唐熙出了校门就拉着爸爸快走。她要去小超家问问,派出所有没有新动向。因为白起半个下午都不在学校,唐熙想知道,她的攻心术是否已经成功。

老唐告诉女儿,派出所警员已经来电话通知他,他明天要去派出所做证。唐熙知道大功告成,欣喜若狂。唐熙表示第二天也要去派出所。

老唐坚决反对,他不想女儿牵扯进来。可是唐熙的心意已决,老唐知道他的反对无效。

第二天,武家三口人,老唐父女,李铁,都来到了派出所。

李铁是武超的影子。武超因伤没上学的一天,李铁觉得异常孤单。今天他也特地请假陪武超来派出所。

他想看看打伤武超的人什么样。他要记住那张脸,以后有机会为武超报仇。据武超说,这个人追唐熙,他更要看看谁这么自不量力,竟然敢追求唐熙!

他想不出天底下有谁,能配得上优秀的唐熙!

派出所也通知了 B 校的领导,毕竟白起是 B 校的学生。无论私了还是走司法程序,学校都应该知道该生情况。

白起的爸爸带着律师和白起也来到了派出所。

派出所的会议室有一张长方形的会议桌,双方各坐一边,两头坐着主办警官和学校领导。

孩子们没有坐在桌子前,白起坐在他爸爸身后的椅子上。三个好朋友也是坐在他们家长身后。

三个好朋友一起盯着白起看,白起吓得不敢抬头,心想,这三个人凶神恶煞的,是要活剥了我吗?

白起爸爸的目光最先落在唐熙的脸上。小丫头长得确实甜美。就是那眼神,一看就不是小白兔,妥妥的小狐狸一只。受伤的武超,眼神坚定,如同一匹小狼。他身边的黑大个,如同一只藏獒。

白爸爸再回头看看自家的儿子,心已落入冰湖。就这熊、熊、熊样,还追人家小姑娘!

白起爸爸现在才意识到,他的儿子只有他觉得好。放在同龄人中间,也就是平凡得不能再平凡的一个孩子。而且他儿子性格软弱,以后很难肩负大任。

警察介绍完案情,白起爸爸率先发言,阐明了态度,他说:"我作为白起的父亲,先对武超表示深深的歉意。是我没教育好白起,给武超身心带来了伤害。我希望武超的父母和武超能原谅白起,放弃诉讼。我愿意给武超经济补偿两万元。"旁边白家的律师微微点头。

一看他们就是有备而来。

两万元!区区两万元!

自打人类社会出现货币以来,任何东西都可以用金钱来衡量。

在无法弥补个人过失的时候,金钱就成了衡量错误严重性的标准,也成了过错方的诚意的一种体现。

此法可悲,太可悲,但是千百年来都是依照此法,因为也确实没有更好的法子了。

武家不同意。白起给武超打破相了,而且以后的人生轨迹也会发生变化。武家的目标是十万元。

双方唇枪舌剑、讨价还价一番。

最后白起爸爸说:"我们愿意赔偿五万元,不能再多了。你们不能因为这件事漫天要价,来解决贫困问题。"

这话说得太侮辱人了。

老武被气得浑身颤抖。他居然被人说解决贫困问题！这是对他人格的极大侮辱。他之所以同意私了，是觉得已经于事无补，还不如妥协，也是两全之计。

他激动地说："我们家是不富裕，但是我从没有想过因为这件事而发财。我宁愿我儿子完好无损，我可以一分钱不要。但是现在，受伤的是我儿子，破相的是我儿子，如果换作你儿子，你会怎么想？你会怎么做？"

白起爸爸的气焰越来越嚣张，继续怼老武："这个问题虽然是白起有错，但是责任也不全在白起。事实就是两个男孩子为一个女孩争风吃醋。如果女孩自爱，就不会在跟武超谈恋爱时还与白起纠缠不清，白起才会越陷越深。而且武超也有一定责任，武超还威胁过白起要打他。白起这么做也是先下手为强。"

他的说辞使老唐十分恼怒。他回头看了一眼女儿的表情，他怕女儿听到如此不堪入耳的话接受不了。

此时的唐熙和武超已经气得脸色通红。这是他们第一次看到成人丑恶的一面。白起爸爸无耻，太无耻了。他们终于明白，白起的阴险狡诈传承于谁。

特别是白起爸爸说的"解决贫困问题"，武超很难接受。

他也如爸爸一样，觉得受到了极大的侮辱。有钱了不起吗？有钱就可以随便打人，然后拿钱了结吗?!

还有白起爸爸说唐熙不自爱，武超更加恼火，唐熙是天下最好的女孩，白起爸爸凭什么这么说她！他了解她吗?!

老唐神色冷峻："白起爸爸，请注意你的措辞。我女儿与武超什么关系，我们做家长的心里最清楚。你说到自爱，请问你有没有问过白起真实情况？是他三番五次纠缠唐熙。唐熙拒绝他后，他还不依不饶，每天晚上尾随唐熙。唐熙这才请武超帮忙，而且武超也没动过白起一手指，反而是白起伤了武超。究竟是谁不自爱？"

还没等老唐讲完，唐熙倏地站起了身子，走到会议桌前。她拍着桌子，大声对白起爸爸说:"白叔叔,我叫你一声白叔叔是对你年龄的尊重。你为了达到你的目的,就信口雌黄来评价我的人品,你完全没有这个资格。武超他只是单纯地帮我摆脱白起。还有我们是什么关系,也无须跟你解释!白起唯我独尊,他喜欢的人他就要得到,天下哪有这样的道理? 你认为你有钱,你就能帮他摆平一切事,你就可以无限地纵容他,你就可以侮辱别人的人格! 但是总会有一件事,你的钱也不能摆平。"

唐熙边说边激动地拍桌子。老唐看着唐熙的举止,想起了唐熙的妈妈林惠年轻时候的样子。

三十年前的医学院里,林惠就是这样拍着桌子与人据理力争,引起了老唐的注意。

她们母女真的好像。

老唐心疼地把手垫在了女儿的手下面。

唐熙转向白起,问道:"白起,你有梦想吗?"

白起点点头。唐熙问他:"你的梦想是什么?"

白起被她的思路带着走:"我想上个好大学。"

唐熙又问他:"我给你十万元,你别去上大学了。你愿意吗?"

白起摇头。

唐熙又问:"你说梦想值多少钱?"

白起没作答,他不能发表意见。

唐熙转过来对白起爸爸说:"你给武超十万元,你能还给他一只完好无损的胳膊吗? 你能还给他一个光洁的额头吗? 你能让他去参军吗? 白起毁掉的是他的梦想。白叔叔,梦想就值区区十万块吗?"

白起爸爸没有讲话,他不能与一个小孩子争执,他也没有颜面再狡辩什么。

唐熙接着说:"那就别怪我毁了白起的梦想了。我要让他身上永远贴着故意杀人罪未遂的标签。我要让他走到哪里,都背着这个标签! 即使他不进监狱,我也要用舆论打倒他,让所有认识他的人都知道他企图杀人。"

所有人都目瞪口呆,他们不明白唐熙在说什么。

特别是 B 校的领导,他们很紧张,他们一定要保住 B 校校风严谨的口碑。

如果学校出现恶性事件,那全校上下若干年的努力都会付诸东流。

唐熙转向警察,大声宣布:"警察叔叔,我要报案,我要告白起——谋杀!"

在场的人都惊呆了,一齐睁大了眼睛看唐熙。涉嫌谋杀,这可不是小罪啊!

唐熙把运动服脱掉。她里面穿的是一件半袖 T 恤,雪白的胳膊上有几处瘀青,锁骨和脖子也有瘀青。在场的人都惊讶地看着她。

老唐看着女儿触目惊心的伤痕,问:"怎么弄的?"

唐熙指着白起:"我被他伤的。昨天他跟我抢录音笔,我跟他搏斗,他把我按在花坛上。他还掐我脖子,企图把我掐死!"

唐熙又指着自己的伤痕给众人看。

"浑蛋!我不和解了!"武超暴怒,脸红筋胀。他刚才就在极力压抑着怒火,但是他看见唐熙的伤痕,已经控制不住情绪了。

武超站起来直奔白起而去,他伤害了唐熙!武超要打死他!打死他!

白起吓得直往他爸爸身后躲。

警察身手灵敏,他站起来把武超拦住,说:"你冷静,小伙子,这是派出所。我先调查,我先调查。"

老武和老唐也拉住了他,他们怕他下狠手打白起,使事情由主动变被动。

武超勉强回到座位,他看着唐熙的伤默默心疼。

他自己受伤他觉得无所谓,梦想破灭他是觉得很惋惜,有些许的遗憾,但是他已经接受了这个事实。

但是看见唐熙的伤,他就怒火中烧。想到唐熙一个娇娇柔柔的小姑娘,被白起这个大块头按在花坛上,他就受不了!

他攥着拳头,怒视着白起。李铁也怒视着白起,他现在就想——捏扁他!

白起着急辩解："我没想谋杀她，我是跟她抢录音笔。我也没打她，就是抢的时候有身体接触误伤到她。"

唐熙说："我有录音，我还有人证！我喊救命的时候，是我同学救了我。"

说着唐熙把录音笔拿出来，把录音倒到最后，就听里面白起说："你给我！"

唐熙喊："不给，这是证据。"然后是一阵嘈杂声，还有唐熙呜咽的声音，最后是她喊救命的声音。

唐熙的救命声，很无助，很恐惧，还有压抑的哭声。那是白起在捂她的嘴。

录音笔里的声音，如同一根针，刺在武超的心脏上。刺完不拔出来，还搅拌了一番。

那嘤嘤的哭泣声，让他的血一下都冲到脑子里。他刚刚褪色的脸又红了，眼睛也红得吓人，如同电影里蜕变成"魔"的狂人。

他站起来对着白起而来，速度极快，快到在场的成年人还没反应过来。

武超一脚把白起踹翻在地，左手指着他大骂："人渣，老子废了你！"

白起被武超踹翻在地，爬起来想跑。可当他一转身，迎面而来的李铁又给了他一脚，再次把他踹翻在地。

原来在武超起身的时候，李铁也起身了，他与武超包抄了白起。

李铁低喝："你敢欺负唐熙，爷爷跟你拼了！"

"啊——爸，救命！"白起哭号着，前后都有围堵，他只能往会议桌底下钻。

"你给我出来。"李铁喊着，也往桌子底下钻。但是他过于高大，钻桌子有点儿吃力。

武超虽然吊着右手臂，但弯腰用左手去抓白起。

白起慌不择路，拼死挣扎。

他在桌子下面看着这些成年人的大腿，最后辨别出哪个是警察叔叔的腿。

他连滚带爬地到警察脚边，抱着警察的双腿哭喊着："警察叔叔，救我，救救我！"李铁在桌子下面对着他屁股又是一脚。

警察迅速把白起从桌下拉出。白起刚一露头，武超的左拳头就过来了。白起虽然很胖，但是身子却很灵活，他脑袋一缩，躲在了警察的身前。武超一拳打空，他趁势抓住白起的衣领，一把把他拽倒在地，举起拳头就要狠揍白起。

白起爸爸抱住了武超的腰，大声求饶："孩子，冷静，冷静！白起错了，叔叔给你赔礼道歉。"

武超已经失去理智，对着白起爸爸喊："滚，谁也别拦着老子，老子今天宁可去坐牢，也要打死他。"

白起趁机躲到了警察身后，吓得体弱筛糠。他再低头一看，自己已经小便失禁。

老唐和老武也拉住武超。武超力气大得惊人，三个成年男人居然很吃力才能拉住他。

李铁从来没见过如此癫狂的武超，吓得他愣在原地。

唐熙迅速上前拉住武超，在他胳膊上狠狠捏了一下，说："你别急，我没事！"

武超转头看向唐熙，唐熙冲他微微摇头，意思是让他克制。

武超这才稍微冷静下来，压住了怒火坐回椅子上。李铁也坐了下来。

在之后的时间里，武超和李铁就死盯着白起看。白起一直低头不敢与他们俩对视。

老唐也是极度气愤，他对警官说："这属于刑事案件了吧？我作为唐熙的监护人，我要报案。"

警官点头。

B校的领导起身了。他们一定要把这件事压下去，不能给学校造成负面影响。他们问白起爸爸："你想怎么解决？"

白起爸爸明白，学校掌握着白起的学籍和档案。开除和转学可是两个概念。

在学校和老唐的双重压力下，白起爸爸认怂。他对着老武和老唐鞠躬认错。

他语气哀求，说道："武超爸爸，我同意赔偿十万元！我马上签字！唐熙爸爸，孩子一时冲动，他不想伤害唐熙。就是男孩子手劲大了，弄伤了唐熙。对不起，对不起，我也赔唐熙钱，你说多少，我赔！"

白家的律师想制止他，案情性质有待界定，他可以分辩一二。

但是律师被他用眼神禁言。他儿子的前途重要，案件纠缠的时间越长对白起越不利，现在他知道了梦想的价值。

老唐说："你赔武超应该。唐熙没有实质性伤害，不用赔偿。但是我女儿生命安全受到了威胁，你说应该怎么办？"

白起爸爸一直道歉，低三下四，完全没有了刚才的盛气凌人。

老唐表示可以不计较，但是他要备案，如果以后唐熙受到任何伤害，一定追究白起责任。

最后白起爸爸唯唯诺诺地说："请武超原谅白起，也请警察保护白起的人身安全。"

为人父母，在任何时候，首先想保护的还是自己的孩子。

因为白起爸爸看到了武超准备生吞活剥了白起的眼神，他很害怕自己的儿子受到伤害。

最后双方和解完毕，白起爸爸当场付钱。

他心里想着，得马上给白起转学，快点儿躲开这个眼露凶光的武超和能言善辩的唐熙。武超能给他儿子带来身体上的伤痛，而唐熙能给他儿子带来精神上的摧残。他们惹不起。

这也是唐熙和武超最后一次看见白起。

据说白起被他爸爸送进一所全封闭的私立高中，因为只有这样才能躲过武超的"追杀"。

看来这白家父子也是被武超吓破了胆。

老武夫妇需要在派出所办理其他相关事宜，老唐带着三个孩子先打车回家。

老唐坐在副驾驶，三个孩子坐在后面。唐熙依旧是中间位置。

武超的心情也慢慢平静。

他轻碰了一下唐熙的胳膊，低头关切地问："他是怎么伤你的？"

唐熙说："他把我胳膊压住，然后跟我抢录音笔，他不敢杀我。他看我要喊，就上来捂我的嘴。一手捂嘴，一手掐了脖子。"她自己比画着，情景再现。

武超皱着眉头责怪她："我跟你说了别掺和进来，你就是不听。你脖子都有瘀青，还说他不敢杀你？"

老唐也说："多危险，冲动杀人没听过吗？"

李铁问："你害怕吗？"

李铁问到了关键点。

唐熙没有马上回答。三个男人都在等她说话。

过了几秒钟，她轻声说："害怕。我没想到他那么紧张，那么孤注一掷。"

她话一出口，车里的三个男人在情感上都接受不了了，都好心疼这个傻姑娘。

老唐在前面抿着嘴不讲话，他目视着前方，在平复着激动的情绪。

武超把头转向窗外，他要把自己的眼泪憋回去。唐熙是为了他以身犯险。他下定决心，以后在任何情况下，都要保护好唐熙，不让她再受到伤害。

李铁敲着她的头骂道："笨死！天天说我笨，你才笨！又傻又笨！你直接把证据交给警察就完事了，跟他磨叽什么？"

唐熙摸摸头，笑答："我只是要逼他去自首。我想他还不是特别坏，应该给他一个机会。我也没那么傻，我让韩晓旭和张玉如埋伏在树丛后面，如果有危险她们会出来救我。录音笔我也不怕被他抢走，我还藏了一支在花丛里。我喊救命就是给韩晓旭信号。但是，当他掐我脖子的时候，我才知道想喊救命是很困难的！"

"你既然还藏了录音笔，就应该放手，把证据直接交给警察处理。对奸恶之徒讲什么怜悯。"武超眼睛看着窗外，幽幽开口。唐熙太善良了。

"我当时慌乱，忘记放手了。白起也怕出事，掐了一下就松开了。今天我也是太生气了，就脱口而出说告他谋杀，没想到一击即中。"唐熙说得扬扬得意。

三个男人稍稍安心,这个丫头是不傻,安排得很得当。就是太危险了,想想就后怕。

　　武超回想起刚才自己的暴怒,也被自己吓了一跳。

　　武超不知道他为了唐熙会那么失控,他看着身边的唐熙有些不好意思了。他发现唐熙对他很重要,比他自己重要,他舍不得她受一点点伤害……

　　李铁歪着头对唐熙说:"你还不算太傻。"

　　唐熙很得意地笑了。

　　李铁的目光越过唐熙的头顶,看向武超:"小超,你刚才吓死我了,我从来没看你那么狠过。我现在有点儿不敢跟你讲话了。"

　　武超慌乱解释:"我看他把唐熙弄伤了,才那么生气。如果是你受伤,我也一样为你讨回公道。"

　　李铁点点头,听了武超的话,他的心情很高兴。憨憨的小铁很好哄。如果小铁受欺负,武超当然会义无反顾地为他出头,但是情感却是不一样的。

　　唐熙单手搂住武超的肩膀,拍了拍:"哥们儿,够意思!"

　　武超低头浅笑。这傻妞,真汉子。老唐在前面坐着没搭话,他在——吃醋。

　　武超看着唐熙:"不知道白起那小子会不会报复,以后我还是每天晚上接你放学。"

　　李铁也说:"我和小超一起接你。我拿着棒球棍。"

　　老唐在前面摇头苦笑:"小铁,不许乱来。白起不会再骚扰小熙了。我猜他多半会转学。不过为了小熙的安全,还是接她比较好,我不值班的时候就我接吧。"

　　唐熙反对:"爸,我不用你接,你时间没准儿。小超和小铁接我就好了,我喜欢他们俩接我。就像初中时候一样,我们三个人放学一起走。"

　　老唐点头:"好吧。"

　　唐熙挑挑眉毛与武超相视而笑,这是两个小人儿,心愿达成后的默契。跟爸爸走多无聊,跟年龄相仿的小伙伴在一起才有趣。

　　老唐在前面很是吃味,心里冒出一句"女大不中留"。想想小超刚才搂白起时候的模样,如同一头小狼,而这头小狼维护的是自己的女儿。看来自己的接班人出现了,女儿心里的情感天平以后会慢慢偏向小超了。这老父亲心里很不是滋味……

周六,老唐和老林都在家。老唐买了好多菜,在家里做起了大餐。

唐熙在房间里写作业,闻到了爸爸烧菜的香味,肚子咕咕叫着,嘴里分泌着口水。她实在按捺不住对美食的渴望,起身来到厨房。

她在爸爸身后转来转去,拿了几片酱牛肉吃:"爸爸,今天什么日子,你怎么做这么多菜?"

老唐忙着炒菜:"我今天请客。一会儿客人来,你要懂礼貌。"

"开什么玩笑,我都十七岁了,你居然担心我不懂礼貌?"

老唐看了她一眼,笑而不语。

"对了,你要请谁?"

"来了你就知道了。"

"你要请小超和小铁吗?"

"不请。你就知道小超和小铁。"

"好爸爸,你告诉我吧。"

"你别打扰我做饭。"

这时,门铃响了。老唐吩咐唐熙:"客人来了,你去开门,记得保持微笑。"

"好啊!"唐熙笑着作答。

当唐熙把门打开,看见门口站着的是小张医生!

小张手里拎着一篮子水果,两人面面相觑,都十分不自然。

小张站在门口看着唐熙,先主动打招呼:"小师妹好。"

唐熙尴尬地挤出一丝微笑:"张医生好,请进。"

这时老林迎了出来,把小张带进客厅聊家常。

唐熙不好意思在客厅待着,回到了自己的房间。

她回想起她对小张拳脚相加,有点难为情。那天晚上是自己太冲动了。

后来她也把对小张的质疑讲给了爸爸听。爸爸告诉她，小张说的留疤痕的情况没有错。而且小张的技术完全可以放心，不然他不会把小超交给小张处理。

唐熙知道自己误会了小张。但是唐熙不傻，关于她对小张动武的事，并没有跟爸爸讲。

吃饭了，四人围坐在餐桌前。

老唐举起酒杯："我说两句。第一，恭喜张冬青医生实习年限已满，正式通过院内评定，从此可以独立上岗。第二，感谢唐熙同学，成功扮演了'医闹'，完成了对张冬青医生的终极考核。"

唐熙愣了一下，爸爸这是知道自己打小张的事情了?!

唐熙怒视着小张："你告状！你什么都跟我爸讲！"

一个大男生居然告状?! 刚才她对小张的歉意已经消失殆尽了。

小张连连摆手，忙对唐熙解释："没有，没有，我什么都没说。"

老唐笑着替小张解围："你张哥哥可什么都没说，是护士长告诉我的。你吵闹的声音那么大，护士长在外面看你在不讲理，就没有进去制止，也是对小张的一个考验。"

护士长是看着唐熙长大的，唐熙从小好战的性格，叔叔阿姨们都晓得，所以也就没有制止她。

老唐笑着说："唐熙，你知道应该怎么做。"

唐熙羞愧地对着小张端起了酒杯："大哥哥，对不起。我不应该质疑你，更不应该对你动粗。我那么无理取闹，也没影响你缝合，你心理素质绝对过关。你以后一定会成为一个医术好、医德好的医生。"

小张也很羞涩，端起酒杯回应："谢谢小师妹，我一定达到你给我设立的目标，做一个好医生。"说着两人碰杯，化干戈为玉帛，喝掉了杯子里的果汁。

老唐笑着看着学生和女儿，对小张说："冬青，你也应该谢谢唐熙，给你上了一堂医患关系沟通技巧实践课。唐熙在问你小超会不会留疤痕的问题，你再想想应该怎么回答她?"

张冬青是医科学霸,潜心钻研专业,但是情商确实有点儿低。

老唐接着说:"做一个好医生,除了医术和医德,还有最重要的一点是与病患及家属沟通。你的医德在哪里体现,除了实际行动,也会在日常沟通中得到体现。你的说话技巧、语言艺术,可以安抚病患情绪,使他和他的家属对你产生足够的信任。如何让家属了解你的竭尽全力,如何让家属接受他们不愿意接受的事实,等等,都涉及沟通技巧。你再想想如何跟唐熙阐述小超的伤疤?"

张冬青对着唐熙挤出了一丝勉强的微笑:"那么长的伤口,留疤痕是一定的。但是也需要看他的体质,如果皮肤愈合得好,疤痕可能会越来越淡。现在科学技术一直在进步,也许过不了几年就会出现先进的技术能完全消除疤痕。"

"大哥哥,你说的是真的吗?"唐熙看到了希望。

"科学技术在进步,一切皆有可能。但是事情都有两面性,你也要做好留下疤痕的心理准备。"小张回答堪称完美。老唐满意地点头微笑。这个学生,过关了!

唐熙笑着点头。她完全接受了小张的说法。

小张的说法在几年后得以实现,激光美容可以淡化疤痕,据说还可以消除疤痕。

但是武超符合征兵年龄的那两年,祛疤技术还不够成熟,武超还是没能实现心中的梦想。

又一周过去了,武超的手臂在慢慢恢复中。

每天放学时间,都是李铁和武超来接唐熙。只是现在背书包的人,是手里拎着一个棒球棍的李铁。

周日早上,唐熙来找武超,今天她有事相求。

唐熙在楼前就看见了出门的武叔和李姨。打过招呼后,唐熙得知他们要赶回老家武家村喝喜酒,只留小超一人在家。

唐熙敲门。武超在里面问:"谁呀?"

唐熙没有回答,而是躲在了门侧的楼梯上。武超打开门,唐熙一下跳了出来,期待能吓到他。

"幼稚!"武超轻哼了一声,脸上却带着笑意。

唐熙跟着他进了门,说道:"快点换衣服,陪我出去一趟。"

"我还没吃早饭呢,陪你去哪儿?"说着他坐在了餐桌边。

桌子上摆着热气腾腾的白米粥和其他食物。

唐熙看了看,也坐在了餐桌旁。她催促道:"你快吃,快吃。"

武超问她:"你究竟让我跟你去哪儿?我怕你把我卖了。"

唐熙双眼放光:"去阿哲的歌迷见面会。"

武超知道,阿哲是小熙最喜欢的歌星。但是他无感,他喜欢的是体育明星。

"我这样怎么陪你去?"他摊手给她看,额头包着绷带,手臂打着石膏。

"我看你天天在家待着也是无聊,才想带你去听他唱歌的。"唐熙的语气里有些许失落。

"好吧。等我吃完饭。"武超其实是在逗小熙,只要是跟小熙在一起,去哪里他都愿意。

武超开始喝粥。他从小就怕烫,拿着羹匙开始吹白米粥。

"你快点喝。"唐熙催他。

"用这么早去吗?"

"用呀,歌迷见面会,人特别多。我们一定要先去占前排有利位置。你是伤员,没人敢跟你抢,也没人敢挤你。"

"你是带我去给你占位置。"武超笑着敲她的额头。

"嘿嘿,是。"唐熙被他揭穿了。

"我也是真想让你陪我去。阿哲唱歌特别好听,听过你就会喜欢他。"唐熙托着腮看他吃饭。

"他都唱过什么歌?"武超一边喝粥,一边问小熙。

"嗯——《这个世界》《我是真的爱你》。"

"噗!"小超一口粥喷了出来。这句话太……太雷人了。

武超开始咳嗽。他的脸憋得通红,心脏突突地跳。他知道唐熙说的是歌名,但是这两首歌名连着说,而且是出自唐熙之口,却有着不同凡响的震撼力。

"哎呀,笨死了!"唐熙抽了一张纸巾给他,并帮他拍打后背,"你怎么喝个粥也会呛到?"

"热,粥太热了。"小超极力掩饰着自己的尴尬。

唐熙着急了,拿过碗来帮他吹冷米粥。最后,她觉得温度可以了,又把碗推给了他。

武超喝了几口粥,放下羹匙,开始撰小菜。他右手骨折,一切都是用左手完成。唐熙看他笨拙的撰菜样子,觉得好可爱,咯咯笑了出来。

武超瞪了她一眼:"没爱心!笑话残障人士。"

她抢过他手里的筷子,催促道:"你喝粥,我喂你吃菜。给你十分钟时间,必须结束战斗!"

就这样,他喝了一口白米粥,唐熙撰了一口小菜,很仔细地喂到他嘴里。

唐熙从来没有照顾过别人,动作虽然笨拙,却很轻缓,脸上也是带着难得的温柔容色。

少年的脸又红了。

唐熙觉得小超今天好奇怪,问他:"你今天怎么回事,怎么脸又红了?"

"粥,热。"

"胡说,粥都快冷掉了。"

"你别废话,快喂我。"

"你也别废话,快喝。"

武超喝完一碗,又把碗推给了唐熙:"去,再盛一碗。"

"你怎么饭量这么大?跟李铁有一拼。"

"我得吃饱呀,吃饱才有力气给你抢位置。"

唐熙起身去厨房盛粥,武超在餐桌边偷笑。呵呵,傻姐,我喜欢你喂我。

唐熙回来刚坐定,武超又有了新的要求:"我想吃鸡蛋。"

"你真烦!"唐熙开始给他剥鸡蛋。她可没有那么好的耐心,直接把整只鸡蛋塞进了他嘴里……

阿哲的歌迷见面会,是在一个商场的大堂举行。好多歌迷早早就赶到现场,期待着阿哲的出现。武超的伤员身份,确实为唐熙提供了便利。他们被工作人员安排在了前排位置。

上午 11 点,阿哲如约而至,帅气儒雅,彬彬有礼。

唐熙兴奋得面色微红,小手捂着嘴,不停地跳。武超看看台上的阿哲,再看看台下的小熙,莫名地想笑。现在的小熙才是女孩子该有的样子。

阿哲唱了两首新歌,然后说:"我想请一位歌迷上场与我合唱一首老歌《有一点点动心》。"

"我,我!"唐熙在台下张开了双臂,挥动着双手。

台上的阿哲也看见了这个清秀的小女生,优雅地做了一个请的动作。舞台有一米多高,武超用左手在后面抱起她的腰,唐熙顺势蹬地,直接跳到了舞台上。

阿哲绅士地上前拉住了唐熙的手,唐熙借力站了起来。

被偶像牵着手,唐熙兴奋得要哭。

阿哲体贴地放下麦克风,小声地问唐熙:"这首歌熟不熟,我带着你唱?"

唐熙花痴地直点头:"熟,我好喜欢这首歌。"

音乐响起,背后的大屏幕放出了阿玲和阿哲唯美的 MV:"我和你,男和女,都逃不过爱情……不顾一切付出真心。"阿哲先唱,含情脉脉地看着唐熙。

唐熙也娇羞地看着偶像。她的台风很养眼很大气,还随着音乐轻轻晃动着身体。

该女声了,唐熙拿着麦克风,深情地开唱了。

但是,啊!

另类开口跪,别样见光死!

完——全——跑——调!

"你说的,不只你,还包括我自己……让爱一步步靠近。"唐熙终于唱完第一句,最后还有破音!

武超看着台上的小二货,实在忍不住了,低下头开始狂笑。

阿哲微笑着看唐熙,带着她一起唱女声部分。本是一首浪漫的对唱歌曲,生生被唐熙演绎成了合唱。

副歌部分:"我对你有一点动心……有那么一点点动心……却陷入爱里。"这是整首歌,唐熙唯一唱对的一句。

武超含着笑,抬头对着她挑起了大拇指。

怎么也要赞扬一下唐小熙同学,不然她下台一定会骂他不够意思。

唐熙看到了他的赞赏,很是受用,唱得更投入了。

台下的人有的皱起了眉头,有的比武超笑得还强烈。

武超拿起了一个点缀舞台的红色气球,随着音乐晃。

唉,即使全世界的人都嫌弃她,他也不会。脸是什么?不要了!陪她疯!

可惜就是手不能鼓掌,不能鼓掌也没关系,可以吹口哨。气氛一定要火热起来,就把唐熙当成原唱阿玲。

一曲终了,阿哲终于解脱了。到底是情歌王子,没被唐小熙同学把曲调拐跑。阿哲送了一盒他新出的专辑盒带给唐熙,封面还有他的签名。唐熙兴奋地致谢。

她跑到舞台边缘,武超伸出了手。她扶着他的手轻盈跳下,献宝似的晃动着手里的盒带。

"送给你!"唐熙把盒带递给了武超。

武超笑着接过盒带,说道:"转身。"

唐熙听话地转过身去,他拉开了她的小背包,把盒带放在了里面。

"我可不要,你丢人现眼得来的宝贝,自己留着吧。"武超还在调侃她。

"我刚才唱得好不好听?"唐熙是真没有自知之明,居然问出这个问题。

武超的嘴都快笑裂了:"好听,好听!你在台上的时候,没看见台下的人都什么表情吗?"

"哈哈哈。我没看别人,我就看你了。"唐熙捂着嘴笑得前仰后合。

"别人就差拿烂菜叶子砸你了!"武超补了一刀。

傻妞唐熙明白了他的意思,捂着脸大笑。

令人疯狂的歌迷见面会结束了。站了一上午,两人终于可以坐在商场的椅子上休息了。

"我对你有一点点动心……"唐熙还沉浸在兴奋中,没完没了地唱着。

"好了,别唱了。去吃饭吧!"武超笑着打断她。

"你想吃什么?我请。"唐熙歪着头对他莞尔。

"拉面。"

"你能自己吃面吗?"

"不能,你喂我!"

"做梦。去吃麦叔叔吧,洋快餐不用筷子,直接用手抓着吃!"唐熙故意强调了"抓"这个词,听着好野蛮。

"我不爱吃麦叔叔,我还是想吃拉面。你喂我!"武超抗议着。

"你没完没了了!"唐小熙同学可没那么好的耐性,一把锁住了他的脖子。

"走,吃麦叔叔!"她态度恶劣强硬,完全不懂得"怜香惜玉"(照顾伤员)。

"啊,你利用完我,你就翻脸!"武超抗议。

"少废话,走!"跟熙姐抗议有用吗?

小女生押着高大的男生往麦叔叔家走去……

两人吃完饭,走在回家的路上。

武超被唐熙影响,也不自觉地哼唱起来:"我对你有一点点动心……有那么一点点动心……"

哼哼,他对她,又何止是一点点动心呢?

又过了一周,武超的额头和手臂都已拆线。伤口长出了粉色的肉芽,老唐教他拿生姜擦拭创口,这样可以使疤痕变淡。

每天晚上,李铁依旧是和武超一起去接唐熙放学。

周末,三人在篮球场上活动。武超吊着胳膊不能运动,他与李铁坐在场边休息凳上,看着唐熙一人在场上投篮。

海滨城市的秋季要比内陆地区来得晚一些,10月末的天气还暖洋洋的,阳光温柔友好地照耀着大地。

李铁一副似笑非笑、欲言又止的样子。最后他下定了决心,对武超问出了心中的疑问。憨憨的李铁的心里是从来藏不住事的。

李铁说:"超,我问你一个问题。你不许生气。"

武超看着唐熙,懒洋洋地回应李铁:"说吧。"

"你是喜欢唐熙吗?"李铁鼓足勇气问了出来,脸上有着掩饰不住的兴奋,特欠揍,特三八!

"不是,哈哈,不是,你别乱猜。"武超坐正身子,慌乱掩饰,笑得好傻也好假。

李铁看着武超:"你知道吗?你笑得像个二傻子,你脸上写满了'是'字。"

武超看着他,心想李铁都看出来了?武超觉得自己特失败!

但是以李铁的智商和情商不可能这么玲珑剔透啊。

武超稳住心神,忙解释道:"你猜错了。不喜欢。"

李铁突然玩心大起:"如果你不喜欢她,我就喜……"

武超急得一把捂住了李铁的嘴:"我喜欢她,我喜欢她。我先说的,你不许跟我抢!"

李铁笑着推开他的手:"我才不喜欢那个二货。看来我哥就是诸葛亮,他在千里之外的京城都能分析家里的情况。"最近发生的事,李铁在电话里都讲给了李钢听。他当然是听李钢分析的。

武超被李铁诈出了心里话,反而觉得很痛快。毕竟小铁是他最好的兄弟,把秘密说与兄弟听,也不错,不用自己守着那么辛苦。

李铁继续贼兮兮地说:"我哥说,不让我陪你接唐熙了。他说我是电灯泡。"李铁从来不会藏话,有什么说什么。

武超被李铁打败了,无奈地看着他淡淡开口:"你哥,说得没错!"

"嘿嘿",李铁笑出了声。他哥说小超喜欢小熙,他还不信。现在李铁更崇拜李钢了。

李铁又好奇地问武超:"你为什么会喜欢傻白甜?"

武超拍拍脑袋想答案,最后不好意思地说:"我也不知道。就是喜欢看她笑,就是想保护她。"

李铁又问:"唐熙她知道吗?"

"不知道,为什么要让她知道?"对呀,为什么要让她知道,自己偷偷喜欢就好。

"我帮你告诉她。唐熙……"李铁觉得朋友之间不能有秘密,他扯着嗓子喊唐熙。

"不行!不许说!"武超慌了,用胳膊夹住了李铁的脖子,顺势捂住了他的嘴。

李铁挣扎着。

"不许说,不能说。答应我!"武超在李铁耳边重申。

李铁没想到武超用尽了全力,他竟然挣脱不开,就拍了拍武超的胳膊,示意他认输。

唐熙过来看着两个人:"你们俩几岁了,还打架玩?"

武超松开了李铁,看着唐熙有点儿窘。

唐熙问李铁:"你喊我做什么?"

李铁笑着回答:"没事。你热不热,想不想吃冰棍儿?"

"啊?"唐熙不明白他怎么说到冰棍儿上。

李铁站起身,特意走远几步,大声笑问:"唐熙,我问你,还想跟武超吃一根冰棍儿不?"

"啊?!"唐熙和武超两人一起大叫起来。

"李铁,你要死啊!"唐熙追打着李铁,给他一拳,再来一飞脚,"吼!哈!"把他当沙包打……

此后,李铁找了一个放学后在快餐店兼职的活,只剩武超一个人每天晚上接唐熙放学了。

深秋时节,落叶舞秋风。

武超手臂的伤已经完全好了。高二的唐熙,课业也越来越紧张繁重。

这天放学,唐熙闷闷不乐。

武超背过她的书包,小心翼翼地问她:"怎么了,摆着一张臭脸?"

"语文课文没背下来。该死的文言文,太拗口了。"唐熙说着,转到武超背后从书包里拿出了语文书,边走边背。

"你别背了,换换脑子不好吗?也许放松一下再背,效果会更好。"他劝她。

"不行,不行,我一定要背下来。"唐熙的倔强劲儿上来了,一根筋,誓与文言文死磕到底。

"你要不要眼睛了?!"武超提醒她,街上路灯昏黄,根本看不清书上的字迹。

"你别讲话。"唐熙打断他,边走边背,还时不时拿起书来看看原文。

武超没有再讲话,而是默默地陪着她走。

到唐熙家楼下,他把书包给她,叮嘱道:"记得到家后在窗户跟我招呼一下。"

"嗯嗯。"唐熙心不在焉地点头。

每天唐熙上楼以后,都会到自己的房间把灯打开,在窗口朝他招手,表明她已安全进家。唐熙房间的窗口是正对着篮球场的。

武超看唐熙进了单元门,就绕到篮球场边,等着看唐熙窗口的灯光亮起。

唐熙窗口柔和的灯光开启,她在窗口朝他摆摆手。他这才安心地回家。

第二天,武超接到唐熙以后,献宝一样拿出了两个神器,是钓鱼用的头灯。

头灯是一个较宽的绷带,上面固定一个散光手电。夜钓的人会把头灯箍在头上,便于观察周边环境,同时也解放了双手。

但是原装的头灯亮度太强,看近处的物体会使眼睛不适。武超把头灯改成了小功率的灯泡,不用照远处,只需照近处,明暗刚刚好。

唐熙看着头灯,一脸的好奇与崇拜,她说:"小超,你太厉害了。你会改装电路?"

武超得意地笑笑:"小意思,随便改着玩。"武超很臭屁的样子。

天知道他昨天晚上回家就开始改装,直到凌晨三点才调试成功。

唐熙说:"戴上去不会很丑?"她最关心的还是美丑的问题。

"你管它丑不丑,我陪你戴。这样你背课文就不会伤到眼睛了。"

说着他拿起一个戴在了头上,"啪",开关打开,如同一只小萤火虫。

唐熙也拿起一个戴在了头上,武超帮她打开开关。现在,是两只小萤火虫了。

他们看着对方都觉得好有喜感,咯咯地笑了出来。

不能浪费时间,唐熙拿出了历史习题册,开始背题。

高中生,真是抓紧一切碎片时间学习。

唐熙专注地看着书,脚下却不走直线了,直接奔着人行道旁的槐树撞了过去。

在唐熙马上要撞到树上的那一刻,武超喊醒了她。

"嘿……嘿……傻白甜!你撞树了!"武超喝住她,"你怎么不走直线了?"

"哦。"她木讷地应着,没有回答他,绕开树,继续捧着书默念。

"我拉着你走吧。"武超说着牵起了唐熙的手。唐熙一手被他牵着,一手拿着书默念,就这样一直被他牵着走……

"我背下来了,你帮我看着答案,我背给你听!"唐熙把书递给了他。

武超松开手,接过书说:"你背吧。"

唐熙缓缓开口,还有些背得不太熟练。

这回该武超不走直线了。人行路很窄,他对着身边的围墙就撞了过去。

原来双眼不看前面的路,脚下就真的没有方向,亦如我们的人生。

唐熙一把拉住他的胳膊,嘻嘻笑道:"我也牵着你吧。"

"嗯,好,你背吧。"他把手交与了她。

从此,他便与她牵手前行……

　　日子就这么愉快、甜美地过着。

　　转眼秋去冬来。他们每天背一道习题,量的积累必然得到质的飞跃,唐熙的各文科成绩都有显著的提高。

　　本来她在班级里就出类拔萃,班主任冯老师的想法是让她冲击重点大学。

　　但是,唐熙也有短板,那就是数学!

　　高中数学是代数和几何一张卷子,几何又分为解析几何和立体几何。150分的卷子,唐熙最高答过85分,也就是不及格。

　　这晚,唐熙唉声叹气,跟武超吐槽数学有多难,她对数学有多惧怕。

　　武超问她:"我能帮你什么? "

　　唐熙摇摇头:"不知道,我都不知道应该怎么学数学。"

　　武超说:"你把不会的题都总结到一个本子里,然后逐一突破它。"

　　唐熙歪着头想想,笑道:"好主意! "

　　但是她的小脸又冷了下去:"我不会得太多了。"

　　武超鼓励她:"你能考85分,说明你会的比不会的多! 再多学会一道题你也是赚了,再多得5分你就及格了。"

　　"嗯,好吧! "唐熙又有了点信心。

　　唐熙说:"周六、周日,你陪我去图书馆整理数学错题吧。"区图书馆里有很大的自习室,专门供莘莘学子周末研读。

　　"好! "武超答应她。

　　周六,两人早早来到了图书馆,找了靠窗子的位置坐下。靠窗的位置明亮,还有暖气,是图书馆自习室最抢手的位置。

　　唐熙从书包里拿出了厚厚一沓数学卷子。

　　她一脸讨好的笑容:"超哥,你今天的任务是帮我抄错题。你把这些错题的题干都抄到错题本里,我来作答。"她如此讨好他,是因为卷子实在很多,她怕小超会拒绝。任何人都会拒绝,谁会有这个耐心为她服务呢?

"嗯,没问题!"武超没有一丝迟疑地接过了卷子。

唐熙说:"我们分工协作,我先做其他科的作业了。"

"嗯,好!"武超答应着。

可是,武超开始抄题才发现,唐熙数学的错题实在是太多了!她最高答过 85 分,最低答过 52 分。满篇的红色杠杠,代表着不正确。

抄了那么多题,累死他了。武超受伤的右臂隐隐作痛。

他抬头对着唐熙揶揄道:"熙姐,你是跟我过不去,还是跟数学过不去?这错得也太多了。"

唐熙不好意思地笑笑,实在不知道怎么回答他。

稍后,唐熙说:"上午你抄题,下午我作答,这样你下午就可以休息了。"

武超摇摇头:"下午你做这些题,我再用另一个本子继续抄。考过的卷子老师都讲过一遍了,你如果还不会就做好标记下周再问老师,或者晚上打电话问李钢。"

唐熙的数学,武超也不会。他们学校的教材比唐熙学的内容简单。

此时的唐诗已经在大洋彼岸读博了,唐熙不可能奢侈到打越洋电话请教姐姐习题。所以,学霸李钢是"家教"的最佳人选。

原来武超不是嫌弃她,也没有嫌她烦。他下午还要继续为她服务。

唐熙被武超的坚定感染,她看着专注抄写的武超,自己也充满了斗志。有这样的哥们儿,真好!

数学君,来吧,我不怕你。

自此之后,他们每周休息日都会到图书馆学习。

武超为唐熙抄一周来答错的数学题,唐熙再一一作答。如果她还不会,就下周再向老师请教。

其余时间就用来做其他科的作业,查缺补漏这一周的知识点。

这样每周的周六和周日,都是唐熙盘点上周学习成果的日子。

老唐知道了他们的学习计划,在财力上极力支持他们。

两个孩子学习辛苦,特别是武超完全是为了小熙付出,老唐真不知道该怎么感谢他。

唐熙妈妈老林自打看了武超做的小头灯后,也被深深感动,小超真是很有心。

武家夫妇也不干涉儿子太多。毕竟儿子是与小熙一起学习,这比在外面没有目的地疯玩强多了。

中午,两个人都是去图书馆后面的小街吃午饭。

这天,两人走在小街上,讨论着吃什么。一阵喜庆的鞭炮声引起了他们的注意。是一家新开业的店,红色的绸布被揭开,上面写着"刘记小馄饨"。

"我们尝尝小馄饨吧。"唐熙提议。

"好!"无论唐熙说什么,武超都会答应。

店面很小,就老板和老板娘两个人忙碌着。

"一碗鲜虾馅、一碗鲜肉馅,再来两屉小笼包、两个小菜。"唐熙看着吧台上方悬挂的菜牌,觉得他们家的食物应该都很好吃。

胖胖的老板娘笑着说:"你们两个人吃不下这么多,我家的小馄饨量很大,就上一屉小笼包吧。"

唐熙笑着点头。老板娘阿姨很可亲哦。

一会儿,老板端来了两碗馄饨、一屉包子、两个小菜。

两个人经过一上午的脑力劳动和体力劳动,都饿疯了。可是再急也没有用,馄饨热气腾腾,谁也吃不到嘴。

武超问唐熙:"你吃什么馅的?"因为是两种馅料,他任她先挑选。

"都想吃,都想尝尝。"

"好。"武超拿起两个汤匙,分别把两个碗里的小馄饨舀起,交叉放到另一个碗里。这样混合着,两个人都能吃到不同的馅料。

他混合完,不停地搅动着汤匙,让馄饨迅速降温。这样,两人能尽快把它们吞进肚子里。

唐熙坐在旁边,贪婪地看着碗里晶莹剔透的小馄饨,不停地咽着口水。

"好了。"他把一个碗推给了她。

唐熙露出了急不可待的笑容。

小馄饨汤汁清亮不厚重,馄饨颗颗饱满,馅料十足。唐熙先舀了一口汤,缓缓喝下,全身的细胞都舒服至极。两人开始面对面地吃着馄饨。

武超看她狼吞虎咽的样子,提醒着她:"你慢点吃。"

唐熙点着头,但是吃馄饨的速度没有降下来。

她吃了几个后,评论道:"都很好吃。但是我更爱吃鲜虾馅的。可惜已经混合了,分不出哪个是虾肉的。"

"这有什么难的?"武超拿起汤匙舀起一个小馄饨,用筷子从中间撅开,说道:"这个是虾的,你吃。"唐熙撅起汤匙里的馄饨送入口中。武超再撅一个,是鲜肉馅的,就送入自己的口中。

两个人如同游戏一般,吃完了两碗馄饨,中间还穿插着吃小笼包。

胖阿姨看着两个孩子笑着摇头。待他们起身告辞时,胖阿姨说:"虾肉馅的表皮是浅粉色,鲜肉馅的表皮是深粉色。"

"哦,这样啊。哈哈哈……"他们俩这才知道其中的玄机。

不过刚才武超的办法也很好,起码目的达到了,虾肉馅的都进了唐熙的肚子。

高二上学年的期末考试开始了。

学校为了抢进度,高中课程都已经学完。期末考试相当于整个高中阶段的第一次模拟考。

他们俩拼尽全力应对的数学,唐熙还是没取得好成绩,只考了 93 分。

放学回家的路上,唐熙很消沉:"小超,我对不起你的付出,我数学才考了 93 分。"

"傻白甜,恭喜你,你及格了!"武超语气兴奋,实则在鼓励她。

"只比期中提高了 8 分。"唐熙有点儿沮丧。付出了那么多辛苦,还是没有提高成绩。

她开始怀疑自己真的没有数学思维。她是老师讲的内容她能听明白,一做题就错的那种学生。

"不要紧。你已经歼灭了 8 个操场的人了。"他继续鼓励她。

"不行,我是数学渣渣。"唐熙还沉浸在自我否定里。

"不,你有进步,你还能再进步。"武超还在鼓励她。

"我不行。"唐熙摇头。

"你跟我说,我行,数学我不怕你!"武超看着唐熙。

"我行,数学我不怕你。"唐熙哭丧着脸说。

"你傻不傻,这不是自我麻醉吗?"唐熙看着武超反驳他。

"你试着大声说!"武超还在鼓励她。

初中时,武超参加田径训练,每当他太累了坚持不住的时候,教练都是这样鼓励他,让他喊:"我能行!"现在他把这个办法用在了唐熙身上。

"我行,数学我不怕你!"唐熙大声喊了出来。但是她还是带着隐约的不自信。

武超大声说:"我陪你喊,我行,数学我不怕你! 来,边跑边喊!"

两个人跑了起来,边跑边喊。

当他们跑到唐熙家楼下时,唐熙的脸已经阴转晴了。

武超继续给她打气:"这才是高二上学期,我们两个月就提高了8分,继续努力,到高考你能提高30分!"

"好! 我能提高30分!"

唐熙兴高采烈地跑上了楼。她跑回自己房间放下书包,打开了灯,站在窗口兴奋地朝武超挥手。

武超在楼下看见了她,笑着招手回应,转身朝家的方向跑去。

寒假,唐熙妈妈准备给她报一个数学特训班。

此时,李钢放寒假回来了。他知道了唐熙的数学成绩,主动跟唐熙妈妈请缨。

他说:"林姨,别花那个钱。我先教她。如果年前我的教学效果不行,年后您再给她找老师特别辅导。"

唐熙妈妈当然很赞成这个提议,李钢可是他们大院除了唐诗以外,第二个学霸才子了。

老唐买来一块白板,李钢在唐熙家开始授课。

当李钢、李铁和武超来到唐熙房间的时候吓了一跳:唐熙的房间里贴满了数学公式。

她每天睁开眼睛看见的就是数学公式,如同电影里的符咒。三个男孩又取笑了她一番。

李钢在餐厅授课。

李铁属于看客,他远离餐厅,在客厅里坐着吃水果。

武超属于书童,他坐在餐桌旁,按李钢的要求,给唐熙整理归类专项练习册,就是所有同一类型的习题,都抄在一个本子里,待唐熙作答。

书店里的归类练习册李钢也有给唐熙买,但是有一半的题唐熙是做错的,所以还需要武超把错题再抄一份,让唐熙重新做一遍。

特别是立体几何,唐熙看着就发蒙。坐在那里云山雾罩,想不出解题思路。

学习助理武超有时候抬头看看她,最后实在忍不住,他拿过李钢的白板笔,画出了辅助线提示唐熙。

李钢很惊讶:"小超,你好聪明!"

武超学校里学的内容没有立体几何。他只听李钢讲一遍,就知道引辅助线的方法和解题思路。

李钢摇摇头:"你们两个把脑子混合一下就好了。小超的数学思维给小熙,小熙的英语复制一份给小超,你们俩就都无敌了。"

此时,武超也正在无奈地看着唐熙。他真想敲敲丫头的脑袋,想知道她的脑袋是不是如同西瓜一样能发出闷闷声。

李铁在远处接了一句:"他们俩生个孩子就混合了!"

"你闭嘴!"三人一起吼李铁。

这边焦头烂额地学习,他还在那里乱接话!

而且——接的什么屁话!

整个寒假,对唐熙来说,真真是魔鬼训练!累哑了钢哥的嗓子,也累疼了武超的右臂。

寒假快结束时,李钢鼓励唐熙:"这才高二上学期,慢慢来,不要太着急。现在是我帮你做第一遍复习,扫清障碍。待高二下学期暑假,我再带你做综合题。其实考点就那么点内容,吃透了、做熟练了就得高分了!"

唐熙点头。她对数学又充满了信心。

人的一生中,朋友很多,但也很少。

这三个最好的朋友,就是唐熙今生最大的财富。

1998 年的夏天,雨水特别充沛,充沛到人们说"不",老天却不答应,还一股脑儿地把雨水倾泻给神州大地。

春季开学之始,学校修改了作息时间,晚上加了一堂自习课,改为八点五十放学。

傍晚六点,一声霹雳,狂雨下黑了天地。教室里的白炽灯显得分外明亮甚至惨白。

高二(7)班的学生们都惊讶地望着窗外的雨。这么恶劣的天气真是少见。

班主任冯老师敲了敲讲桌:"下雨了,天气凉爽,现在脑子是最清醒的时候,自习啊,自习!先完成作业,再查缺补漏。"老师总能借题发挥,他认为任何事由,都能让学生的脑子清醒,如饕餮一样吞噬知识。

唐熙看着窗外,心想这么可怕的天气,武超还会来接我吗?即使他不来,我也不会生气,毕竟天气实在太差了。可是他不来,我会害怕。我会怕这肆虐的雨,怕一个人孤单地在雨里走。

哎,也许放学时雨就停了,也未可知。乐观的唐熙总是能安慰自己。

晚上八点,窗外暴雨渐渐收敛了,转为中雨,在路灯的照射下能看出细细的雨丝,洋洋洒洒地密织于空中。

学校广播通知提早放学,带了雨伞的同学们嬉笑着回家。毕竟高中能提前放学,是学生的奢望。

唐熙没带伞,看着窗外的雨,心想现在雨小了,武超来没来呢?今天这天气他爸妈能让他出来吗?即使他能出来接我,但是今天提前放学一节课,他很可能还没到。

唐熙收拾了书包,准备下楼看看,她心存侥幸,也没准儿他来了呢?

后座的张帅关切地问:"唐熙,你带伞了吗?"

唐熙摇头。

张帅内心很激动,他终于有机会了,他嘴角上扬:"我带伞了,咱俩一起走吧,我送你回家。"

唐熙礼貌地笑笑,张帅的主意挺好,起码不用被雨淋,还能早点儿回家。

但是张帅好像与她不顺路。唐熙说:"谢谢你了,咱俩不顺路吧,我等一会儿雨小了再走。也许我爸就来接我了。"其实她想说我哥们儿,但是她觉得在学校这么说,好像不太好。

张帅微笑:"我绕一点儿路就行,不麻烦,你不想早点儿回家吃饭吗?"

唐熙点头,回以微笑:"那就谢谢你了。"

张帅坐在唐熙后面有一年了,他平时斯斯文文,从来不与女生有太多交集,也不是很吵闹的那种男生。唐熙不讨厌他。

两人走到楼下,因为是雨天,家长可以进校在楼门口接学生。现在这个时间已经有来得早的家长在等孩子,还有楼内拥出的大拨大拨的学生,所以楼门口很是嘈杂。

唐熙四下张望,没有武超,有点儿失落。张帅也张望了一下,因为他知道唐熙有一个护花使者天天如影随形,所以他得打探好敌情,争取今天第一次出击全胜。

刚才那阵暴雨下得紧,校园里积水很深。唐熙与张帅站在台阶上,张帅说:"我们只能蹚水出去了。"唐熙点头,俯下身卷起裤脚,张帅为她撑着伞。唐熙有点儿晃,张帅还扶了她的胳膊一下。

张帅好激动,内心特感谢这场突如其来的暴雨。能与心仪的女孩雨中漫步,将是青春绝美的画面。

"嗨,傻妞,看哪里呢,我这么大的人你看不见吗?"武超戏谑的声音在唐熙侧方响起。

武超卷着裤脚,运动鞋已经湿透,衣服上还有斑斑水痕。他早就来了,他猜到这种极端天气学校一定会提前放学,所以刚才暴雨正酣时,他就出了家门,完全不理会身后爸爸的吹胡子瞪眼。

　　唐熙抬头看见武超,如同小时候看见武超一样兴奋。只要他出现,她就高兴。

　　唐熙笑着钻到武超的伞下,说:"我以为你没来呢。"

　　武超笑答:"我早来了,我猜你们校长有良心,一定能提前放学。"

　　唐熙呵呵笑,弹了他脑门一下:"聪明!"

　　武超把伞递给唐熙说:"外面街上水更深,你上来,我背你走。"说着他转身弯下了腰。

　　唐熙摇头,轻拍了他的背一下:"这是学校,你背我不好吧,怪怪的。"

　　"怕什么,我是你哥。快点。"

　　唐熙笑着伏上了他的背,举着大伞遮住了两人,完全忘记了旁边要送自己的张帅。

　　今天的雨,没有风相伴,就直直地下着,如同晶莹的珠帘,校园里的柳树沉默地垂着枝条,玫瑰花也羞红了脸。

　　身后,有同学们惊讶的表情,也有班主任冯老师不忍直视的双眼。

　　这丫头又与校外人员"勾肩搭背",还、还背着……看来明天又要谈谈了。

　　当他转头时,却看见教导主任鹰般的双眼,教导主任也在盯着唐熙看。

　　冯老师脑子反应极快,与教导主任说道:"那是她哥,她哥来接她放学。"

　　教导主任面色缓和下来。不对,教导主任反应过来了,上次去派出所调解白起打架案的时候,见过这疯狂的男孩。

　　教导主任看着冯老师,重重地哼了一声:"哼,护犊子!"

　　冯老师嘿嘿地笑着,假装听不懂。

　　教导主任也不能再说什么了,人家男孩不是他们学校的学生,他就假装没看见吧。

　　张帅拿着伞待在原地,看着眼前的一切,他好羡慕武超。武超有勇气背起喜欢的女孩,而他没有,他连表白都不敢。

武超背着唐熙走出校园,蹚过马路上的积水,往槐花小路走来。

他开口问唐熙:"你刚才要跟同学一起走?"

"嗯,这么恶劣的天气,我不确定你会不会来。而且还提前下课了,正好同学说送我一程,我就答应了。"

"以后不许跟别人走。你放心,我说接你就一定会来。你超哥什么时候爽约过。"

"嗯嗯。"唐熙甜笑着在他肩上点头。

雨还下着,积水已经没到少年膝盖处,他背着她涉水前行。慢慢地,她手中的伞落在了他的头上。

"小熙,举好伞,我看不见路了。"武超提醒着她,但是没有得到回应。

"哎,傻妞,说你呢。"武超晃动了一下肩膀。小熙的手垂了下来,头枕在他的肩上已经睡着了。

"这你也能睡着,真是头猪。"武超无奈地笑了,他用脖子夹住雨伞艰难往前走。

老唐急急忙忙迎面而来,他也是出来接女儿的。

但他不知道女儿已经提前放学。

老唐远远看见小超背着小熙步履艰难。他快跑了两步,举起了武超脖子夹着的伞。

老唐看着熟睡的女儿:"她睡着了?"

武超笑答:"刚才还跟我讲话,过了路口就没了动静。"

老唐说:"给我背吧。她挺重的。"

武超说:"不用,唐叔,我背得动。如果我们换手,会吵醒她的。"

老唐点点头,为两个孩子撑伞前行。

"唐叔,小熙很累。"武超心疼小姑娘。

"嗯,是,明天月考,她今天凌晨两点才睡,六点就起床了。"

"唐叔,您和林姨别给她太多压力。她的成绩考一所普通大学没有问题。"

"小子，其实唐叔都无所谓，小熙就是考不上大学也无所谓，只要她以后开开心心地生活我就心满意足了。是你林姨对她期望很高。你唐诗姐出类拔萃，小熙也不想比她姐姐太差劲，所以才这么拼命。她们母女三人都很像，都要强，都不愿意认输。另外，我想她拼搏一下也好，起码她全力以赴过，以后不管考上什么大学她都不后悔。就是过程太辛苦了。"老唐也心疼这小女儿。

"嗯，她是太辛苦了。我，继续陪她拼。"武超坚定地说出心里的想法。唐叔说得对，起码她全力以赴过，以后不管上什么大学她都不后悔。

他能做的就是陪她拼一回，让她不后悔。

"唐叔谢谢你。"老唐由衷地说出感谢。小超做的一切他心里都有数。

武超不好意思地摇头："不用谢，唐叔，我心甘情愿。"

老唐意味深长地一笑。他不知道以后会怎么样。不过当下，小超对小熙真的是用情很深。

被这样的男生喜欢，老唐觉得女儿很幸福。

但是他的女儿好像感觉不到，一直口口声声喊哥们儿。

一切，顺其自然吧。他不会干涉，也不会点破。谁年轻的时候，没有那么点小美好呢？

但在张帅看来，唐熙的"男朋友"空有一副好皮囊，一看就是头脑简单、四肢发达的主儿。他要谋划第二次出击了。

第二天，张帅与唐熙聊着当天考试的内容，一起出了校门。

从张帅挑衅的眼神里，武超知道这小子是来者不善。唐熙站在两个男生之间，觉得挺尴尬，简洁明了地介绍："张帅，武超。"

两个男生点头示意。

武超习惯地拿下唐熙背上的书包背在自己肩上。张帅看了看说："你每天都来接唐熙，不用上晚自习吗？"

武超根本没看他，对着唐熙笑，嘴上回答："我们学校不上晚自习。"

张帅："据我所知，所有重点高中、普通高中都需要上晚自习。"

武超底气十足地回答张帅："我们职高不用上晚自习。"

然后他拿出小头灯,拉起了唐熙的手,笑问:"今天累不累?我们今天背什么题?"

张帅看着他们的小动作,有点儿脸红,别过了脸去。

唐熙笑着摇头:"还好。今天不想背题。"

武超又问:"今天考试题难吗?"

还没等唐熙回答,张帅插言道:"唐熙,今天语文考试,苏轼的《念奴娇·赤壁怀古》选择理解正确的选项,你选的什么?"

"选 C。"

"我也选 C。"张帅又看一眼武超,接着说,"我就喜欢苏轼的这首词,特别是'遥想公瑾当年,小乔出嫁了,雄姿英发。羽扇纶巾,谈笑间,樯橹灰飞烟灭',把周公瑾的英姿勃发、豪气满怀都写了出来。看来绝代佳人与英雄才子才是绝配。你说是不是,武超?"

哼哼,这是来自情敌的第一波挑衅。

武超不屑,轻笑:"是,你说得没错。正史中周瑜确实是一代儒将,谈笑间八十万曹军灰飞烟灭。他能文能武,人品贵重,完全能担得起'瑾瑜'二字。人家周瑜有赤裸裸的成绩在那儿摆着,确实是少年英雄,一些黄口小儿膜拜一下即可,不要不知道天高地厚地自比。还有小乔,不过是一件战利品,是妻是妾都不一定,有貌无才,不登大雅之堂,只是周瑜锦上添花的附属品罢了。不要拿来乱比喻,反而亵渎了'绛珠仙子'。"

张帅好尴尬,他张张嘴,不知道如何接话。他心想,看来这个武超也不是草包一个。

武超心想,你跟小爷转什么,别的不敢说,跟我谈三国,你还得修炼几年。

绛珠仙子,林黛玉。

在三国里,武超实在想不出哪个女子能与唐熙相比。只有《红楼梦》里的林黛玉能与唐熙相比。

林黛玉聪明、灵动、美丽、俏皮、满腹诗书、伶牙俐齿。唐熙也是。

唐熙看着武超,抿着嘴笑。武超初一的时候就跟她爸借《三国演义》看,后来又自己研究《三国志》，堪称三国十级学者。张帅还跟武超挑衅，真是自不量力。

张帅虽然被武超怼得难堪，但是还不死心。他接着问："你对三国还挺有研究啊。你最欣赏谁？"

武超反问："你欣赏谁？"

张帅书生气十足地说："诸葛亮，淡泊名利，宁静致远。诸葛亮以其不可测度的智慧、鞠躬尽瘁的精神、知其不可为而为之的意志，虽大志未酬，依然可以称为一个千古传颂的人物。"

武超动一下嘴角，似笑非笑："说得好。诸葛亮最后确实是大志未酬。抵御过诸葛亮两次北伐的还不是司马懿？五丈原耗死诸葛亮的也是司马懿！你知道《晋书·宣帝纪》里司马懿对诸葛亮什么评价吗？"

张帅接不上话来，他没看过这本书。

武超接着说："司马懿说，亮志大而不见机，多谋而少决，好兵而无权。意思就是——志大才疏，眼高手低。"

唐熙没忍住，扑哧一下笑了出来。

张帅脸一红，深感无地自容。他讪讪地说："唐熙，我先走了，再见！"确切地说是落荒而逃。

从此以后，张帅找个理由，跟老师申请换了个座位。

自尊心极强的他，再见到唐熙也是躲着走，更不敢看唐熙的眼睛。

不见了张帅身影，唐熙大笑了出来。她拍着武超肩膀："超哥，你怼人太过瘾了！《晋书》你也看过。是不是都是文言文，你能看懂吗？"

武超也笑："嗯，随便看的。有注释，还有就是靠平时积累，想看懂自然会有很多途径看懂。"

唐熙又问："司马懿真的对诸葛亮那样评价？"

武超看着她，笑答："是啊。司马懿也曾评价诸葛亮'真乃天下奇才也'。但是，我觉得这是他显示自己胸怀的一句客套话。他们是棋逢对手将遇良才。他们互相忌惮也互相欣赏，还有点儿互相藐视吧。"

唐熙已经对武超崇拜得五体投地。

唐熙仰着脸看他:"我好羡慕你,我被高考束缚,你却可以随心所欲,看自己喜欢的书。"

　　武超必须马上纠正她的不理智思想:"高考不是束缚,是我没机会参加高考,所以我有时间看。你还是要好好学习,决胜高考,这样你以后选择的机会更多。等高考完你想看什么书都行。"

　　唐熙撇撇嘴:"说辞跟老唐一样,老唐二号,你就是老唐的马仔!"

　　"好了,不过你班这同学,真的傻,就是一傻瓜。"武超评价道。年轻人对自己的情敌大多充满了不屑。

　　唐熙点头:"对,以前看他还好,今天觉得他好幼稚,就是一个傻……"最后一个字还没说出来,就被武超从她的后颈处,弯过手捂住了嘴。唐熙在武超臂弯里挣扎,满眼笑意。

　　武超也笑:"女孩子不许说脏话!"

　　唐熙在他臂弯里使劲点头眨眼。武超把手刚一拿开,唐熙就说:"傻……"武超手快,又把她的嘴捂上。他太了解唐熙了,你越不许她说,她就越说。

　　武超捂得太用力,唐熙的头已经靠在了他肩膀上。武超笑着,用另一只手指着唐熙说:"你要敢说脏话,我就不给你抄错题了。我说到做到!有胆你就说!"

　　唐熙眨眼表示求饶,武超才笑着松开了手。

　　唐熙还在笑,说:"小超,是不是说脏话很过瘾,比打群架还过瘾?"

　　"没有没有,没有打群架过瘾。你都打过群架了,就放弃说脏话的想法吧……"

　　两人一路笑语,唐熙在学校一天的紧张与压力都荡然无存了。

　　唐熙到家后,边吃饭边跟爸爸讲今天晚上发生的事,唐医生也笑:"小超,我徒弟,不简单!"

　　唐熙抗议:"爸,他什么时候成你徒弟了?人家自己看的好吗?你别窃取人家胜利果实。"

　　唐医生指了指书架顶端的一套"二十四史",说:"《晋书》是'二十四史'里的一部,我都买了十多年了,你都不知道咱家有这套书吧。"

唐熙惊讶地抬头看,眨眨眼:"我知道,但是从来没翻过,我怎么也没看你看过。"

老唐说:"因为我买来就没看过啊。哈哈,后来小超发现了,借去看了几个月。"

"你可别臭美了,自己都招供了,你都没看过,人家小超可不算是你徒弟。"唐熙维护着武超。

老唐点头:"你快吃饭吧,别废话了。"老唐心里又在吃醋,吃小超的醋。

1999 年 3 月　早春时节

春季开学,班级挂起了一个醒目的牌子,高考倒计时牌!

那年的高考安排在如火的 7 月。

高考前还有体育达标测试,将在 5 月份进行。

初中的时候,唐熙的体质一直很好。上高中后每天的主要任务就是学习,体育课也就是应个景儿,或者体育课干脆被其他主科老师占用。所以唐熙对 5 月份的 800 米跑测试,心存忌惮。

武超知道后,跟她说:"以后每天早上我陪你跑步上学。"

唐熙反对:"那样你上学就会迟到。"

武超说:"我们早点儿从家出发,我在你们学校门前坐公交车能赶到学校,不会迟到的,你放心。"

这样,两个人每天早上跑着去上学。武超毕竟练过田径,他知道怎么合理地训练唐熙。

每天,武超背后背着自己的书包,身前挂着唐熙的书包,陪着她跑。当唐熙坚持不住的时候,他就在旁边催促:"快点,再晚我就赶不上 7 点那班公交车了,我就要迟到了!"

不能让哥们儿迟到!

"啊——"唐熙狂喊一声,又咬牙坚持向前冲。

体育锻炼着实能让人精神百倍。唐熙每天跑到学校,身体完全活动开后,像一个打了鸡血的斗士,学习效率更高了。

体育测试完毕的那天晚上，武超远远就看见唐熙的双腿不会回弯，在韩晓旭的搀扶下慢慢走着。

确切地说是在艰难移动。

待唐熙走出校门与同学道别，他迎上去扶住她问："你腿怎么了？"他看见她的裤子膝盖处也破了，还有血迹。

唐熙笑答："不只腿，你看手也受伤了。"她骄傲地伸出手给他看，手也有擦破伤，涂了紫药水。

"怎么伤的？"他看着她。这个笨蛋，把自己弄得伤痕累累。

"测试800米的时候，还有两圈，我被同学绊倒了。"唐熙的同学体力不支晕倒并绊倒了她。两圈，就是400米。

"没事，等下次补考吧。"武超在安慰她。他看她伤得很重，又被同学绊倒会耽误时间，一定是没完成测试。

"哈哈，不用！我通过啦！"唐熙兴奋地汇报着结果。

"我当时就想，我已经跑完了400米，也就是半程。如果我放弃，我的前400米就白跑了。如果我坚持下来，前程的400米才有意义。所以我的腿即使再疼，也要坚持跑完。如果我放弃了，还得等待补考，那样太浪费精力。最终我一鼓作气跑下来了。到终点我才知道，膝盖的血已经渗透了运动裤。"

她说得轻松，他听得心疼。这傻妞的意志让他佩服。

"小熙，答应我以后注意安全，要学会保护自己，别再把自己弄伤了。"他目光如炬，嘱托着眼前的女孩。

"那可不一定！我不能保证不受伤。"她开心地回答。体育测试这关终于过了，唐熙如释重负。

"转身，背我！"她发号着一级指令，她受伤了，不用再怕冯老师的"勾肩搭背"论了。

他被她的好心情感染，俯下身去背起可爱的小女生："我能背着你跑信不信？"说着他提速跑了起来。

"千万别跑，千万别跑。万一把我摔傻了，就不能高考了！"唐熙在他背上惊慌地拍打着他的肩膀……

临近高考，唐熙也不需要再走路背题了。

她现在身体里浸满了备考的知识。有时候她怕一低头、一弯腰，知识就会从眼睛、鼻子、嘴巴里掉出来。所以她每天都小心翼翼，等待着高考来临。

她跟武超说，现在她最缺的就是睡眠，她觉得自己已经透支了。

这天晚上，武超就骑了爸爸的自行车来接她放学。

接到她，他说："你可以坐在我后面打盹儿。"她说的每一句话，他都记在心里。

"嗯，好主意。"唐熙跨坐在车后座，闭着眼睛迷糊起来。五月末的小路上，槐花香甜，月光皎洁。

她的头靠在他背上，昏昏欲睡。小路坑洼不平，她的双手围上了他的腰。因为这样更安全，不会被晃掉。

武超的脸上露出了比槐花还甜的笑容……

"唐熙！"一个特别严厉的声音传来，是唐熙的妈妈林医生。

林医生从院外往家走，正好看见了已经到大院门口的两个人。她表情十分惊诧，毕竟他们两个是孩子，怎么能有如此亲密的动作。

武超被林医生吼得很是尴尬："林姨。"他声音很小地打着招呼。林医生看着他没有回应。

武超单腿支在地上，拍了拍唐熙的手："小熙，到家了。"

"嗯？"唐熙昏昏沉沉睁开了眼，"到家了？"她半闭着眼下了后座。

"哦，妈！"她跟妈妈打着招呼。

"走了，小超！"她与武超道别，径直往楼上走。

林医生看了小超一眼，还是没讲话，也转身进了楼门。

武超也觉得很不好意思，不知道小熙会不会被她妈妈骂。其他的事情他能帮她，但是替她挨骂，他无能为力，只能掉转车头回家了。

唐熙回到家，坐在餐桌前才完全清醒。她累极了，睡十分钟也能解乏。

"哇！"今天晚上的菜都是她爱吃的，她发出了惊叹，拿起筷子就要吃饭。

高考临近,老唐每天都烹饪不同的美食,来给女儿补充体力。

"你等会儿吃。"老林厉声喝道。

"这是又怎么了?"老唐慌忙从厨房端着一碗汤走了出来。他听妻子的声音不对,马上出来当和事佬。

唐熙也莫名其妙地看着妈妈。老林把刚才看见的一幕讲给了老唐听。

最后她说:"唐熙,女孩子要自重。你虽然已满十八岁,但是你是学生,不能有过格的举动。"

唐熙被妈妈气得哇哇直叫:"妈,我就是困了,我想睡觉。你小题大做。我们俩从小一起玩到大,抱一下腰怎么了?"

老唐也觉得不妥,问唐熙:"你怎么抱的?"

唐熙站起身,走到爸爸身后,环住了他的腰,说道:"就这样!"

老唐四十岁才有了这个小女儿,现已年近花甲,即使保养得再好也有了将军肚。

唐熙勉强环住爸爸的粗腰,在他背后咯咯笑了起来:"爸爸,你腰太粗了,我抱不住!"她的语气嬉笑中带着撒娇,还把小脸贴在了爸爸背上。

老唐被小棉袄抱着,心都被融化了,还哪有心情训斥女儿。另外,女儿也没有出格,她就是想睡一觉而已。

老唐用眼神制止了妻子,示意她不要再纠缠这个问题。

女儿真的心无旁骛,还是不要小题大做得好,一定要保证高考生的平稳心态。

1999 年 7 月 7 日 高考

唐熙的考点离家不是很远。因为怕塞车,一家人决定步行去考场。临出门前,老唐为唐熙最后检查一遍"装备",万事俱备,出发!

楼下,武超和李铁已经等在大院门口。他们毕业了,现在不用上学,也要送唐熙去考试。五个人浩浩荡荡地出发了。

考点门口戒备森严,警察、保安,都严阵以待。送考的家属均停在警戒线外面。

唐熙拿过武超手里的备考包。武超的习惯就是帮唐熙背书包，无论大小，只要见到她手里提着东西，他都会自然地接过来。今天也不例外。

　　唐熙看着四个人，八只眼睛，说："等着，熙姐给你们考个 600 分出来。"唐熙的模拟考试成绩都在 600 分以上，她没敢给自己定太高的目标，所以保守地说了一个 600 分。

　　"嗯，熙姐您辛苦！您再多考点分我们也不嫌多。"武超打趣她。

　　"嘿嘿，行，看我心情吧。"这傻妞自己倒是很放松。

　　唐熙心里想，终于熬到高考了，左右都是一刀！早考完早解脱！死不死就这么回事了。

　　"来，傻白甜，加油！"武超笑着举起了拳头，与小熙对拳。李铁也举起了拳头。这是男孩的加油方式。

　　其实，武超更想深深地拥抱一下唐熙，他想把自己所有的祝福都给唐熙，让她明白他的心意。可是他不敢。因为有唐叔在，有林姨在。而且他也不能让小熙在上考场前，有任何的心理波动。他就把这份情狠狠地压在心底，他压得好辛苦。

　　对完拳，唐熙转身往校园走去。

　　"你认真点，看好了题目再作答。"妈妈在后面扯着脖子喊。

　　唐熙头也不回地摆摆手。

　　李铁搂住武超脖子，往人少的地方走，李铁悄声跟武超说："她真汉子，你喜欢她什么？"

　　武超笑着回他："谁家汉子长那么好看？"

　　李铁想了想，点头道："姑娘的外表，爷们儿的内在。"

　　武超笑答："她比爷们儿有韧性！她比爷们儿坚强！"

　　李铁突然又想到了一个问题。他硬生生地问武超："小熙上了大学，你怎么办？"他完全没考虑到好朋友的心理承受能力。

　　武超脸上的笑容僵掉。李铁完全是给了他一个晴空霹雳。

　　对啊，小熙上大学后，他要做什么，他要去哪里，他要怎么办？

　　十八岁的他还不知道怎么面对和解决这个问题。

他不敢想象没有唐熙在身边,他会怎么样。他一定会难过得要死。

但是,表白吗?他不敢,唐熙一直拿他当最好的朋友,从来没有想过其他关系,他怕表白后连兄弟都做不成。

李铁看出他的失魂落魄,安慰道:"你别闹心,等我哥放假回来,他会有办法。"

李钢是他们的大哥,无论从阅历、眼界,还是思维方式,都会给他们指导,所以他一定会有办法。

武超点点头,吁了一口气:"不想那么多了。现在就盼着小熙取得好成绩,一飞冲天吧。"

考场里的唐熙拿到了语文试卷。那年的作文题目是《假如记忆可以移植》。唐熙写道:"我要把我对英语的记忆,都移植到我最好朋友的脑子里,让他也能坐在考场里与我一起参加这神圣的考试……"

那年的数学很难,最后一道大题,很多同学一个字都没写,唐熙却做出了一半。她尽力了,其他会做的题目,她也能保证不会丢分。

当最后一科的交卷铃声响起,奋斗了十二年的莘莘学子完成了人生的第一次大考。

犹如辛辛苦苦搭了十二年的多米诺骨牌,在一瞬间辉煌、灿烂地倒下,呈现在世人面前一幅惊艳的画面。

唐熙随着人流跑出了考场。在考点门口,她欢脱着,奔向等着她的四个人。老唐看着唐熙冲了过来,张开了双臂准备迎接凯旋的女儿。

可是,他女儿根本没有看他,而是直接冲向了小超。

老唐半张开的手臂停在空中,默默地、自动地放了下去。唉,老脸一红,这小棉袄去找她的小王子了,老父亲的心好酸。旁边的老林忍着乐,同情地看着老伴儿。

唐熙双手按着武超的肩膀高高跃起:"我考完了,我解放了!我解放了!"

武超也握拳低吼了出来:"去它的,终于考完了!"男孩说粗话也是释放压力的一种方式。

"啪！"两人狠狠击掌，如同篮球场上的神助攻和进球者的庆祝方式。

然后唐熙冲着李铁的胖肚子就来了两记直拳，力道不大，表达着她的喜悦兴奋之情。李铁也憨憨地笑着，揉了揉肚子。

老林按捺不住激动的心情，问道："二宝，考得怎么样，怎么样？"妈妈只关心她的成绩。

唐熙无奈地看了一眼妈妈："妈，你就不能问点别的？"

但是她看着妈妈期盼的眼神，还是答道："还行，还行。"

"还行是个什么概念？好还是不好？"妈妈眼神忐忑，不依不饶。

老唐接过话："你别问了，好坏都考完了。丫头，你想吃什么？爸爸妈妈请你们三个去吃饭。"因为高考只两天半时间，考完正好是中午时分，该吃午饭了。

"谁要跟你们俩去吃饭！你给钱就行！"唐熙笑着搂住了老爸。她指的你们俩是老唐和老林。

老唐很大方，从钱包里拿出了500元钞票，塞给了唐熙。

唐熙数着钞票，心满意足。

她问武超："你想吃什么？"

武超笑意满满地看着她："听你的，你说吃什么就吃什么！"

"我也不知道。哈哈哈……"唐熙笑得开心，她现在开心得已经饱了。

"吃小馄饨吧，小铁没尝过，带他去吃。"武超提议。

"好！出发！"唐熙一手挽着李铁，一手挽着武超，淹没在人海里。

这边，留下了老林和老唐两个人面面相觑。

老林斜睨了老唐一眼，说："老唐，你有点儿得意忘形。你这个月就500块零花钱，全给你的小棉袄了。你小棉袄连一顿饭都不请你吃。"

老唐无所谓地摊摊手："谁愿意跟小孩子去吃小馄饨。咱俩也去约会，吃顿大餐，海鲜自助。"

老林撇着嘴看他："你有钱吗？又想在我这里蹭吃蹭喝？"

"谈钱，谈钱不就伤感情了。"老唐学着女儿的样子，挽着妻子的手臂往公交车站走去。

"哎呀,反了。"老林笑着表示不满,反手挽上了老公。

一人高考,就是全家人高考!一人考完,就是全家人考完!!一人放松,就是全家人放松!!!

对了,老唐家还有一个编外列席成员——武超!

刘记的小馄饨特别好吃。

李铁单机作战,吃了八碗馄饨、三屉包子,喝了五瓶汽水。直到过了饭点,他还没吃完。

唐熙与武超跟刘老板夫妻已经熟悉,亲切地喊他们刘叔、刘婶。

店里的客人都走光了。刘叔、刘婶、唐熙、武超四人就看着李铁一人表演。

唐熙说:"小铁,我爸给的钱多,你就放开了吃。吃饱,吃到开心为止。"

刘叔站起来问:"小伙子,你还吃什么馅的? 我现在去包。"

李铁吞下最后一个馄饨,摆摆手道:"不吃了,饱了。再来一瓶汽水吧!"

武超回身拿过一瓶汽水,拿筷子一撬,"砰",瓶盖应声飞起,然后落入他的手中,汽水递给李铁……

下午去哪里玩呢? 三人没有目的地走在路上。

唐熙说:"去看电影吧,电影院里有冷气。"

李铁忙赞同:"好,还有爆米花和可乐。"

唐熙补充:"还有冰激凌,哈哈哈……"

两个吃友兴奋得直点头。武超看着这两个二货,摇头苦笑。

一个是他最喜欢的女孩,一个是他最好的兄弟。

两人在谈到吃的时候,表情如出一辙。看来,无论男女,他就喜欢这款的,吃货加二货款。

下一站,向电影院进发!

三个人的电影。进电影院二十分钟,唐熙就靠在武超肩头睡着了,这是内心完全没有压力的彻底的放松。

李铁小心翼翼地把唐熙的爆米花拿了过来。唉,谁让他是唐熙的好兄弟呢,就勉为其难地帮她吃了吧。

随着电影结束的灯光亮起,唐熙坐了起来。她揉了揉眼睛:"演完了?"

当她坐起的那一刻,武超嗖地一下站起来,冲了出去。

李铁问:"你去哪儿?"

武超喊:"卫生间!你俩门口等我!"原来他是不忍影响唐熙睡觉,才一直在憋着不如厕。

这一场电影,李铁专注于吃,唐熙专注于睡觉,武超专注于憋尿。谁也没记住电影演的什么内容。

再去电竞游乐场玩儿。商场里的游乐场,有各种电子游戏机。唐熙从来没玩过,两个男孩倒是轻车熟路。三人买了游戏币,挨个儿机器玩。唐熙对玩游戏是一点就通,武超教的游戏,她很快就能上手。

武超感慨:"你学数学有这个精神头就好了。"

换来了唐熙仰着头的傻笑,她对他道:"哼,熙姐今天心情好,不与你一般见识。"

最后他们三个试着抓娃娃。唐熙心仪一只两手可以粘在一起的小猴子。三个人轮番对着小猴子下手。终于在第十四次的尝试中,唐熙如愿抱走了小猴子,等于花钱买小猴子一样。

夜幕降临,他们三人在海边的啤酒花园撸着羊肉串,享受着清凉的海风。

狂欢到晚上十点,他们才回到大院。

两个男生送唐熙到楼下。武超还是习惯性地转到篮球场,在那里等着唐熙房间的灯亮起。唐熙在窗前跟他摇手示意,他和李铁才向家走去。

他突然想,这是不是唐熙最后一次在窗口跟他招手呢?

第二天早上,武家的餐桌旁,三口人吃着早餐。

老武说:"小超,你这职高也毕业了,我准备送你去学开大货车。有了货车驾照,以后什么车型都可以开。拿到驾照后,我会想办法,托关系给你找个工作。"

父亲不是在征求他的意见,而是通知他。

小超不能去当兵了,老武早就开始谋划儿子的前途。儿子长得精神,人也稳妥,学会了开车后,他想托关系让儿子进医院后勤部门工作。

没准儿以后儿子能给院长开车呢?再过几年,娶妻生子,也是安稳一生。

那唐家的小天鹅,早晚是要飞走的。儿子的梦,终究也只是个梦。

武超把头埋得很深。唐熙去读大学,他去学开大货车。这是两个方向,好远,以后还会渐行渐远。

他不愿意去学开大货车!但是不愿意他又能做什么呢?他也没有方向。

他点点头,算是给父亲的回应。

老武说:"我今天就给你报名。我一个战友就在驾校当教练,你去跟他学。"

武超忙抬头跟爸爸说:"爸,我想9月份去学车,可以吗?"

老武看着儿子:"为什么?"

武超扯了一个理由:"这个季节太热了。我想9月份再开始学。"

其实他是想跟唐熙再待两个月。把唐熙送走后,再开启他的别样人生,他未知的人生。

武超在等着父亲的回复。但是爸爸从来都不惯着他,怕热,什么狗屁理由,爸爸怎么能答应。他看着爸爸,眼神里流露出了祈求。

老武看着儿子,他知道儿子心里在想什么。这个傻小子在这两年时间里就这么一味地、执着地付出着情感。

老武心一软,说道:"好,9月份再去学!"

武超长出了一口气,他又争取到与唐熙在一起的两个月的宝贵时光。

唐熙估分在620分左右,所以她报志愿的选择面很宽。1999年的高考政策是先估分,再报志愿,最后才是出分数,进而调档、录取。

爸爸问她想学什么专业,唐熙答什么都行。无非是那些女孩子学的热门专业:外语类、财经类、管理类、师范类等等。

爸爸问她想去哪个城市。京城,必须京城。因为唐熙向往那里金碧辉煌的皇家气度。在那里拍出的照片一定色彩饱满，会有历史的厚重感。

说到照片，唐熙提出一个小小的要求，就是考上大学的礼物，她想要一架属于自己的相机。

相机，价格不菲，但是老唐咬咬牙同意了。小棉袄的要求，他绝对是有求必应。他许诺，录取了就给女儿买相机。

这也是老唐第一次大着胆子做决定，他假装看不见妻子凌厉的眼神。

唐熙含着笑观察着父母，同时暗自心疼了老唐一分钟。

"嘿嘿，爸爸，对不起，我又坑你了。"唐熙心中默念着。

在等分数的日子里，三个小伙伴天天腻在一起玩。

这天上午，三人去海边游乐场，在卡丁车场地旁，一张告示吸引了他们。

告示内容如下："招聘暑假工两人。要求：男孩，勤劳、有亲和力，日薪五十元，包两餐。"

就这么简单，还是在卡丁车场地门口贴着的，这就意味着，在这儿上班还可以免费玩车。

喜欢车是男孩子的天性，李铁和武超跃跃欲试。他们在这里上班，唐熙也可以陪着他们上班。

李铁有自知之明，他的颜值是很难打动老板的，所以武超前去与老板协商。

老板姓孙，孙老板看武超长得帅气，人也机灵，很是满意。

武超说："老板，我还有一个好朋友也是学生，我把他叫来给你看看？"

孙老板点头同意。

两分钟后，老板看见了一个黑大个儿，挺胖，还挺壮，更像个打手。

孙老板不是很满意，没有马上表态。这孩子看着虎头虎脑挺招人喜欢的，但是做生意还需机灵些，眼观六路耳听八方，就像武超这样才好。

唐熙适时地搭话了："老板，我是他们俩的朋友，他们俩给你打工，我算赠品，我在这干活儿，不要钱。"

"哈哈，行啊，那就这么定了，两个男孩每人五十元一天。你这个赠品可没有钱呀,管你们三个中饭和晚饭。"

孙老板很看好这个"赠品",一看就聪明伶俐,有"赠品"在,可以帮他老婆收款了。

"你管饭,管饱吗?"唐熙问孙老板。

"管饱,当然管饱!"孙老板一口答应。孙老板觉得小姑娘这个问题很可笑,不知道这孩子怎么想的,能问出这样的问题。现在又不是久远的贫困年代,他还能让员工饿肚子吗?

"行,就这么定了!"三个小伙伴互相看了一眼,答应了。

"即刻上岗。丫头去小商亭里辅助我老婆吧。"老板也不客气,马上给唐熙安排工作。

"好。"唐熙态度很好,听从老板调度。

孙老板除了卡丁车场还有一个旋转木马场地。他和妻子两个人忙里忙外,妻子还要兼顾收款卖票。

孙老板带着两个男孩熟悉设备的操作,熟悉安全带的捆绑。都是简单的操作,老板教一遍两个男孩就会了。

唐熙来到小商亭,见到了孙老板的妻子,是一个挺着大肚子的孕妇。

女人都爱聊天,不出一个小时两个人就混熟了。

唐熙亲切地喊老板娘为"兰姐"。

唐熙问:"兰姐,你的宝宝快出生了吧?"

"是啊,还有十天吧。"

唐熙看着兰姐肿胀的手和脚,觉得她好辛苦。

她体贴地说:"还有十天就生了,你还在海边风吹日晒,真是不容易。"

孕妇本就心理脆弱,听到唐熙如此体恤她,兰姐竟然委屈地哭了出来。她也是需要找一个宣泄口的。

兰姐说:"确实很辛苦,我有点儿顶不住了。现在马上就旅游旺季了,真是忙不过来,我又要生宝宝了,身边也没有老人照顾,这才雇暑期临时工来帮忙。待我生产时,不知道老公能在家照顾我几天。"

以唐熙的年纪,她还不能深刻理解兰姐的心酸。但是她很想安慰兰姐,帮助兰姐。

唐熙的妈妈是产科医生，经常会在家感慨孕妇的不易。

唐熙也在家里的产科书里看过当妈妈要经历的过程，那是相当的惨烈。所以唐熙觉得每个妈妈都很伟大。

中午，兰姐吩咐唐熙说："小熙，你去买午饭，买五份盒饭吧。"

唐熙笑问："只买五份吗？"

兰姐说："够了，他们家的盒饭量很大。"

唐熙说："孙哥说了，中午管饱，我吃得多，我得吃三份。"

"啊？"兰姐张大了嘴巴，以为自己听错了，"你说的是你一个人吃三份？"兰姐再确定一遍。

唐熙点头。其实她想说五份，怕兰姐冷脸。

她看着唐熙，一个白白净净的小姑娘，吃三份盒饭？太不可思议了。

"好，不浪费就行，你去买吧。"兰姐答应了，毕竟小姑娘给自己打工，得让人家吃饱肚子。

中午吃饭时，孙氏夫妻看着李铁风卷残云般地吃完了三份盒饭，终于明白了唐熙不要工钱的原因。天下哪有那么好的事，一个可爱漂亮的小姑娘怎么可能给自己打免费工？原来小姑娘的工钱是抵黑大个儿的饭钱了。中餐三份，晚餐三份，一天六份，比付给小姑娘工资还多。

由于唐熙不要工钱，还能完全顶替兰姐的工作，所以孙老板也就接受了李铁的食量。不然，吃完这顿饭，一定让他马上走人。

工作直到晚上九点下班，三人快累到虚脱了。第一次步入社会的他们，知道了赚钱的艰辛。

同时，唐熙也开始心疼兰姐。他们都累成狗了，作为孕妇的兰姐岂不是更累。

走在回家的路上，唐熙把对兰姐的心疼都说了出来。

武超听着，接话道："小熙，你今天收了多少钱？"今天，唐熙负责收款，兰姐在旁边监督。

"两千五百多元。你问这个干什么？"

"我想跟孙老板谈谈,看能不能承包一个暑期。"武超说出了自己的想法,"这样孙老板可以安心在家照顾兰姐生宝宝,他不用分心照顾生意。生意我们来做,应该比打工赚钱多。"

"好主意!"唐熙觉得小超说得在理,是一个一举两得的好办法。

武超接着说:"明天我们再观察一天他的客流量和营业额,待跟他谈承包价的时候也能做到胸有成竹。"

"好啊,好啊,我们可以当自己的老板了。"唐熙和李铁觉得武超这个想法特别好,想想就很兴奋。

如果孙老板同意武超的方案,这样既可以帮助兰姐,又可以为自己赚钱了。

第二天,三个小伙伴干得更卖力了。孙老板夫妇觉得人确实是雇对了,三个学生很勤快,帮了他们很多忙。

晚上结账时,武超对着唐熙使眼色,意思是今天收了多少钱。

唐熙用手暗暗比画着:"两千八百元。"

武超轻轻点头。

在清洁场地时,武超把承包的想法委婉地跟孙老板提了。孙老板听着没讲话,作为商人的他在权衡利弊。

兰姐在旁边听到了武超的想法,她暗暗给老公使眼色,意思是她觉得可行。

唐熙在旁边帮腔道:"我妈说坐月子是女人的大事,不能有丝毫怠慢。女人这一辈子就做这三十天的女皇,所以把兰姐身体照顾好,才是孙老板你的首要任务。"

兰姐被小丫头的言论说到了心坎里。加上天气炎热,她已经疲惫不堪,心理承受能力到了极限。

"老公,你们谈一下承包价格。我受不了了,我要回家休息!"孕妇的脾气已经在火山爆发的边缘了。

孙老板只能点头。他盘算着每天的收益,与武超讨价还价。最后敲定:承包期四十天,正常天气要每天上交孙老板两千三百元的场地费,下雨天则上交五百元。

孙老板夫妻做完当天晚上就结束。从第二天开始，生意交由三个小老板打理。

下班回家的路上，唐熙和李铁兴高采烈，可以说是完全癫狂。他们要当老板了，大家都兴奋得不知所措。

武超喊住他们俩："别高兴得太早，以后每天早上睁开眼睛，就要想着先给孙老板赚下两千三百元，两千三百元以外的钱才是我们自己赚的。如果遇到雨天，可能一分钱都赚不到。"

"啊?!"两个小伙伴被打了当头一棒。两个人担忧地看着武超。

"明天听我的。明天早上五点半唐熙家楼下集合。都把自己的压岁钱拿出来，我们去进货。"武超一副胸有成竹的样子。

两个人对武超绝对地信服，都点头答应。

第二天，他们在批发市场批发了很多漂亮的风车、泡泡机、气球，还有头上戴的卡通图案的发卡，又去食品街批发了各种口味的雪糕和饮品。武超早就觉得孙老板冰柜里的货品太单一了，他一定把货品补充丰富。

大风车和气球，把他们的小商亭打扮得五彩斑斓。迎着清甜的海风，他们的小生意开张了。

数十只风车迎风飞转，转起的是十八岁的梦想，转起的是 18 岁的青春，转起的是海天之间最单纯的情愫……

　　唐熙负责卖票,卖商亭里的小玩具和冷饮。武超和李铁每人看管一处场地。

　　两天后,李钢也将放假回归,那样他们四个便凑齐了,人手也就更够用了。

　　快到中午,唐熙在小亭子前喊李铁,李铁被晒得满头大汗,跑了过来。

　　唐熙说:"小铁,你给你爸打电话,让他送饭来。"

　　"啊? 咱们去买盒饭就行了。"李铁不解唐熙的要求。他爸爸是一线民警,那么忙,怎么会来给他们送饭。

　　"让你打电话你就打。你爸能同意。"唐熙催促李铁。

　　"我打了,你能给我吃一支雪糕吗? 不记账的。"李铁央求道。

　　武超规定,每人每天吃雪糕不能超过三支。不然货品都被自己吃了,还怎么赚钱。唐熙觉得武超说得有道理,她绝对服从,而且还负责监督李铁。

　　"你别做梦了。如果你不打这个电话,从现在开始一支雪糕都别想吃。"唐熙威胁他。

　　"哦!"李铁不情愿地答应着。

　　他拿起小商亭里的电话,忐忑地按下了爸爸的电话号码:"喂,爸爸,你能给我们三个送午餐吗? ……吃什么都行……"

唐熙在旁边对着听筒喊:"李叔,你穿着警服来。"

李铁挂断了电话。

他看了唐熙一眼,说:"你管我爸穿什么衣服干吗?"

这时武超也来到商亭前,中午阳光已经很晒,正好照着储藏冷饮的冰柜。他拿出一把大太阳伞,"砰"地打开,插进了阳伞固定墩。

武超嘴里念叨着:"保护伞!"

"啊?"李铁还是没反应过来。

武超和唐熙相视一笑。小铁啊,你笨死得了。

老李来了,穿着警服,手里拿着五盒盒饭,还有几个大面包。

老李坐在太阳伞下乘凉,看着三个孩子吃饭。

半个小时过后,老李笑问唐熙:"丫头,你狐假虎威够了吧,我可以走了吗?"

"嘿嘿,李叔英明,明天中午再送一顿。"唐熙露出甜甜的微笑。

"嗯。即使我不来,也会派徒弟来!"老李答应着,起身走了。

唐熙想,做生意,当然是和气生财。但是如果有收保护费的小混混儿,或者嫉妒的同行找他们麻烦,可不好摆平。她要把一切对他们不利的影响扼杀在摇篮里。而李叔的身份就是他们最好的保护伞。

第二天,老李如约而至,还给他们三人买了一只烧鸡。两个吃货,一人一只鸡腿,吃得津津有味。后来两人又想分鸡翅膀。

老李摇头苦笑,忙制止他们俩:"鸡翅给小超!小超跟你们同龄,怎么就比你们俩懂事很多呢?"

武超笑答:"算了吧,李叔。我吃别的肉,如果我吃了鸡翅,他们俩会馋死。"

两个吃货就不客气了,一人又分得一个鸡翅膀。

又过了一天,李钢从京城回来了。他马不停蹄地加入队伍里。多了一个人干活,大家都能轻松一点儿。

武超觉得每天在海边买餐食太贵了。于是他买来一个大电饭煲,三个男生轮流做米饭。

每餐电饭煲里的饭，三人各盛一碗后，剩余的李铁抱着锅吃。当然，吃完饭，李铁负责刷碗。菜他们会买一些熟食，或者在家里拿家长们做好的菜来吃。

李钢嫌麻烦，抗议道："小超，你就是个奸商，算计到骨子里了。"

武超反驳他："你知道小铁一天的饭钱多少吗？小铁除了吃饭，有时候还要补充一个汉堡。"

唐熙补刀："还有雪糕和烤肠。小超规定一天只能吃三支雪糕，我睁一只眼闭一只眼，都对他放水了。"

说是规定，但是那些东西是小铁吃，他们俩当然不会那么认真。

李钢马上没了脾气。唐熙和武超又是相视一笑。

李钢看着他们俩，嘀咕了一句："你俩真配。"

一句话说到武超心坎上了，他站在那里，点着头微笑，那笑容都快飞上天了。

唐熙根本没细思这话，就当它是无聊的废气，让它随海风飘走吧。

李钢回来后，不用武超求助，李钢就明白他的心境，也懂他的纠结。

当天下午，三个男孩私下里聊天，李钢表达的观点是：喜欢就去追，想那么多干什么。

李钢对武超说："小熙现在是不开窍，分不清友情和爱情。哥帮你点醒她，让她自己发现你的好，让她自己喜欢上你，她就能自动转换你的身份了。"

李钢的话，使武超心里又燃起了希望的火焰，烈火熊熊，越烧越旺。

高考出成绩了。午夜十二点刚过，唐熙一家屏息凝神地守在电话前。老唐按下了免提键，拨打查分热线。

唐熙最终得分622分。完美，太完美了。数学考了125分，在当届数学题较难的情况下，已经属于高分。

唐熙挂断电话，想马上给武超打电话，报告这个好消息。

老唐制止她说："你武叔家都睡了，明天再通知小超。"

唐熙失落地点头。她想把这个好消息第一时间告诉最好的朋友，她要与他分享成功的喜悦。

　　唐熙回到房间躺在床上,久久不能入眠。因为兴奋,太兴奋了。不出意外,她就能去京城了。但是去了京城,她会想小超。她舍不得离开他,他是她最好的哥们儿。

　　此时的武超,也偷偷起床,借着月光拨打查分电话。唐熙的准考证号他看过一次就记住了。身份证号更好记,他们俩的号码只是后四位不同,前面完全一样。

　　当他听完唐熙的分数,一阵狂喜跳了起来。小熙太争气了!

　　但是,躺回床上的他又伤感起来,他怕与唐熙的分别时刻,他怕大学里有男生追她……

　　由于两个人都失眠了,第二天早上都没能按时起床,直到李铁和李钢分别敲响了他们的家门。

　　四人集合,往海边跑去,边跑唐熙边汇报着高考成绩。李家兄弟都夸赞唐熙,而武超只是淡淡地笑了,拍拍她的头说完成了任务。

　　唐熙边跑边憧憬着未来,她对李钢说:"钢哥,是不是在大学里,我就可以谈恋爱了?"

　　"扑通!"闻听此言,武超脚下一软,栽了一个大跟头。

　　"你怎么还能跑摔了?"唐熙停下脚步,蹲下来紧张地问他。

　　武超心里突然上来一股无名火,对着唐熙喊:"你别管我,我眼盲心瞎,我看不清路。"

　　"你神经病,你自己摔跤,对我吼什么?"刚才唐熙还在沉浸在对大学的向往中,现在被武超莫名其妙的态度吓到了。

　　但是她还是伸出了手,准备拉他起来。

　　李铁在武超背后,也想把他扶起来,但是被李钢用眼神制止了。

　　武超看着唐熙伸出的手,心里的怒气顿时消散了。他也伸出手,顺势站了起来。武超起来后,觉得手中一空,是唐熙已经抽出了手,其实他还想再拉一会儿。

　　"快跑啊,做生意,抢钱呀!"唐熙像打了鸡血一样喊着,人已经跑出去五米开外了。她的样子，好像海边到处都是人民币。

"两千三百块钱，两千三百块钱。"李铁也被唐熙感染，在后面喊起了口号，跑了起来。

李钢拍拍武超的肩膀，安慰道："慢慢来吧，不要操之过急。以她的性格，不可能马上明白你的心。"武超幽怨地看了钢哥一眼，唉，宝宝心里苦啊。

李钢幸灾乐祸笑着："谁让你喜欢一个神经大条的二货呢。跑吧，去追唐熙！"

"唐熙，我要追上你！"武超喊着，以百米速度启动，他追她来了，一定要追上她。

唐熙回头看武超追她来了，玩心大起，撒腿提速，勇往直前地向前冲！冲啊，千万不能让他追上！

四人跑到海边，唐熙已经累得气喘吁吁，扶着树笑得不能自已。

武超也累得直喘粗气，说："你今天吃兴奋剂了？怎么跑得这么快？"

今天唐熙真是超常发挥，不过以武超的能力完全能追过她。只是他不想超过她，他就想看她拼尽全力的可爱模样，所以他一直跟在她身后。

李钢也喘着气，看着唐熙，使劲推了一下她的头："你就傻吧。"

"啊？"唐熙不明白李钢的意思，"啥玩意，又说我傻。"

"别站着了，做生意！"李铁提醒着大家。

两千三百元场地费，是李铁每天念念不忘的压力。

四人各司其职开始做开张前的准备工作。

今天的唐熙心情奇好，她拿起一个小兔子耳朵造型的发卡戴在了头上，然后对着镜子看着自己微红的小脸，眨眨眼睛，摆着各种可爱造型，连连夸赞自己好可爱啊。她还掏出今天早上慌忙塞进口袋里的口红，认真涂了起来。唇上有了颜色，更是娇艳欲滴。

她跑出小亭子，来到卡丁车场地，拍了拍正在检修车辆的武超，美滋滋地说道："小超，你看我今天好看吗？"

"啊！"武超手里拿着扳手，看见唐熙的脸吓了一跳，扳手也掉在了地上。确切地说不是惊吓，是惊艳。

"哦,还行,还行。"武超红着脸移开目光,他不知道怎么回答她。

"哼,这怎么叫还行?!我这么大一个美女,唉,你是真没眼光!"唐熙摇着头表达着不满。

她想,小超是眼睛瞎了吗?看不出来我风华绝代吗?唐熙同学对自己的容貌一直很自信,甚至是自负。

"呵呵,你今天不但脚不好用,手也出问题了。"唐熙笑着看着他捡起地上的扳手。

"你看着点商亭,我去买早餐。"她过来就是想告诉他看摊儿,她要去买东西。

"嗯嗯,你去吧。"武超还是不好意思看她,应付着她的话。

由于今天早上起迟了,武超和唐熙都没有吃饭。唐熙去买了面包和牛奶,准备与武超吃一个简单的早餐。

唐熙想,看着蔚蓝的大海,沐浴着清晨的阳光,与好朋友一起吃早餐,是一件多么幸福的事。细思,还很浪漫。她的脑子里突然冒出了"浪漫"两个字:与小超这样一个大帅哥在一起,是挺浪漫的。如果以后我的男朋友能像小超这么帅,我一定会开心死了。

牛奶加热好了,唐熙站在小亭子前,对着远处的武超喊道:"小超,过来吃早餐了。"

武超蓦然回首,看见小熙穿着背带裤,头戴着小兔子发卡,在向他招手,背后风车转动,唐熙如同童话里的小仙子,浑身散发着阳光般的温暖。

蓝天下,晨光里,这是何等的天使之姿。武超看着小熙,忽然有一种男渔女织般的幻觉。他觉得小熙就像他的小妻子,在喊他回家。武超压抑不住内心的冲动,他跑了起来,他要拥抱他的天使。

武超张开双臂拥住了唐熙。他觉得他的心脏都要跳出来了。这是他第一次抱她,他在拥抱他的全世界。

唐熙头上的小兔子耳朵发卡,被他抱得用力过猛,滑落到了她的鼻梁上。

一秒钟后,唐熙重重地推开了他,笑骂道:"你脑袋被驴踢了吧,你撞死我了！"

她以为他是不小心撞到她了。

我的天，有这么撞人的吗？

他眼神落寞地看着她。

"我得离你远点，你今天不在状态，容易摔跤。"她笑着转身往小商亭里走。

"我不是摔跤。"他跟在她身后，无奈又慌乱地解释。

"哎呀，别解释了。你告诉过我，要我远离危险，不要再受伤。"唐熙回忆起武超嘱咐她的话，复述给他。

"哎，唐熙，我……"他想说我不是摔跤，我就是想抱你，我是喜欢你！

甚至是——爱你。

爱是什么，他说不清楚。但是他确定，他对唐熙就是爱，而且已经爱得很深，已经爱得无法自拔。

此时，此刻，此情，天地可鉴，山海为证。

"你什么你，快点吃早餐，一会儿做生意。"唐熙根本不给他开口的机会。

小商亭里，两个人坐定。唐熙递给他一个枕头面包，自己也拿了一个同款。

武超看着唐熙拆开面包的包装，而他自己手里的面包并没有动。

武超问唐熙："你自己能吃下这么大一个面包吗？"

唐熙看看，摇头道："吃不下。剩下的可以留给小铁当间食。"

武超看着可爱的女孩，笑道："我也吃不下这个大面包。要不，咱俩吃一个？我这个完整的留给小铁。"

"行。"唐熙一点儿没有迟疑，马上同意了。她掰开面包，给了他一半。

由于唐熙搽了口红，吃起面包来生怕蹭掉色彩，所以就用手撕着一点一点地吃。

"你这样吃饭难不难受？"武超看着她的姿态，替她着急。

往日的唐熙,饿的时候吃起东西是狼吞虎咽,一点儿不顾及形象,那才是真实的唐熙。

"你不懂,我姐告诉我,现在要学着做女孩子,以后才有男生喜欢。"唐熙谨记姐姐对她的教导。

"你省省吧。"武超就不爱听这话,他抽出一张面纸,托住她的后脑强硬地给她擦嘴。

"住手,住手,你这是在浪费!这是我姐从 M 国邮回来的名牌口红,很贵的!"唐熙摇着头挣扎,嘴上吧啦吧啦说个不停,最后都破音了。

她心疼死了,武超擦掉的可都是人民币啊。

"晚了!擦干净了!"武超放开了她,"快点吃饭,一会儿就有游客来了!"他催促着她。

"哼!"唐熙重重哼了一声,白了他一眼,开始大口大口咬起了面包。

没有了口红的束缚,这面包吃起来是真过瘾。

武超看着她,也大口大口地咬面包。他在故意挑衅唐熙,比谁的嘴大。

唐熙自是不能认输,她盯着他看,又狠狠地咬下了一大口。

但是,她的嘴已经塞满了,整个脸蛋就像含满了食物的小仓鼠,根本嚼不起来。

她就瞪着他,脸憋得通红,嘴里含着面包,骑虎难下。

武超已经笑疯了,他拿过垃圾桶,对她说:"吐了,快吐了,你这二货。"

"呸!呸!"唐熙吐出了嘴里的食物,"你还笑,你才是二货,再也不跟你好了!"

唐熙的"好"是小孩子之间玩得好、关系好的意思。

"啊?你跟我好过吗?"他笑得更欢了。他的好,可是内涵丰富。

"滚!不要脸!"唐熙不明白他在乱讲些什么。

小超的脑子,一定是今天早上摔傻了。

日子就这么开开心心地过着。

武超每天能守在唐熙身边,他就心满意足了。

其他的事,慢慢来吧。

这天,唐熙的生理期到了。她没有了往日生龙活虎的样子,脸色惨白地坐在小商亭里。

李铁过来拿雪糕吃,看到病恹恹的唐熙,问道:"唐熙,你怎么了?病了?"

"嗯,中暑。"唐熙随口说了一个理由。

"你俩快过来,唐熙中暑了。"李铁的大嗓门喊了起来。

"你别喊。我没事。"唐熙想阻止他,但是已经晚了。

两个男生跑了过来,三个人围着唐熙嘘寒问暖。

"哎呀,我没事,你们很烦啊。都走,不许靠近我的领地。走!"唐熙下逐客令。

"哦,我知道了。我知道你怎么回事了。"武超看着她。

"你知道个大头鬼。"唐熙戗他。他能明白什么?!

武超上前,蹲在了她面前,此时李钢预感到,他和弟弟应该闪人了,他拉着李铁出了小亭子,继续去工作。

"你是不是在不该喝冰水的时候,喝了冰水?"他问得很委婉,语气也温柔得让人沉沦。

他接唐熙放学已经两年了,唐熙每个月有那么几天脸上冒痘痘,人也没精神,他早就发觉了。

唐熙看着他,脑子反应了一会儿,大叫起来:"你变态!"

他蹲在她面前,很是羞涩:"你喊什么,你能不能小点声?我怎么就变态了?"

"啊!"唐熙羞红了脸,趴在了桌子上。

"走,我送你回家。"他拍拍她的手。

"可是我走不动,我肚子疼。"唐熙不是在撒娇,她是疼得直不起腰身了。

"你是,又想让我背你?"他故意逗她。

"你随便吧,就看你有没有良心了,疼死我算了。"

"你少装可怜。吃雪糕喝冷饮的时候,可没见你这么娇弱。"他笑着背起了她。

"你真啰唆。"唐熙趴在他背上抗议。

"我是让你长记性。"

"你怎么什么都懂？你还不承认你变态？"

"我，我是……"他回答不出来。他又不能说我是为了你，才了解的这些知识和禁忌的。

"小铁，看摊儿。我送小熙回家。"武超走到门口，对着场地里的李铁喊道。

"好嘞。可以吃雪糕啦！"李铁一兴奋，心里话脱口而出。

"不行！你等我明天回来，钱和货对不上，你就死定了！"唐熙在武超背上发着狠，威胁着李铁。

"你呀，真是葛朗台，舍命不舍财。"武超在调笑她。

唐熙怒了，对着他的肩膀就咬了一口，气愤道："葛朗台是一个老头儿。我这么漂亮你说我是老头儿！"

"啊！"武超疼得叫了出来，不敢再惹背后的小女生。这是哪跟哪呀。男孩和女孩的关注点就是不同。

继而，他脑子里闪过的是，农夫与蛇、东郭先生与狼、武超与唐熙，这三个类似的故事。

这一天，他们在海边遇见了一个熟人，一个三年前的熟人——文身哥。

文身哥最近三年，已经不再混了，而是找了一个工作上班。他在海岸搜救队当摩托艇驾驶员。他利用休班时间，在游乐场里闲逛，一眼就看见了唐熙。

三年前，唐熙咬过他一口，武超打过他一拳，他都记得。

文身哥看着唐熙，这小丫头三年不见，出落得越发漂亮了。当时，她坐在他身上，连咬带打，让他对小丫头留下了深刻的印象。

那时候，他没舍得动她一手指头。而他，反而被她哥打得鼻子流血。

文身哥走了过来，问唐熙："小妹妹，棒棒冰多少钱一根？"

唐熙也是记忆超群，一眼就认出了文身哥，她说："卖别人两块五，卖你二十五。"

文身哥笑着拿出五十元,递给唐熙:"买两支。"

唐熙也不客气,收款付货。

文身哥接过两支棒棒冰,又反过来递给唐熙一支,笑着说道:"我请你。"文身哥是真的喜欢这个"小辣椒",他想追她。

"谢了。"唐熙也不客气,拿过来就叼在了嘴上。文身哥没有要走的意思,站在小商亭前与唐熙有一搭无一搭地聊着天。

他说着哥现在不混了,已经上班了,就是缺一个女朋友之类的话。

唐熙翻翻白眼:"你缺女朋友,可以去找海盗船阿姨,她可热心了,就爱给人介绍对象。"这是唐熙在游乐场这段时间结识的一个忘年交,开海盗船的阿姨。阿姨三句话后,一定开始问人有没有对象。

文身哥呵呵笑着。

武超一回头,就看见有人在与唐熙搭讪。他也认出了那人是文身哥。

不过距离太远了,他听不见他们在说什么。他只看见唐熙和文身哥手里拿着同款的棒棒冰。

同款的——棒棒冰!不行!唐熙不可以与任何男人拿同款的东西,不行!武超朝着文身哥就奔了过来……

文身哥还在与唐熙说笑,就看见"她哥"如同小坦克般冲了过来。

文身哥看"她哥"的眼神不善,吓得转身就跑。

三年时间武超已经从以前的少年成长为一个标准的男子汉。身高和肌肉与成年人没有差别,成年男子的风骨已初见雏形。

上次交手,文身哥就知道"她哥"挺能打,而且上次他们还是人多势众,现在他身单影只,所以还是三十六计走为上计。

因为武超当年打文身哥的时候,嘴里喊的是"你敢打我妹妹",所以文身哥一直认为他们是兄妹。

文身哥边跑边想,"她哥"这也太护妹心切了。妹妹再好也是妹妹,终究是要嫁人的,你还能守她一辈子吗?但是好汉不吃眼前亏,我还是先跑吧,以后再慢慢与"她哥"套近乎。

他在前面跑，武超在后面追，不出 50 米，文身哥就被武超抓住了后衣服领子。

文身哥求饶道："哥，哥，误会了，误会了。我没欺负你妹妹，我就是想跟她聊天。"

"你多大岁数了，你喊我哥？"武超揪着文身哥的衣领，把他按在树干上。

"你不是她哥吗？也就是我哥！"文身哥嘴还挺甜。

"她是她，你是你，你能跟她一样吗？"

"哥，你妹妹再好也是要嫁人的。我是真心喜欢她，我想追她。以后你就是我亲哥。我就在这附近上班，以后有事你说句话，我一定效犬马之劳。"文身哥一脸讨好的笑容。

"我呸，你也配喜欢她。谁告诉你她是我妹妹？"武超指着文身哥骂道。

"啊？她不是你妹妹？那她跟你什么关系？"文身哥一头雾水，想问个明白。

"媳妇儿，她是我媳妇儿！以后你到这两个场地绕着走，别让我看见你！见你一次揍你一次。"武超抵着文身哥的脖子，警告他。

"哦，早说啊，原来是大嫂。失敬失敬！"文身哥在社会上混了这么多年，太会见风使舵了。

"你放心，哥，我发誓，我以后绝对不出现在你眼前。绝对不跟大嫂搭讪。"文身哥这脸皮也是够厚，叫哥叫得还挺顺口。

"滚！"武超放开了文身哥。文身哥转身跑了。

"媳妇儿"，"大嫂"，这两个称呼还蛮好听的。武超兴高采烈，眉开眼笑地往回走。

唐熙看他回来了，笑着问他："你把他打跑了？"

"嗯。"他拽下她嘴里的棒棒冰，扔进了垃圾桶。

"我还没吃完呢？"唐熙抗议。

"以后不许吃别人给你的东西。"

"为什么？"

"你不怕下迷药吗？他把你迷晕了，把你卖到山沟里给傻子当媳妇儿。"他就爱吓唬她。

"啊？武老板，这是咱家自己的货。"

"唔……那也不行。记住了，以后除了我以外，不许接受任何男人给你的东西。"

这天蝎座超强的占有欲和善妒的特质，在武超身上淋漓尽致地展现了出来。

"我爸呢？我爸给我的东西，可以接受吧。"

"可以，除了你爸。"

"李钢和李铁呢？"

"也行，除了他们俩。"

"我以后男朋友呢？"

"没有！你以后没有男朋友。"

"啊！你咒我嫁不出去！"唐熙的脑回路也是清奇。

唐熙端起一支水枪就对着武超开炮。这是她为了推销水枪，已经装满了水的样品。

"不要紧，你嫁不出去我就收了你。"武超笑着躲闪。

"武超，我跟你拼了！"唐熙气势汹汹地冲出了小亭子，追着他狂滋水。

他满场跑，她端着枪在后面追，吸引着众多路人的目光。

这大暑的天气里，被滋一身水，也是解暑的好办法。而且游乐场旁边就是滨海浴场，海里最不缺的就是水。路人纷纷驻足，问唐熙水枪哪里买的。

唐熙一看生意上门了，招呼武超快回来，卖货！

武超把库存的水枪都搬了出来，由于价格公道，路人纷纷掏腰包购买。两人忙得不亦乐乎。

唐熙为了做广告，又把水枪注满了水，时不时地对着武超喷一下。他也不躲，正好凉爽一下。

最后，水枪都卖完了，除了唐熙身上挎着的那支。

武超体贴地说："别嘚瑟了，快摘下来吧，注那么多水重不重？"

"重，压死我了。"唐熙乖乖地卸下了枪，递给了他。

"哈哈，唐小熙，你也有今天。"武超举枪对准了唐熙，发出了邪恶的笑声。

"我投降，我投降，优待俘虏！"唐熙知道自己跑不过他，马上抱着头认输。

"晚了，你刚才追着我跑的时候，想到后果了吗？"武超一副大仇得报的腔调。

"我错了，错了。好超哥，你放了我吧。"识时务者为俊杰，唐熙马上求饶。

"你答应我一个条件我就放了你。"武超与她谈条件。

"你说吧。"唐熙可怜巴巴地抱着头。

"你当我女朋友。"武超大声说出了心里话，就是声音有点儿颤抖，手也有点抖，腿也有点抖。

"做梦，你去死吧！士可杀不可辱。"唐熙也不抱头了，仰起脸一副大义凛然、慷慨赴死的劲头。

"你宁死不从？"他看着她的眼睛，更紧张了。

"你击毙我吧。"她昂首挺胸地与他对着干。

"你考虑一下！"武超不想无功而返，还拿枪对着唐熙。

"神经病，不跟你玩了。"唐熙生气得转身就走。

她心想，这玩得挺好的，小超又在乱说什么。有拿哥们儿当女朋友的吗？

"你是玩疯了！脑子已经被太阳晒化了。"唐熙边走边大声地给武超下定义。

"啊！"武超大喊一声。

唐熙本能地护住了头。可是，并没有预想中的水柱喷向自己。

她回头一看，武超已经掉转了枪口，对着自己的脸一通狂喷。

武超选择了——自残。

"哈哈哈，你真是疯得不轻！"唐熙觉得他好可爱。他对自己也能下手这么狠，唐熙开心地笑着往小亭子走去。

武超喘着粗气,看着她的背影。他对她真是又爱又恨。他现在想跑过去,抱住她,然后吻她,让她明白自己的心意。

但是,他克制住了。他觉得如果那样做会很龌龊,他会瞧不起自己,觉得那样连文身哥都不如。他也怕万一他那样做,会换来唐熙的一记耳光,十八年的情分就都没有了。

突然,他的后脖子挨了重重一巴掌。

武超回过神,转头一看,是李钢。

钢哥又接二连三地拍了他几下,嘴里恨铁不成钢地骂道:"让你开了心了,有拿着枪对着女孩,让人家做女朋友的吗?你笨死得了!笨死!废物!蠢材!"李钢气得口不择言,要把所有的带有人身攻击的词汇全运用到武超身上。

"我,是过分了啊?"武超也反应过来了。

"我说几遍了?你对她得智取,不能操之过急。"李钢着急地训斥着武超。

"呵呵,就好像你有经验似的。你还不是纸上谈兵。"武超对他嗤之以鼻。

"小子,我好心当作驴肝肺。我就是看寝室那些兄弟追女孩,我也学会了。"李钢气得直摇头。

"那你出个好主意。你要真能说通她,我给你刷一个假期的球鞋。"武超跟李钢抬杠。

"行,等着哥出大招,助你来一个智取!"李钢胸有成竹地保证。

"嗯,说定了哈。"武超对着李钢诡异地笑。

"小子,你敢套路你哥!"李钢看出了端倪,一个侧摔,把武超掀翻在地。

转天中午,天空中有一层厚厚的乌云,天气阴沉闷热。

中午时分,是全天游客最少的时间。四人难得聚在一起休息,坐在小商亭里享受着美味的午餐。今天中午的菜是武超妈妈烧的红烧肉。

李钢看看唐熙,故弄玄虚地说:"小熙,哥跟你讨论一个哲学问题。"

"说吧。"唐熙吃了一口红烧肉,眼巴巴地等着李钢的下文。

李钢顿了顿,表情诡秘莫测,缓缓开口:"唐熙,假如说世界上的人都死光了,就剩下我们四个人,让你选一个男朋友,你会选谁?"

唐熙正在喝汽水,差点儿没呛死。"你有病啊,居然问这种傻瓜问题。"唐熙实在哭笑不得,"这是哪门子哲学问题。"

"唉,这个问题可高深了。我在考验你的逻辑思维能力。"李钢继续胡扯。

武超端着碗,李铁端着锅,都在等唐熙的答案。

"真的跟逻辑思维能力有关?"唐熙就是这么容易相信李钢。

"嗯。"李钢笃定地点点头。

"选小超。"唐熙不假思索地回答。

武超抿着嘴,硬生生地把笑容咽下去。他抬头看了一眼唐熙,撺了一块瘦肉放在她碗里。他又犯病了,手又开始抖得厉害。

李钢瞪了武超一眼,意思是这刚开头,你要淡定。

武超又低下头吃饭。红烧肉是什么味道,他没尝出来。

李钢问:"理由呢?"

唐熙坏笑着说道:"我不能让你们兄弟相残啊。你们李氏家族注定断子绝孙了,再兄弟相残岂不是人间悲剧?"

李钢气极,顺势做了一个要抽唐熙的动作。

李铁闷声催促道:"去你的吧!你没那么重要,我们不会兄弟相残。你再想想还有其他理由吗?"李铁也在启发她。

唐熙边吃饭,边想:"有!"

"说!"武超也沉不住气了,催她快说。

"钢哥是我哥,小铁是我弟,就你什么都不是,所以选你了。"

"我到你这儿,什么都不是了?"武超无奈了,他的定位是什么都不是?

"我不是那意思,你是我最好的朋友,最好的哥们儿,你就像我的另一只手一样。"唐熙说着,把碗放下,把两只手"啪"的一声,拍在了一起,"哎呀,我也说不清楚。"唐熙确实说不清楚她对武超的定位。

唐熙随即反应了过来:"钢哥，你跑题了。你说的是判断我的逻辑思维。"

武超白了李钢一眼,李钢这个问题问得真失败,跟没问一样。他没伤敌一千,倒是自损八百。

李钢大话已经出口,当然不能轻易言败。他接着问:"假如世界上男人没死光,你还选小超吗？"

武超又燃起了希望。

"不选! 我傻了,我还选他?!"唐熙头摇得像拨浪鼓。

"理由!"三个男生一起吼她。

唐熙吓得手一滑,差点儿把碗扣到地上。

"说真话？"唐熙怯生生地看着他们三个。

"嗯,真话。"李钢露出了大哥哥般宠溺的微笑。他得安抚唐熙的情绪。

"我自打懂事起,就天天与你们玩在一起。我跟他太熟了,不会有恋爱的感觉。而且我也想知道与其他男生相处是什么感觉。"

"白起、张帅,还有以前的什么潘晓东,不都是其他男生吗？你也知道与他们相处的感觉了。"武超提醒她。

"他们算什么？ 都是歪瓜裂枣。我要去大学找真正的灵魂伴侣。"唐熙脱口而出。

瞬间,武超火了,他重重放下了碗,筷子也飞了出去。

他站起来对着唐熙喊道:"我每天陪你学习,就是为了让你去大学找人谈恋爱的吗?!"

他眼睛里冒着火,外层还蒙上了一层水汽。现在他的眼睛里是冰火两重天。

"你别生气,我不是那意思。我知道你怕我耽误学习,我会好好学习的。"唐熙扭曲了他的意思。

唐熙又忙着对他解释:"咱们不是在谈假如吗？ 不是话赶话说到这了吗？ 你永远是我最好的朋友。"她伸手想拉他,却被他甩开了。

李钢循循善诱地说:"你可想好了,就这么个大帅哥,你不选,外面可有很多女孩排队等着呢。"

"两回事。我天天看着他,他天天看着我,我们俩能有火花吗?你说对吧,小超。"唐熙在拉拢武超。

但是武超不理她。

"你怎么知道没有火花?"李钢还是不死心,"来,你俩对一下眼神。"

唐熙抬头看向了武超,武超也看着她。

他看她的眼神是万缕情丝,是焦灼爱恋。

她看他的眼神是视他为挚友知己。

"有感觉吗?你在他眼神里读出了什么?"李钢问唐熙。

唐熙转向李钢,喃喃地说:"他以前也是用这种眼神看我,没有什么不同。"

唐熙被三个男生吼得都不敢讲话了。她还不知道自己错在了哪里。小超一直是这么看她啊,有什么特别吗?

哎呀,我的天!李钢有深深的挫败感,这个忙,他没帮成。

唐熙不满地看着李钢:"快吃饭吧,我真服了你了。一个哲学问题,非得拿我俩做比喻。你还把小超惹生气了。小超,不生气了,吃饭。"她最后一句还在讨好武超。

"不吃了,饱了!"武超心灰意冷,转身出去了。

李钢冷着脸,把碗一放:"我也饱了。"起身追武超去了。

"毛病,他们不吃咱们吃。"唐熙对李铁讨好地笑着,她得找个同盟。

"你自己吃吧,屋里太热,我出去吃。"李铁说着,把菜拨到锅里一些,也端着锅出去了。

"你们三个有病。说好了探讨问题,还都生气了。莫名其妙!你们不吃,我自己吃。"唐熙抱起盛红烧肉的饭盒自己吃了起来,"我全吃了,让你们下午饿肚子!"

武超走到树下,坐了下来。她上大学是为了谈恋爱!他越想越心酸,目光转向了远处的海面。

李钢走了过来,坐在他身边,不知道怎么开口安慰他。

武超喃喃自语,又似在与李钢讲话:"她要找灵魂伴侣。世上,还有谁能比我更懂她。"

李钢惋惜地说:"现在,你的处境不妙啊。"

"嗯,现在的情况是没开局,我就已经被她踢出局了。我还一腔热血地在场边做热身运动。"武超低着头怅然。

李铁也端着锅坐在了他对面,李铁说:"你最初喜欢她,也没想跟她怎么样。你还说要偷偷喜欢,不让她知道。现在怎么变了?"

武超抬头看看李铁,苦笑说:"因为越来越喜欢,我一个人已经装不下这么多喜欢了,所以我要让她知道。"

李铁点点头。他也无能为力,只能继续吃饭。

武超现在很羡慕李铁,李铁的世界很简单,他像个小孩子一样,没有太多的奢求。他有的吃就很开心,赚点钱就能满足。

渐渐地,游客又多了起来,李家兄弟起身照顾生意去了。

武超看看左边的旋转木马,像一个不真实的童话。

他又看看右面的卡丁车,像一个永远追不上风的执着者。

他,就是这童话里的执着者。

他反思了一下自己,他对她的心意不变,他也从来没想过要放下这份感情。

只是,他突然不知道该怎么面对她。

近在咫尺,爱而不得,是多么虐心的境遇。

以前武超每隔半个小时都会回小亭子喝水,然后跟唐熙说笑几句。

今天下午他一次没回来过。李钢也没回来。只李铁回来拿了几次雪糕,喝了点水,对她也是很冷淡。

唐熙想,武超一定还在生她的气,气她上大学目的不纯,不好好学习,只想着谈恋爱。

唐熙也觉得自己说错话了。于是,她拿了几瓶矿泉水给他们送去。

李钢对唐熙没什么，他只是心疼武超。

李钢接过水说道："你去安慰小超吧。他为你付出了很多。"李钢的"很多"里，包含太多唐熙参悟不了的内容。

唐熙知道这两年武超帮助自己很多，她怀着惭愧的心理去找武超了。

武超接过水，也没看她，而是转身与一个正在排队的美女游客聊车。

唐熙一直站在他旁边，听他们聊天。过了一分钟，他们还没聊完。她轻轻拽拽武超衣襟，温柔地问道："你饿不饿？"

武超一听她的声音，心"酥"了一下，如同久旱的大地，淋了一场甜雨。

其实武超知道小熙一直没走，只是故意不看她。

他还硬扛着，假装没听见，继续与美女东拉西扯。他并不擅长与异性搭讪，就是突然想气气唐熙。

唐熙看他没反应，她想到李钢说的"门外一群美女排队等着他"的话，又看了看那个笑得花枝乱颤的美女，她心中的无名怒火腾空而起。因为她也是天蝎座，也是占有欲极强。

唐熙转到两人中间，对着武超展现了一个超甜的微笑，大声说道："小超，你饿不饿？我去给你买汉堡。"她生硬地打断了他们的对话。

美女被这突如其来的声音吓了一跳。正好也轮到美女了，李钢上前殷勤地引导着美女上车。

"走你吧。"李钢小声嘀咕，他很满意美女的适时出现。

武超低头看着唐熙，前五秒他的表情还绷得很严肃。

而唐熙就一直保持着甜甜的笑容，就那么仰着头看他。

武超对唐熙的笑颜完全没有抗拒能力。五秒过后，他实在绷不住了，扑哧一声笑了出来。

"饿，饿死我了。"他的表情也随着唐熙的表情越笑越开，同时很大声地回复着她。

"我现在就去给你买。"唐熙好开心，说着她撒腿就往快餐店跑。

武超看着她的背影，所有的不甘心、所有的惆怅都烟消云散了。

这辈子，他就栽在她手里了。

片刻，唐熙拿着四个汉堡和四杯可乐回来了。

在分给李家兄弟后，她塞给武超两个汉堡，柔声说："我的汉堡也给你吃。吃完不生气了。"

"嗯嗯。"武超接过汉堡，笑得满足，笑得欢畅。

"你的可乐我也要。"他在对着她撒娇。

"都给你。"唐熙笑着把可乐也给了他。

"你回商亭里吧，现在太阳很足，你会被晒黑的。"他担心她被晒黑。

"晚餐你想吃什么？傍晚我去买回来。"唐熙就是想一味地对他好，没有任何理由。

"嗯……鲅鱼馅饺子吧。"

"好。"唐熙愉快地答应着，转身往小亭子走。

"哎，唐熙。"武超喊住她。

"啊？"她回头看他。

"晚餐你别去买了，我去吧。你就安安稳稳地坐着，等着吃就行。"武超不想小熙太辛苦。

"行。"唐熙笑着转身走了。

李钢李铁吃着汉堡，一脸不可思议。这是什么情况，就这么揭篇了？

两个小时前，武超还一副生无可恋的样子，现在又生龙活虎了？他活过来了！

兄弟俩聚了过来，李钢对着武超说："嘿，小子，我采访你一下，你现在怎么想的？"

武超笑答："刚才我看着她，瞬间就想通了。小铁也提醒了我。我当时喜欢她也没想怎么样，就是单纯的喜欢。而且我不能要求她也同样喜欢我，那样我跟白起又有什么区别。我着急跟她表白，是怕她上大学后交男朋友，我怕失去她。现在她根本不考虑我，也就是说我根本没有得到过，又何谈失去。我就默默喜欢她。她去谈她的恋爱，我暗恋我的，不冲突。这辈子我可能不是她最喜欢的人，但是我们一起长大，我陪她走过最艰苦的高中生活，她一辈子也不会忘了我，这就够了。"

说完,他跑去教游客操作卡丁车了。

"不是,哥,他疯了?我不信唐熙谈恋爱他不在乎。"这说辞,李铁都表示深度怀疑。

"哎呀,他在自我麻醉。你听他现在理论一套一套的,好像比谁都明白。等到唐熙真谈恋爱了,他得哭死! 哥告诉你,恋爱中的人都没有智商。唐熙对他一个笑脸,他就什么都忘了。"

武超又回来了。李钢问:"你现在怎么办?"

武超心情奇佳:"她还有一个月时间就去京城了,这一个月时间我就陪着她,守着她,开开心心地过每一天。"

李铁纠正他:"是她陪着你,是你需要她。"

"呵呵,都一样。"武超说着,拿着汉堡和可乐就往小商亭走。

"你干吗去?"李铁在后面问他。

"我去跟唐熙一起吃。"武超脚步轻快地往前走。

李钢看着武超的背影,斜起嘴角,不屑一顾地笑着:"哼哼,你看他现在说得轻松,像个英雄似的。等到分别的时刻,肯定悲天恸地。"

"就像白娘子和许仙金山寺分别那样吗?"李铁想到了《新白娘子传奇》里的一幕。

李钢看着傻弟弟:"你也不看看他的白娘子是什么样的人! 哼,就她,没那心。"

"哦,也对。"李铁表示赞同。

李钢又想到了一个问题,开始教育弟弟:"我说小铁啊,你也小二十的人了,咋看个电视剧还能哭呢,看白娘子你比咱妈哭得都欢。你能不能收着点?"

李铁记下了李钢的教导。当天晚上看电视剧时,他咬着一条毛巾,没酣畅淋漓地哭出声来。

当李铁躺在床上,想起今天李钢说的"等到分别的时刻,肯定悲天恸地",李铁在心里预演了好几个版本,又趴在枕头上哭了起来。

这是他在为自己的好朋友流眼泪。他在心疼小超。

以后的日子里,武超再也不提"女朋友"之类的话题。他还是跟唐熙玩笑,只是他回小亭子的次数更多了。

有时候他会和唐熙坐在一起聊好久,直到唐熙催他去干活他才离开,因为活不能都让李家兄弟干呀。

李家兄弟当然不会计较这些。他们尽量给武超制造机会,让他们俩独处。他们懂武超心里的酸楚。

这天晚上,武超躺在床上,看着台历上的日期发呆。每过一天,他就在台历上画一个心形标记,把当天日期圈上,这代表着又过了甜甜蜜蜜的一天。

这个 8 月过得太快了,转眼过半。他想永远留住这个夏天,这个他一辈子留恋的夏天。

他知道,他能骗得了自己一时,骗不了自己永远。

唐熙的一颦一笑一嗔一痴都在他脑子里闪过。他怎么舍得别人感受唐熙的美好。

泪水顺着眼角无声地滑落,他拿毛巾被蒙上了脸。

哭累了,他就睡着了。可是睡着了,梦里还是唐熙。

8 月的天气变幻多端,上午还艳阳高照,下午就下起了倾盆大雨。

四人挤在小商亭里躲雨,说说笑笑着。

突然,李铁发现了一个状况,一个把他们推到风口浪尖上的状况。

李铁一抬头,看见海里礁石上站着两个小男孩,应该是野钓的。两个小男孩赤裸着上身,朝岸边挥舞着衣服求救。

外面暴雨如注,幸好没有太大的风,不然两个单薄的小孩早就被刮进海里了。但是大海已经开始涨潮了。两个小孩岌岌可危,随时有被大浪卷入海里的危险。

李铁喊了一声救人,就跑了出去,其他三人也跟了出去。

李钢对着旁边的邻居喊快报警,然后也往海边跑去。

这时李铁已经跳下了大堤,往礁石上爬去。两个小男孩距离海边有大约百米的距离。

李铁才走出十几米,海水就已经没到他的腰部。他奋力向前方游去。随即,李钢也跳了下去。

武超正准备下去,回头看见了后面追来的唐熙。

这丫头出来干吗?!

武超转回身,瞪着唐熙,用极其严肃的语气命令唐熙:"唐熙,你听着,一会儿不管发生什么事,你都不许下水!否则我一辈子不理你。记住了,是一辈子不理你!"

唐熙愣在了原地。

武超回望了她一眼,把她的样子刻在了心里,决然地跳下了大堤……天是暗灰的,海是幽蓝的。现在海天联合起来,成一张巨大的嘴,吐着恶心的舌头,要吞下海里的人,来填饱恶魔的肚子。

三个少年拼尽全力才游到孩子们站的礁石上。稍稍喘了一口气,五个人要尽快游回岸边,不然一会儿海水就会把这个礁石淹没。

五个人跳下了水往回游,他们在海里沉沉浮浮。忽然武超没入了海里,看不见头了。

雨还在下着,唐熙瞬间崩溃了。她抱着头在岸上号啕大哭。她害怕极了,她怕失去武超。如果他离去,会让她五脏俱焚,生不如死。她不敢再往下想。

她对着大海狂喊:"武超,武超,你要活着。我要你活着。"

也许是她的声音有魔力,武超又从海浪里露出了头。

男孩们平时看着人高马大,但是与大海比实在太渺小了,渺小到如同被扔入海里的一粒细沙,没有抗争的力量,只能随波逐流。

李铁拉着一个孩子游在前面,他平时吃的粮食真的没有浪费,体力一流。

武超和李钢拉着另一个孩子游在后面。

他们往前游,却又被海浪拉回,来来回回很难靠岸。

“这样下去五个人一个也回不来。”闻信跑出来的商家们，在旁边议论着。

唐熙听着这话完全接受不了。不可以，不可以回不来！她不能失去他们任何一个。

“求求你们救救他们，想办法救救他们！”唐熙无助地拽着一个个人求助。

这时，海边的人们拿着救生圈绑着粗绳子往大海里扔，希望少年们能抓住这生的希望。可是众人尽最大的努力，扔出的圈也太近了，他们根本够不到。

唐熙想套上一个救生圈，再拉上几个圈下到海里，送与他们。

可是，她想到了武超的威胁，“一会儿不管发生什么事，你都不许下水！否则我一辈子不理你”。

唐熙打消了这个念头，捂着脸，无助地跌坐在岸边，又大哭起来。

她脑海里闪过一个念头，就是如果武超不在了，如果钢哥不在了，如果小铁不在了，她会怎么样。她不知道，也许会没有活下去的勇气。

“丫头，丫头，搜救队来了，快看。”海盗船阿姨摇晃着唐熙。

唐熙抬起头，看见两个摩托艇在海面上，由远及近地开了过来，摩托艇上的小红旗格外显眼。

其中一个摩托艇司机还是唐熙认识的文身哥。

文身哥的黄头发被风吹成了大背头，露着花臂，身穿着明显的橘色救生衣。现在的唐熙觉得文身哥那是超级帅，堪称滨城第一大帅哥，就是乘风破浪的哥哥！

文身哥的驾驶技术十分娴熟，他和小艇在礁石间左躲右闪，直奔五个人过来了。

唐熙跳了起来，注视着摩托艇，在岸边跳着脚欢呼。

文身哥的摩托艇围着李铁打转，李铁抓住了船帮，用力把小男孩推上了船，然后他自己也筋疲力尽地要往船上爬。李铁刚要用力，摩托艇就往一侧倾斜。

"啊!"岸上的人一片惊呼。唐熙也捂住了眼睛。文身哥调整着船姿,李铁一点点爬上了船。

文身哥回头看看李铁,笑道:"小子,还这么壮啊。"

李铁认出了文身哥,他喘着粗气,双手抱拳:"大恩不言谢。"

后面的小艇也救起了武超、李钢,和另一个小男孩。

岸边的商户们看着他们平安上了小艇,都鼓掌欢呼了起来。

唐熙搂着海盗船阿姨大哭,说道:"吓死我了,吓死我了!我以为他们回不来了!哇——"唐熙哭得已经停不下来了,只是现在是喜悦的泪水。

阿姨抱着哭泣的小女孩,安慰道:"好人有好报。他们安全了。没事了,没事了!"

短短十分钟,他们经历了生与死。

当她绝望的时候,是"天神"从天而降救下了她的兄弟们。

这是何等幸运,何等幸福!

第一艘摩托艇靠上了小码头。唐熙早就跑了过去,等在岸边。

文身哥第一个跳下了小艇,唐熙抓着他的手连声道谢。

文身哥特骄傲地摆摆手,说着客气话,意思是这是他的工作,分内之事,分内之事。

李铁大口喘着气也跳下了小艇,他的衣服已被礁石刮破了,身上沾满了海草、沙石,而且还有一道道血痕,往外渗着血。

唐熙对着李铁就冲了过来,她抱着李铁又哭又笑又跳。她捧着李铁的脸,啪啪拍打着:"小铁,小铁……我再也不跟你抢肉吃了,还有雪糕你随便吃,我再也不给你限量了。我再也不跟你斗嘴了,我再也不喊你二黑了,我再也不欺负你了……"唐熙许诺着。

李铁傻笑着点头:"好……好……你说的,不许反悔。"

由于码头太小,后面的摩托艇在海里打转,等前面的摩托艇开走才能停靠过来。

摩托艇上的武超看见了前面的一切。

他看见唐熙在与文身哥握手,还看见唐熙异常激动,她还摸了李铁的脸,摸了脸!但是距离远他没听见唐熙与李铁说什么。

武超心里如同吞了一整个馒头一样,闷,压抑。他想大吼!

李铁上岸后,文身哥把摩托艇开走了,然后后面这条小艇也靠上了码头。

唐熙流着泪跑向李钢和武超。她抱住李钢,说道:"哥,吓死我了,吓死我了,幸好你们都活着。"李钢宠溺地抚了抚她的头,已经没有力气讲话,步履蹒跚地往沙滩上走。

然后,唐熙看了一眼武超,什么都没说,转身走了。

武超还在等着唐熙的拥抱,可是她就这么转身走了,没再多看他一眼。

武超的脑子已经不会转了,他就定在了原地。他现在的感觉是从头到脚,从里到外,如冰雕一样——极寒。

李钢的腿受伤了,是被礁石划伤的,皮肉外翻着,血流如泉涌。旁边的人拿来了一条白毛巾,唐熙蹲下给李钢缠紧止血。

武超就站在那里,呆呆地看着唐熙。你能安慰小铁,能摸他的脸,你能照顾钢哥,能给他包扎,为什么就不能过来看看我!过来拉拉我的手也好啊,问我一句哪里疼也行啊。为什么,为什么不理我?

武超觉得鼻子发酸,眼泪不争气地涌出,雨还在下,只是小了很多。他看着唐熙,越想越委屈,他撩起被刮破的 T 恤捂着脸,呜呜地哭出了声,然后声音越来越大,最后变成号啕大哭。

旁边几个大哥以为是小伙子劫后余生后的感悟,都拍着他肩膀安慰道:"没事啦,都过去了,小伙子真勇敢!"

"勇敢顶屁用,我想要唐熙看看我,我想要她在乎我。"武超在心里喊着,哭得越发伤心。

他在海里坚持不住的时候,隐约看见了唐熙的身影。他告诉自己一定要坚持住,为了唐熙不哭,为了以后能与唐熙在一起,甚至为了以后能娶到唐熙,他必须活着。

可是现在,唐熙不理他……

赶来的警察看到李钢伤势严重,其他人也都身带血痕,便要送他们去医院救治。

唐熙与警察说:"我与他们三个是一起的,麻烦您给他们送到临海医院,我把店门关了就来。"

唐熙看着远处站着不动的武超,向他走了过来。武超马上控制住自己的情绪,拿破T恤擦了擦眼睛。

唐熙依旧没有与他讲话,只是倔强地拽着他的手往前走。

"小熙。"武超在唐熙身后,轻声喊了一声小熙。简单两个字里,有浓浓的化不开的深情。

唐熙走在前面,一滴调皮的眼泪偷偷跑了出来。她不动声色地抬手擦了,依然不理他。

唐熙把武超推给了警察,往自己的小商亭跑去。她得把上午的收入收好,这钱不能丢了啊!

两个小男孩和三个大男孩上了警察叔叔的大面包车。这是他们平生第一次坐警车,他们都很兴奋,除了武超。

李钢自己坐一个双人位,把受伤的腿抬高。

李铁和武超坐在一起。

武超看着李铁兴奋的脸,真想抽他。

他假装不经意地问李铁:"刚才……小熙跟你说什么了?"

李铁左顾右盼,根本没看武超的脸色,他问:"啥时候啊?"

武超答:"就你刚上岸的时候,她……她还摸了你的脸。"

傻子都能听出武超这是吃醋了。

李铁想了想唐熙一连串的"再也不",总结道:"她说,她一辈子对我好!"

啊?如果唐熙知道李铁这么回答,她能掐死他。她是这个意思吗?!

武超听了这句话急了。他用胳膊勒住李铁的脖子,说道:"你胡说,唐熙不能说这么肉麻的话。"

李铁被他勒红了脸,艰难地说:"你不信问她去,她真这么说,她要一辈子惯着我。"

184

唐熙的一连串"再也不"，李铁实在记不住。他理解的是唐熙以后会纵容他做的一切事，所以他认为这就是忍让他，惯着他。

但是这话听在任何人耳朵里，都会变了味道。

啊！太刺激人了！武超握起拳头给了李铁肚子一下。

如果这个人不是李铁，武超能下死手。但，这个人不是别人，是他兄弟，他狠不起来。

但是心好疼，好疼！

如果唐熙在他身边他一定问问她。难道她喜欢的是李铁?!

武超现在已经完全进入无脑模式。

李钢不能看着两个傻弟弟在这儿胡闹，回头呵斥道："都闭嘴！"

两个大男孩安静了下来。武超把头转向了窗外，心里却在翻江倒海。

唐熙赶到医院的时候，李钢在门诊清创室缝合，李铁和武超被安排打破伤风针。

唐熙在处置室找到了他们俩。

护士举着针先走向李铁，李铁长这么大最怕的就是打针。

他看着护士姐姐，露出了可怜的小表情。

当他看见唐熙进来，如同看见了救命稻草，央求道："小熙，你抓着我的手吧，我好害怕。"

唐熙也知道他怕扎针的毛病，伸出一只手让他抓。

武超看着就要抓在一起的两只手，抢先一步，抓住了李铁的手，说道："你抓我的！"

李铁甩开武超，抓上了唐熙的手。

李铁现在觉得气武超很好玩，谁让他刚才对自己又是勒脖子，又是一记老拳。

唐熙的另一只手帮李铁撩起了右侧的衣袖。这二黑可不客气，随着护士在他右臂一扎，他啊的一声，左手使劲捏着唐熙的柔荑，唐熙的手被他抓得红红紫紫。

武超在旁边看不下去了，直接开始上手狂打二黑的魔爪，嘴里叨叨着：

"你松手,你给我松手!"

"好了,大小伙子还怕打针啊。"护士收针,拿棉签按着针眼。

唐熙也喊道:"松手,你自己按着!"

李铁乖乖地松了手,用左手按着右臂的棉签。

唐熙在旁边使劲地甩自己被捏红了的小手。她发泄着不满:"小铁,你太狠了,我以后再也不帮你了。"

护士转身配好药,然后对武超说:"扎哪边?自己撩衣袖。"

武超站着没动,扭头闷声说:"我不扎!"

护士催促道:"快点,这是医嘱!不扎有潜在风险。"

武超还是站着不动,他为刚才那一幕生气。小熙是真的要惯着李铁一辈子,居然还让他捏她的手。

唐熙撩起了武超右侧衣袖,对护士说:"扎这边。"

护士说:"小伙子你太高了,你坐在床边。"武超听话地坐在床边。破伤风针真的很疼,一针下去,武超顺势把头顶在了唐熙的肩膀上。

这感觉真好。武超希望护士慢点扎,疼死他也愿意,就保持这个姿势,一直到永远。

直到护士拔出了针,唐熙给他按着棉签,他还是保持着头靠在唐熙肩膀上的姿势,就这么"柔弱"地靠着。

这时,李钢也缝完伤口了,被护士用轮椅推着过来打了破伤风针。钢哥自然不会像两个弟弟那般脆弱与撒娇。

由于三人都是刮伤,伤口有深有浅,所以医生给他们开了吊瓶消炎。

三个大男生,在输液室排排坐,李铁在中间,很好地衬托了左右两位帅哥的盛世美颜。三人都一样的破衣烂衫,都一样的右手握着吊瓶。

李铁自打唐熙的一系列"再也不"之后,完全飘飘然了。虽然他对唐熙没有男女之情,但是被一个这么漂亮的女孩拥抱、捧脸,那心理慰藉也绝对是一流的。

所以,现在他还在美梦中,不知死活地使唤着唐熙。

"唐熙,唐熙,我渴了。"李铁叫着唐熙。

唐熙不耐烦地说:"忍一会儿吧,输完液自己买水去。"

李铁撒娇道:"我可能是流血过多,真的很渴。"

李钢在侧没好气地看着傻弟弟。他呵斥道:"论出血量,好像还轮不到你。"

唐熙实在看不了一个一米八八的黑大个儿撒娇,忙说道:"好,打住,我去给你买水。"

李铁笑眯眯地说:"我要喝雪碧。"

唐熙恶狠狠地说:"我给你买个便便!"

李铁对着唐熙背影喊道:"我要喝小便,不要大便。"

输液室里的患者和护士都看着这黑大个儿……哦……太丢人现眼了……武超和李钢此时真想离他远点,就当不认识他。

唐熙给李钢买了纯净水,因为钢哥注意养生从来不喝饮料,给李铁买了雪碧,给武超买了他爱喝的冰红茶。

李铁看见唐熙回来,又吵吵了起来:"小熙,小熙,快帮我打开,我太渴了。"

唐熙怒:"你真是太闹人了。"

唐熙心想,他真是给点阳光就灿烂,真不能给他好脸。

唐熙拧开瓶盖,把雪碧递到李铁手里。李铁灌了几口,满足地说:"真甜啊。"然后傲娇地看着武超。

武超气急了,转头对着唐熙一字一句地说出了要求:"我——要——尿——尿!"

什么!唐熙顿时脸红了。

"憋着!"这是上岸以来唐熙对他说的第一句话。

武超很高兴,看着她道:"我憋不住了!憋不住了!"

李钢在一旁真想把药水摘下来喝了,然后走人。跟两个傻弟弟在一起,实在是丢不起人。

李铁转头小声对武超说:"算你狠!"

唐熙看着武超,半天说出了一句:"你自己左手举着吊瓶去。"

187

武超语气娇嗔："我左肩膀受伤了,你看都紫了,抬不起来。"武超的左肩膀确实青紫一片,但是不至于抬不起来。

唐熙还在犹豫。

武超对她低喊："你快点,我要尿裤子了!"

"走!"唐熙吼了出来。她举起吊瓶,拽着武超往卫生间走去。

其实武超并不想如厕,只是他看李铁太嚣张了,就随便想出一个借口,想让小熙跟他讲话。

他们俩在男厕所门口喊了几声:"有人吗?"

确定里面没人后,唐熙举着吊瓶和武超进去了。这是唐熙第一次进男卫生间。

她好奇地说:"原来男卫生间便池是这样的啊!"

武超接腔道:"是啊,哥今天带你来开开眼界。"

唐熙没理他,连一个白眼都没给他。

武超说道:"把吊瓶挂上就出去。"

唐熙依旧没理他,把吊瓶挂在墙上的挂钩上就出去了。

须臾,武超在里面喊:"完事了。来接我。"

唐熙进去拿下吊瓶,与武超往外走。武超抗议道:"我没洗手呢。"

唐熙停住脚步,看了他一眼,打开了水龙头。

武超又提要求:"你帮我洗啊。"

唐熙忍着脾气帮他。她一手举着吊瓶,一手在水龙头下给武超搓洗左手。

两个人十根手指纠缠在一起,溅起洁白的水花,武超脸上露出了笑容。

唐熙玩心大起,用手拍打着武超的手,武超也回拍她。唐熙咯咯地笑了起来。然后唐熙用湿漉漉的手往武超脸上撩水,武超就让她撩也不躲闪。他看着她的笑脸,也跟着她笑。

他们靠得很近很近,他含着笑在她耳边轻声问道:"你为什么不理我?"

不问还好,一问唐熙便收起了笑容,结束了玩闹,拽着他就往外走,一点儿也不温柔。

唐熙生气是因为武超说了,如果不听话,他就一辈子不理她。他居然拿一辈子威胁她。

哼,我先不理你,我憋死你。

当他们回到输液室时,李钢捂着肚子,脸色苍白地趴在椅子扶手上。

李铁焦急地看着哥哥。

唐熙蹲下问道:"钢哥,你怎么了?"

李钢摆摆手不搭话。

李铁说:"我哥肚子疼,想大便。"

啊?

李钢说:"刚才在海里受凉了,肚子疼得难受。"

唐熙跳起来,举起吊瓶扶起李钢,说道:"快走,快走,屙到裤子里我可真没咒念了。"

李钢跛着受伤的左腿,右手输着液,只能左手搂着唐熙作为支撑,急切地往卫生间蹦去。

他们俩……忘拿卫生纸了……

呜……呜……武超心里苦啊,李钢居然搂着唐熙。

李家兄弟今天真是武超的克星,联手给他飞醋吃。

在他们三人输完液后,电视台的记者也寻了过来。这三个男孩太好找了,一黑两帅,满身伤痕。

当记者的麦克风和摄像机对着他们的时候,他们有些拘谨。

但李钢毕竟是李钢,稍事调整后,作为发言人讲了几句滴水不漏的话。

采访结束后,四个人也该回家了。两个男孩搀着受伤的大哥,他们穿过门诊楼,走过住院处,往家属区走去。

男孩们走得骄傲,一路上他们已在心中自诩为英雄,接受着路人投来的异样目光。

唐熙走在后面偷笑他们,在她眼里,他们更像是三只狐假虎威的小狐狸。

到院内该分开走了,武超讨好地问唐熙:"明天你想吃什么菜?我去买。"

唐熙像没听见一样,径直往家走。

武超真是败给她了,她为什么不理自己?为什么呢?

她跟他吵一架也行,心里不高兴揍他一顿也行。就是这种不理,让他受不了。

回家后,武超又想了一个办法,他给唐熙打电话,唐熙接了电话就与他讲话了。

可是,唐熙不接电话,让老唐直接把电话扣死。老唐也是莫名其妙,不知道两个小人儿为什么事闹别扭。

晚上,三个大男孩的英雄事迹在本市新闻里播报了。

老唐看着品相完好的女儿,惊讶道:"你这次怎么没冲上去呀?"

因为他太了解女儿了,他这小女儿就是一个浑不吝,脑子一热什么都能干出来。

唐熙咬着桃子,说道:"武超不许我下水,他说如果我下水就再也不理我。"

唐熙就把白天险象环生的事,详详细细地讲给父母听。她还把天气情况、岸边商户的表现和她的心情,穿插着讲在里面,讲得眉飞色舞,惊心动魄。

老林和老唐两个人交换着眼神,意思是多危险。

如果这傻丫头也跳下去,就她那三脚猫的游泳水平,即使套着救生圈,也只会有两种结果,那就是被海浪带到深海,或者被礁石撞击得体无完肤,父母仔细想想就是一身冷汗。

最后,老唐欣慰地笑了。看来只有武超才能辖制住他这二货小女儿。虽然方法稚嫩,但是绝对好用。把女儿交与他,老唐绝对放心。

第二天,李钢因伤没来上班。三个小伙伴在看场子。唐熙依旧不与武超讲话。

上午,昨天被救起的两个小男孩带着几个大人来到了小商亭。

一个男孩喊道:"就是这两个哥哥救的我们。"

家长们感激涕零,还有一个老人要给武超和李铁跪下,两个大男孩急忙扶起了老人。

一个家长问:"另一个小伙呢?"

唐熙答:"他受了点小伤,在家休养。"

家长们拿出一包包水果,李铁也不客气,道谢过后欣然接受。

其中一个家长拿出了一个大红包,塞给了武超。

武超抽出五百元说道:"医药费我留下,其余的钱不能收,坚决不能收!"

另一个家长说:"那中午一起吃个饭吧。感谢你们救了我们两个家庭。"

武超推辞:"我们中午自己买点吃的就行,我们得看场地,走不开。"

几个家长说:"小伙子,你们中午别去买饭了,我们给你们送来!一定!"

寒暄过后,几个家长带着孩子走了。

不到十二点,家长们又都回来了。他们手里拎着打包的饭菜,足足有二十个之多。

中午,海边的太阳很毒辣,游乐场也没有人玩。

家长们走后,李铁已迫不及待,催促着武超和唐熙快点开饭。

他们把菜摆在小商亭的收款台上。

餐盒一个个打开,清蒸鱼、葱油海螺片、排骨、牛肉、牛蛙……很是丰盛。

三个小伙伴露出了贪婪的目光。李铁端着一盒米饭,撷起了一块排骨,满足地啃着,第二块、第三块……李铁没完没了地撷着排骨。

武超看不下去了,说道:"你别吃排骨了,唐熙最爱吃排骨!你吃海鲜,吃青菜,吃牛肉。"

李铁摇头晃脑说道:"唐熙让我吃,她昨天说了,永远不会跟我抢肉吃。"

武超撷起一块排骨放到唐熙的碗里,唐熙成心想气武超,说:"我不吃,都省给李铁吃。"

然后她撷起那块排骨,递给了李铁。李铁被这待遇搞晕了,幸福地咧着嘴笑。

武超从李铁碗里又撼起排骨给了唐熙,说道:"给他浪费,你吃。"

唐熙又撼了排骨,给了李铁:"小铁吃!"

武超要再次撼那块排骨,李铁眼疾手快,用筷子死死按住。他左一眼右一眼,看着他们俩说:"你俩非得把这块排骨掉地上吗?!不许抢,我——吃!"

唐熙狠狠瞪了武超一眼,又皮笑肉不笑地看着李铁,撼起了牛肉,说道:"小铁,你吃牛肉,你受伤了,得多多补铁。"

武超把碗伸到唐熙面前,说:"我也伤得很重,我也要。"

唐熙没理他,自己撼了牛蛙自顾自地吃着。

武超把碗重重地摔在桌子上,抢过唐熙的碗说:"你也别吃了,我有话问你。"

说着,他拉着唐熙出了小商亭。

李铁闻到了火药味,对着两人的背影喊道:"你们不能吃完饭再吵吗?"

"吃你的吧!"武超和唐熙都没好气,异口同声地回他。

武超把唐熙推上旋转木马的大平台,然后自己跑去按下了"开始"的开关,并把时间调到极限——六十分钟,这就意味着木马在没有人关闭的情况下会转六十分钟。

武超跳到平台上,与唐熙对视,难掩怒气:"你为什么不理我?"

唐熙调皮地坐上一个美人鱼木马,转过头不看武超,还随着音乐哼唱起来。

这丫头要气死人吗?

"你不理我,木马就永远转下去,咱们谁也别想下去。"武超大喊着。

唐熙依旧无动于衷。

武超走到唐熙面前,求饶道:"求你跟我说一句话,你要急死我吗?憋死我了!"

唐熙还是不理他,又转了一个角度不看他。武超站着没动。过了一会儿他也坐到唐熙身边的一个白色小飞马上,不再讲话。

唐熙好奇,偷偷看着武超。

天是蓝的,海是蓝的,阳光下,微风里,此时岁月静好,木马悠悠。唐熙很享受这静谧的时光。

木马不知道转了多久,也不知道转了多少圈。唐熙看见武超低着头,肩膀在颤动,大滴大滴的眼泪流了下来,打在了骑着的白马的背上。

唐熙慌了,伸手拍了拍武超的肩膀,说道:"哎,你怎么了? 怎么还哭了?!"

武超听了唐熙的话,觉得更伤心了:"你别理我! 你永远别理我!"

唐熙哄着他:"你都哭了我怎么能不理你。求你了,别哭了。"在唐熙的记忆里,小超自打上小学五年级就没哭过,被他爸打得屁股红肿也没哭过。

唐熙跳下了美人鱼,站在了武超的小白马前。

武超抬头看着唐熙,说道:"你就不能好好相处吗? 过了这个夏天你就要去上学了,我们还能在一起几天,你还能跟我说几句话? 你就要离开这个城市,你为什么还要跟我闹别扭?"说着说着,武超已经泣不成声了。

唐熙被他说得也动了情。是啊,过了这个夏天她就要独立地在另一个城市生活。没有爸妈宠爱,也没有好朋友陪伴。

唐熙把手搭在他手上,流着眼泪说:"我是生你的气。你昨天说了,如果我不听你的话,你就一辈子不理我。我不要你一辈子不理我,你知道这有多可怕,多伤人心吗?! 我要让你先尝尝不被人理的滋味。"

武超看着这个傻丫头,解释说:"我是怕你也跳进海里。你能做出这样不计后果的事。我怕你有危险才吓唬你的。"

唐熙抱着小白马的头,歪着头看武超:"我明白你保护我的心,但是如果你一辈子不理我,我会哭死。"

武超被她感动:"我怎么能一辈子不理你,除非我死了,不会说话了。"

唐熙笑着打断他:"别胡说,死一次就够吓人了,不许说死!"

武超看着唐熙,也笑了。

唐熙抬起手,给武超擦眼睛和脸上的泪痕。

武超也不躲闪,就让她擦。

这时,木马越来越慢,最后停了下来,是李铁关闭了开关。

李铁大喊:"你们不怕浪费电吗?"

武超心里大骂,二黑,你真真真捣乱!你什么时候这么会过日子了?!

唐熙吼道:"你少吃几支雪糕就省出电费了!"

李铁抗议:"你不是说不管我吃雪糕了吗?怎么说话不算话?"

唐熙手扶着白马,给了他一个白眼。

李铁看见武超眼睛红红的,问道:"小超,你哭了?"

唐熙把武超挡在身后,掩护着他:"他没哭,他睫毛倒睫了,我帮他吹出来。"

"倒睫是什么意思?"李铁问。

"就你这种眼睛,永远不能体会到什么是倒睫。"唐熙揶揄道。

武超已经调整好状态,跳下小白马,拉着唐熙说:"走,吃饭去。"

唐熙松开了扶着小白马的手,然后她如同喝醉了酒一样,跟跟跄跄地走不稳,还往一侧倒了过去。

武超眼疾手快,一把将她捞回,拥她入怀中。他急切地问:"你怎么了?"

唐熙呵呵地笑着:"我头晕,晕车。你刚才给我转迷糊了。"

"啊?"武超看着她苍白的小脸笑了。

他倏地将她抱起,下了旋转木马的平台,往小亭子里走去。

他把她抱得很紧,紧到她的额头完全顶在了他的下巴上。他生怕她如海鸥一样飞走。

此时的唐熙能感受到他的心跳。她自己的心也漏了一拍,脸也微红了,头也更晕了。

唐熙在心里告诉自己,这是严重的——晕车反应。

武超把她放在椅子里,蹲下给她打扇子。

李铁开了一瓶酸梅汤,给她压下反胃的感觉。

五分钟以后,唐熙脸色恢复了正常。她说道:"吃饭,吃饭,我饿了。"

这时,武超和唐熙才发现,他们俩的碗里各有一块排骨,而那装排骨的餐盒已经找不见了。是李铁把排骨都吃完了,并已经把餐盒扔掉。

他的良心没有完全坏掉,还给他们每人留了一块。其余的肉菜也都没了,只剩了一些青菜和一盒虾。

武超把自己的排骨拣给了唐熙。唐熙看着残羹剩饭,又看了看门口喝着雪碧,吹着海风的李铁,娇滴滴地喊道:"小铁,你来一下。"

李铁又被"美色"迷惑,屁颠屁颠地跑了进来。

唐熙说道:"你给我们剥虾壳吧。"

李铁拒绝:"不要。"他也爱吃虾,就是因为没有耐心剥虾壳才没吃的,怎么可能给他俩剥?

唐熙撒娇道:"小铁,你最好了。我都对你那么好了,你不得回馈我一下。"

武超也撒娇道:"小铁,我对你也好,你也给我剥。"

"打住打住。大哥大姐,你们饶了我吧,我剥,我剥还不行吗,求你们别肉麻了!"

然后李铁左右开弓,开始为两个人服务。

下午,李铁和唐熙就吵了起来,而且吵得很凶!

李铁在拿第七支雪糕的时候,唐熙实在忍无可忍,她直接趴到了冰柜上,用身子挡住了拉门。

她大喊着:"不许拿了,不许再吃了。"

李铁气极:"你说话不算话!"

武超看着他们俩剑拔弩张的样子,马上跑过来调解。

武超忙问:"怎么回事?"

李铁有一肚子委屈要跟武超诉苦,他气得拍着冰柜拉门说:"昨天,她在码头说的,以后再也不管我吃雪糕,再也不跟我唱反调,再也不欺负我。这还没到一天呢,她就反悔。"关键时刻,李铁想起了唐熙的承诺。

"哦,这就是你说的,她惯着你?"武超听明白了。

"不然呢?"李铁看着武超。

哈哈,武超实在忍不住想乐。

他转而看着唐熙,也拍着冰柜说道:"啊,对啊,唐熙,你太不像话了。你都答应一辈子对小铁好了,怎么一支雪糕舍不得给他吃?"

"做他的春秋大梦吧。我说是昨天截至晚上十二点对他好。过了十二点就不算啦!"唐熙也是够无赖的。

"天这么热,小铁吃几支雪糕怎么就不行了?"武超虚张声势地嚷着。

说着他转到了唐熙身后,一把搂住她的腰,把她提了起来。

"小铁,拿,快拿,多拿几支。"武超喊着,把唐熙抱进了小亭子。他给她放进了椅子里。

"你没原则!"唐熙气得脸通红,在椅子里对着武超张牙舞爪。

武超弯下腰,把她禁锢在椅子里。

然后他贼兮兮地小声对唐熙说:"咱俩就让他吃,看他吃多少能拉肚子?"

"啊?哈哈哈。"唐熙马上转怒为喜,眼睛里全是笑意,捂着小嘴乐得前仰后合。

武超又嘱咐唐熙说:"上午家长拿的水果你看好了,我要给文身哥送一半,给钢哥拿回去一半,别被二黑吃了。"

"嗯嗯,防火防盗防二黑。"唐熙也贼兮兮地笑着。

"欧耶!"两人击掌。

这个夏天真美好!

日子过得飞快,转眼承包期到了。孙老板看几个孩子把生意经营得有声有色,非常高兴。

因为做生意就要旺,不能淡。淡了,财气就散了。

承包期的最后一天,早晨刚开门营业,孙老板便带了两个小伙子过来。他想让武超指导他们做生意。

因为兰姐要在家照顾宝宝,所以孙老板聘用了两个老家的亲戚帮他照看场地。

两个小伙子初来城市,还有一些羞涩和木讷。武超竭尽全力地教他们操作机器和与客人沟通。因为在炎炎烈日之下,客人排队时间长了,难免会有怨言。而且他们家又不退票,所以安抚客人,与客人聊天也很重要。

傍晚时分,唐熙发现冰柜里还有几十支雪糕,为了与孙老板清算方便,唐熙提议,把雪糕大家分吃了。这样,孙老板、五个男孩、唐熙、围着冰柜开始吃雪糕。后来唐熙又拿了一些雪糕送给了海盗船阿姨、摩天轮大叔、小火车姐姐等邻居们。

她与他们约定,明年放暑假就回来找他们玩。

三个男生很纳闷,她什么时候认识了这么多朋友。

聊天中,唐熙得知兰姐生了一个女儿。当晚,唐熙还要去孙老板家探视兰姐。

唐熙就是这样一个每到一处都能交下朋友的人。因为她与人交好没有目的性,她能很快找到与朋友的共同点,然后就是单纯地对人好。

用李钢的话说就是傻。不过,傻人有傻福吧。

第二天一早,四个小伙伴不用上班了,居然有些不习惯。

吃过早餐,四个人聚在唐熙家核算账目。作为首席财务官的唐熙宣布,在这四十天里,他们把每个人投资的压岁钱收回,再去掉每天的餐饮钱,他们居然赚了一万一千七百元。

唐熙报完账,四人一起欢呼起来。这也太多了,快赶上老唐一年工资了。

李铁提议大家去吃烧烤庆祝,再把钱分了。

他的提议遭到了大家一致反对!这段时间他们四个每天都在一起吃饭,而且赚钱多的时候吃得也很奢侈,还需要特意出去吃烧烤庆祝吗?

唐熙说道:"我有一个主意,你们看可行吗?我不想让我爸妈送我去京城报到。武超和小铁还有我也都没去过京城,只有钢哥在那里待了两年,钢哥你带我们三个去京城玩一圈吧,然后你们三个陪我去报到,行吗?"

"行啊,行啊。"进京,武超和李铁听了超级兴奋,一起附和着唐熙。

武超兴奋地说:"现在我们有钱了,不需要跟父母要钱。我们从来没离开过滨城,钢哥,你带我们出去玩一次吧!我还能送唐熙上学,能去唐熙的学校看看。"能去唐熙读书的学校看看,他很向往。

李铁的黑脸涨得黑红,不住地点头:"哥,你带我们去吧,我想去看升国旗仪式,我想去看皇帝的宝座!"

唐熙撒娇道:"哥,好哥哥,你就带我们三个进京吧!"

李钢知道自己担子不轻,责任重大。他要带着这三个愣头青进京玩,还要把小熙安全送进学校,还要保证两个傻小子安全返家,想想头都大了。

但是三比一,他拒绝不了。

晚上,唐熙与爸妈说了计划。

妈妈第一个反对:"不行,你一个女孩子怎么能跟三个男孩在一起?行动、住宿都不方便。"

唐熙说:"我与他们在一起小二十年了,没有什么不方便!"

妈妈说:"男女有别!"

唐熙说:"又不同床同寝!"

妈妈说:"我怕你们惹是生非。"

唐熙说:"我们都不是惹事的孩子。"

妈妈说:"我需要看看你的学校和同学。"

唐熙说:"你去与不去学校都矗立在那儿。同学也不用你品头论足,因为那是国家通过高考选拔的,来自五湖四海,而且绝大多数人分数都比你女儿高。寝室的环境我们更不能左右,学校分什么寝室我就住什么寝室!"

妈妈被怼得无语,气得不行。

气氛一度冷凝。

老林着急向老伴儿求助:"老唐,你说句话啊。出点事你哭都来不及!"

唐熙说:"能出什么事,跳海、见义勇为那么大的事,我们都接下了!"

老唐说:"是啊,通过这件事我觉得孩子们长大了,特别是武超,他知道怎么保护小熙。"

老林凶道:"你哪伙儿的? 那是他们命好,命不该绝!"

唐熙道:"通过这件事,我们明白了什么叫全力以赴,也懂得了竭尽全力和量力而行。再说了,哪有那么多生死攸关的大事会被我们遇见。妈,你就是紧张过度了。"

老唐给了女儿一个眼色,聪明的唐熙领会其意。

而且唐熙也想与母亲缓和一下冰冷的气氛,她明白妈妈是担心她,爱她。

唐熙站起身,与母亲面对面,双手拉着妈妈的手,真诚而又严肃道:"妈妈,我知道你爱我。同时你要相信你的女儿,我长大了,我有是非观念。我的动手能力、学习能力、社交能力都是一流,我能化腐朽为神奇,我会不卑不亢、戒骄戒躁地做好我自己,做你心中标准的好女孩。请相信我。你就放手让我独立吧。"

妈妈无语,唐熙说得都对。她没想到孩子的思想已经这么成熟。

老唐帮腔道:"要让孩子成长,就应该放开手让他们自己去感知社会,而不是把我们的观点和做法强加给他们。"

妈妈勉强同意了:"好吧!"

"吾母万岁万万岁!"小熙欢呼着。

妈妈没好气地笑了:"万岁?!早晚被你气死!"

唐熙马上打电话给小伙伴们发喜报。

武家和李家也没遇到多少阻碍。因为原因很简单,孩子们自己有钱,不需要用家里的钱。而且好男儿志在四方,就应该多出去见世面。

离唐熙学校报到还有一周的时间,他们四人浩浩荡荡出发了。

老唐为了感谢小伙子们送女儿进京读书,友情赞助了他们火车卧铺票:去程四张,回程两张。

这样孩子们的钱更充裕了,他们不用担心路费,他们的钱就用来食、宿、游。老李和于护士给小儿子又塞了几百元,因为他们的老二太能吃了,他们怕孩子们的经费大部分被老二吃掉。老武夫妻也是给儿子带了几百元,用于不时之需。

武超这几天心情很好,因为他能陪唐熙进京了。

站台上,唐熙妈妈哭红了眼睛。大女儿已经在万里之外的大洋彼岸,现在小女儿也要离她远去。

未来的未来,女儿是否能回到她身边生活都是未知数。她现在后悔生了两个这么优秀的女儿。如果女儿普通一点,就在本地读个校多好。那样,她每天都能看见这个无法无天、惹她生气,又让她抓狂的小精灵。

可是,没有如果。羽翼丰满的雏鸟早晚要起飞离巢。

武超和李铁各背个小书包,里面是他们简单的换洗衣物。他们手里各推着一个唐熙的旅行箱。女孩子的东西本来就很多,何况唐熙是要去另一个城市生活四年。

李钢则推着自己的旅行箱。

唐熙却很潇洒,她就背着一个小小的斜挎包,里面是纸巾和零钱;脖子上吊着她的毛毛——抓娃娃得来的那只双手可以粘在一起的玩具小猴子。

李铁与武超说道:"咱们两个像陪大小姐进京赶考的书童。"

武超看着李铁:"我是正牌书童,就你,就是一个小厮!"

李铁眨眨眼睛,无力反驳。

他们上了车。

唐熙刚才还在与父母依依惜别,泪眼婆娑,到车上后,她完全变了一个人,她已经被兴奋冲昏头脑。她终于独立啦!终于自由了!终于长大了!

火车是夕发朝至的。

那时的绿皮火车很慢,很慢,也让路变得很远,很远,远得让人害怕,怕远去人的心不再回来。那曾经的欢笑与美好,就变成了记忆,只能回味不再重现。

长途跋涉的火车都配有卧铺车厢。卧铺一个空间内六张床,分为上中下三层,两铺相对,中间是小过道和餐桌。

上铺空间狭小憋闷,中铺空间正好,下铺比较危险,因为上面两层的人下床会踩到下铺的人,下铺的人还会闻到地板上鞋子的味道。

男孩们把行李放到行李架上,那里面有他们的旅游经费。李钢作为大哥,自然是睡上铺,他要保护着行李也要照顾弟妹。

旅途中,每当火车停靠中途站,李钢都睁开眼睛看护他们的经济命脉。

李铁睡在下铺,因为他睡觉动作幅度太大,稍微有一点高度都怕他会从床上跌落受伤。唐熙睡在中铺,安全又舒适。武超睡在与唐熙对着的中铺。三个男孩把唐熙包围其中,保护得很好。

唐熙把马尾辫松开,长发散落在枕头上。她转头看见武超在痴痴地看着自己,问道:"我脸上有脏吗?"武超笑着摇摇头,不说话。

他们从五岁以后就没再在一起过夜,今天这特殊场合又在一起了。

车里空调开得很冷,武超伸手把唐熙盖在肚子处的毯子往上拉了拉。

唐熙抗议说:"怪脏的。"

武超训斥她:"别那么多毛病。回头感冒了还怎么玩。"

唐熙嘿嘿笑着,说道:"你现在的样子像老唐。"

武超也笑了。

唐熙躺了一会儿,她轻声发问:"超,你睡着了吗?"

"没有。"他答。

"我想老唐了。"唐熙说着看向武超,她的眼睛里闪着点点星光。

武超支起头看着她,说道:"快睡吧,老唐不想你。老唐一定在家庆祝不用再给你做饭了。"

"喊——"唐熙表示着不满。她被武超这么一逗,也没那么想家了。

火车晃啊晃啊,如同摇篮。唐熙在众人的保护中安心睡去。

武超趴在枕头上,看着小熙的脸,睫毛微翘,樱唇微启。小熙美得耀眼,在大学里一定会引起男生的注意。他不愿继续想,不然他会疯掉。这一个暑假他都备受煎熬,但是他没有能力阻止这离别时刻越来越近。

武超探起身子,伸手摸了摸唐熙的脸,很轻、很柔,倍加珍惜。也许这是他最后一次摸她的脸,也许以后她会是别人的女朋友,也许她会像她姐姐一样远赴重洋,过着与他日夜颠倒的日子。武超收回手,就这么看着唐熙。

李钢向下看了一眼,看着武超对唐熙的眷恋,他默默抽回了身子,不忍打扰他。

时钟到了凌晨三点,夏天的太阳一直起得很早,四点多就会出来上班。列车也将于早上六点抵达终点站。

武超纠结了一夜,他终于下了一个决心,做了一个大胆的决定。

他一定要把自己的初吻献给小熙。他轻轻跳下床,站在小熙床头,看着她熟睡中的俏丽容颜,他想吻上她的唇。

可是,到了最后时刻,他迟疑了,这对小熙不公平。他不能在她什么都不知道的情况下夺走她的初吻。

他轻轻俯下身子,吻上了她的额头。

这是他们之间的第一次吻,也许是最后一次。不管是什么,他无憾且满足,因为他已经记下了这甜美的滋味。

早上,列车到站了。三个人看着还在呼呼大睡的李铁,无奈!

唐熙喊:"二黑,起床。再不起来我们不要你了。"

李铁没动静。

武超捏住了李铁的鼻子,这对李铁没有丝毫影响。他继续张着嘴呼吸,呼呼大睡。

武超感慨道："这家伙没心没肺，吃得饱睡得着。"

李钢可没有他俩这么温柔，他趴在弟弟耳边喊道："集合！"

李铁马上清醒了，他以为老爸在喊他。

李钢带着三个眼睛不够用的傻孩子出了站。京城与家乡完全不同，一个是干燥的内陆气候，一个是湿润的滨海气候。

但是京城是首都，处处显示着庄严与恢弘、古老与先进、高贵与低调。

李钢带他们到了一个环境很好的酒店。四人现在是小富翁，他们不在乎钱。他们此行的目的就是吃好，玩好，把钱花光。

三个男生住一个房间，隔壁是小女生的房间。

放下行李，李铁早就喊饿了，四人在附近的餐馆吃了早餐。

餐桌上，酣睡到天明的李铁和唐熙吵着要去爬长城。

李钢和武超一夜没睡，都面容憔悴。

他们求饶道："明天吧，起码让我们睡一觉。"

最后经过友好协商，李铁和唐熙同意让他们睡一上午，下午再出去玩。

下午，他们去了北海公园，因为从小唱着《让我们荡起双桨》长大，所以他们要去看看海面倒映的白塔和四周的绿树红墙。

晚上，四人去小吃街吃饭。小吃街人头攒动，热闹非凡。在这里，华夏东西南北的美食应有尽有。唐熙看哪个都好，看哪个都有食欲。

后来，他们决定，想吃什么，就先买一点四个人品尝。如果好吃就买大份，如果不符合他们的口味就去下一个摊位。

一路逛下来，三个人吃得肚子溜圆，唯独李铁只是半饱。最后一个摊位是西北拉面，拉面大家都喜欢吃，可是胃已经没有空间。没吃饱的李铁点了一大碗牛肉面，四人坐一桌，三个人看着他吃下。

最后，李铁还打包了二斤酱牛肉，说是晚上当夜宵。

他们打出租车回酒店。钢哥坐在副驾驶，三个小朋友坐在后面。唐熙依旧坐在中间，上车后她就靠着武超的肩膀昏昏欲睡。

李铁闻到手里酱牛肉的香气已经不能控制自己。他偷偷瞄了瞄众人，慢慢把手伸进袋子拿了一片牛肉塞进了嘴里。吃了第一片,他就停不下来了,然后第二片、第三片……

武超发现了小铁在偷吃,小声呵斥道:"你给我们留点!"

唐熙瞬间清醒,一把抢下李铁手里的袋子,抱在了自己怀里,接着打盹儿。

晚上他们四人在男孩房间玩了一会儿扑克,把牛肉也解决了,唐熙回房间睡觉。

三个男孩睡的是一个家庭房,内有一张双人床和一张单人床。因为李铁睡相太差,没人愿意与他同床共枕。所以李钢和武超睡双人床,李铁睡单人床。

男孩们刚睡着不久,"咚咚咚"一阵阵急促的敲门声响起。

唐熙在外面小声喊:"开门,快开门!"

李钢惊醒,穿上裤子打开了门。

门口是唐熙紧张的笑脸。李钢把她拉进来,忙问:"出什么事了?"

武超也醒了,打开床头灯围着被子坐了起来。

唐熙失魂落魄地跑上大床,坐在床上紧张兮兮地对他们俩说:"酒店闹鬼!"

"啊?!"李钢说道,"丫头,你发神经啊。"

"真的真的。"唐熙急着证明自己,不停地摇晃李钢的胳膊。

"怎么闹的啊?"李钢问道。

"我刚睡下不久,就听见有动静,是一个女人的声音,不停地哭还叫,吓死我了!"唐熙说。

"怎么叫的?是凄惨地喊冤枉吗?"李钢笑着跟她对付。这丫头鬼片看多了,想象力真丰富。

"不是,她没喊冤枉,就嗯嗯……啊啊……啊……这样叫。"唐小熙复述着刚才听到的声音。

"哎哟!"武超李钢瞬间清醒。两人心中明白,顿时都红了脸。

虽然他们没有实际经验,但是邻国的小电影还是偷偷看过的。

灯光幽暗，唐熙也看不清他们的脸色。

她接着说："那女人还有隐约的哭声，像是——想哭又哭不出来！"唐熙描述着。

"停，停！打住！"李钢不能再让她说下去了。

他安慰道："那是隔壁夫妻吵架，你不用在意，一会儿就好！"

"真的？会不会是家暴，那男人会不会把她杀了？"唐熙又开始同情心泛滥。

"不会，他们好得很。"李钢咬牙切齿地说。

"一会儿就没动静了，你回去安心睡吧。"武超安慰她。

"我不敢回去！"唐熙坐在床上直摇头。

李钢说："你就在这坐十分钟，十分钟后我送你回去，那时就一定没有动静了。"李钢估计着时间说。

十分钟后，李钢把唐熙送回房间。确实已经没有动静了。

李钢回来后笑逐颜开，他躺下与武超说："傻白甜天天喊着自己会接生，这事都不懂。"

唐熙在家的时候，看过妈妈的医术，经常吹牛说自己会接生。

武超笑答："你听她的。她理论水平一流，她只懂造小人过程，但是不知道方式方法。"

两个男生笑了一阵，又睡着了。

可是他们刚睡着，又是一阵敲门声。

"咚咚咚！"还让不让人睡觉了。李钢火了，穿上裤子去开门。

不用想，一定是唐熙。

唐熙一看见门开启，就迫不及待地钻了进来，紧张地关上了门。

她站在门厅对李钢说："哥，要不要报警？隔壁又家暴了，这回女的哭，还有男人生气的声音，这也太狠了。"

"他妈的，体力真好！"李钢骂道。

"什么？"唐熙不明所以，追问了一句。

"没什么！"李钢也无须跟她解释。

武超趁机穿上了运动短裤。因为他知道小熙这次不一定要待多久,总围着被子坐着太热了。

唐熙说完就跑进了房间,跳上了大床。

李钢实在困得难受,说:"我和小超去你房间睡,你在这儿睡吧。"

"不行不行,我不能跟李铁睡一间房。"唐熙摇头道,这个不能跟男孩子单独睡一间房她还是明白的。

"那我过去睡,你们三个在这儿睡。"李钢不耐烦了,他困死了。

这回换来了唐熙和武超同时摇头。两个人跟拨浪鼓似的,出奇的一致。

李铁在单人床上睡得跟死猪一样,不可能把他叫醒,把床让给唐熙。

叫武超和唐熙睡一张大床,这也太扯了吧。

武超开始想入非非,脑补梦中画面了。最后他及时刹住思绪,心里暗骂自己下流。

李钢怒了:"你们真烦。那怎么办?"

武超跳了起来,说:"傻白甜睡床上,我打地铺。"说着他拿起被子,铺在了地毯上。唐熙点头说好,把枕头扔给了他。

被子很大,既当褥子又当被,武超把自己裹了起来。

唐熙看看武超,问道:"我盖什么?"

京城很热,如果关了空调睡觉会很难受,开着空调还要盖上被子才舒服。

李钢说了一句等着,便去唐熙房间把被子拿来,扔给了唐熙。

李钢实在不愿意找服务员拿被子,那得折腾到几点,还要不要睡了?!

李钢说:"我过去睡,我把空调关了用不着被子!"

一切安排妥当,睡觉!必须得睡觉了!这一切李铁完全不知道,他的睡眠一向超级好。

清晨,房间里渐渐有了光亮。傻白甜唐熙第一个醒了。

她轻轻地坐了起来,看着旁边床流着口水的小铁,她忍不住笑了。再看看打地铺的武超,还在熟睡着。

她趴在床上,双手托着腮,居高临下地欣赏着最好的朋友。

她以前从来没这么仔细地观察过武超。他的颜值,她自是心中有数,帅过电视剧里的杨过。但是他年纪尚轻,而且在爱中成长,少了杨过的邪魅,多了软萌和可爱。但她不自知,他的软萌可爱只展现给她一人。

唐熙玩兴大发,探起身子,伸出了手指,轻点他的鼻梁,又戳了戳他的脸蛋。

他觉得不适,动了一下,继续酣睡。她抿着嘴甜甜地偷笑。

唐熙想起一会儿要去颐和园玩,已经兴奋不已。

她想:"我得先把小超叫醒。"因为叫醒小铁那是不可能的,她没有这个本事。

唐熙下床,迈过武超的身体,拉开了厚重的窗帘。

瞬间,阳光倾洒满室,朝气蓬勃。

地上的武超觉得阳光太耀眼,把被子往上拉了拉,继续睡着。

"起来啦。"唐熙站在武超身边轻柔地喊他。

武超还在贪睡,没有反应。唐熙用脚轻轻碰了碰他。

武超在迷蒙中,睁开了双眼,而映入眼帘的是一双白嫩的小脚、纤细的脚踝。他再往上看是曲线优美的大长腿和长发低垂的甜美笑颜。

这,这是何等诱惑!也太让年轻人血脉偾张了吧!

武超痛苦地闭上了眼睛,咬着牙,把头藏进了被子里。心脏怦怦的跳动声,他自己都能听到。

昨晚唐熙慌张跑来,谁也没注意她穿了什么。她穿的是一条超短的牛仔短裤,一件宽松白T恤,长发散在肩上。

唐熙看武超没有起床的意思,便跪了下来。她伸手把被子扒开一个缝隙,柔声道:"起来吧,起来出去玩啊。"

她的发梢扫过武超的脸,脸痒痒,心痒痒,身体更痒痒。武超的脸红了,连带耳朵脖子都是红红的。

"要了亲命了。"他痛苦难当,内心独白。他又把头往下埋了埋,佯装还要睡觉。

唐熙关心地问:"你脸怎么这么红,发烧了?"说着她要伸手摸武超的头。

武超再也装不下去了，他用手抵挡着说："太阳晒的。你……你……去把钢哥喊起来，回自己房间洗漱！"

"我不，你想骗我走，然后再接着睡吗？"唐熙说着，伸手就要掀武超的被子。

"不，不行。"武超被她的举动吓死了，手脚并用拼命压住被子。

"我没穿裤子！"他哀号着。

"你骗人！你昨天晚上穿的是运动裤。"唐熙记忆力超群。她拽着他被子的一角不松手，与他拔河。

"那也不行！不行！求你走吧。"武超用了"求"字。

他说着，一使劲把被子拽了下来。

谁知唐熙也把被子拽得很紧，被武超这么一带，她没有心理准备，身体也跟着被子跌了下来。

"啊！"她大叫一声，直接扑在了他怀里。他伸手抱住了她。

恍惚间，男孩的眼里闪过一团火焰。但是眨眼之后，理智占据了上风，他马上如投降状举起了双手，不敢再碰她。

唐熙慌乱地站起身。她也觉得好难为情，尴尬地站着，不知所措。

"你快走吧。你走我就起床。"他完全是在哀求。

"哦，好，你一定起来哦。"唐熙终于听话一次。

当她走到门口时，武超在被子里喊："傻白甜，以后别穿牛仔短裤了，丑死！"

"哼！你什么眼光！你就是不会欣赏！"唐熙凶巴巴地回嘴，开门出去了。

武超看她把门关上，一骨碌爬了起来，冲向了卫生间……

天啊，这一大清早，真是对他的人生第一大考验。

去吃饭，吃饭能让人身心愉悦。

四人来到了酒店的餐厅。哇，四星级酒店的自助早餐还是不错的。南甜北咸东辣西酸，各种早点、各种面、各种西点、面包、蛋糕。四人眼睛大、肚子小，拿了好多，满满地堆了一餐桌。

他们不担心浪费，因为有李铁在，任何食物都不会浪费。

武超的胃口也是出奇的好,吃了一碗面、一碗粥、一屉小笼包、三个煎蛋,还要吃寿司和水果。

唐熙知道他的饭量,担心地阻止他:"你别吃了,胃会撑得难受。"

"嗯,嗯。"他答应着,不好意思抬头看她。

虽然他嘴里答应着,手却不听命令,拿起了一个寿司,准备送入口中。

唐熙一下按住了他的胳膊,张嘴把他手里的寿司吞下。

"我让你别吃了,你不听话。"她语音含糊地拍打着他的手。

武超一愣,又笑了。

"好,我听你的,不吃了。"她是在关心他,第一次这么关心他。

"以后你说什么我都听。"他突然冒出一句承诺。

"你说的?"唐熙咽下嘴里的寿司,看着他求证。

"嗯,我说的。"

"我让你一辈子不找女朋友,不结婚。"唐熙想了一招绝的。

"不行,那不行。"武超笑着反对,极力反对。

"嘿,没诚意。"唐熙笑着鄙视他。

"我不但要找,还要找个最好的、我最喜欢的人结婚。"

"你羞不羞?"小姑娘咧着嘴笑得很欢。

"你傻不傻?!"说着,他拿起一个圣女果塞进了她的嘴里。喂她的感觉真好。

"你干吗又说我傻?"唐熙含着果子发问,听不懂他的话。

"吃吧,别废话。"武超宠溺地看着她笑。

李钢李铁兄弟俩,只闷头吃饭,不插言,不参与,不掺和。专心吃饭,专心吃饭……

去颐和园喽,唐熙带着爸爸新给她买的数码相机,与小伙伴们互相拍照。

这数码相机虽然小,携带方便,但是就像玩具一样,没有了拍照的乐趣。不过数码卡片机能保存很多照片,也是一个极大的优点。

晚上,他们吃了一顿火锅才回到酒店。

唐熙还对昨天晚上的"家暴"事件心有余悸。

武超去药店买了一袋医用棉花塞给了她。他告诉她,如果再有家暴的声音,就拿棉花塞进耳朵里。

唐熙点点头,最后她可怜巴巴地说:"如果声音还很大,我还来你们房间睡。求各位大哥收留我。"

"不,不行!"武超极力反对。没商量!

睡前,李钢开始做下一天的行程安排。

按照钢哥的计划,第二天要带他们去看升国旗仪式。这是李铁的梦想,也是武超和唐熙的梦想。李钢以前看过升旗仪式,他有经验。他告诉弟弟妹妹凌晨两点出发,去占据有利位置。因为那个时间段夜凉如水,所以每个人出门前都要穿一件长袖外衣。现在全员马上上床睡觉,养精蓄锐等着看激动人心的仪式。

钢哥一声令下,弟妹们都乖乖上床了。

凌晨一点半,酒店叫醒服务惊醒了四个人。男孩子洗漱都快,只有唐熙稍微慢了点,但是也不至于拖后腿。

四人打车来到天安门广场。这是三个小伙伴第一次看天安门广场,明显眼睛又不够用了。

虽然家乡滨城也是著名的旅游城市,但是建市时间尚短。它拥有着俄式、日式的异国风情建筑,拥有着独特的山海资源,感觉就像一个洋气而又充满灵性的少女。

而京城,古朴、典雅、庄重,处处彰显着大国首都的风范。

所以,滨城与京城比,如同格格与皇帝,气场与底蕴永远不及爸爸。

李钢拉着唐熙走在前面,两个弟弟跟在身后。三人东张西望,目不暇接。

李钢说:"别看了,一会儿天亮了让你们看个够。现在最主要的是占据有利观礼位置。"

由于四人行动迅速,李钢低头看了看手表,现在手表的指针才到两点。

还需要再等两个小时。

四人围成一个圈,天南海北地聊天。唐熙穿了一件格子衬衫,不停地抱着膀子,跳着脚。

武超问:"你冷吗?"

"嗯。"小丫头点头。

武超脱下了运动服,给唐熙披上了。他伸手把袖子在她胸前打个结,而自己只穿了一件短袖 T 恤。

李钢抓住机会,笑对唐熙说:"他以后一定是个好男朋友,对女朋友很体贴的那种。我可舍不得把衣服给你,我还冷着呢。"

唐熙蹦蹦跳跳的,根本没明白李钢的意思。

她看着武超笑,嘴上对付着李钢:"他答应我了,以后不找女朋友,他没有机会对别的女孩好。"

武超摇头:"你别耍赖啊,我可没答应你。"他不会对别人好,但是女朋友他早已心有所属。

四人又聊了一会儿,唐熙说:"小超,我暖和过来了,衣服给你吧。"说着她要解开前面打的结。

武超伸手按住了她的手,阻止了她。他们俩的手都很凉。

"你披着就好,我身体棒,冻一下更精神。"武超说。

唐熙也不再推辞,心安理得地享受着好朋友的呵护。

片刻后,唐熙抬眼看着武超,说出了一句话。这脱口而出的一句话,如同一个平地惊雷,震蒙了三个男生。

她轻启朱唇,柔情似水地说:"小超,我可以抱你吗?"

"啊?"三个男生一齐看向了唐熙,难道这丫头开窍了?

随即,李钢和李铁伪装成没在意的样子,左顾右盼起来。

唐熙也没看到他们俩的表情,而是在等着武超回复。

武超眼中熊熊烈火在燃烧,他看着唐熙,心潮澎湃,暖暖地开口:"抱吧。你想怎么抱都行。"那声音让人迷醉。

武超想,只要唐熙抱住他,他一定把她紧紧地拥在怀里,一辈子也不分开。

李钢跟了一句:"唐熙,抱了,你就得对他负责任。"

唐熙嘟了一下嘴,问道:"抱还得负责任啊?"

"嗯。"三个男生又出奇的一致,给了她一个肯定的回答。这是兄弟三人多年来的默契。

"好,我负责。"唐熙说着,一屁股坐在了地上,伸手抱住了武超的一条腿。

"我抱着你的腿睡一会儿。"小女生软软的声音从下面传来。

啊! 三个男生低头看着她,都抓狂地想捏死她。

就这么天上地下的思维,谁的心脏能受得了!

特别是武超,他对她真是咬牙切齿,恨不得咬她一口。

武超吹了一口气,低头看着她,无可奈何地说:"抱吧。"

而唐熙早已经闭上了眼睛,抱着他的腿开始养神。

武超就这么一动不动地站着,给唐熙当支架。李铁心疼武超穿得少,从武超身后用他的大运动服把武超包在了怀里。

此时,武超爱唐熙,李铁"爱"武超。

"唉,唉,小铁!"武超轻声抗议,"这是啥姿势啊,会让人误会咱们俩有私情。"

李铁哪管那么多,他是心疼武超手臂冰凉。他说:"别动,我给你温暖。"

李钢举起了唐熙的相机,拍下了一张有故事的照片。

十分钟过后,武超龇牙咧嘴地说:"我腿麻了。"

李钢拍开弟弟,蹲下对唐熙说:"小熙,小超腿麻了。你们换个姿势吧。"

"嗯。"唐熙松开了手,睡眼蒙眬地抬头看着武超。

李钢一把拽下武超,说道:"你也坐下,让唐熙靠着你睡。"

武超也坐到了地上,他看着李钢不知所措。李钢用眼神告诉他,意思是拥着唐熙啊。武超没敢伸手。李钢急得眼珠都快瞪出来了,这小超,真是有贼心没贼胆!

唐熙趴在了自己支起的膝盖上,在等着新的依靠。武超胆怯地伸出手,轻轻地把唐熙拥在了怀里。唐熙微微直起身子,靠在了他的颈窝里,沉沉睡去。

"哎呀我的妈呀,笨死!"李钢站起身,拍了一下武超的头喃喃说道。

这一通神操作,真真把他自己累够呛。

李钢把身上的运动服脱下,披在了武超肩上,转头对弟弟说:"来,你抱着我!"

"哦。"李铁从背后环住了李钢。超大号的运动服,包裹住了史上最强助攻——李家兄弟二人。

头顶的天空渐渐有了淡蓝的颜色。而天空的底色还是灰白,在这灰白和淡蓝之间,是朝霞柔和的橙红色。

维持秩序的警察已经到位。李钢拍拍唐熙,喊道:"醒醒,快起来。马上开始了。"

"啊。"唐熙坐直了身子,不知身在何处。

武超晃动着她的肩膀,喊道:"升国旗仪式,马上开始了。"

"哦,哦!"唐熙马上清醒,李钢拉起了她。

随着一阵咔咔的响声,那是马靴整齐踏地的声音。中国,不,宇宙最强天团伴着朝霞出现在金水桥上。

中间一人扛着巨幅国旗,左右两名护旗手。后面的兵哥哥手托钢枪,一个个英姿飒爽,昂首阔步地走来。他们身姿挺拔,五官硬朗,表情坚毅。

武超看着一个个与他年龄相仿的男孩子,列队迈着整齐的步伐走到旗杆下,准备升起巨幅国旗。他的眼里满是艳羡,这也是他曾经的梦想。能成为他们中的一员,是他今生最大的愿望。

即使没能选上国旗护卫队,只要能穿上军装,做最基层的战士他也愿意。

可是,这个愿望不能实现了。

唐熙一开始看着国旗护卫队的帅哥们,激动得直跳,满眼桃花。

后来,她想起了武超的梦想。她看着穿着军装一身正气的小哥哥们,心中为武超惋惜。她越想越伤心，抿着嘴含着眼泪。她想象着武超穿军装的样子，那一定很帅，不会比他们差。

她又抬头看看武超充满羡慕的眼神，在下面拉住了他的手。

武超感觉到搂着他的小手，低头看向她。唐熙的眼泪没忍住，一滴一滴地滚落下来。

武超懂她的心思，他小声在她耳边逗她开心："这国歌还没奏起呢，你就感动得哭了？"

唐熙破涕为笑，抬手擦着眼泪。

武超继续说："以前的事就别想了，上天自有安排。"唐熙吸着鼻子，点点头。

这句话是武超妈妈说的。武超也不知道上天会有什么安排，只是拿来安慰唐熙。

雄壮的国歌音乐响起，所有人都行注目礼，伴着乐曲高唱。在他们的学生生涯中，每周都会有升旗仪式，从小学入学到高中毕业，不知道经历了过多少次。儿时，这是一项任务，每周一的升旗仪式意味着必须戴红领巾。

而这次，在巍峨的天安门城楼前，在祖国最神圣的地方的升旗仪式，有着非凡的意义。乐曲完毕，众人目送兵哥哥们迈着整齐的步伐消失在视线里。

四个年轻人都激动得眼含热泪，热血沸腾。三个小朋友表明决心，要报效祖国。

李钢问："如何报效祖国？"

三个小朋友摇头，他们心里也没谱。

李钢笑着说："你们都成年了，现在做一个守法的、有责任感的好公民就是报效祖国。更远大的目标，以后就在你们成长中自己确立吧。"

三人崇拜地点头，钢哥的格局就是不同。做个好青年，做个守法好公民，这他们懂，也能办到。

四人简单地吃了早餐，进故宫博物院游览。李铁兴奋异常，终于可以去看皇帝的宝座了。

看着皇帝的宝座，李铁感慨道："如果我是皇帝，我一天五餐，顿顿有肉,吃完就睡觉,睡醒了就玩。"

武超问他:"那你的活儿谁干?"

"皇帝还需要干活儿吗?"李铁没理解他的意思。

"治理国家啊,你有多大的权力就要有多大的担当。"武超跟他讲道理。

"你干!你啥都懂,我最信任你了,给你加奖金。"李铁倒是挺大方。

武超笑着拍拍他的肩:"你这么大方,哥们儿都不好意思造反了。"

李铁憨憨地笑着:"造啥反啊,我的就是你的。"

"一天五顿饭,顿顿有肉,就你这吃法,不到三十岁,就把自己吃死了。"唐熙撇着嘴给他下结论。

"哎呀,我随便说说,做梦还不让啊。"李铁说不过她的时候,就开始撒娇。

唐熙看着宝座,说道:"我要是皇帝,我就多多纳妃子陪我玩。"

"你是女皇帝,还是男皇帝?"李铁问她。

"女皇,纳男妃。"

"你要那么多男妃干吗?"李铁追问。

"嗯,我想看篮球时,就分成两队打篮球给我看。我想看足球时,就分成两队踢足球给我看。我高兴了,就搞一个联赛。"

"打住吧,昏君!还搞联赛,你想后宫多少人?"李钢打断了她,不能再让她天马行空下去了。

"你想看赛跑,就一群人给你赛跑呗?"李铁问唐熙。

"对,跑得最快的那个人,我要封他做贵妃。"

"不,我要做皇后!"武超跳了出来,挡在了唐熙的前面。

"有你什么事?"唐熙看着他。

"我跑得最快呀。"武超站在她前面笑得很得意。

"哎呀,皇后一般都不受宠,你当个贵妃就行了。"唐熙拍拍他的肩膀,继续往前走。

"行,贵妃也行。你说的,你答应我了。"武超跟在她身后,求"名分"。

唐熙跟他对付着:"行,等我当女皇那天再说吧。你等着吧。"

"吾皇万岁万万岁！"李钢突然跑到在唐熙面前,弯腰施礼。

"啊,对,女皇陛下,万岁！"李铁第一次这么聪明,也弯下了腰。

"啊？"唐熙蒙了,不知道怎么接话。

"你说的啊,你刚说完,梦想就实现了。履行诺言吧。"武超拿肩膀撞了一下唐熙,笑得那叫一个灿烂。

李家兄弟俩直起了腰,也笑得很阴险、很邪恶。

兄弟三人智慧的火花,即兴碰撞,分分钟就套路了唐熙。

"我……"唐熙脸憋得通红不知道说什么。

但是唐熙毕竟是唐熙,开玩笑斗嘴她从来没输过。

她看着武超说:"武贵妃,你行为不检,朕把你打入冷宫！永不再用！"

"冤枉！"武超求生欲很强。

"闭嘴,没你这'夫(妇)道人家'说话的地方。"

"皇上明察。"李钢也帮腔。

"闭嘴,你们两个,发配宁古塔,永世不得回京！"唐熙女皇范儿很足,气场超强大。

得了,刚才兄弟三人还占上风,分分钟就全军覆没了。

"唐小熙,我跟你拼了！"武超笑着要捏唐熙的脸。

唐熙捂住了两腮,求饶道:"超哥,超哥,我想中午去吃烤鸭。我让你先吃,你吃完我再吃！"

"晚了！你刚才想什么呢！"武超非要捏她的脸,志在必得！

几天的时间里,他们游览了京城的各处名胜古迹,吃了京城各式各样的小吃。

开心的旅行马上就要结束了,唐熙也要去学校报到了。分别的时刻就要到来了……

1999 年 8 月 31 日　周二　晴

周一和周二是唐熙学校新生入学的日子,四人决定周二办理入学手续。

清早,三个男孩等在唐熙的房间门口,他们要一起去餐厅吃早饭。

啪,门打开了。唐熙穿了一条浅粉色的连衣裙出来。娃娃领,泡泡袖,束起半马尾,余发散于肩头。她眼波流转,睫毛微翘,绛唇美艳,肌肤胜雪,犹如一树娇媚的桃花,让人不舍得移开目光。

唐熙很兴奋,对着三兄弟问道:"好看吗?"

李钢和李铁没吱声。

"嗯,还行。"武超回答得很勉强。

"你每次都是还行,你就没夸过我漂亮。我真怀疑你的眼光。"唐熙发泄着不满。她不知道小超是什么眼光,对她总说还行。还行是个什么概念?

唐熙走在三人前面,学着导游的样子说道:"后面的游客请跟好,今天第一个景点是餐厅,填饱肚子是首要,一会儿需要干体力活。"

三人默默跟在她身后。唐熙肚子饿了,嫌他们走得太慢,她回头拉起武超的手,拽着他快点走。

"小熙。"武超在她旁边轻轻叫了一声。

"嗯？"她看向他。

"你穿这裙子，好看。"他说出了心里话。

"我好看还是裙子好看？"唐熙笑着追问。

"是裙子穿在你身上才好看。"他看着她，由衷地赞美。

"哈哈，这是你第一次夸我。"傻白甜露出了甜美的笑容。她忘了，在李钢的升学宴上，他曾经说过她是大美女。

"我是怕你骄傲，以后控制不住，越长越好看怎么办?!"他看着她微笑，眼睛里流露出不舍，更多的还有不安。

"放心，我会谦虚着好看。我得给别人留条活路呀。"傻白甜被武超夸得扬扬得意，拉着他快步向餐厅走去。

餐厅里，无论是服务生还是客人，无论是中国人还是外国人，都对唐熙行注目礼。小丫头美得太耀眼了，武超都看在了眼里。

吃早餐的气氛好奇怪，三个男生都没有太好的胃口，也都不说话，只闷着头吃饭。

唐熙几次挑起话题，都在他们的点头或者摇头中结束。

武超只吃了一碗面，就不再吃了。

他看着唐熙吃饭。

唐熙爱吃肉食，她的盘子里有煎火腿、煎蛋、培根肉、蜜汁鸡翅，她一样一样地吃着。

武超起身，拿了一盘蔬菜沙拉回来，推给了她。

他说道："你吃点维生素多的食物，吃多了肉容易干燥。"

唐熙点着头，突然她反应过来："你恶不恶心，吃饭的时候说大便干燥。"

武超看着她直笑："我可没说'大便'两个字，是你加上的，是你想到大便上的。"

"哦，别说了，别说了，你赢了。"唐熙细思，确实如此。

武超接着说："京城气候干燥，不比家里，你以后少吃肉，吃多了容易上火，多吃青菜和水果。"

"嗯,嗯。"唐熙边吃边答应着。

"想吃海鲜了,就去买鲜活的,然后去餐馆加工。吃不惯淡水鱼,就去餐馆点海鱼吃。"

他一样一样地嘱咐着,大人们都说吃饱了肚子就不会想家,吃到了家乡的味道就能减轻思乡之苦。

中国的饮食文化之所以称为"文化",是因为它的意义不只在于吃饱肚子,更是在于在人们的记忆深处里,对家乡味道有着一种执念。中国饮食文化看重的不仅是美食,更是传统佳节时,全家人围坐在一桌,吃着家常菜的那种祥和的气氛。

无论你多少岁,无论你身在何方,每当吃到家乡的味道,你是不是马上就能回忆起儿时一起疯玩的伙伴,回忆起妈妈温暖的双手,回忆起祖辈那慈祥的笑容?

唐熙乖乖地吃着蔬菜沙拉。她现在也意识到自己马上要开始独立生活了,以后她好久都不会闻到海的味道了。

武超起身,端了一杯咖啡回来。他拿小勺若有所思地不停地搅动着咖啡。

他端起来尝了尝温度,有点儿热,又放下继续搅动。

然后温度合适了,他一口一口地细细品味这苦涩的味道。

唐熙转头问武超:"你不是最不爱喝咖啡吗?今天转性了?"

"嗯,想喝了。"他低头说着。

"哎,唐熙……"武超突然一转身,喊着唐熙的名字。他手不稳,一杯咖啡没浪费,全倒在了唐熙的新裙子上。

"哎呀!"唐熙惊呼着站起,低头看着裙摆上的咖啡渍。

"你有没有烫着?"李铁关心地问唐熙。

唐熙摇摇头。能烫着才怪,咖啡早就被某人搅冷了。

"我不是故意的,我是没拿住。对不起。"武超拿餐巾纸慌忙给她擦裙子。

"嗯,没事儿。你也不是故意的,就是这裙子报废了。"唐熙嘟着嘴,心疼着裙子。

这裙子是妈妈特意带她去商场一个品牌店里买的,她很宝贝。但是裙子再好也只是裙子,怎么能跟小超比。而且小超也不是故意的,唐熙不怨他。

武超给她擦干了裙子,看着粉嫩的裙子上,有一大片深色的咖啡渍,他说:"快吃吧,吃完回房间换衣服。"

"好,你刚才喊我什么事?一惊一乍的,也吓我一跳。"唐熙问武超。

"嗯……我忘了。"他嘿嘿一笑。

唐熙又坐下,把盘子里的食物吃光。

四人都吃完了,他们回房间收拾行李,然后准备退房,送唐熙去报到。

唐熙在回房间的路上,喃喃自语:"我穿什么呢?"

"就穿背带牛仔裤吧。"武超帮她想主意。

"是不是太幼稚了?毕竟我上大学了。"

"不幼稚,适合你。"武超给她下了结论。

"好,穿背带裤。"唐熙采纳了小超的意见。

"你把头发也扎起来,这样更配。"武超提议着,唐熙点头。

武超眼里闪过一丝狡黠的光。

回到房间,李钢拍了拍武超说出了两个字:"阴险。"

"呵呵。"武超也不看李钢,笑着收拾着自己的衣物。

"你们又在说什么?"李铁不明就里,追问着。

"快收拾东西。"李钢催促着弟弟,没给他答案。

他们来到了唐熙的学校正门。一般情况下,大学的正门是不开的。只有在新生入学的大日子里,校门才隆重开启,迎接着来自全国各地的天之骄子。

大门两侧彩旗招展,校门正上方挂着红色的欢迎横幅,上面写着:"热烈欢迎 99 级新生入学!"

学生走进校门的那一刻,他的学术生涯便与这所学校有着一脉相承的关系。

学生戴上校徽的那一刻,以后无论荣辱,都会贴着此校毕业生的标签行走于江湖。

唐熙带着三个"助理"找到了自己院系的接待处,兴奋地递上录取通知书和其他材料。

管理学院的女生较多,学姐们都忙着帮新生办理入学手续。其他院系的学长们都来帮忙接新生。他们会殷勤地帮家长拎手里的行李,陪同办理相关手续。这也是认识小学妹的绝佳机会,没准儿就能开启一段美好的校园恋情。

可是,除了办手续,并没有学长过来帮助唐熙。

第一,唐熙手里除了放材料的文件袋,身上只挎了一个斜肩小包。

第二,她身后跟着三个男生。别人不会知道是怎么回事。也许,这妹子已经被兄弟关系的哥们儿接到了呢,所以没人理她。

唐熙就一路走,一路问,逐一办理好了入学的一应事宜。三个男生拖着行李,跟她转遍了校园,早已热得满头大汗。

最后一站,寝室楼。唐熙的寝室楼是一幢二十世纪七十年代的老建筑。

唐熙找到了自己的寝室,305室。寝室是六个人一间,三组上下铺。唐熙找到了自己的铺位,上面贴着标签,"下95号唐熙,上66号楚佳人"。

上铺的被褥已经铺好,看来上铺的同学已经就位了。

"楚佳人"唐熙默念着这个名字,"好香艳的名字,人一定很漂亮。"唐熙看着名字自言自语。

这时,一个长发女生走了进来。房间里突然多出了四个人,其中三个人还是人高马大的男生,寝室里顿时显得局促。

"劳驾,让让。"女生一口京腔京韵,面无表情,目不斜视。

三个男生让出一条路。

李钢循声望去,不由得一阵眩晕,顿时手心出了汗。

这妹子也太漂亮了吧。她与唐熙身高差不多,烟眉杏眼,挺鼻丰唇。身材一定是长期锻炼,健康丰满挺拔,浑身上下透着一种大红樱桃刚刚成熟的诱人味道。

与这美女相比，唐熙就是一个不谙世事的小女孩。

李钢只用一个字来形容眼前的女孩，那就是"漂亮、冷艳、性感、妩媚……"

不好意思，不好意思，李钢不会数数了。

李钢回头对两个弟弟说："你们俩楼下等着，寝室人太多转不开身。我帮小熙铺床。"

两兄弟转身出去了。武超还说着："哥，缺什么你就让小熙下楼告诉我，我去买。"

"嗯嗯，走吧，走吧，别啰唆。"李钢赶他们快走。

唐熙是外貌协会资深会员，只要是漂亮的人，无论男女她都喜欢。

她痴痴地看着美女，由衷地赞叹道："你真漂亮。"

女孩被她夸赞得脸上一红。因为从来没有同龄的女孩子，这么直接地夸她漂亮，而且没有一丝一毫嫉妒的味道。

"你也不差啊！"美女对着唐熙露出笑容。

她一笑，冰山融化了，百花盛开了，钢哥的春天也来到了。

李钢站在唐熙身边，看着这笑容不免又是一阵眩晕。唉，这天太热，热得上头。

"我叫唐熙，来自滨城。"唐熙大方地打着招呼。

"楚佳人，京城。"美女介绍着自己。然后两个女孩相视微笑。

"我叫李钢，是她哥。中国 S 大大三，也是滨城人。"李钢在旁边插言。

只要楚佳人跟他讲一句话，他就能巧妙地把"肌肉"全都秀出来。什么全国物理奥赛一等奖啊，什么滨城高考数学单科状元啊，什么 S 大校篮球队队长啊，等等。只要楚佳人给他机会，他准备说一下午。

可是，人家楚妹妹根本没看他李钢。钢哥弄得蛮尴尬，开始弯腰帮唐熙铺床。

"我去过你们滨城度假，那里的海很美。"楚佳人赞美着唐熙的家乡。两个妹子展开了话题。

稍后，李钢瞬间变成了老妈子，帮唐熙铺着床，嘱咐着唐熙注意事项。

比如饭卡别丢了，打开水别烫着，寝室钥匙随身携带，等等。

最后他对着两个女孩总结说："你们俩都一样，第一次住寝室都要照顾好自己。还有，楚同学，你住上铺，上下床注意安全。特别是晚上下床，别踩空了。"

李钢说着，眼神闪烁，脸也微微红了。

唐熙惊讶地看着李钢，他什么时候这么会关心人了？

楚佳人对唐熙和颜悦色，但是对李钢一点儿表情都没有。她都懒得理他。

楚佳人心想："她哥一看就没跟女孩套过近乎，就这手法太拙劣、太老套了。"

唐熙看佳人根本没理钢哥，马上接腔道："人家知道呀，不用你提醒。"

唐熙不能让她钢哥就这么"晾"着不是？

李钢对唐熙说："给你半个小时时间，衣服你自己收拾到衣柜里，我在楼下等你。收拾完我们去吃饭。"折腾了大半天，已经快下午三点，他们中午饭还没吃，早就饿得前心贴后背了。

"好，我早就饿了。"唐熙答应着。

"楚同学，稍后我们一起去吃个饭吧。"李钢邀请着楚佳人。

"不用了。谢谢，我吃过中饭了。"楚佳人出于礼貌，回了他一句。

"我们吃的是晚饭。"李钢脱口而出。

"我吃饭比较有规律，不去了，谢谢。"楚佳人出于礼貌，再次拒绝李钢。

"哦，小熙，你不是减肥吗？我们等五点一起吃晚餐吧。啊，楚同学，晚餐我们一起吃。"李钢这弯转得太生硬了。

"啊，对，佳人，我们晚饭一起吃吧。"唐熙违心地说着，她要饿死了。

楚佳人转向唐熙笑着说："不用了，谢谢你。你们去吃吧，我晚上一个酸奶就搞定。"

"哦。好。"唐熙点点头。李钢也实在没了说辞。

唐熙跟钢哥说："你先下去等我，我收拾好衣服马上就来。"

李钢对着楚佳人颔首示意，转身下楼了。

一出 305 寝室,李钢直想撞墙。刚才自己的表现太差了,情商呢,智商呢,都哪里去了!请人吃饭,说的语言却让人看不出诚意,什么玩意儿,怎么发挥的。哎呀,我真是笨死!

他现在终于了解,为什么武超有时候脑子不转弯了,原来这是恋爱的通病。

唐熙收拾好衣服,跑下楼来。他们要去吃一顿大餐,然后,李钢会回到他的 S 大,武超和李铁要赶晚上的火车回滨城,她要留在这所大学里,开启全新的生活……

四人坐在校园外的一家餐馆里,吹着冷气,等着上菜。

一张长方形的餐桌旁,李钢与李铁坐在一侧,武超和唐熙坐在另一侧。现在他们都饿疯了,饿得抓心挠肝。

李钢心事重重,低头喝着茶。直到一杯茶都喝干了,他还是拿着茶杯放在唇边做喝水状。

唐熙抬手在他眼前晃了晃,提醒道:"哥,回魂,回魂。"

"啊?"李钢终于如大梦初醒,问道,"什么事?"

"哥,你今天吃错药了吗? 你今天的话特多,不像往常有内涵、有深度的你。"

"真的吗? 我今天那么差劲吗?"

"嗯,你……不正常。"

"我是担心你,怕你照顾不好自己。"李钢把"责任"推给了唐熙,藏起了心事。

"你刚才絮絮叨叨婆婆妈妈的,说的都是废话。"唐熙撇着嘴嫌弃他。

"废话? 废话你能记住就行了。"李钢伸手要敲唐熙的头。

小丫头灵巧,笑着躲在了武超背后。

武超回手扶正了唐熙,轻声说道:"你以后要听钢哥的话,照顾好自己。"语气有淡淡的忧伤。

唐熙这才感觉到,小超好久没说话了。刚才她跑出宿舍楼的时候,他就没讲话。来餐厅的一路上,他还是没讲话,只是牵着她的手往前走。

当时唐熙认为他是饿得没力气讲话,因为她也饿得没力气了。

现在唐熙发觉小超是有心事,提不起精神。

唐熙想到几个小时以后,小超和小铁就要踏上回家的火车,心里有说不出的酸楚。她把脸转向了窗外,看着陌生的街景发呆。

唐熙想,刚上高中的时候我虽然感到孤独,但是没有伤感。可能是因为上大学要好久不见,才会如此不舍吧。而且,我特别舍不得的是小超。还有一种心拧拧的、闷闷的感觉。

那是一种怎样的情感呢?唐熙还说不出来。

上菜了,四人低头吃饭,谁也不讲话。

武超突然活跃了起来,他打破了这沉闷得近乎尴尬的气氛。

"来,小熙,你多吃排骨。"他把整盘排骨拉到小熙面前,"小铁,你不许跟小熙抢,上次在海边,你一个人吃了一大份排骨,只给我们剩了两块,那骨头上的肉还少得可怜。"他语气活泼,调侃着李铁。

经武超这么一调侃,小伙伴们都活络了起来。

"我就吃一块。"李铁憨笑着抢下了一块排骨。

"我给你俩讲个有意思的事。你们俩不知道,高考前体育测试,傻白甜被同学绊倒了,摔得裤子都破了,还汉子似的跑完全程。然后她放学就装柔弱,让我背她回家。哈哈哈。"武超"兴致勃勃"地跟李钢李铁讲着小熙的糗事,笑得有点儿夸张。

"我哪有装柔弱,是真的很疼好吗。"唐熙辩解道。

"所以啊,笨蛋,知道疼就好。你以后就自己在学校生活了,别再受伤。再受伤我可不能千里之外赶来背你。"他依旧看着她笑,笑容很僵硬。

唐熙并没有戗他,只是噘着小嘴点了点头,很乖很听话的可爱模样。他看着她,一阵恍惚失神。

武超拿起饭店的暖瓶,边说边给唐熙演示:"我刚才看你们宿舍楼,是在一楼的水房打开水。你拎暖水瓶上楼的时候要检查暖瓶的提把,水也不要装得过满,瓶塞要塞紧,小心烫着自己。""知道啦,我没你想的那么笨。"

"还有，还有什么？我暂时想不出来。你们俩能想到什么？"武超问李家兄弟。

李家兄弟摇摇头。

"别想了，吃饭吧，你一直在讲话根本没吃什么。"唐熙催他吃饭。

新上了一道剁椒鱼头。武超把鱼眼窝的肉搛给了唐熙。

他说道："把鱼眼珠拿掉，眼窝里的肉最好吃。吃啥补啥，你看书多，补补眼睛。"

"是吗？"唐熙从来没吃过鱼头这个部位的肉。

"是，你尝尝。"武超鼓励她。

唐熙搛起鱼肉放到嘴里，是很鲜嫩。

"嗯，好吃，好吃。"唐熙称赞。

武超动手为她搛起另一面的鱼眼窝肉，毫不犹豫地，直接喂进了她嘴里。

"嗯。"唐熙有一丝尴尬，但是也含住了鱼肉。她转念一想，这是小超，不必拘泥于小节。

在唐熙的心里，小超与别人不一样。别人不能做的事，小超都可以做。小超在她心里可以一路绿灯，畅通无阻。

"还想吃吗？"武超问唐熙。

"想啊，你能把鱼头变出四只眼睛吗？"唐熙笑着跟他抬杠。

"老板，再加两份鱼头。"武超喊老板。

"不加，不加，不要了。"唐熙忙阻止老板下单。

"你想吃就点。"他还要喊老板。

唐熙拍了他一下："不许点。不许浪费。这一桌子菜我们都吃不完。"

他们四人点了十个菜，堆满了一桌子。

唐熙看着他几乎没动的米饭，说道："你多吃点，晚上坐一夜火车会饿。"

"天气太热，我没胃口，你吃吧，我看着你吃。"武超微笑着凝视她。

唐熙搛起一块排骨，抽掉了骨头，把肉放在他碗里。她说道："没胃口也得吃。你早上吃得就很少。"

武超看着她送过来的肉肉,端起了碗,使劲地往嘴里塞肉、塞饭。

可是他含着饭,喉咙却咸涩,那是眼泪的味道。他实在是咽不下去,起身向卫生间跑去。

他到卫生间把嘴里的食物都吐了出来,然后打开水龙头猛向脸上撩着水,不让眼泪流下来。他强迫自己不能哭,不能哭。他知道自己如果哭出来,就会控制不住情感。

他怕会吓到唐熙,他不希望看到唐熙手足无措的样子。

他最希望唐熙开开心心地开启美好的大学生活,拥有一个似锦的前程。

这时,李钢跟了出来,他看武超在不停地洗脸,安慰道:"别这样,还有一个月就国庆放假,她回家你又能见到她了。然后三个月以后就是寒假,你也能跟她在一起。"

"我知道。我最怕的不是分别,我最怕的是心,心远了,人就远了。"

李钢不知道怎么安慰好哥们儿,他也无能为力。

武超和李钢回到座位。唐熙关切地问武超:"你怎么了?"

"怎么了?你还好意思问,你怎么抽的骨头,肉里还有碎骨,硌牙了!"武超假装责怪她。

"再给哥抽一块,将功补过。"

"好。"傻白甜笑着又仔细剥了一个排骨,放到了他碗里……

吃完饭,离火车的发车时间还有三个小时。

三个男生把唐熙送到了校门口,他们就不进校园了。

李钢对唐熙说:"你进去吧,我们看着你进去。"

李铁问唐熙:"你能找到回寝室的路吧?"唐熙是个路痴,李铁问这个问题也不是没有道理。

唐熙笑着给了李铁一拳,说道:"我像你那么傻吗?路还能找不到?"

"你才傻,你是个大傻瓜。"李铁语气里有伤感也有不舍。

唐熙佯装生气,笑骂他:"你敢说我!不想在地球混了。"

武超拉过她,嘱咐道:"我又想起一件事,你现在睡下铺,起身的时候长个记性,别撞到上铺的床沿,容易撞傻。"

唐熙看着武超扑哧一声笑了。他真是事无巨细。随即,唐熙的眼睛里又流露出不舍。

她说:"小超,我会很想很想你。你等我电话。"

武超安慰她,又像安慰自己,说道:"就一个月时间,国庆放假回家就见面了。"

唐熙没有回答他,只是含着泪看着他。

突然,唐熙向前走了几步,伸手抱住武超。她仰着脸看他。武超被她突如其来的拥抱惊呆了,就被她抱着,也低头看着她。他不知道她想的是什么。

唐熙说道:"小超,我欠你一个拥抱。你从海里回来的时候我就想抱你。我想跟你说,你活着我特别开心,我们一起长大,以后也要一起变老。我们会是一辈子最好的朋友。"

"对,一辈子的好朋友。"武超回抱住她,把她紧紧拥在怀里。

他的眼泪,一滴滴落在了她的肩头,落在了她的发梢。

"好了,好了。小超和小铁该走了,不然一会儿要赶不上火车了。"李钢出声提醒着他们俩。

武超抹了一把眼泪,扶起了唐熙。他笑着指向自己的胸前说:"你看,我T恤上都是你的鼻涕和眼泪。"

唐熙吸着鼻子笑了。

唐熙看了看三个好朋友,最后目光落在武超身上,又恢复了以前爱嬉笑的唐熙。她说:"国庆节见。熙姐走了,不要太想我哦。"

然后她转身,准备往校园里走去。

"唐熙。"武超一把拽住唐熙的手腕。

"啊?"唐熙回头看着他。

"你以后不许再穿牛仔短裤,也不许涂颜色艳丽的口红!"武超拉着她的手腕,目光灼灼。

"不,不,"武超又改口道,"不许穿膝盖往上的裙子。最短也得到膝盖!"

"为什么?"唐熙睁大了眼睛,"你当这是老冯'统治'下的高中吗?"

"因为大学里色狼多,小心被狼叼去。"武超又吓唬她。

"你管得真宽,你是老唐的马仔吗?比老唐还啰唆!"唐熙开始犟嘴。

"你记住没有?!"武超眼睛里喷着火,凶她。

"我偏不!我就穿。我还要穿吊带背心,我还要化妆,我还要穿高跟鞋!"唐熙心里也升起一股无名火。

"不行!记住了没,不行!"他嘶吼着。

"没记住!没记住!"唐熙也火了。

"你给我好好学习!不许谈恋爱!"最后,他说出了心里话,眼泪流了下来。

"不用你管。"唐熙也气得流出了眼泪。

两人就这么瞪着对方。

李钢忙打圆场,对唐熙说:"好了,好了。这马上入秋了,也不能穿那么少!感冒了我可不来看你啊!"说着,他推着唐熙往校门走去。

"走了,走了,再不走就赶不上火车了。"李铁拉着武超往相反的方向走。

李钢把唐熙推进校门,转身追上了李铁和武超。

李钢搂住武超往前走,武超此时已经泣不成声,说道:"她不听我话,她气死我了!"

武超好多年没哭过了,自从唐熙考上大学后,他不知道已经哭了多少次。

不是男儿有泪不轻弹,只是未到伤"情"处!

李钢把他的头按在自己肩膀上,说:"你放心,明天就军训,只能穿迷彩服!她没机会臭美,也没心情臭美!军训累不死她!"

武超抬头看着李钢:"军训强度很大吗?会那么累吗?"他高中军训的时候就如同体育课一般轻松。

李钢说:"比高中累,大学军训是对他们意志品质的考验。野营拉练、五千米、夜间急行军,他们都会经历。"

武超急了,转身要往回走:"她会受不了的。她肚子疼的时候还不忌口,还吃雪糕!我得去告诉她,不能吃雪糕。军训累了就偷懒,装病请假!"

李钢眼疾手快一把搂回他,说道:"别婆婆妈妈了,再不走真赶不上火车了。你放心,她就是跟你一样情商低了些,其他的事她聪明着呢,不会把自己累着的。"

"你该回去跟她说的是你喜欢她!"这话李铁已经憋了半天。

"我说了又能怎么样。她对我不是爱。如果我跟她表白,我怕她从此疏远我,我怕她再也不像以前那样对我笑,我怕她再也不跟我分享她的心事,我怕她再也不能心无忌惮地靠在我怀里睡觉。我就当她一辈子的哥们儿吧。以后她回滨城,我就陪着她守着她。她离开滨城,我就微笑着送她。她像她姐姐一样出国,我就祝福她,我就帮她照顾她爸妈。我们四个人是最好的朋友,我跟你,跟钢哥都一样,我们都是她的兄弟。"武超说出心里话。

"我明白了!"感性的李铁也哭了。

武超看着李钢说道:"哥,我再求你一件事。"

"说吧。"李钢也心情沉重。

"以后如果小熙在学校交了男朋友,你一定要帮她把关。男人能看穿男人的心思,你能分辨出这个男人是否真的珍惜她。小熙心思单纯,她看谁都是好人,她对谁都不设防。如果她恋爱了,必定会百分百投入感情。如果她感情受挫,她也是那个被伤得最深的人。所以你一定要保护她。"

李钢沉思着,说道:"我和你一样了解小熙,当她是我亲妹妹。可是,你不能对她保护过度。人只有经历过挫折,才能成长。也许她遇见的是一个珍惜她的人,可是机缘巧合,世事难料,谁知道以后的事情会怎么样。"

"我不要她经历挫折。我要让她一直开心,我要让她随心所欲,心想事成,一辈子安安稳稳地生活。"他已经没有理智,几近偏执。

李钢知道现在不能跟武超说清道理,只能点头答应。他忙带他们到地铁站,不然真赶不上火车了。

唐熙以前很少跟武超吵架,但是今天她心里很不舒服。不知道为什么,她就想跟他吵一架。

当她走到宿舍楼下时,看到黑板上贴着一个大大的通知,内容是新生从9月1日起,到某基地封闭军训。规定每周只能往家打一个平安电话……

唐熙马上到IC电话亭,给老唐打电话汇报今天的报到情况,并告知了军训的规定。

可是,刚刚走了的三个小伙伴,并没有看到这则通知。

唐熙打完报平安的电话,往305寝室走来。

她还没进到房间,就听寝室里发出女孩子惊恐的叫声,而且还是大家一起叫。

唐熙好奇地推门而进。她才踏进寝室,一只大飞蛾腾空而起,招摇地在寝室里上下飞舞。女孩子们挤在一处,互相拥抱着尖叫。

唐熙问道:"我有那么丑吗?把你们吓成这样?"

楚佳人颤颤巍巍地说:"不是你丑,是蛾子。"

这蛾子好像能听懂楚佳人的话,对着女孩子们就飞了过来。

"啊!"又是一阵尖叫。

"来,看熙姐的。"唐熙拿起一只拖鞋,眼睛盯住了飞蛾。大飞蛾刚一落在墙上,她手起鞋落,飞蛾变成了一团模糊的深色痕迹,沾在了雪白的墙壁上。

"啊,好恶心!"一个娇柔的女声响起。

唐熙摇摇头,拿起纸巾把蛾子的尸体清理干净。

"好啦!你们别抱在一起了,不热吗?"唐熙觉得好笑,一只蛾子就把她们吓成这个样子。她可是毛毛虫都不怕。

"哇,唐熙,你好棒!"另一个女孩子叫了出来。

因为寝室门上都贴了同学们的名字,共六个人,已经有五个人在寝室里,那最后回来的必然就是唐熙。

"没事没事,以后这种小事,熙姐给你们解决。"

"你哪里是熙姐啊,你简直就是唐哥!"一个微胖的女孩称赞道。

"行啊,叫哥也行!"唐熙很义气地应下。

人员齐了,女孩子们自定了寝室长,由学号最靠前的陈璐担任。六个女孩子来自不同的省份,东西南北中,各方位都不缺。同龄的女孩子们,一会儿就熟悉了起来。

来自冰城的墨竹,她气质绝佳,举手投足中透着浓浓的书卷气。她一口普通话也是超级好听,如同新闻主播。大家听她讲话,都不自觉地控制着乡音,尽量向普通话靠拢。

中原大省的陈璐,是一个丰满的女孩,长得可爱,说话嗓音很特别。了解后小伙伴们才知道,她已经练了多年的美声,是标准的女高音。

江南的曲玲珑,人如其名,长得小巧玲珑,皮肤白嫩,说话柔婉,温润如水。她还带了柳琴来上学,一看就是有备而来。

长安的李郡儿,颇有古典气韵,像个真正的郡主。

然后,就是下午与唐熙很聊得来的楚佳人,浑身上下充满着健康活力的京城妞。

唐熙跨坐在椅子上,审视着室友们。她们虽各有千秋,但却有一个共同点,就是言谈举止都很女性化,也就是唐熙妈妈要求唐熙的那种标准。可是她从来没有好好执行过。

唐熙偷偷瞄了一眼墙上的镜子,活动了一下五官,挺了挺胸。她意识到,自己除了外貌是女孩子,其他方面跟这些女孩子相比,真是差了好多,不说别的,就这坐姿,也太不文雅了。

如果她还穿着早上的粉色连衣裙,起码在衣服的提醒下,还能装一下淑女。可是裙子被小超毁了,她现在穿着牛仔背带裤,舒服且没有任何束缚,想怎么坐就怎么坐,一点儿也不端庄。

虽然她也爱美,也爱穿漂亮的衣服,但是现在她才发现,作为一个女孩子,她还差得很远。

她想起自己以前拿李铁当沙包打,端着枪追着武超满场飞,不免想笑,这哪里有女孩子样。

想起武超,唐熙就生气。他为什么不让她穿短裙子,为什么不让她穿牛仔短裤?她的腿又长又白又直,露出来才叫漂亮。人家楚佳人穿的就是超短裙,要多好看有多好看。

可生气归生气,唐熙又很后悔跟小超吵架。为什么要跟他吵架呢,就是一件小事。他爱说什么就说什么呗,我答应着就是。所谓"将在外君命有所不受",我在学校穿什么,他怎么会知道。

这时,辅导员来了,主要是为了点名,也与同学们认识一下。辅导员安排明天早餐后,同学们统一穿上迷彩服,拿上简单的备品,在体育馆门前集合,开赴军训基地。

辅导员刚走,管宿舍的阿姨又来了,她是来发放窗帘的。

她安排女孩子们自己把窗帘挂上。阿姨又三令五申,不许在寝室里使用酒精炉。大一的小妹妹哪里知道酒精炉这一神器,经过阿姨的"教导",她们知道了第一件大学里的秘密武器。

挂窗帘,谁行?当然是"唐哥"上。"唐哥"小时候翻墙,爬篮球架,在海边的礁石上跳上跳下什么没干过。论速度和灵活度,她比不过武超和李钢,但是绝对比李铁强。

女孩子们把书桌拼在一起,把椅子放在书桌上,唐熙踩着椅子上到高处,挂起了窗帘。下面李郡儿和楚佳人保护她,其他三人做扶稳桌椅的工作。

很快唐熙就完成了任务。她站在椅子上,看着李佳人张开的双臂,假装站立不稳,从椅子上跳了下来,嘴里喊着:"救命!"

楚佳人惊恐地接住了唐熙,唐熙顺势抱住了楚佳人,其他女孩子也都惊呼出来。

"哈哈,身材真好!"唐熙抱着楚佳人不放手,还把头埋在了楚佳人的颈窝里,如小猫一样使劲蹭。

"你也不错呀,凹凸有致。"楚佳人也反应了过来,搂住了唐熙,对她上下其手。

"什么情况?有奸情!"陈璐随手拿起了一个空着的备用暖壶扛在肩头,

暖壶秒变摄像机,对准了拥抱着的两个人。

"记者,缺一个记者。"陈璐喊道。

墨竹拿起一个矿泉水瓶子当麦,站在"摄像机"前,做起了现场报道。

女孩子们就这样疯闹了起来。

突然,宿舍门悠悠打开,好像有人在外面轻轻推开一样。但是门口却没有人。宿舍里瞬间安静。

"鬼啊!"胆子小的曲玲珑喊了出来。

"啊!"六个女孩子抱在了一起。即使"唐哥"胆子再大,她也怕虚无缥缈的东西。

"喊什么喊!"宿舍阿姨出现在门口,她是发完了窗帘还在巡视中,听见305寝"热闹"非凡,就过来看看。

"阿姨,是门,它自己就开始了。"曲玲珑带着哭音述说着"灵异"事件。

"风吹的!谁让你们不在里面锁好门!"阿姨看着女孩子们,脸上挂着无可奈何的嘲笑。

"啪!"阿姨把门关上走了。

女孩子们还是聚在一起,没有分开。

"我听说,每所大学里都有'灵异'事件。但是宿舍阿姨是不会告诉我们的。"李郡儿说出了听来的传统说辞。

"嗯……"女孩子们都打了一个寒战,觉得这京城的盛夏也不再炎热了……

忙忙碌碌的一天终于结束,唐熙很累。她躺在床上看着攀在床头的小猴子,想起了武超。这是他们一起抓娃娃得来的小猴子,她从滨城一直带到京城。

她捏捏小猴子的脸,骂道:"臭小超,总挑战我的权威,跟我唱反调!你就是欠揍!"

现在的唐熙最想两个人,一个是老唐,另一个就是小超。

想着明天一早小超就会回到滨城,她要给他打电话,告诉他,她已经不生气了,他也不要再生气;告诉他,她要去军训了,不能随时打电话。想着想着,唐熙就睡着了。

武超和李铁两个人到火车上,也是倒头就睡。李铁是因为这几天玩得太累,而武超是因为伤神。他完全没有了力气,他已经把心丢在了京城,回去的就是一具躯壳。

清晨,火车停靠在终点站。旅客都走光了,武超被列车员叫醒。然后,他也学着李钢的样子,趴在李铁耳边大喊"集合",李铁这才睁开了眼睛。

两人下车,李铁说肚子饿了。

武超问他:"你想吃什么?"

"小馄饨吧,刘记的小馄饨很好吃。"李铁回味着。

武超和李铁往图书馆后面的小街走去。

刘老板两夫妻很早就开门营业了。他们看见了武超和特能吃的黑小子一起来,却没看见唐熙。

刘老板笑问:"小伙子,你女朋友呢?她怎么没来?"

武超愣了一下。他第一次听到有人这么称呼唐熙,他有些不适应。

"她去京城读书了。她,不是我女朋友。"武超小声回答,低头吃起了馄饨。

刘老板觉得失言了,呵呵笑着转身去照顾生意。他以一个长者的身份,能看出来武超对唐熙的感情,但是人家不承认,他也不好意思再追问什么。

唐熙也经过了一个慌乱的早上。她收拾好随身物品,穿着迷彩服,跑步去食堂吃饭。

吃完饭,她找到了一处 IC 卡电话亭,拨打了武超家的号码。

可是这时,武叔和李姨已经去上班,小超还在外面与小铁吃早餐,并没有人接听。唐熙急得直跺脚。

在楚佳人的催促声中,唐熙挂断了电话,与楚佳人往集合地点跑去。

武超回到家,又倒在床上睡了一天。

晚上,老武夫妇下班回来,都问他这次旅行的见闻。武超只是应付了几句,父母看出儿子的闷闷不乐,没再追问下去。

饭后,武超就坐在客厅看电视。电视演的什么,他不知道,也不在意,他在等着电话铃的响起,可是等到夜里十一点,电话铃也没响起。

这是军训第一天,9月1日,周三。武超猜想,也许是唐熙很累,已经睡了,她明天就会给自己打电话。武超这样安慰自己。老武催促他睡觉,他才默默回到自己的房间。

军训第二天,9月2日,周四。武超一天都没出家门,他在时刻等着电话铃响起,可是一天也没有等到。晚上,他依旧坐在客厅,看电视到十二点。

军训第三天,9月3日,周五。武超想,周末了,唐熙怎么也能有时间给他打电话了吧。可是,结果还是令他失望。他不再在客厅看电视,而是在自己房间抓狂。他想是不是唐熙还在生他的气,或者是遇见了合得来的朋友,把他给忘了。难道他们真的会越走越远吗?他害怕的事情,会这么快就发生了吗?

武超跟妈妈说去找李铁玩,在公共电话亭拨打了李钢寝室的电话。幸好,李钢在寝室,接了电话。

武超急切地问:"钢哥,小熙报到那天你记下小熙寝室电话号码了吗?"

李钢说:"她寝室电话还没有调试好,所以没有号码。"

武超说:"她这几天给你打电话了吗?"

李钢说:"没有啊。她也没给你打吗?"

武超说:"没有。我现在联系不上她,明天周六,你能去看看她吗?"

李钢说:"不行,我去不了。建国五十周年大庆,我要参加学生方队的游行,现在天天练习走方阵,实在不能缺席。"

武超一阵沉默。

李钢安慰道:"你不用担心,她不会有事,可能是不方便打电话吧。"

"哦,行,钢哥。没事了。"武超挂断了电话。

钢哥说的理由太牵强了,什么叫不方便。如果想打,一点碎片时间就能拨通电话。如果不想打,任何时间都是不方便。

以前,他每天都能看见唐熙。现在,她已经在他的生命里消失了三天,而且消失得无影无踪,连声音都没留给他。

他不知道为什么唐熙变了，变得这么快，但他更坚信唐熙没变。他没有太多的奢求，只要唐熙给他报一声平安也好，让他知道她的现状。可是，什么都没有。

　　武超开始围着运动场跑圈，一圈，五圈，十圈，直到他实在跑不动了，才回到了家。

　　老武还没睡，他坐在客厅里在等着儿子。

　　老武没有以前的严厉，只是和蔼地安慰儿子："你这个夏天也过得很有意义。小时候的玩伴，早晚都会各奔前程，你也不要太感情用事。你已经成年，爸爸不说太多了，有些东西不是你想要就能得到。我已经在驾校给你报名，下周一就去学车吧。"

　　"爸，我懂，我现在不想得到什么。我周一就去学车。"他低着头，给了一个让爸爸安心的答复。

　　武超去洗澡了，淋浴的水流冲刷着他的脸。水是温热的，眼泪也是温热的。同样温热的液体混合在一起，以至于他不知道自己到底流了多少泪。

　　一个"情"字，伤人太深。

　　周六，武超去找李铁。他告诉小铁，他要去学车了，问小铁什么打算。李铁想继续在快餐店干下去，以前是放学后兼职，现在要做专职，也是下周一去报到。

　　两人约定，休息时间还可以在一起玩儿。

　　周日，武超在家待了大半天。电话铃响起，他狂喜着接起，却是小姨找妈妈聊家常的电话。这时，李铁在外面喊他打篮球，他跑了出去，不再抱任何希望。

　　兄弟俩一直打到篮球场的灯光都亮起，武超才满身汗水地回到了家。

　　他坐在书桌前，翻看着体育杂志。妈妈走了进来。

　　妈妈看着儿子，慢条斯理地说道："刚才，小熙给你打电话了。"

　　"啊？"武超看向妈妈，嘴角微动，拿着杂志的手轻抖了起来。

　　听到"小熙"两个字，他手抖的毛病又犯了。

　　"妈，你怎么不去篮球场喊我接电话？是不是她一会儿再打过来？"武超急切地看着妈妈。

儿子这些天的魂不守舍,李芬芳都看在眼里,疼在心里。

今天下午,电话铃响起,儿子欣喜着抢着接听时候的表情,她就知道儿子是在等小熙的电话。可当儿子听出是小姨的声音,别提有多失望了。

所以,当她接到小熙来的电话的时候,也是满心欢喜,为儿子欢喜。

芬芳嘴角含着笑,说道:"你别着急,我慢慢说。那丫头嘴巴太快,你容我想想。"

"妈,你快想,快想。"他已经急不可待了。

"小熙说,他们军训有规定,每周只能打一次报平安的电话。她们是排队打的,每个人只有三分钟时间,她给你打完,还要给你唐叔打。她说她很好,就是京城太热了,然后……"李芬芳想不起来了,唐熙为了抢时间,小嘴巴说话太快,导致她记得住上句,记不住下句。

"然后啥呀,妈?"武超急死了。但是他听得清楚,唐熙不是不想打电话,是因为军训的规定不能给他打电话。

顷刻间,他心头的乌云尽数散去,阳光普照了他整个世界。

"然后,她说,她不生气了,说当天晚上她就不生气了,要你也别生气。"妈妈继续学舌。

"呵呵,我也不生气了。"武超微笑着回应,更像是在与唐熙对话。

"你俩吵架了?为什么吵架?"李芬芳好奇地问儿子。

"没什么,吵着玩。"

"吵着玩?这玩法也是挺新奇。"

"妈,说重点,然后呢?"武超接着催妈妈。

"没有然后了。她就忙着挂了。她还要给你唐叔打。"

"她有没有说,下周还这个时间打过来?"武超看着妈妈。

"没说。"

没说也不要紧,下周日,他铁定一天不出家门,死等。

"知道了,妈,你出去吧。"武超推着妈妈快点出去。他脸上的笑,已经藏不住了,还抿着嘴硬憋着。

"哦,好。"李芬芳笑着转身出去。

"啪。"武超关上了房间门。

欧耶!他欣喜若狂地跳了起来,拿起篮球对着墙壁重重地掷了出去。

作用力多大,反作用力就有多大。

"砰!"篮球反弹回来,直接"报复"到了他脸上。他捂着脸倒在了床上。哈哈,被篮球砸的感觉咋那么爽呢,痛快!

"吱"的一声,门又被推开了。妈妈站在了门口。

"你干吗?"妈妈听见了篮球砸墙的声音,进来问儿子。

"不干吗。妈,你出去吧。"武超仰在床上,捂着脸疼得龇牙咧嘴。

"哦,小熙还说了,说……"李芬芳想起了最关键的一句话,但是她不好意思说出口。

"说啥啦,妈啊,你不能一次把话说完吗?"他着急地坐了起来。

"她说,她想你了。"李芬芳红着脸说完,关上了房门。

"啊!"武超顺势又躺了下去。

"小熙,我也想你,很想很想你。"他自语出来。

然后,他捂着脸开始狂笑。

笑着,笑着,他发觉指尖有泪,鬓角也有泪。

有一种思念叫为你牵肠挂肚。

有一种思念叫为你神魂颠倒。

有一种思念叫为你朝思暮想。

有一种思念叫为你魂牵梦萦。

有一种思念叫为你——相思入骨。

周一,武超又恢复成以前生龙活虎的样子。老武并不知道唐熙给武超打电话的事。

他还以为儿子想通了,真的放下了。实则,他儿子是陷得更深,爱得更深了。

武超现在盼着周末快点到来,盼着国庆假期快点到来,盼着寒假快点到来。

　一周的时间,武超都精神百倍。教练是老武的战友,他对武超很满意,这小伙子聪明且懂礼貌,一教就会。

　电话中,教练一直对着老武夸奖武超家教好,人也聪明,把老武夸得飘飘然。

　9月12日　周日

　武超很早就醒来了,坐卧不安地盼着唐熙的电话。

　下午,电话铃响起第一声,他就迫不及待地接起。继而,听筒里传来唐熙急切甜美的声音。

　"小超,小超。"

　"是我,是我。"

　"哎呀,我都十二天没听见你的声音了,我想死你了。"小女生的声音愉悦地响起。

　"算你有良心,没把我忘了。"小男生装得酷酷的,脸却涨得通红。

　"这世界上我忘了任何人,也不能忘了你呀。"小女生哈哈地笑着。

　"军训强度大不大,你能不能扛住?"他问了他最关心的问题。

　"还好吧,我能行。我们寝室的曲玲珑站军姿都晕倒了。"小女生汇报着情况。

　"你呢?"

　"我,我当然是坚持到最后,站完了全程。告诉你,有的男生都晕了,我可比男生厉害。"

　"嗯,你多汉子啊!"

　"你以后别说我汉子,我以后要学着做女生。"

　"不用学,做你自己就好,你就是最好的女生。"

　"哈哈,我可以理解为你在拍我马屁吗?"

　"说得真难听,这叫阿谀奉承。"

　"哈哈哈哈……"

"钢哥说,还会有夜间急行军,你们经历了吗?"

"没有呢,据说是军训快结束的时候会安排一次。"

"这急行军你能行吗?"

"能行。"

"嗯,我也觉得你行。"

"告诉你,我现在是我们寝室的精神领袖。我现在真当皇上了,九五至尊。"

"啊? 你什么时候登基的?"

"哈哈,我学号是 95 号,我自己称帝了,还收了五个妃子。"

武超还想跟小熙继续说。

就听唐熙道:"不能讲了,到时间了。我没时间给我爸打电话了,你去我家转告他一声,说我很好。拜拜!"

唐熙风风火火地把电话挂了,只留下武超一个人拿着电话傻笑。

老武这才明白,原来,他的肺腑之言并没有浇灭儿子爱情的小火焰,人家自顾自地烧成了火焰山。

武超放下电话,要去完成唐熙交给他的任务了。

老唐还在家盼着女儿的电话。这时门铃响了。然后,武超笑眯眯地站在门厅里,转达着唐熙的"指示精神"。

传达完毕,转身,走人。

老唐面沉似水地听他讲完,只字未说,连武超跟他礼貌道别,他都没回应。

在武超关上门的那一刻,老唐爆发了,骂道:"臭小子,幸好他跑得快,不然我踢他!他是来跟我示威的吗!我女儿宝贵的三分钟都给他打电话了,不给我打!他还在我面前招摇!"

老唐气得背着手在家里走来走去,老林已经乐不可支。

老唐指着门,接着骂:"这小子脑子缺根弦儿吗?他不会在他家打电话告诉我一声吗,非得来我面前晃一圈,就是存心来气我的!"

"好啦,好啦。"老林阻止了他。

老林又接着刺激他说："高考结束那天你就应该看清形势，摆正自己的位置。人啊，贵有自知之明。"

"哼！"老唐哼了出来。可怜的老唐，被他的小棉袄伤得透透的。

武超没有回家，又跑来找李铁。

李铁问："干啥？"

武超说："走，跟我跑圈去。"

李铁说："好！"

但是，待跑上圈，李铁就后悔了。

这小子吃了兴奋剂，太能跑了，第一圈，第五圈，第十圈，累死铁哥了。

在跑圈的交流中，李铁知晓了武超兴奋的原因。

最终，李铁累瘫在跑道上，打死也不跑了。

李铁喘着粗气骂道："你真是的，一个暗恋，都让你这么兴奋了。这如果是明恋，小爷不得被你折腾死！"

武超坐在他身旁狂嘚瑟。他也学着唐熙的样子，"吼！哈！"拿小铁当沙包打……

9月24日　周五　中秋节

军训基地，欢度中秋佳节。

晚餐，食堂加了菜，从往日的四菜一汤，增为八菜一汤，还有若干色相诱人的水果。

同学们以寝室为单位，围坐一桌，随着教官的一声令下，开吃！

小姑娘们早就忘了矜持与端庄。

她们的肚子早就饿得咕噜咕噜，她们的嘴巴早就馋得分泌着唾液。

在她们嘴里，基地厨师的厨艺堪比五星级饭店的大厨，就连在家碰都不碰的肥肉，厨师都能做得香飘四溢、美味异常。

其中有一道红烧鱼，唐熙对着鱼眼睛就下箸了，鱼眼窝肉真好吃！

她后悔报到那天，武超说再点两份剁椒鱼头，她给阻止了。如果她有先见之明，知道会被憋在基地里这么多天，她铁定让武超点。而且，不止点两

242

份,要点四份!

还有一道烧排骨,小姑娘们"群起而攻之",排骨秒光。后来,唐熙出主意,用排骨汤拌米饭,大家又把排骨汤给分食了。

最后,小姑娘们很好地奉行了"光盘政策",八菜一汤一点儿没浪费,都进了肚子。她们摸着浑圆的肚子,看着水果发呆。

教官走过来,惊讶于小姑娘们的食量。

他想不明白,在训练场上表现柔弱的姑娘们,在餐桌上却有如此强的"战斗力"。她们很好地诠释了"特别能吃苦"的前四个字。

教官站在食堂中间宣布:"我们进行下一项活动,中秋联欢会。大家不必谦虚,有才艺的尽管展示。"教官鼓励着新生们进行才艺表演。

新生们吃着水果,看着食堂中央临时舞台上的表演。

唐熙不看不知道,一看吓一跳。同学们真是多才多艺。

楚佳人在高中时代,曾经是京城高中啦啦操比赛,获得一等奖队伍的领操。这次的展现机会,她当然不能错过,劲爆一舞,收获粉丝无数。

楚佳人回到座位里,唐熙给了她一个大大的拥抱。唐熙崇拜地说:"佳人,你太棒了,太性感了。"

楚佳人趴在她耳边说道:"今天没发挥好,吃太多了。"

"哈哈哈……"唐熙咧着嘴笑得东倒西歪。

楚佳人训斥道:"淑女一点儿。"

"哈哈哈……嘎。"唐熙愣是硬生生地把笑给咽了回去。

然后,305寝室的人都笑趴在了桌子上。

陈璐上去表演才艺,她练了多年的女高音,一曲普契尼的《在这宫殿里》,还是用意大利语演唱的。

唐熙纳闷她的舌头怎么翻的花,怎么就会"秃噜,秃噜",还能优雅地没有口水喷出。

李郡儿上去跳了一支敦煌舞,难怪她气质那么古典,原来她学过古典舞。

唐熙审视了一下自己,她除了会拍照,就是会打篮球,其他的,她最擅长的就是"吃"。

表演才艺也不能表演拍照片呀,表演打篮球更不可能,这食堂里也没有篮球场地。

再说,即使能表演打篮球,但人家都是歌舞才艺,尽显女孩子的优美,而她像假小子似的闪转腾挪,跟小猴子似的上蹿下跳,也不好看啊。

唐熙正想着,教官提议,来一个"击鼓传花"的游戏吧,花落谁家,谁就表演节目。

一番鼓响后,花落唐熙手。

唉!越怕什么,就越来什么。唐熙慌乱了一下,豁出去了。

唐熙站在了舞台中央,拿起了麦克风,说道:"我给大家唱一首歌吧,这首歌,我曾经与我的偶像阿哲合唱过,歌名叫《有一点点动心》。"

"好!"男生、女生们都鼓起掌来,洗耳恭听。

唐熙一张嘴,全体人员都惊掉了下巴。

然后大家尽量忍着笑,假装很陶醉地看着唐熙。

这时,唐熙才知道,同学们的演技真差,全体都没有小超的演技一半好。小超那才是真正投入地为她欢呼,为她吹口哨。

她,又想小超了。

在唐熙唱完第一段时,教官带头鼓起了掌。唐熙马上抓住机会,鞠躬谢幕,跑回到室友们中间。

室友们宠溺地对着她的小脸,就是一顿捏。

她们的"皇上"太可爱了,不愧是来自中国笑星最多的省份,完全有笑星的潜质。

开心的中秋联欢会结束了,唐熙躺在床上,兴奋得睡不着觉。

她在想,老唐和老林晚上会吃什么好菜呢?

她在想,小超和小铁,是不是又去电子游戏厅打游戏了呢?

国庆回家,她也要小超带她去玩,还要再去抓娃娃。

后来,唐熙不知不觉地睡着了。

不知道睡到几点,一阵尖锐的响哨声吵醒了唐熙和同学们。

"嘀……嘀……紧急集合,打背包,40公里急行军!"魔鬼教官粗犷的嗓门大喊着。

女孩子们一阵慌乱,到处找着自己的迷彩服慌乱地穿上,然后拿军带,开始打背包。

这打背包的技术,她们最近练得次数很多,但是,这黑灯瞎火的,总也打不上!

楼道里,教官的哨声,声声不断,越催越急,越急越催,真真急死人了!

终于,背包打好了。一群"虾兵"跌跌撞撞地冲出了宿舍。

"列队!出发!"

若干教官,还有辅导员,带着大"部队"进山了。

唐熙越走越觉得右脚的鞋子不跟脚,大了,总掉。

唐熙喃喃自语:"我右脚的鞋子怎么一夜之间变大了?"

旁边的楚佳人惊呼:"我的鞋小了。"

两个人互看了一眼,都笑了出来。

哼,都怪鞋子,谁让它们都是军用胶鞋,都长得一个模样,害得两个主人把它们穿错了。

学生们不知道走了几个小时。

天蒙蒙亮了,一轮红日蓬勃而出。山间的空气分外清新,绿树也染上了一层金色。

同学们被这美丽的景色打动,斗志昂扬,大步向前。

队伍的最后,有一辆面包车缓慢开行,这是收尾的面包车。

教官大吼着:"你们谁是孬种,谁就上后面的'垃圾车'。这样你们辈子都不会骄傲地跟你们的家人和朋友说,你们曾经负重徒步走过40公里,有没有人想上'垃圾车'?"

"没有!"学生们给自己打气。

教官接着说:"昨天晚上的八菜一汤好不好吃?"

"好吃!"

"今天回去是十二菜一汤!"

"哇——"男孩女孩们欢呼着。

中途,他们路过一个苹果园,果农大叔在清晨中劳作。

大叔看着走过的学生们,露出了慈祥的笑容。

9月,金秋时节,苹果已经成熟。

教官喊道:"都注意走路,不要碰掉老乡的苹果。"

"是!"学生们高声回答着。

这,就是青春的样子!

感恩我的大学,想念我的同学,怀念我的军训生活。

致敬——我的青春!

急行军至上午10点,天空中下起了蒙蒙细雨。

同学们已经没有了早上的斗志昂扬,都在机械地走着。以院系为单位排列整齐的队伍,早已四分五裂。

体力好的同学走在了前面,体力差的同学落在了后面。

一辆军用卡车驶来,教官让同学们在背包带子上写上名字,然后背包都被扔上了卡车。

这样,学生们就可以轻装前进了。

楚佳人和唐熙互相搀扶着向前走。两个人头重脚轻,步履蹒跚。

唐熙说:"佳人,你饿不饿?"

楚佳人说:"饿,饿死我了,昨天晚上的八菜一汤全消化光了。要知道他们这么阴险,我铁定不上台跳什么啦啦操,那样还能攒一点儿能量。"

唐熙说:"吃人家的嘴短,他们这么好心给我们八菜一汤,我们就应该想到有这么一劫。"

楚佳人说:"你累不累?"

唐熙说:"废话,我又不是机器人。我现在特想小超,我想让他背我。"

楚佳人说:"小超是谁?你男朋友吗?"

唐熙说:"不是,我单身,他是我最好的朋友,好到不能再好的朋友。"

楚佳人说:"他是男生吗?"

唐熙说:"嗯。"

楚佳人说:"最好的异性朋友不就是男朋友吗?"

唐熙说:"不是,我们是纯粹的友谊。你就是一个俗人,想歪了!"

楚佳人说:"他帅吗?"

唐熙说:"帅! 比杨过帅。"

楚佳人说:"介绍给我吧。"

唐熙说:"滚! 不许动我的人!"

楚佳人说:"你这不是自相矛盾吗? 既然他不是你男朋友,你为什么不能把他介绍给你最好的女朋友呢?"

唐熙说:"不行,我不许他有女朋友,那样我会一辈子不理他。"

唐熙现在想象着,如果小超对别的女孩好,她会被气死。不知道为什么,上了大学以后,她变得越来越小气了,她怕小超在家交女朋友。

楚佳人说:"可怕的小女人。"

前方,隐约看见了军训基地大院。

楚佳人说:"唐熙,我是不是饿得眼睛发花了? 我看见了海市蜃楼。"

唐熙说:"我也是! 这'蜃'吐的是基地大院。"

啊! 基地大院! 两个女孩瞬间清醒。她们回来了,她们走回来了! 她们没上"垃圾车",自己走回来了! 她们战胜了自我!

两个女孩回到大院,一屁股坐在了操场上,动也不想动。同学们陆陆续续地都走回来了。

集合!

点名!

然后带入食堂,开饭!

今天食堂的菜品比昨天还丰盛。油焖大虾、口水鸡、香辣牛肉……色香味俱全。

可是同学们没有了昨天的龙马精神,都低着头,默默地吃饭。

吃着,吃着,邻桌的一个女孩子哭了起来。

一个人哭,导致全桌人都哭了,然后就传染到整个食堂的学生都哭了。

唐熙咬着馒头,流下了眼泪。

这军训,太变态啦!折磨死人了!累死人了!

唐熙现在非常想家,想爸妈,想——他!

教官宣布:"吃完这顿大餐,同学们的军训生涯结束了!"

学生们又是哭声一片,而且哭声更大了。

现在他们觉得,再严厉的教官,也是那么可爱。

他们还没有离开军营,便开始想念军营,想念他们一起挥洒汗水和泪水的地方。

当然欢笑比泪水多得多。

周六傍晚,他们拿着自己的背包和备品离开了军训基地,回到了校园。

经过这军事化的训练,他们的凝聚力和战斗力完全上了一个台阶。可以说,他们已经摆脱掉了"娇""骄"二字,可以作为一个合格的大学生,迎接新的挑战了。

回到校园后,305寝室的女孩子们简单洗漱了一下,都爬上了床。

她们太累了,要好好睡一觉。

午夜时分,唐熙起床上卫生间。在军营习惯了睡大通铺,她已经忘记上面还有一层床铺。

她迷迷糊糊地站起身,"砰"一声闷响,她的头撞到了上铺的床沿上,疼得她眼泪顿时流了出来。

看来小超的事无巨细是对的,他真有先见之明。室友们都睡得很沉,谁也不知道唐熙受伤了。

唐熙捂着头勉强去了卫生间。回来以后,她把头捂在被子里,哭了。

头真疼,真的好疼。小超,我想你了,很想你。

她伸手抱过床头的小猴子,把它抱在怀里,哭着,睡去。

周日上午十一点,女孩子们纷纷醒来。再好的十二菜一汤也会消化干净,现在大家都饿得没有了力气。

而且腿还酸疼,疼得抬不起来。

"皇上"宣布,朕龙体欠安,昨夜撞了龙头。众妃一顿安慰,捎带着争宠。

楚佳人看了看唐熙的额头，感叹道："皇上，你现在多了一个身份——南极仙翁！两个额头！"

　　唐熙撇着嘴，又躺回到床上。

　　最后，最有活力美眉楚佳人同学，负责为大家买饭。唐熙躺在床上盼着佳人快点回来，她好饿啊！

　　楚佳人终于回来了，唐熙即刻起身。她坐在床上，就把一大份拌饭消灭进肚子里。

　　楚佳人感叹："唐熙啊，你是干啥不行，吃啥不剩。以后谁娶了你，如同娶了一个祖宗回家。"

　　"嗯。答对了。"唐熙点头认可。

　　"纸！"唐熙把空餐盒递给楚佳人，伸手要纸巾。楚佳人递了一张纸巾给她，她擦了嘴。

　　"水！"唐熙又吩咐道。佳人又把水杯递给了唐熙，唐熙喝了水又递了回去。

　　"哈哈哈，佳人，你娶我吧，你把我照顾得最好。"唐熙抱住了楚佳人，撒娇道。

　　"你松手，松手。我可不当这个倒霉蛋！去找你的什么小超吧！"楚佳人抗议道，她也不知道小超姓什么。

　　"喊——谁稀罕你呀！别以为自己是大美女就看不上我。"唐熙松开了楚佳人，佯装不满。

　　唐熙抱过小猴子，接着睡觉，睡觉！

　　下午，寝室里祥和一片。每个人都在床上做着自己的事情。有听歌的，有看书的，有写信的，还有背四级英语单词的，这还没开始正式上课，有的同学就已经跑在了前头。

　　可能是凌晨的时候撞得有点轻微脑震荡，只有唐熙还在睡着。

　　傍晚，一阵敲门声吵醒了唐熙。

　　是宿舍阿姨，阿姨通知，寝室电话已经可以用了，并把电话号码告知了同学们。

同学们一阵欢呼，可以打电话了。寝室的电话不限时、不排队、随意打。

同学们还沉浸在通讯正常的喜悦中，学生会的姐姐们又来了，通知大家可以订国庆节回程的火车票和机票了。

啊，这幸福来得太快了，真是好事一桩接着一桩。

唐熙急忙给李钢打了个电话，相约国庆节一起回家。

李钢告诉她，国庆节他不能回家，要参加国庆五十周年庆典，还要到旅游景点当志愿者。唐熙只能自己回家了。

李钢感慨道："你们学校怎么想的，竟然给你们拉到山区去了！比我们军训的时候还狠！你不知道，你军训的第一周，小超找不到你，都急疯了。他还让我来看你。"

"啊？我怎么没感觉出来他疯了。"唐熙实话实说。

李钢呵呵地笑着，最后他说："好了。你自己回去注意安全。切记在火车上，离开铺位要把饮用水随身携带。"

唐熙说："好啊，知道啦！我没那么傻。"这点安全常识唐熙还是有的。

唐熙订了 9 月 30 日晚的火车卧铺票，她将于 10 月 1 日早晨回到滨城。

下一步该给小超打电话了。今天是周日，武超早就等在了电话前。

唐熙告诉了他三件事。

第一件，军训结束了，她已经回到学校。

第二件，寝室电话可以用了，电话号码唐熙说一遍，武超就记住了。

第三件，10 月 1 日早上她到滨城，让他去接她。

唐熙又给老唐打电话，也告诉了他三件事。

第一件，军训结束了，她已经回到学校。

第二件，寝室电话可以用了，电话号码老唐让她慢点说，他要记在台历上。

第三件，10 月 1 日早上她到滨城，不用老唐接，小超会去接她，老唐在家准备丰盛的午餐即可。

真是几家欢喜几家愁，这边武超欣喜若狂，那边老唐嗤之以鼻。

但是,他们又有相同点,那就是武超和老唐都在掰着手指头算日子,盼着 10 月 1 日快点到来,盼着唐熙早日回归。

1999 年 10 月 1 日　新中国成立五十周年大庆

10 月 1 日,蓝色的滨城,披上了五彩的锦衣,庆祝祖国五十华诞。

武超早早就起床了,他盼着天快点亮。离火车进站还有半个小时,他就等在了出站口。

车站广播播报,京城开来的列车已经进站。武超的嘴开始不自觉地微笑。

唐熙背着书包下了火车,迷迷糊糊往出站口走。武超在接站人群的最前面,老远就看见了唐熙。

分别的一个月时间,唐熙由于军训,瘦了。

武超冲唐熙挥手:“唐熙!”唐熙还在半梦半醒状态,并没有看见他。

武超着急了,喊道:“傻白甜!”

这回唐熙听见了,也看见他了:“哎!”小女生清脆地答应。

出了站,武超拉住唐熙,摘下了她的书包。

他笑道:“喊你名字听不见,喊你傻白甜倒是答应得痛快。”

唐熙看着他,呵呵笑着:“我一夜没睡,现在确实是傻。”

武超惊讶:“你坐卧铺也没休息好吗?”他说着,拉着唐熙往自行车的方向走。

唐熙说:“我第一次自己坐火车,没有你我睡不实,我没有安全感。”

武超说:“我送你回家补眠。”

唐熙娇声道:“我饿了。”

“小馄饨。”两人一起说了出来,又笑了起来。

只要他们两个在一起,说什么做什么都是开心的。

武超骑上自行车,唐熙如同高中时一样,跨坐在他身后。她双手环上了他的腰,脸靠在了他背上,闭着眼睛,安心地打盹儿。只有在他背后,她才安心。

清晨,街边早餐店,白雾袅袅,叫醒了城市,温暖了你我。

武超载着心爱的小姑娘,穿行于街市的烟火气中,一切那么真实又美好。

到了"刘记",他把她叫醒,刘叔笑眯眯地看着他们。

他们来自然是两碗小馄饨、一屉小笼包、两个小菜。

唐熙把书包放在桌子上,趴在书包上继续睡觉。武超把自己的外套脱下来,盖在她身上,就幸福地看着她睡。

刘婶端来了早餐,武超拿羹匙搅拌着,让美食的温度下降。

"小熙,小熙,起来吃馄饨。"他轻轻叫醒了她。

两人边吃边聊。

唐熙说:"小超,你黑了,也瘦了,是不是学车很辛苦?"唐熙知道他在学习开车,看他黑瘦,她很心疼。

"不辛苦,就是晒。还说我呢,你才是瘦了。"

"哈哈,我这是变相减肥了。你以后开车,就可以载我了。"

"你知道我开什么车,就要我载你?"武超看了她一眼,低头笑道。

"什么车?"

"救护车!"

"哈哈哈,算了,算了,我不坐了。"

"哎,小熙,你脑门儿怎么红了,好像还有包?"武超刚才看唐熙睡觉的时候就发现了。

"哈哈,如你所言,我撞上铺床沿上了。"

"笨死,我看看,撞了几天了?"他伸手捧着她的小脸,检查着她的额头。

旁边的刘叔跟刘婶小声嘀咕:"还说不是女朋友,就快亲上了。"刘婶笑着骂老公多事。

他们俩第一次如此靠近,唐熙不好意思地推开了他,说道:"撞了五天了。"

"撞了五天还这么大的包,你对自己也太狠了。"武超无奈地摇头,"你什么时候能让人省心。"

"你别说我了，当时我都撞哭了。"唐熙可怜巴巴地诉苦。

"学校有没有让你赔床？"武超皱着眉，一脸苦笑地调侃她。

"哈哈，闭嘴吧你！"唐熙拿起一个小笼包就塞进了他嘴里。

回家的路上，唐熙邀请他一起在她家看国庆阅兵式。

武超欣然接受，他恨不得时刻与小熙在一起。

唐熙还要找李铁一起来她家，武超告诉她，今天小铁要上班，只能作罢。

当老唐兴冲冲地打开门的时候，看见了日思夜想的小女儿，后面还带了一个"小尾巴"。

妈妈抱着女儿喊宝贝,看着瘦了的女儿,心疼得眼睛已湿润。

唐熙平时爱爸爸更多一些,因为老唐对她是几近没有底线地宠爱,可以说是有求必应。

而妈妈对唐熙很是严厉,两人意见不合时更是剑拔弩张,所以她对妈妈是爱与怕并存,母女俩可以说是相爱相杀。

但是妈妈在孩子心中的位置永远是排在第一位的,其他人撼动不了。所以唐熙抱着妈妈撒娇。

妈妈一眼就看见了唐熙发际线处的红肿,问明原因后,又是一番说教。

妈妈说:"你就不能长点脑子,以后别风风火火的,做一个稍微沉稳的女孩子有那么难吗?我也不按淑女的标准要求你,你也做不到。你以后为了人身安全,做事慢半拍可以吗?"妈妈的标准已经降得很低了。

唐熙说:"哈哈,行,妈。但是我怀疑我身体里住着一个男生。我居然喜欢我上铺楚佳人,她长得可好看了,我可喜欢抱着她了。某些时刻我真希望自己是一个男生,然后娶她。"唐熙一本正经地说着。其实她在开玩笑,想吓唬妈妈一下。

妈妈一脸不可思议地看着女儿。

涉世未深的武超也咧着嘴看着唐熙,他的小公主不会性取向有问题吧？他有点蒙，有点流汗，如果换作别人，他绝对尊重人家的选择。但是唐熙，不可以。

老唐笑着揭穿唐熙，说道："别胡说了，你喜欢楚佳人，就像小女孩喜欢漂亮娃娃一样，而且你们谈得来，只是单纯的友谊。男生什么样，男生是小超这样的，你从心理到思想都是标准的女生。"老唐最后给唐熙下了结论。老唐了解女儿，女儿是喜欢一切美好的人和事。

老林和武超都松了一口气。

唐熙拉着武超坐在了客厅的沙发里，两人吃着水果，看着电视。

武超问她："你不去睡一会儿吗？"

"现在不睡，下午再睡，等着看阅兵式。"刚才在"刘记"，唐熙睡了十分钟，就已经满血复活，正所谓"充电五分钟，通话N小时"。

"爸，中午小超在咱们家吃饭，你多做点好吃的菜。"

"哦，好！"老唐在心里感慨，这小米虫又带回了一个米虫。

午餐，唐熙看着满桌子的美食，觉得手不够用了。离家一个月，还是爸爸做的菜最符合口味。唐熙虽然爱吃肉，但是家乡海鲜的味道，她也非常想念。

她看看白灼大虾，自言自语地说："虾好吃，可是它为什么要长壳呢？"

老唐和武超同时放下筷子，开始剥虾，一老一少两个男人为唐熙服务。

武超剥好了一只虾放进了唐熙碗里，他偷眼看了看两位长辈的表情，特别是林姨，他对林姨一直心有畏惧。林姨就低头吃饭，面色正常，唐叔低头剥虾壳，面无表情。

武超又安心地低下头吃饭。

两个大人很快就吃完了。老唐对着他们说："你们吃完刷碗。我去午睡！"

武超也不是第一次在唐熙家吃饭，而且他是老唐看着长大的，老唐也无须跟他这个小辈客气。老唐虽然宠唐熙，但不溺爱唐熙，所以基本的生活技能，唐熙还是会的。

两个米虫吃光了桌子上的菜，男孩也无须女孩劳动，承包了所有的后续工作。唐熙陪在他身边，两个人不停地讲呀讲，总有说不完的话。

七天大假里，唐熙与高中的好朋友韩晓旭、陈可心、张玉如玩了一天，其余时间都是跟武超一起玩。有时候她不想出去，武超总是能利用她的好奇心，想到新奇的事物，"勾引"她出去。或者两个人干脆在唐熙家听歌、看杂志、聊天。

真应了李铁曾经的一句话：不是武超陪唐熙，而是武超需要唐熙陪。

美好的相聚时光，总是短暂。

唐熙回京城去读书了，武超又开始漫长的等待，等待着寒假的到来。

他们经常通电话，唐熙的心事都说给他听。有时候他们也嘻嘻哈哈斗嘴玩，放下电话武超心花怒放。唐熙说过的话，他能回味好几天。

1999 年 12 月

新千年马上到来了，武超拿到了驾照。

老武也开始为儿子的未来奔走了。

老武一辈子在医院后勤处，勤勤恳恳地工作，而且从没有工作上的抱怨，节假日还经常主动承担值班任务，是任何人都尊敬的"武师傅"。

老武窘态十足地坐在副院长家的沙发上，红着脸讲出了登门的目的。

老武说得很委婉，咨询一下后勤处招聘的事儿，想给儿子在后勤处找个工作，而且儿子已经拿到驾照，可以做万能工或者替补司机，以后驾龄合规后，如果能去开救护车是最好的。

因为老武早得到消息，随着医院规模的不断扩大，会增加救护车辆，也就需要司机。这个职位最稳固，以后也不会被人顶替。

副院长并没有转弯抹角，因为二十余年的接触，他也知道老武不是一个圆滑世故的人。他敬重老武为人，而且医院也确实需要增加工作人员。

副院长说："老武，小超是我看着长大的，小伙子难得老诚，从用人的角度来讲，我喜欢用这样的人。我们过两天会讨论用人工作，有结果我再找你吧。"

老武脸色一红，起身致谢告辞。他从来没想到用这种方法为儿子谋职，但是李芬芳觉得这样更有诚意,能办成事。毕竟能为儿子求一份安稳的工作,以后一生无忧,才是大计。

一周后,副院长找到了老武。

副院长说:"新千年上班第一天,让武超来报到,试用期三个月,先在后勤处历练几个月,以后看表现调整岗位。"

老武千恩万谢,最后他艰难开口道:"武超按什么编制?"

副院长说:"武超先按临时工编制,以后他有更好的岗位,可能会有机会给他转为正式编制。"

副院长的说辞很明白,没有承诺,没有回绝,一切等机会。

老武很满足,路要一步一步走。他有自信,儿子有能力被领导认可,有能力为自己争取到一个编制。

新千年的第一天,武超上班了。对他来说没有喜悦,只是走父亲为他安排的路。

没有喜悦的原因,是他觉得他和唐熙的差距会越来越大,也就是爸爸说的各奔前程。这是他要面对的一个现实的问题。

以前他是不愿意面对,现在他是不得不面对。

即使唐熙以后发觉了这份感情,也爱他,可是他们能走多远?他不敢想,也没有信心。

唐熙的人生刚刚开启,未来可期。他当时陪她学习,初衷是让她青春无悔。当他助她登上了更高的平台时,他也希望她越飞越高。但是他也怕追不上她,成为她感情的累赘。

可是他又实在放不下唐熙,他对她的爱不是在减少,而是每天在增加。

在武超爸爸为他奔走的时候,唐熙的爸妈也去了京城,他们带唐熙办理赴 M 国的签证。因为签证不知道能不能办下来,所以唐熙在电话里没有告诉武超这件事。

跨年后,唐熙一直忙着期末考试,没给武超打电话,而武超也没给她打电话。

这天,唐熙被通知,她的签证办下来了。她能去 M 国了,她开心地给武超打电话。

"小超,告诉你一件事,可能会吓你一跳。"唐熙神神秘秘地说。

"什么事?"武超不知道唐熙又有什么惊天动地的大事。她的许多事,经常让他哭笑不得。

"这个假期我不回家了,我要去 M 国。"

"什么!你去哪里?"武超怀疑自己的耳朵听错了。

"M 国。我……"

"你为什么才告诉我,你为什么去 M 国,你为什么要走?"武超控制不住情绪,在电话的一端吼了起来。

他不知道她为什么悄无声息地办了这么一件大事,而且事先一点儿没告诉他。她走了,什么时候能回来?

"你别着急,你让我说完啊。是我姐要结婚了,我爸妈带我去参加婚礼。"

"你什么时候走,什么时候回来?"武超听说她要去异国他乡,他就紧张,他就害怕。他怕唐熙喜欢异国,以后真的会去与她姐姐做伴。

"期末考完试后第三天飞 M 国,会待到开学前回来。这个假期我不能回滨城了。"唐熙语气里也有失落,"我给你带礼物回来。你一定喜欢。"

"好,我知道了。"武超为空等了三个月而失望。

武超接着说:"我也想告诉你,我上班了,暂时在医院后勤处。"

"嗯,恭喜你!我觉得你干什么都能干得很好。"唐熙在电话的另一端诚心地夸赞他。

"为什么?"

"因为你聪明,我们在海边做生意的时候,你的很多决策都是对的。"

"其实我更怀念咱们在海边做生意的日子……"

…………

这个寒假唐熙没能回滨城。老唐夫妻回来后,带回了唐熙为武超和李铁在 M 国买的礼物——他们喜欢的篮球球星的球衣和护腕。

五一长假,唐熙回来了,可武超却不在滨城。他的爷爷在唐熙回来的前一天去世了。武超全家回老家奔丧，作为长子长孙，直到过了头七才回到滨城。

他们又错过了见面。

转眼，暑假即将到来。武超的心又开始躁动起来，他又有了活力。

两人虽然一直电话联系，但是已有十个月未见面了。

现实他都懂，但是一想到唐熙，他就控制不住情感，就盼着她快点回来。他就想看着她，只要看着她，他的心就被幸福塞得满满的。

工作半年，他月薪五百元，父母规定他上交三百元，其余两百元零用。

他的零用钱除了买电话卡给唐熙打电话，其余的，他都存了起来。他准备唐熙回来带她出去玩的时候用。

武超已经工作半年，经过这半年的锤炼，他以前的稚气已经褪去很多，人变得更加沉稳与内敛。

唐熙走过了大一的新奇与懵懂阶段，虽然性格依旧没变，但是气韵却比以前增了些许的娇媚。

两人在站台外相视而笑，清晨的阳光下，唐熙穿着一条白色的连衣裙，像一朵盛开的百合迎风摇曳，微微一笑百媚生。

武超接过她的旅行箱，又拉起了她的手，两人慢慢走着，武超说："饿吗？我又发现了一家好吃的小店，带你去吃？"

十分钟后，他们来到一家牛肉面馆。

热气腾腾的拉面，配上鲜嫩的牛肉片，味道绝美，武超又额外点了一碟酱牛肉。

"嗯，好吃好吃！"唐熙赞美着。

武超把酱牛肉里全瘦的肉片放在唐熙的面里，其余有肥肉和肉筋的肉放在了自己的面里。

他说："这样泡在面汤里更好吃，肉不柴，很软。"

唐熙吃得脸蛋微红，更显得妩媚动人。

武超的眼里都是她。

可是上班的时间快到了，他说："我送你回家，然后去上班。最近要迎接上级主管机关检查,晚上会加班。周末我们再出去玩。"

唐熙看着他,嘟着嘴说:"上班不好,不自由了。"

说完,两人笑了。这就是长大了吧?会被"上班"二字束缚。

在回家的路上,唐熙告诉武超,她还给他在 M 国买回了一件礼物,一件小铁没有的礼物。她不想请爸爸转送,就一直放在家里,准备见面时亲自给他。

武超惊喜地问:"什么?"

唐熙故意卖个关子:"周末拿给你你就知道啦。"

晚上九点,武超终于忙完了一天的工作。

今天与往日不同,今天唐熙回来了。

武超一天都干劲十足,他想快点把手头的工作做完,能早点下班,然后去见唐熙。他等不到周末再约她了。

可是后勤处处长看小伙子像是有用不完的精力,一项一项地给他安排工作。

处长还感叹:"年轻人就是有活力,一个人顶好几个人干活。"武超真是有苦说不出。

武超看时间还不是很晚,在办公室拨通了唐家的电话。

"小熙,我现在下班了,我还没吃饭,你陪我去吃饭吧。"

"我已经洗漱完了,不想出去。"唐熙在跟他闹着玩,她也想见他。

"嗯……我想你陪我吃饭。"他没有别的说辞,讲的都是心里话。

"哈哈,你求我,你求我就出去。"完全是小女孩的故意刁难。

"好,求求你,陪我。"——陪我,两个字说出了浓浓的情意。

"没诚意。"

"这样,你想吃什么,我请你去吃。"

"拜托,是你没吃饭,是你饿,不是我。"

"你快换衣服出来,我要饿死了。咱们去撸串吧。"

"好。"

"记得把我的礼物拿下来。"

"嘿嘿,原来你是想要礼物。"

"别讲了,我快饿死了。你家楼下见。"

他的心已经飞了,人都回来了,还对着电话讲什么!那不是脑子有病吗,看着人讲话,才是最好。

他们几乎是同时出现在唐熙家楼下。武超跑得满头大汗。

唐熙娇嗔道:"你着急跑什么,我可以等你。"

"我着急看我的礼物!"武超说着,要拿唐熙手里的袋子,袋子很大,有一米高。

"你不是饿了吗?先吃饭,吃了饭给你。"唐熙笑着躲闪着他,故意不给他看。

"不行。我现在就想要。"男孩笑着单手抱住了女孩,把她钳制在怀里,抢下了礼物。但是他的眼睛,却在看着她的唇。

这个姿势太尴尬了,唐熙轻轻推开了他,拉开了两人之间的距离。

现在的唐熙已经不是那个单纯到完全不开窍的小女孩。现在她意识到了,她与小超也应该有男女之别。

这一年里,她看到了室友与男朋友爱得死去活来,她也在楚佳人的熏陶下有了爱情观。

她知道她愿意与武超待在一起,但是她不确定这是不是男生女生之间的喜欢。因为他们在一起近二十年,彼此早已太熟悉,也许是亲情,如同龙凤胎般的亲情。

武超打开了包装,一个内衣外穿的"超人"模型映入眼帘。"超人"的家乡在 M 国,模型穿着红色炫酷的斗篷,坚毅的外表,是准备起飞的姿态。

"哈哈哈,幼稚!"男孩很喜欢,但是他在故意嘴硬,他想看她生气的可爱模样。

"他是你的礼物,你必须喜欢,不许说他幼稚!"唐熙没生气,只是在下命令,命令他必须喜欢。

"唉,唐小熙,你讲不讲理? 有要求人必须喜欢的吗?"

"不喜欢也得说喜欢!我倒是想给你买萧大侠的玩偶,可是 M 国那荒蛮之地也没有啊！"

"哈哈，没听说过去 M 国买中国的大侠。"

他们嘻嘻哈哈地往烧烤店走去。

两人撸着串，武超问唐熙："M 国好吗？"

唐熙摇头："不好，没意思！"

"你姐夫是哪国人？"

"中国人。我妈不许她找老外，说要保持咱们中华民族血统的纯正。我爸则赞成爱情至上，只要爱了，是人就行，性别都没有关系。"有些事，老林传统得几近偏执，老唐则反之，很开明，很豁达。

"哈哈，你妈管得真多。你妈有没有说，让你毕业以后也去找你姐？"武超问出了心里的担忧。

"我妈没说。我妈也不喜欢 M 国，估计不会让我去。在 M 国，想晚上在外面撸串，那是不可能的。到了晚上，我姐我姐夫就不许我出门了，我在他们家住了一个多月，快憋死我了。我那时候特想你。"

"我也想你。"

气氛突然有一丝丝尴尬，正好老板上菜，打破了这尴尬。他们东拉西扯，又讲到了别的事情。

吃完饭，武超依旧把唐熙送到楼下，然后他转到篮球场上，等她房间的灯光亮起，两人招手后，武超怀抱着他的"超人"，步履轻盈地转身回家。

转眼，周末到了，武超带唐熙去看电影。

因为电影院在商场里，有吃有喝又不晒，还可以吹冷气。而且商场里还有电子游戏厅，他们可以在商场里泡一天。

离电影开场的时间还有一个小时，两人就到处闲逛。

当二人走过珠宝区的时候，唐熙被某品牌的一件商品吸引了。在品牌店的玻璃窗里，是一个精美的手模，无名指上戴着一枚钻戒。

钻石很大，在射灯的照耀下，钻石显得璀璨异常。

手模在托盘上，360 度优雅地、缓慢地旋转着，无死角地展示着钻戒的精美和华贵。

"哇！"小女生露出了惊艳的表情。

"喜欢吗？"男孩看着钻戒问小女生。

"喜欢。"小女生点头。

"你想要吗？"武超转过脸，看着唐熙。

"嗯……不想。一切美好的东西我都喜欢，但是不一定要拥有。"小女生想了想，很认真地回答了他。

然后，他们同时瞄到了钻戒的价格："六万九千九百九十九元。"

唐熙拉着武超往前走，她悄声说："我的妈呀，就那么块小石头，就要七万块。我饿了舔它，也不能让肚子饱啊！"

武超笑着没说话，小女生语言描述得总是那么形象。

但是他想，那枚钻戒很漂亮，小熙的手也很漂亮。如果钻戒戴在小熙的手上，小熙会赋予钻戒以荣耀，小熙会让它更加熠熠生辉。

完美的小熙值得拥有世界上一切美好的东西。换言之，一切美好的东西，只有在小熙身上，才能极大地体现出它自身的价值。

他又回头看了一眼钻戒。七万块，按他现在的工资标准，赚一百四十个月，不吃不喝存一百四十个月的钱，也就是十二年，才能买这枚钻戒。即使他涨工资，那钻戒的价格也会上涨。钻戒的价格不会永远地原地踏步，等着你来买它。所以，奢侈品，永远是奢侈品。

他心里又不免一阵无力。

周末的商场人头攒动，是各商家大力宣传的好时机。

前面，一家影楼正在上演一场婚纱秀。

唐熙驻足看着舞台上模特的展示。

各式各样的婚纱，有的高洁，有的典雅，有的性感，有的俏丽。唐熙艳羡地看着一众大美女穿着它们优美地展示。

武超看了看舞台上的模特，她们化着浓妆，露着职业的笑容，迈着一样的步伐。

他又转头看唐熙。唐熙本就清丽，现在又增添了妩媚与娇俏。而且腹有诗书气自华，她的眉宇间隐约透着理性和睿智。

武超想象着唐熙穿上婚纱的样子,她一定是世间最美丽的新娘。

这时,主秀模特走来了,为了很好地衬托她,她身旁还站了一个帅气的男模特,扮演新郎。

唐熙小声评价:"一看两人就是工作关系,眼睛里都没有感情互动,演技太差。"

武超笑着没接话。他心想,你现在居然明白眼睛里的感情互动了。当年李钢让你看我的眼睛,你居然什么都看不出来。不用说当年,就是现在,你也是什么都看不出来。

但是他忘了,有一种现象叫习惯成自然。只能怪他太早熟,他的小女生太晚熟。小女生在不知不觉中,已经习惯了他的眼神,以为那是很自然的眼神,所以,她没有太多的参悟。

武超看着男女模特展示完,转身退场,女模特的手轻轻挽上了男伴的手臂。

他想象着那就是他和唐熙。唐熙挽着的人,必须是他。

如果新郎是别人,他现在只想一想就觉得心痛,就觉得喘不过气来。

婚纱秀看完了,两人来到了影城所在的楼层。

影城与摄影器材在一个楼层。时间还早,唐熙趴在柜台上看摄影器材。

一个个专业的相机都是五位数打底,有的高端相机价格甚至比钻戒还贵。

一个个镜头,如长枪短炮般分列在柜台里,都有着不菲的身价。

专柜小姐只是礼貌地看着他们两个人。因为专柜小姐火眼金睛,她知道他们两个学生模样的大孩子,根本买不起这么昂贵的器材,看都不能拿给他们看,万一摔坏了,他们也赔不起。

武超问唐熙:"你还是这么喜欢相机?"

唐熙娓娓道来:"我上大学时我爸给我买的相机,跟个玩具似的。我现在在摄影社,一些学长拿的相机还不错。学校有几部好相机,是公共财产,只有在学校有大事件的时候,我们摄影社才能拿出来拍照,而且都是由学长掌镜,我们这些小菜鸟碰的机会都没有。我看了很多摄影方面的专业书,只能纸上谈兵，缺乏实操经验。再开学我就大二了，我希望他们能大发慈悲让我碰一下高端相机。"小女生说出了心中的羡慕和不甘。

"就是说，你想要个好相机？"武超看着小女生。小女生看相机的眼神是渴望，与看钻戒完全不同。

"嗯。"小女生很确定地点头。

"相机和钻戒比，你要哪个？"他问她。

"相机。"小女生笑着回答。

两人边走边聊。

"小熙，你的梦想是什么？"武超问唐熙。他记得唐熙小时候的梦想是当旅游节目的外景主持人，那样可以公费旅游。

"我想拿着相机周游世界。"唐熙的梦想，与儿时比没有太大的变化。

"你带上我吧，我可以给你背行囊。"男孩邀约着小女生。

"行，反正你也不懂鸟语，没钱的时候，我还可以把你就地卖了换钱。"

"笨死。卖了我能值几个钱？你要留着我，我可以卖艺养活你，我的中国功夫也能糊弄一下老外。"

"哈哈，好，我对你手下留情，让你卖艺不卖身。"

两人嬉笑着往影院走去。

电影开始了，唐熙真的不适合看电影，坐在凉爽的影厅里，她就想睡觉。

十分钟后，她就枕在武超的肩头睡着了。武超把二人中间的扶手抬起，揽住了唐熙的肩，让她枕在他的颈窝里睡得更舒服些。他希望一辈子拥着她，当她的枕头，当她的支撑。

他想了很多，他想起他们在海边做生意的时候，四十天就赚下一万多元。那时，赚钱多的日子，他们四个人晚上可以潇洒地去吃日料、吃牛排，去五星级酒店吃海鲜自助，可以在京城没有任何压力地玩一周。

他又想到了商场里的相机，不是他这样的工薪阶层能买得起的。但是唐熙喜欢，他就想让她得到。但是以他现在的能力，他不可能实现唐熙的梦想。

最后他下定了决心，他要让唐熙拥有一切她喜欢的东西。他还要让唐熙拥有，他认为能配得上她的东西，比如那枚钻戒。

他不要就此人生定位，他要前进，他要跟她一起飞，甚至他要如头雁般飞在她前面，带着她飞，让她飞得更省力。

他不能一辈子做后勤处的小职员，他要为唐熙而战。

他要在羽翼丰满的时候告诉唐熙，我爱你，我要实现你所有的梦想，我要一辈子跟你在一起，一天也不分开！

人生有了目标，才有意义。他此刻已经豁然开朗。心中有了希望，所有的阴霾和压力都转为了动力。

而且，他也不是盲目的激动。他很理智，他明白自己除了一个不算笨的脑袋和一双手，再无其他。他要观察，他要思考，他要谋划，他要寻找，寻找商机！

影厅灯光亮起。唐熙被灯光晃得睁开了眼睛。

"嘿嘿，我又睡着了。"唐熙不好意思地开口。

"嘿嘿，你还好意思笑。电影那么大的声音，也没震醒你。"武超看着她，露出"鄙夷"的眼神。

"电影演的什么情节？你给我讲讲。"唐熙眨着大眼睛，等着听情节。

"啊？那个，那个，我没看明白。"因为武超在想心事，他也不知道情节。

"哎呀，电影票钱白花了。你那么聪明，怎么能没看明白！"唐熙在心疼电影票钱。

"没白花！我想明白了一件事。"他微笑着看小女生。

"啊？什么事？"

"我不告诉你。"

"告诉我吧。"

"我想啊，咱俩去看小铁，点全家桶，让小铁埋单。"

"哈哈，行，就这么定了。"

李铁，你超哥和你熙姐要来坑你一顿了！

武超和唐熙来到小铁工作的快餐店时，已经过了饭点。

餐厅里人不多。李铁站在点餐台里等待着顾客上门。

武超看着李铁:"一份外带全家桶套餐,两个草莓圣代。"

李铁说:"你们吃不下这么多,浪费。"

唐熙说:"无所谓啊,吃不下打包回家,你请。"然后她和武超坏坏地看着李铁笑。

李铁小声卖惨:"熙姐,我这个月没零花钱了,坐公交车上下班都使用月票。"李铁把自己说得很可怜。

唐熙说:"少废话,下单,你请。你上班以来还没请我吃过饭呢。"

李铁说:"你没良心,你劳动节回家,我没请你吗?"

唐熙说:"你笑死我了,你给我买个甜筒就叫请我吃饭?!"

突然,李铁大声说起他们统一的台词:"先生,您点的是一个全家桶,两个草莓圣代,请问还有其他需要吗? 如果没有,请付款,一共一百二十四元。"

然后,李铁就一脸得意地看着他们俩,等着武超掏钱。

唐熙说:"算你狠,换单。一个双人套餐、两个草莓圣代。你请!"

李铁说:"先生,一共是六十五元,请您付款。"

"啊! 你抠到家了!"唐熙受不了了,她算领教李铁的抠门了,一毛不拔。

武超正准备付款,被唐熙按住了手。

"五个草莓圣代。你请!"唐熙势在必得,就认准了吃李铁。

李铁说:"先生……"

"绝交!"唐熙嘴里吐出两个字。

李铁说:"哦……我请!"李铁听到"绝交"两个字后,终于肯拔毛了。

李铁配完餐,露着职业微笑把餐盘递给了武超。

他嘴里对武超嘀咕着:"请完你俩这顿,我就剩 10 块钱了,得撑七天才能开薪,没钱找你借!"

武超嗤笑一声:"听不懂你在说什么。我认识你吗?"

唐熙说:"再给我拿一个大号的空杯子。"

李铁看着二人,心不甘情不愿地递上了一个空杯子。

唐熙说:"注意态度,小心我投诉你!"

李铁转头呼了一口气,换了一副童叟无欺的微笑面孔说道:"请您慢用。"

唐熙说:"这还差不多。"

李铁微笑着点头,嘴里却说着:"二货熙,傻白甜,大傻妞!"从小斗嘴习惯了,李铁故意挑衅着唐熙。唐熙的目的达到了,她才懒得理李铁说什么呢。

长大后,好朋友之间的斗嘴,早已演变成关系亲密的一种体现。

唐熙和武超心满意足地坐进了椅子里。

武超说:"你点五份圣代干什么?吃得完吗?"

唐熙笑着不搭话,她把五份圣代都倒入了空的可乐杯里,五份圣代正好装了满满一可乐杯。顿时五杯圣代,汇成了超大杯的草莓圣代巨无霸。

她满足地拿起勺子,挖起一大口放进嘴里,说道:"这样吃才过瘾。你想吃什么再去点,这些我独吞。"

"不行,你吃这么多凉的会坏肚子。我和你一起吃。"说着武超也拿起了小勺子。

他多吃一点,唐熙就少吃一点,吃那么多寒凉的食品,确实对身体不好。

"不行,你别跟我抢。我想挑战一下极限,看我能不能吃下五份。"唐熙护住了杯子,如同保护她的全世界。

"你这是作死的挑战!来吧,哥陪你一起吃。"男生凑了过去,也伸手扶住了杯子。两人头顶着头,较着劲互不相让,抢着吃这杯巨无霸圣代。

武超与小女生争抢着,最后他实在忍不住笑了。现在的唐熙,真是——太可爱了!

又一个暑假结束,又一次日出日落。

开学前的一天，武超约唐熙吃完晚饭去海边散步。

夏天的日落来得更晚一些。他们到海边的时候，太阳离海平面还很高。

渐渐地，轻风吹斜了夕阳，吹走了它曾经的光芒万丈，并给它涂上了一抹俏丽的橙红。

唐熙走累了，两人坐在木台阶上休息。海浪轻柔地拍打着沙滩，送来了一朵朵洁白的浪花。

武超看着大海说："小熙，你等我。"

唐熙的声音轻柔悦耳，她问道："等你什么？"

"等我带你去周游世界，等我带你到天空的边缘、大海的尽头去看看。"他说着自己才懂的誓言。

"幼稚，你快二十岁了，还做童话梦吗？"唐熙笑着摇头。

"也许梦想都能实现，也许童话都会变成真的。不是也许，是一定。"他笃定地说。

"好，我等着你的一定。"唐熙笑着，也转头看向了大海的深处。

"你在学校专心学习，别谈恋爱。你有多余的精力就用来考级考证。大学里的爱情不确定因素太多，不要触碰，小心被撞得满头包。你以后会拥有世界上最完美的爱情。"他又开始变相地"吓唬"她。

"哈哈哈，你知道吗？你现在特像个算命先生。"唐熙手托着腮，看着海面逐渐消失的轮船。

"你想知道未来的什么事，我给你算算。"

"我想知道，我高数能不能及格。哈哈哈哈……"

"不会吧，你又栽在数学上了？"武超闻听此言，心忽悠一下。这个数学白痴可真愁人。

"现在可没人能救你了。"武超开始为唐熙犯愁。

"呵呵，不想那些烦心的事。也许老师大发慈悲就给我过了呢。如果我过了，一定给老师写一个长生牌位，好好拜拜老先生，祝他长命百岁。"

唐熙对她的数学是真的没信心，但是她还抱有侥幸的幻想，她期待着老先生闭着眼睛批试卷，给她一个及格。

武超爱怜地抚了抚她的头,他现在可帮不上她了。

今天的唐熙没有束马尾,柔软的发丝披在肩上。

"小熙,你放下头发好看,看着更温柔。"他赞美着她。

"哼,你不但没眼光,还不会说话。我什么时候不好看?我时刻都好看,好嘛!"

"嗯,不说话的时候是淑女,一说话就露馅。有时候还有点二,名副其实的傻妞。哈哈哈哈……"

"你找打!"

　　唐熙又踏上了回京的火车，开始大二的学习生活。

　　武超的心里装着满满的爱意，又开始相思之苦。但是，现在有小超人陪着他。他也要马上开始计划了。他要做唐熙一个人的小超人，要为她的理想而奋斗。

　　唐熙刚走，武超就被通知调入急救中心，做救护车司机助理，也就是跟着师傅学习驾驶技术，积累驾驶经验。待他年龄满足条件，即可申领准驾救护车的驾驶证，正式从事救护车司机的职业。

　　武超开始了日夜颠倒的值班生涯，在车队旁边就是他们的值班宿舍。所以他有时候不回家住，父母也都知晓原因，并没有紧盯着他的行踪。

　　他在不值班的时候，除了睡觉，就是翻看报纸，找报纸上的大事件研究，找国家倡导的新兴行业分析。有时候他也会骑上自行车，满大街小巷地转悠，研究着各个行业的生存之道。

　　开学第一天，唐熙就接到通知：她的微积分不及格。

　　但是，她就是有"狗"命，天降大神，金一鸣可以拯救她。但金一鸣的"救"是有条件的，让她冒充女朋友，帮他挡桃花。

　　如果说武超是闷骚，那金一鸣就是明骚。

　　他在明确了自己的心意以后，开始对唐熙由慢攻变成了快攻。

而且唐熙的嘴里总是出现武超,金一鸣下定决心一定要唐熙快点爱上自己。他要让武超永远成为唐熙嘴里的发小。

金一鸣的攻势渐猛,最后堪称排山倒海之势。

第一招,在唐熙面前狂刷存在感。第二招,出双入对,让所有人都认为他们俩是男女朋友关系。第一招和第二招混合着用更是效果奇佳。

周六一早,金一鸣按约定时间,等在了唐熙的宿舍楼下。

唐熙换了一身运动服跑下了楼。两人到运动场开始跑圈,边跑边聊。

唐熙好奇地问:"学长,你家是本市的,为什么周末不回家?"

金一鸣说:"我又不像小女生那般恋家,我有这时间在学校看书学习挺好。昨天晚上没上课,我今天给你补课吧。"

唐熙说:"不行,都说了,我上午要去网吧看看武超有没有给我留言,下午社团有活动。"

金一鸣说:"晚上,晚自习补课。"

唐熙说:"老师,你饶了我吧,让我过一个没有数学的周末可以吗?"

金一鸣说:"哈哈,可以。你也不用去网吧,我寝室就能上网,你用我电脑看看就行了。"

唐熙说:"不用了,去男生宿舍不方便。"

金一鸣说:"没事,研究生宿舍不像本科宿舍管理那么严。我们欢迎女生莅临,经常有学姐学妹过来做客的。"

"谢谢,不用了,我还是去网吧。"唐熙拒绝是有道理的,她想到昨天打篮球,研究生楼上那些骚气的口哨声,就觉得难为情。如果她再拜访金一鸣寝室,会面对多少有内容的目光。

装女朋友就是骗骗那些小女生,还是不要把舆论范围扩展到更广,也就是说,差不多行了,别闹得那么真!

金一鸣没再坚持。他怕太过热情,吓跑了小妹妹。她再怀疑他图谋不轨,就得不偿失了。

跑了五圈后,全身都活动开了,唐熙觉得神清气爽。她跑到单杠上,做了几个腹部杠上旋转。这对她来说太小儿科了,在家时她经常做这个动作。

金一鸣从未见过这么灵活的小女生,他生怕她出危险,吓得他伸出手保护她。

唐熙稳稳地落地,说道:"没事,比这难的动作我都做过。"

金一鸣呵呵地笑着擦汗。

金一鸣说:"走,一起去吃早饭吧。"

还没等唐熙拒绝,金一鸣又说:"吃个饭很正常吧。反正都要去食堂,结伴而行。"

"好吧。"唐熙答应了。本来同学之间一起吃个早饭,是再正常不过的事情。

来到了食堂,金一鸣拿起一个托盘,说道:"你不用拿托盘了。我们把食物放在一起。"

把食物放在一起? 就意味着吃一个盘子里的煎蛋,吃一个盘子里的面食,甚至吃一个碟子里的小菜。这也太不分彼此了吧?

唐熙第一反应是,她和武超可以这样,但是和金一鸣不可以。

唐熙呵呵笑着,说道:"我吃得多,一个托盘放不下。"

金一鸣笑着没再坚持,他还是很绅士的。唐熙也确实吃得不少,一份粥、一个小菜、一个煎鸡蛋、两个豆沙包。

结账时,金一鸣划了饭卡,表明一起结账。唐熙刚想拒绝,金一鸣说:"别婆婆妈妈的,不像你性格。一顿早餐而已,明天早上你请。"

来回间,他成功预约了与唐熙一起共进周日的早餐。

吃完早餐,唐熙去了网吧,QQ上没有武超的留言,而此时的武超,正在宿舍里补眠。

下午,武超睡醒了。他给唐熙的寝室打电话,正巧同学们都各自有事外出,寝室里没人接听。武超失望地挂了电话,暗骂傻妞没心没肺,也不知道给他打个电话。

晚上,唐熙拨通了武超的办公电话。武超办公室有两部热线电话,是专门接听指挥中心的指示的。还有一部办公电话,是日常使用。

"喂,你好。"武超接起办公电话。

"喂,小超,是我。"唐熙听出了他的声音,雀跃地唤着他。她终于联系上他了。

"唐熙,你个没良心的,怎么这么久不给我打电话?"唐熙的声音甜到了他心里,他假装责怪她。

"你才没良心呢,我打电话总找不到你。"小女生的声音有撒娇的味道。

"嗯嗯,这是办公电话,不方便讲太久。"武超捂着话筒,对着电话小声说着。

办公室的礼仪,接听私人电话不能时间过长,不能像他们以前那样煲电话粥,而且,还有师傅在侧,说得太亲密也不好。

"你高数及格了吗?"武超还在担心她的数学成绩。

"哈哈,没有,不过现在有一个老师给我补课,我补考应该能过。"唐熙不能说得太详细。

"那就好,你好好学习吧。不讲太多了,挂了吧。"

"好,我睡觉了。"

"嗯,你睡觉,我值班!"

武超全程微笑着挂断了电话。一通电话就是一针兴奋剂,让他精神百倍。

唐熙也满足地笑着,她捏了一下床头小猴子的脸,睡觉。

明天,也就是周日,还得早起,跟金一鸣一起跑步……

此后,金一鸣约唐熙每天早上锻炼,锻炼后一起去吃早餐,然后再分别去上课。

男才女貌的两个人,出现在校园的任何地方都是耀眼的。

慢慢地,唐熙同寝室的姐妹们问唐熙,是不是与小草哥哥谈恋爱了?唐熙否认,只说是好朋友。

但是除了楚佳人外,其他的女孩子都不信唐熙的话。

好朋友,有早上一起吃早餐、晚上一起上自习的好朋友吗?这不就是校园爱情的标准流程吗?

唐熙也不解释太多，所谓越抹越黑，自己知道怎么回事就行了，解释太多反而让人以为她是在掩饰。

这天，上完自习，金一鸣说："时间还早，我们去散步吧。"

"好吧。"唐熙同意了，与朋友一起散步，无可非议。

金一鸣"不自觉"地把唐熙带到了学校的情人路上。所谓的情人路，就是一条僻静的小路，两旁植满了法国梧桐。梧桐树的树叶宽大，树冠茂盛，两侧的树冠由于年久繁茂，已经交织在一起，如同耳鬓厮磨的一对有情人，亦如有情人十指相扣的双手。

金一鸣低声说："唐熙，你觉得校园爱情美好吗？"

唐熙想了想："嗯，挺好的。能在大学遇见志同道合的人，谈一场恋爱也不错。"

金一鸣又问："有没有男生追过你？"

唐熙点头："那是高中时候的事。我不喜欢，追得我喘不过气来，让武超帮我挡掉了。"

金一鸣心中一只乌鸦飞起，怎么又是武超。

金一鸣说："我们两个人讲话的时候，你可以别总提第三个人吗？"

"呵呵，不好意思。"唐熙吐了吐舌头。是啊，社交礼仪，在两个人对话的时候，她嘴里总说着另一个人，确实不太好。

"你想不想尝试一次浪漫的校园恋爱？"金一鸣在试探唐熙。

"我……我还是好好学习吧。考级考证，强大自身。"唐熙记得武超说的话。

"恋爱与学习不冲突啊，有时候恋爱是学习的动力。两个人一起努力，互相鼓励，学习的路上你就不觉得艰苦了，所谓苦中有甜。"金一鸣在尝试着说服唐熙。

唐熙愣了一下，对啊，有一个人陪着学习确实是事半功倍。小超就是陪她一路走过最艰苦的高二、高三，让她每天都开心快乐。

"所以，唐熙，让我陪着你学习吧，你学习上任何的困难，我都能帮你解决。"金一鸣真会"投其所好"，见缝插针。

学长这婉转的表白唐熙明白,但是她确实对他无感。

如她与楚佳人所说,她也不知道找什么样的男朋友,她对谁都没有怦然心动的感觉。

"你现在教我高数就挺好,其他科我还好吧,不麻烦你了。"唐熙拒绝得也很委婉。

唐熙想,不能做男女朋友,做好朋友还是可以的。人家金一鸣也没说别的,她不能没气度地生硬地拒绝,那样太小家子气了。

"呵呵,唐熙,刚才我是随便说说,你不用当真。"金一鸣这攻防转换迅速。

"哦,呵呵。我也没当真。"唐熙打着哈哈,她觉得金一鸣这个回答很不错,起码两个人都不尴尬。

"哥实话跟你说吧,哥没谈过恋爱,你也没谈过恋爱。咱俩都不知道这恋爱应该怎么谈,要不我们实习一下?"金一鸣绝对张弛有度,收放自如,应变能力绝佳。

"开玩笑,还能谈恋爱实习?"唐熙觉得好笑,更不可思议。

"怎么不能?现在社会上还有试婚的呢。我们毕业前学校会安排我们实习,都是一个道理。我不知道怎么跟女孩子交往,也不知道女孩子的心理。这样,以后我学别人的样子说情话给你听,你告诉我你的心理活动。就当我们俩实习谈一次恋爱,怎么样?"金一鸣的狡辩能力超强,一切荒谬的理由他都能说得冠冕堂皇、头头是道。

唐熙看着金一鸣,突然,她有了一个大胆的想法。

她一直想不明白自己对武超的感情,她不清楚她对武超是爱情,还是友情,还是亲情,还是糅合了这三种的感情。

她想知道,与武超以外的男生交往是什么感觉。她想知道恋爱是什么样的。她不想再这样稀里糊涂下去,她要揭开恋爱这层神秘的面纱,把事实看清楚。

而且金一鸣也说是实习。唐熙估计,金一鸣也是抱着好奇的想法,才有此提议的。

金一鸣看着唐熙的小脸,他不知道她在想什么,但是他看出她动摇了。

金一鸣决定再加一把劲,他说:"试一次吧,不试试永远不知道恋爱是什么滋味。"

唐熙看了金一鸣好一会儿,最后她轻轻点头说:"只是试试,你可别当真。我,不负责的。"

金一鸣一阵狂喜:"好!你开玩笑一样,哥当然不用你负责。你配合我就好。"金一鸣没想到他能一战告捷。这小女生还是单纯,单纯得可爱,单纯得让他想保护她。

"那个,不可以有亲密接触。"唐熙红着脸说出了顾忌。

"你想什么呢? 呵呵,我们是谈理论上的恋爱,纸上谈兵。"金一鸣说得很无力。

"那个,拉手可以吧?"金一鸣又跟了一句,起码要给自己留一条活路。

"嗯,也行吧,视情况而定。"唐熙勉强答应。她也想知道与别的男生牵手是什么感觉。

金一鸣微笑着,牵起了唐熙的手,漫步在情人路上。

唐熙的手传递给大脑的是陌生的感觉,她浑身充满了不自在,只牵一下下她就觉得不舒服了。

唐熙轻轻把手抽出来,对着金一鸣抱歉一笑,说道:"别那么快行吗? 我不习惯。"

"好,好,是我唐突了。"现在唐熙说什么都行,金一鸣完全尊重她的意见。

金一鸣送唐熙回到寝室楼下,分手前,他深情款款地看着唐熙的眼睛,对她说:"熙熙,认识你真好,对我来说你既是我的朝阳也是我的明月。"他喜欢叫她熙熙。

"啊? 我还是两种天体?"唐熙不明白他想说什么。还有,他爱叫熙熙就叫吧,唐熙也懒得纠正他。

"对,因为我每天起床想到的是你,每天睡前想到的还是你。"金一鸣说的是一个事实。

"呵呵，是吗？"唐熙皮笑肉不笑地转身，她不禁打了一个寒战。唐熙第一次听到这样的话，觉得胳膊上的汗毛唰地一下都竖了起来，不是感动，是肉麻！

小女生越思越恐，听了这话咋还有点儿反胃呢？"妈呀！"她叫了一声，撒腿就往楼上跑。

金一鸣看着她"欢呼雀跃"的背影，嘴角泛起怜爱的笑容。唉，估计小女生是被他电到了。嘿嘿，原来每个女孩子都喜欢听情话。

而事实是，回到寝室的小女生，找了一颗话梅糖塞进了嘴里，才感到舒适。

得到了唐熙的首肯，金一鸣在"没皮没脸"的道路上越走越远。

他把网上查到的情话和兄弟们教他的情话，都毫无保留地说给了唐熙听。如果放在以前，金一鸣自己都得吐，但是今日不同往昔了。有了爱的人，这些情话都是自然地流露。金一鸣现在终于明白，爱情能让一个人变得温柔，变得没有理智。

而唐熙听到这土味情话的时候，从最初的无可奈何到后来的无动于衷。最后，她已经完全麻木了。

恋爱第三招，秀羽毛。

动物园里的雄孔雀在春暖花开的时节，都是努力地抖着一身艳丽的羽毛，对着心仪的雌孔雀高歌。

金一鸣有两个身份，一个是校篮球队前任队长。读研后，他就退居二线了，把队长的职务交给了本科的学弟。队长，就是一个球队的精神领袖。曾经的金一鸣，当之无愧。

第二个身份是跆拳道社的前任社长，现任教练。

某日，早餐进行时，金一鸣说："熙熙，今天晚上不上课了，我们跆拳道社有一场内部友谊赛，我带你去看比赛吧。"

"好啊！"唐熙就喜欢有活力的运动，她还没有看过现场的对抗呢。现场看两个人拳打脚踢，一定很过瘾。

"好,下午五点二食堂见,我们吃完饭一起过去。"金一鸣又在约唐熙。

"好。"唐熙答应了。她认为跟金一鸣吃晚餐与跟楚佳人吃晚餐都是一样的,他们都是好朋友。而且她也想快点吃完,然后去看跆拳道比赛。

"你想吃什么?"金一鸣在征求唐熙的意见。

"坛焖肉套餐,这次我请你。"唐熙不想欠人情。

"我下午没课,我先去点餐。这次我请,下次你请吧。"金一鸣又推到了下次,下次复下次,下次何其多。

唐熙期待了一天,终于到晚上了。她以最快的速度跑到二食堂。金一鸣已经等在那里了。

但是这次,金一鸣已经把汽水瓶盖打开了。他可不想再次看唐熙炫武超教给她的开盖技能了。唐熙的生活里到处都是武超的影子,让他很不爽。他暗下决心,一定要把武超这个青梅竹马给对决掉。

唐熙上了一下午的课,早已经饿得前心贴后背了,她稍事休息就开始吃饭,什么淑女形象,跟唐姑娘不挨边,先填饱肚子再说。

金一鸣惊讶地看着唐熙吃饭,他从来没看见过唐熙这么饿。好心疼哦,把我的熙熙饿成这个样子。

金一鸣说道:"熙熙,你慢点吃,吃快了胃会痛。"

唐熙放慢了速度,说道:"学长,你再去给我买一碗米饭,一碗吃不饱。"

"好,你先吃我这碗,我没动过。"金一鸣奉上了自己的米饭,起身又去买了一碗米饭回来。

两人吃完饭,来到了运动馆,跆拳道社的社员们都已到场。金一鸣与唐熙进来后,与大家打着招呼。

在场的每个人都戴着有色眼镜看他们俩,这是金教练在官宣女朋友嘛。每个人都给了他们俩意味深长的微笑。

王子赫几天前见过唐熙,二次见面也不再拘谨,他屁颠屁颠地过来打招呼:"嫂子好!"

"你跟我说话吗?"唐熙看着王子赫一脸茫然。

"不然呢,你不是我老大的女朋友吗?"王子赫给了她一个理所当然的答案。

"不，不，你不能这么叫。大家都是同学。"唐熙一阵结巴。

身边的金一鸣微笑着不搭话。唐熙使劲给他使眼色，意思是你说句话啊。

金一鸣继续笑而不语。唐熙急了，在后面狠狠推了一下金一鸣。

金一鸣就想让唐熙如此对他。他清清嗓子对王子赫说道："你都大四了，一脸褶子，别吓着我们家小姑娘，就叫名字吧。"

王子赫也不吃亏，回怼道："你一个研一的老同志，还好意思说我一脸褶子。"

唐熙可不理他们俩这些，她翻了一个白眼，仰起头对金一鸣说："谁是你们家小姑娘，真不要脸。"

"哈哈，害羞，害羞！"金一鸣没理唐熙，却对着王子赫解释。

"理解，理解！"王子赫还是那么三八气十足。

"你理解个头啊！"唐熙可没有耐心了，她对着王子赫喊着。这是什么驴唇不对马嘴的交流！对王子赫这样的人，就得怼，不能惯着他。

内部对抗分为红蓝双方进行，按重量级分组。金一鸣是红方的教练，在场边给队员做现场指导。

唐熙坐在地板的一侧等着看精彩的对抗。

第一场，上阵的是女队员，一看两人就是初学者。前踢，横端，你来我往。唐熙看着觉得不过瘾，就这花架子，实战一定不行。如果让她上场，用野路子都能把她们俩赢了。

唐熙一边看一边不满意地摇头。

第二场，男队员上阵，两个都是大二的学生。红方的小胖子，还是唐熙的同学。因为身材的劣势，小胖子被蓝方揍得只有招架之功没有还手之力，但嘴上还不闲着，吼吼哈嘿地喊着。

唐熙笑着低下了头。

中间休息十分钟，金一鸣过来，坐在了唐熙身边，问道："怎么样，过瘾吗？"

唐熙摇摇头,说:"离我想象的差远了。"

金一鸣神秘一笑:"这都是热场的,让新人上场练练胆识。下半场会有更精彩的。"

"真的?"

"真的!"

下半场开始了,确实精彩很多,都是高手对决,唐熙看得异常兴奋。她终于明白了,为什么电视里播放的拳击比赛,现场观众会那么疯狂,这跆拳道也差不多。

这时,裁判宣布:"最后一局,红方金一鸣对战蓝方王子赫。"

"好!揍他!"唐熙在场边鼓起掌来。王子赫叫你乱讲话,出来混迟早都是要还的。唐熙跳了起来,站着观战,等着金一鸣给自己解气。

金一鸣和王子赫,都是高手。他们不停地跳着,变换着步伐,还不时地互相试探着,伺机而动。

金一鸣四肢修长,腿法了得,在试探后,两人交战在一起。金一鸣下劈、侧踢、双飞踢,还有杀伤力更强的扣踢、后旋踢……金一鸣把能展示的腿法都展示了出来,真是帅炸了。王子赫被金一鸣逼得节节败退。

近距离时,王子赫小声说:"差不多行了,老大。我要吐血了。"

"好,我最后再来一个旋风踢。"

漫长的三分钟比赛终于结束了,王子赫躺在了地板上。

"耶!"唐熙欢呼着,蹦跳着。

"耶!"金一鸣也跟着小女生欢呼着。他向着小女生就跑了过去,他张开双臂,要拥抱她。

唐熙看明白了他的意图。不行!不能让他抱……

唐熙看金一鸣张开双臂对着她奔了过来。她的心里有一个声音是拒绝。

刚才的激烈对战,也让唐熙热血沸腾。

她忽然想到了武超和李钢曾经教过她的一个招式:过肩摔!当年她拿他们俩练手是百试百灵。

唐熙看金一鸣近前,她右腿向前迈出半步,双手抓住金一鸣的右臂,转身腰一弯胯一顶,金一鸣被唐熙借力抢起,双脚离地,继而被摔了个仰面朝天。

金一鸣做梦也没想到唐熙会来这么一招,不仅金一鸣没想到,在场的所有人都没想到。

有的女生惊讶得捂住了嘴,热闹的场地瞬间鸦雀无声。

金一鸣躺在地上缓了几秒钟,这是什么情况?熙熙怎么如此暴力?

现在他摔疼了身体,也摔疼了心。如果熙熙对他有一点好感,也不会如此这般地对他吧。

但他转念一想,熙熙就是这么活力四射,可能是刚才的对打太激烈了,刺激了小女生。她如同男生打完游戏一样,热血沸腾。

当着这么多同学的面,金教练也是要面子的。在简短的脑力活动后,他躺在地上鼓起了掌,大声叫好:"好,好,熙熙,你出徒了。为师很欣慰。"

随着他鼓掌,王子赫,还有其他同学也都鼓起了掌。

有同学低声交流:"这就是现实版的野蛮女友。"

"对啊,这是人家另类的恩爱方式。"

还有的同学啧啧感叹:"这爱情的打开方式不同,人家金教练与女朋友才是真正在'相爱相杀'中增进感情。"

金一鸣躺着,龇牙咧嘴地对唐熙小声说道:"你怎么这么狠,我们有仇吗?我估计尾椎骨摔裂了。"

唐熙抿着嘴含着笑意蹲下,她拍了一下金一鸣的胸膛,小声斥责:"说了不能亲密接触,你自找的!"

金一鸣躺着看着她得意的小模样心神迷乱。他失笑道:"大姐,你想多了,这哪叫亲密接触?这是再正常不过的庆祝胜利的方式。"

"你当我傻啊,王子赫就是给你做陪练,你当我看不出来吗?就您二位这演技,能饿死!"唐熙给了他一个要多嫌弃有多嫌弃的眼神。

唐熙已经看了几场比赛,高手对决,都是你来我往,互不相让。

而王子赫,也就是开赛时比画了两下,其余时间他都是站着等金一鸣进攻他,甚至是摆好了挨揍的姿势,任金一鸣自由发挥。

就这样拙劣的演技,当骗子去骗大妈都能被识破。

唐熙刚才的欢呼,是源于她看着王子赫挨揍,心里舒服。哪里有什么胜利的喜悦,没有对抗的胜利那也能叫胜利?!笑话一样。

"我们这是表演赛,腿法示范教学。"金一鸣躺在地板上,抱着头看着唐熙,这个姿势很舒服,能近距离地看着小女生。

他现在发现小女生很漂亮,很单纯,也很聪明。她可不是傻大姐儿,她什么都拎得清。

"哼,炫技好玩吗?一群女生为你尖叫是不是特过瘾?"唐熙不怀好意地看着他笑。她觉得金一鸣是在这些女孩子面前耍帅,当然也包括她。最后,还被她给破功了。

刚才金一鸣与王子赫对打的时候,一群女队员开始尖叫。这些女队员,入社之初就是为了金一鸣的颜值来的。即使他现在有"女朋友"陪在身旁,也不能阻止一众花痴妹妹的真情流露。

"你是不是吃醋了?"金一鸣玩味地看着唐熙。他觉得熙熙一定是吃醋了,才生气地摔他。

这一摔,摔出了金老大爆棚的幸福感。

"你是不是找打?!"唐熙眼睛一瞪,威胁着金一鸣。

"呵呵,不敢。你的过肩摔还挺标准,跟谁学的?"

"⋯⋯⋯⋯"

"我知道了,你不用回答。"金一鸣迅速反应过来,马上制止住了唐熙。

唐熙笑着点点头,明白他的意思。

"武超!"突然,她还是出其不意地故意说出了这个名字。哈哈,她就是喜欢提他。

她知道金一鸣不爱听到这个名字,但她成心想气他,他瞬间冷脸的样子特逗。

"哇⋯⋯你情商真低!"金一鸣瞬间觉得刚才的小甜蜜都荡然无存了,再可爱的小天使现在也变成了小恶魔。她在刺激他,在扎他的心。

金一鸣一个鱼跃起身，从地上站了起来，还躺着谈什么，哪有心情谈下去。

"等我！我去换衣服。"金一鸣转身往更衣室去了。

更衣室内，王子赫邀功似的靠上前："老大，教练，我今天表现怎么样？你可是得到了美女的青睐。"

"你还有脸说！就你这演技，能饿死！"金一鸣想起唐熙的评价，转述给了王子赫。

"不是，那我白挨揍了呗，挨完揍还得挨你喷？"王子赫觉得好委屈。

"活该，你就是跟我真伸手，你也是挨揍的分儿。为什么不'死'得壮烈一点呢？像个男人一样被我打趴下，不是更好吗？"金一鸣把心中的不快都吐给了王子赫。

王子赫眨了眨眼睛，咽下了苦水。今天这揍真是白挨了，人家还不领情。

转眼到了十一大假，唐熙觉得刚刚结束了暑假，就不想回家了。

正好曲玲珑在寝室卧谈会时，邀请室友们去江南玩。她家是开旅行社的，能做到一切费用最低，接待规格最高。

女孩子们欣然接受邀请。经过这一年时间的相处，女孩子平时也有小矛盾，但是过去就过去了，大家都不是斤斤计较的人。

小范围内，每个人都有固定的知心朋友。大范围内，305寝室还是非常和谐的。

唐熙和楚佳人就是一对亲密的死党。她们三观相同，互相欣赏，互相照顾。楚佳人比唐熙在感情上早熟很多，是唐熙的狗头军师。楚佳人身材火辣，穿衣风格甚是性感，她也影响着唐熙的衣品。唐熙的身材也很好，她也很欣赏楚佳人的穿着，但是她可不好意思穿得那么大胆。

唐熙在电话里告诉了老唐，她要去旅行。老唐呵呵笑着，他明白女儿的意思。

什么意思？资金支持呗。

老唐许诺,放下电话后就去银行给女儿汇款。

唐熙又告诉武超放假她不回家,要与同学去旅行。

武超笑着说:"你就是家里待不下。"

唐熙反驳:"你也不放长假,有时候白天也值班,小铁也不放假。我回家也是无聊,还不如与同学出去玩。"

"嗯。去吧,注意安全,小心被人卖了。"武超又"吓唬"她。他的吓唬就是另一种形式的嘱咐。

"你放心,曲玲珑家开的旅行社,我们跟着团走,食住行样样到位。等我拍照片回来给你看。"

"好,我等着你寒假回来。你寒假不会又想出去玩了吧?"

"不会,大冬天的哪儿也不去。"

"会不会又去 M 国看你姐?别突然有一天告诉我,你姐生孩子,你和你妈又要去探亲。"

"不会,不会,机票太贵了,总去也消费不起。"

两人窃窃私语,有说不完的话。空间上的距离,并没有影响两个人心中的情感。唐熙的心,在不经意间,靠近了武超的心。

其实,武超早已经住进她的心里,只是她还没有发觉……

北方的金秋十月,正是南方最舒适的季节。温度不冷不热,景色依旧如春。

唐熙与室友们玩得很开心。晚上她与楚佳人住在一个标准间里。

唐熙躺在床上玩着发梢,瞪着天花板发呆。

她说:"佳人,喜欢一个人到底是什么感觉?"

楚佳人说:"喜欢一个人就是你时刻想着他,还有你想与他一起做一件事。"

唐熙说:"哦,你有经验?"

楚佳人说:"没有,还没有能配得上我的年轻才俊出现。"

唐熙说:"听你说得头头是道,也不过是未入江湖,纸上谈兵。"

"两回事。我虽然没有喜欢的人,但是追求我的人多啊!我看也看明白了。你怎么忽然问我这个问题?"楚佳人骄傲地回答着唐熙。

唐熙说:"呵呵,我现在就想一个人。"

楚佳人说:"我敢保证这个人不是金一鸣。"然后楚佳人呵呵地笑了。

唐熙说:"佳人,知我者,你也。"

楚佳人说:"你少东拉西扯,你是不是想武超?你是不是喜欢他?"

唐熙一下坐了起来,揉着头发喊道:"我不知道啊。我现在是想他。我在外面玩时就想,如果是他陪我玩就好了,可是我一转头看见的是你。"

楚佳人说:"我怎么了?我配不上你吗?"

唐熙说:"不是,你别闹。你帮我分析一下。"

楚佳人说:"看这个现象,你是喜欢他。"

唐熙说:"可是我们从小就认识,记事起就在一起玩,托儿所、幼儿园、小学、初中,天天在一起,高中也几乎天天见面,我不知道是不是习惯了他的陪伴。我已经把友情、爱情、亲情混淆了。我怕我不是爱他,最后耽误了他,也耽误了自己,所以我才答应金一鸣试试实习恋爱。还有,我也不知道小超是怎么想的,他对我、对小铁都一样地讲义气。高中时他为我打架,但他也一样护着小铁啊。小铁特憨厚,特单纯,小时候有同学捉弄小铁,都是小超替他出头,后来再也没人敢欺负小铁了。我怕他当我是与小铁一样的哥们儿。我又不能问他,你喜欢我吗,就是喜欢女生的那种喜欢?如果他说不喜欢,我不得羞愧死啊!我以后还怎么跟他相处。"

楚佳人叹了一口气,说道:"现在的你,是看不清自己的感情,也不清楚他的感情,你是双重的疑惑。这样,我先帮你解决第一个问题吧,正视你的内心。"

唐熙说:"好好,快帮我分析。"

楚佳人说:"等遇见具体问题具体分析吧,睡觉!"

"别呀,佳人——"唐熙撒着娇。

"睡觉,睡觉,谁再讲话谁是小狗。"楚佳人早就累得睁不开眼睛了。

"佳人,汪……汪……"唐熙睡不着,情愿当小狗。

嗖，楚佳人一个枕头扔了过来，转身睡觉不再言语。

唐熙抱着枕头躺了下去，枕头一点儿也不好抱，抱着闷热。唐熙又把枕头扔回到楚佳人的床上，这枕头哪有寝室里的小猴子好抱。现在，她想她的小猴子，十分想，特别想。

滨城，李铁也换了工作。

这天李铁发了薪水。他下班回家的路上，正好路过一家新开的卤肉店，他进去要给爸妈买几样熟食，孝敬一下二老。

他一进到卤肉店，就闻到了一股咸香的味道，那是沁人心脾的肉香。

外国的美食，都是按配方比例制作，永远是一个味道。而中国的美食，讲究的是少许、适量，所以每家制作的口味都不相同。从个人喜好上来讲，李铁更喜欢这里的味道。

他想买一个肘子、一只鸡。

只听一个店员模样的人说："老板，我真干不了这活儿，每天闻着这味儿我腻得头疼。处理猪毛，我看着都恶心。你还是再找别人做吧。"

老板极力挽留着这个店员。李铁眼睛一亮，与老板攀谈了起来。

第二天，他就辞去了快餐店的工作，来到这家卤肉店上班。巧的是，老板也姓李，这家店就叫"李记卤肉店"。

从此，李铁在这家卤肉店当起了店员。他认真肯干，老板很满意。

慢慢地，李铁还对卤肉的配方和口味乃至火候都提出了独特的见解，经过李铁的改良，卤肉的味道更上一层楼，店里的生意也逐渐火爆。

老板连连称赞小伙子确实对美食的制作颇有灵性。

所以，吃货距离美食家，往往只是一步之遥。

我们每个人都有自己擅长的领域，不要自怨自艾。找到自己做着舒服的工作，就是幸福。不好高骛远，不妄自菲薄，做一个快乐的人。每天早上带着快乐的心情开工，每天晚上与家人围坐一桌吃着简单的餐食，便是幸福。如果你带着情绪开工，不快乐会跟着你一天。

人开心是一天，不开心也是一天，为什么不开开心心地过呢？

现在的困难只是暂时的,我们要心存希望,走着走着花就会开。走过荆棘,我们回首来时路,除了感慨,还会佩服自己勇气可嘉。一次艰苦的经历就是人生的积累,就是让自己变得更加强大的盔甲。

武超利用休息时间,踩着自行车穿梭于城市街巷之间。一辆排渣车经过,车尾带起一阵尘土,然后,接二连三地排渣车经过,滚滚烟尘中,怀揣着梦想的年轻人看到了城市里,到处都是建筑工地,到处都在开发楼盘……

10 月 6 日唐熙结束了江南行回到了京城。

10 月 7 日一早,金一鸣的电话就打来了。唐熙还在睡意蒙眬中,接起了电话。

"熙熙,你回来了,我们去跑步吧。"金一鸣欢快的声音传来。

"哦……我很累,不想去。"听到"熙熙"的称呼,唐熙反应出是金一鸣。一周未见,她觉得他是很遥远的熟人,毕竟他们俩才认识一个月。

"我们去吃早饭,我想你了,想见你。"金一鸣迫不及待地想见到唐熙。这七天假期,对他来说不是休息是煎熬。他 6 日晚就回到了寝室,本想去接机,可是他不知道唐熙几点回来。因为唐熙自打出去玩就没给他打过电话,她完全是把他给忽略掉了。

"拜托,我现在想睡觉,不想实习。"唐熙现在不想跟他费脑子。

"好,你继续睡,我去给你买粥。现在是六点半,我八点送到你楼下。"金一鸣体贴地说。

"不用麻烦。"

"不麻烦,你听我安排吧,你们寝室所有人都有份儿。"金一鸣同时启用了闺密策略,极力讨好唐熙身边人。

"哎……"唐熙还想拒绝,金一鸣已经挂了电话。

寝室的小伙伴们都已经被电话吵醒,唐熙躺在床上说:"金一鸣请大家吃早餐,我们等着就行,不用去食堂了。"

"好哎,托熙熙的福,小草哥哥亲自送餐,我们一定等着。"室友们在拿唐熙打趣儿。她们听金一鸣喊过"熙熙",也学着他的样子喊唐熙。

"不许喊这么肉麻！还叫皇上,或者叫小熙,叫全名。"

"是,皇上！"

这次,金一鸣是开车来学校的。他准备对唐熙发起总攻了。他认为开车方便,可以随时带熙熙出去玩。

金一鸣的早餐可不是学校食堂的白米粥。他去了粤式茶餐厅,买了各式茶点,还有砂锅粥。他提了两大袋子,按约定时间来到唐熙的寝室楼下。

他给唐熙打电话:"熙熙,你下来吧,再带一个同学下来,我买得很多,你一个人提不动。"唐熙没有手机,但金一鸣有。手机对他来说,不算什么。

唐熙带着李郡儿出现在了楼下。金一鸣递出了早餐,一周没见唐熙,他对着唐熙笑眯眯地欲言又止。

李郡儿看出端倪,对金一鸣道谢后,她说:"小熙,我先提一袋上去了。"

其实唐熙不希望李郡儿走,她不想一个人面对金一鸣。因为他大清早就太热情了,如同打了鸡血一般,她突然感觉不自在。

金一鸣看着唐熙:"江南好玩吗？"

"挺好玩的。嗯……谢谢你买这么高档的早餐。"唐熙看见包装袋上的店名,就知道这顿早餐质优价高了。

"你吃着舒服最重要,如果你喜欢我以后可以天天带你去吃。"

唐熙难为情地看着他。金一鸣这样是不是入戏太深了？

金一鸣接着说:"你去江南给我买什么礼物了？"他眼睛里有期待。

"礼物？"

"对,旅行礼物呀。"

"我,我什么都没买,对不起。"唐熙实事求是地小声说着。相对于金一鸣的热忱,唐熙觉得即使是朋友之间也应该有所表示,是她疏忽了。所以,她很尴尬。

"哦,我随便问问。你不用对不起,你玩得开心就好。上楼吃饭吧。"金一鸣有些许失望,但是无所谓。他坚信,以后她会想到他,以后她一定会给他买礼物。或者,以后将是他们俩的旅行,又何谈礼物之说。

唐熙拿着另一袋早餐上楼了。早餐实在是太丰盛了，桌子已经摆不开。女孩子们干脆拿报纸铺在地上，把早餐放在上面，大家席地而坐，大快朵颐。

这边唐熙刚吃完早餐，金一鸣的电话又到了。他约熙熙出去玩，就现在，他要带熙熙去看红叶，原来他一直等在楼下没走。唐熙本不想去，但是在室友的怂恿声中，她还是答应了。

金一鸣开的是一款进口的越野车，跟他的气质很配。金一鸣把唐熙安置在副驾的位置，自己转身上了车，他伸手帮唐熙扣上了安全带。

一路上，金一鸣异常活跃，侃侃而谈。这是他和熙熙第一次的正式约会，他特别兴奋。

在金一鸣说话的间隙，唐熙马上插言道："学长，我提醒你一句，我们是实习，你不要入戏太深。"

"你知道不知道，你现在说这话特煞风景。"金一鸣没有正面回应唐熙的话。

"可能我情商低吧，据说唱歌跑调的人情商都低。我是音痴。"唐熙一本正经地回答。

"你不用总提醒我这个问题，我是成年人，知道自己在做什么。"金一鸣深感无力。

"学长，我们还是结束实习吧，我不习惯。我们还是'师生关系'比较好。"唐熙说出了这一周来的想法。

"呵呵，我问你，现在你有没有甜蜜的感觉、幸福的感觉？"金一鸣问着唐熙。金一鸣意识到跟这个小女生谈恋爱，没有含蓄朦胧的美，直来直去最好，有时候还要引导她一下。

"说实话吗？"

"当然说实话。"

"出来玩，我是挺高兴的，但是没有你所说的甜蜜和激动。"

"哇，小姑娘，你也太实在了吧。第二个问题，看着我这么个帅哥，你不心动吗？"

"你,也还好吧。"金一鸣的帅,没长在唐熙的审美上,或者说她眼里已经容不进别人。

金一鸣笑着摇摇头

"我这叫还好？你品位真高。你觉得哪款才叫帅？"

"我喜欢古天乐那款的。"

"你是习惯,不是喜欢!"金一鸣的声音突然高了八度,他知道她说的是谁,马上出言阻止了她。

香山红叶行,唐熙玩得兴奋不起来,都是金一鸣在演独角戏。

唐熙看得累,金一鸣演得却不累。

金一鸣认为这才是万里长征路的第一步,追女孩子哪那么容易？

而且他喜欢的女孩子很特别,他不会轻言放弃。

十一大假后,学校将迎来一场体育盛事。

一切,该来的都会来,该发生的事情,都会发生。

第十章
爱的散文诗

　　十一大假结束,学校迎来了一个大事件,全市高等院校篮球联赛。这比赛虽然没有 CUBA(中国大学生篮球联赛)那么高的规格,但也是本市高等院校的一项高水平的传统赛事,各大学也都非常重视。

　　按大赛参赛规定,场上球员以在校本科生为主,研究生可以上场一人。

　　本科时,金一鸣在篮球场上的位置是组织后卫,是校队的绝对主力。他能最有效地组织进攻,他的耐力、韧性、视野、领袖作用都是一流的。

　　而目前他的继任者与他水平差距甚远。所以,教练请金一鸣重出江湖,每天晚上开始了赛前集训。

　　这样唐熙的课程,在晚饭时金一鸣给她讲二十分钟,然后她自己做习题,第二天早上再把习题拿给金一鸣检查。这样,唐熙的晚饭也是与金一鸣一起吃。

　　篮球赛的第一轮抽签出来了,是唐熙所在的 C 大学对阵 S 大学。

　　S 大学就是李钢的学校。这就意味着李钢和金一鸣将在篮球场上正面交锋。

　　周五晚,是两所高校男篮对垒的日子。

　　所谓养兵千日用兵一时,全市高校的篮球盛事,也正是楚佳人所在的拉拉队闪亮登场的时候,这拉拉队的中心位非楚佳人莫属。

这次,摄影社社长破天荒地安排唐熙与一个学长搭档一起跟队。唐熙终于有机会摸到高级的专业相机了。她再三保证,一定如爱护生命般地保护相机和镜头。

唐熙负责摄影,搭档负责摄像。他们将为学校网站提供第一手影像资料。

网站的编辑老师还给了唐熙一个额外的任务,就是如果能采访到对方的球员,是再好不过。

唐熙笑着接下任务,这对她来说太方便了。这任务正好撞到她枪口上了,因为 S 大的队长正是李钢。

但唐熙不知道,她的跟队机会,是金一鸣侧面找到摄影社社长求来的。他想让唐熙在场边的采访区近距离地看他打篮球,而不是坐在观众席上,那样他的目光会很难找到她。

比赛开始前,双方队员在场边做着准备活动。

李钢和金一鸣都看见了场边的唐熙。唐熙席地而坐,架着安装了长镜头的相机等待着比赛开始,完全是一副专业记者的模样。

李钢笑着走了过来,单膝蹲在唐熙面前:"傻白甜,这装备不错啊,哪来的?"

小女生很是得意,说道:"我们学校的公共财产,只有摄影水平高的人才有资格跟队拍照。"

李钢笑着打击她:"你就自吹自擂吧。"

唐熙说:"钢哥,一会儿比赛结束我要对你进行采访,你等着我,千万别走。"

李钢酷酷地摇头:"我拒绝接受你的采访。"他是想让妹妹求求他,这也是当哥的乐趣所在。

"唐熙,帮我看着背包!"一个清亮的声音响起,是楚佳人。她已经换上了拉拉队的队服,把背包拿给唐熙看管。

李钢抬头看去,哇,大美女,就是他一年前见过的,此后念念不忘的大美女,楚佳人。

唐熙读大一时,李钢来学校看过她几次。目的有二:一是来看看妹妹;二是期待再遇佳人。可是他来的时候都是周末,楚佳人并不在学校,所以他也一直没能得偿所愿。

　　没想到今天,在这赛场上偶遇了。

　　有时候幸福来得太快,快到让人措手不及,快得让人猝不及防。

　　如同,缘分,亦如同,爱情。

　　今天的楚佳人化了艳丽的妆容,一身拉拉队队服,裙子超短,衣服超紧,还露着小蛮腰。李钢被她震撼得没蹲住,一个摇晃,坐在了地上。

　　楚佳人也看见了这"敌军"的球员。她看到了他惊艳的眼神,扑哧一声笑了出来。楚佳人放下背包,转身归队了。

　　唐熙看着李钢涨红的脸和飘向楚佳人背影的眼睛,笑道:"哥,你太给我丢人了。"

　　李钢收敛心神,拍了拍唐熙的头,说道:"哥不接受你的采访,你太丑了。换个好看的来采访我。"说完,李钢也归队了。

　　唐熙心领神会,捂着嘴笑了起来。一个是她最好的女性朋友,一个是她最好的男性朋友,这个媒人她当定了。哈哈,这也是大学恋爱的成功范例。

　　金一鸣早就注意了唐熙与李钢的亲昵举动,而且唐熙最后还笑得那么灿烂。这是什么情况?他如刺猬一样警觉,竖起了刺准备攻击。

　　金一鸣决定要加紧攻势了,他不能让情敌越来越多。那未曾谋面的武超已经让他疲于应对,这近在咫尺的敌军,更让他精神紧张。

　　金一鸣跳过隔离广告牌,也蹲在了唐熙面前,说道:"我赛前不能吃得过饱,打完比赛我们一起去消夜。"

　　唐熙抬头看他:"我不去了,吃完回学校,太晚了。"

　　金一鸣坚持道:"不会,我开车了,我们快去快回,这次你请。"腹黑金一鸣给唐熙设置了一个不能拒绝的理由。

　　唐熙点点头:"好。"

　　上次金一鸣的豪华早餐,让唐熙吃得很有压力。这次金一鸣让她请,她也正好还了他这个人情。

最后，金一鸣如同宣示主权一般，笑着捏了捏唐熙的脸。唐熙不明白金一鸣怎么突然有如此举动，她很尴尬地推开了他的手。

对面的李钢把这一切尽收眼底。这是什么情况？怎么一个多月不见，唐熙还有这么亲密的"伙伴"了？

这最后的一幕，唐熙完全是害羞的表情。

李钢的脑子转了 N 个圈，想到了在滨城的傻兄弟，还在如王宝钏一样苦等着心上人，他心里不由一阵悲凉。

比赛开始了。金一鸣和李钢都是高智商和绝对理智的人，他们都看到了彼此与唐熙的亲密关系，唐熙激起了他们的斗志。两人在队中的位置相同，都是组织后卫，他们的较量是在场上的视野和组织进攻的较量，不是下三烂的小动作。

两大组织后卫的全力以赴，让比赛精彩纷呈。

场边的楚佳人，也对着这个刚才被她惊艳到的敌军，满目赞赏。她注意到他球衣上的名字——李钢。

她想起来了，他刚才在与唐熙讲话。这个人应该是报到那天，唐熙的哥哥。她再仔细看李钢的脸，坚毅、认真、帅气，两眼炯炯有神，组织有效的进攻后，更是神采飞扬。

佳人不由得心中小鹿乱撞，小女子的春心动矣。

两大男神在对决中，也被对方的球技折服，在心里暗自叫好。

可谓是英雄惜英雄！

在激烈的对抗中，一个拦截，篮球飞出了场地，直奔唐熙砸了过来。

高水平的比赛，球速很快，唐熙的第一反应是保护镜头，她把相机一偏，篮球狠狠地砸在了她的脸上。

顿时她脑袋发蒙，左眼已模糊不清。

金一鸣知道被球砸的滋味，他心中一紧，跳过了广告牌，蹲在了唐熙面前。

"怎么样，我看看？"他捧着唐熙的小脸，急切地检查唐熙的伤。

李钢也奔了过来，蹲在唐熙的另一侧，焦急地问："小熙，你眼睛能不能看清楚,要不要去医院？"

唐熙捂着眼睛点头,又摇头。好疼,唐熙疼得眼泪都掉了出来。

金一鸣看见李钢已经"兵临城下",情急之下他捧着唐熙的脸,对着她的额头就印上了一吻,这举动也是他的真情流露。

金一鸣嘴里说道:"心疼死我了,注意安全！"

李钢被他的举动震惊了,这怎么行。唐熙是武超的,唐熙的额头也应该是武超的,他怎么能侵占？

李钢抢过唐熙,撩起球衣对着她的额头就是一顿猛擦。他要把金一鸣的吻给擦掉,彻底擦掉！

李钢说道:"你怎么占人家小姑娘的便宜。"

金一鸣不忿:"你管得着吗？她是我女朋友！"

"不行,她什么时候是你女朋友了！"李钢抱住了唐熙,把她护在怀里。

"你抱着我女朋友算怎么回事。"金一鸣拼命地拽唐熙的胳膊。

"嘀……嘀……"场边响起了裁判催促的哨声。

双方的球员和教练,乃至观众,都焦急地等待着比赛继续。大家都不明白,怎么两大男神都对着一个小女生去了,好像还有争执。

唐熙推开他们俩,喊道:"都闭嘴,我没事！去比赛！"

两大男神克制住情绪,瞪着对方回到了赛场。

再次回到场上的两个人,已经没有了刚才的理智,火药味渐浓。

双方教练适时地换下了二人,让他们下场冷静冷静。

一节比赛结束,拉拉队上场了。李钢的眼睛追逐着楚佳人的情影。此时的楚佳人也看向了他。

四目相对的一刹那,两人都羞涩地避开了彼此的眼神。

楚佳人一个失神,脚下的步伐跳错了。幸好她经验丰富,及时调整了过来。

李钢又抬起头,继续看着拉拉队的中心位美女。楚佳人的余光能感觉到,他在看她。

休息时间到,楚佳人红着脸退场了。这是她第一次在表演中失误,都怨唐熙的哥哥,用月光一样的眼神包围着她,扰得她心神不宁。

李钢再次被换上场,他的心理素质绝对一流。他可以把场下发生的让他气愤的事、心仪的女孩都暂时放下。只要他站在赛场上,只要面对对手,他就能迅速调整状态,组织起有效的进攻,全神贯注地投入战斗中去。

一个优秀的组织后卫就是球场上拿球最多、投篮最少的人。

他要有足够的全局观,不能为了个人英雄主义耍帅玩酷;他要把球传到最容易得分的队友手里;他要有超强的组织能力、调动能力。在比分暂时落后的时候,他还要起到稳定军心的作用,如定海神针般成为球队的精神领袖。

这时,楚佳人的眼睛敢明目张胆地看着李钢了。她看他带球突破,看他不遗余力地跑动,看他的每一次精彩绝伦的穿插,她都为他鼓掌欢呼。

楚佳人想,球品看人品,她要的不是冲锋陷阵的大将,她要的是运筹帷幄的主帅,她要的就是这样的盖世英雄,她要的就是这样能指点江山的大男人。而这男人看她的眼神,又那样温柔,那样明亮。

李钢在比赛间隙,也听到了楚佳人的欢呼。有时他正好走到楚佳人坐的位置,会转头朝楚佳人一笑。

此时的楚佳人只抿着嘴羞涩一笑,继而低下了头。

唐熙在缓过神后,对刚才金一鸣的疯狂举动非常不满。

但她要很好地完成拍摄任务,也要金一鸣很好地完成比赛任务。所以她不动声色,只继续工作。她憋着一口气,与金一鸣的账,赛后再算!

最终比赛结果,S大在李钢的率领下以 125∶120 胜出,金一鸣率领的 C大惜败。

不过,比赛采取循环制,以后的赛程中他们也许还会相遇。

赛后,唐熙没忘老师交给她的任务,也没忘钢哥的嘱托。

楚佳人跑过来看唐熙,关心地问道:"小熙,你怎么样?我看看。"楚佳人扶着唐熙的肩膀,看她的脸。

唐熙此时额头是红肿,左眼是乌青。楚佳人笑了出来:"小熙,你像刚打过群架的。”

唐熙白了她一眼，说道："佳人，你能帮我个忙吗？我有一个大任务没完成。"

楚佳人说："你说。"

唐熙说："我现在受伤了不上镜，你来帮我采访对方的球员。"

楚佳人说："我也不知道问什么呀？"

唐熙说："我有稿，你背下来按稿子说，就几句话。然后对方说什么，你简单接几句就行。"说着，唐熙把采访稿递给了佳人。

楚佳人接过，看着稿子问道："我采访谁啊？"

两人正说着，李钢走了过来。

唐熙说："你就采访他。"

楚佳人抬头，看到是李钢，立刻手足无措了起来。唐熙第一次看到气场强大的楚佳人，也有如此害羞的一面。

唐熙给两人正式介绍道："这是 S 大篮球队队长，李钢。这是我们 C 大拉拉队队长，楚佳人。"

然后，两个人红着脸，开始了一场前所未有的采访。

楚佳人拿着麦克风站在摄像机前，她低着头不好意思看李钢，小声说道："先恭喜 S 大在你的带领下取得了首场比赛的胜利，嗯……"她忘词了。

李钢听出来她是忘词了，马上接话想为她化解尴尬，他说道："同喜，同喜。"

然后，楚佳人居然还很认真地点头说："嗯，嗯。谢谢！"现在两人的脑子都是神游状态。

"停！"摄像小哥喊了起来，"重来！"

唐熙蹲在摄像机下，哭笑不得地捂住了头喊道："你俩干啥呢，咋还同喜同喜？有点儿立场行不行！"

第二次开机，两人都忘记了说话，站在那里看着对方。他们在彼此眼中看到了自己，那是一种似曾相识的感觉。

摄像小哥开机半天，两人也没有只言片语。摄像小哥对着唐熙低声嘀咕了一句:"这是拍偶像剧吗？"

唐熙蹲在下面急死了,就这采访节奏,什么时候能完事！她还着急去找金一鸣兴师问罪呢。

摄像小哥接着对唐熙说:"你,提词儿。"

唐熙把稿子举过头顶,用脚轻轻碰了一下楚佳人,意思是你忘词了,看一眼稿子快说。

楚佳人缓过神来,根本不理唐熙的稿子,说道:"你今天表现非常好,请问你的动力是什么？"

李钢看着楚佳人:"我为我母校的荣誉而战,为我喜欢的女孩而战,我要站在最高最耀眼的所在,让她看见我。我要让她知道,以后在任何时候,我都会为她去拼搏,为她去争取,为她去奋斗。"

楚佳人眉目含情,倾城一笑,接着问:"她看见你了吗？"

李钢坚定地看着佳人说:"她看见了,就现在,她的眼睛里都是我。"

楚佳人含着笑别过了脸,如紫霞仙子所说,她等到了她的盖世英雄,他抽出了她的宝剑。

唐熙默默地放下了稿子,摄像小哥也默默地关闭了机器。唐熙的采访任务,没有完成。

唐熙伸手把佳人的麦克风拿了过来,蹲下帮摄像小哥整理设备。

李钢说:"明天,我请你吃饭。"

楚佳人笑问:"中饭还是晚饭？"

李钢也笑了,他回答:"都请。我希望在不久的将来,你的一日三餐,我都请。"

李钢是不轻易给人承诺的人,只要他给了承诺,必会达成。

楚佳人意味深长地笑着没回答他,而是转向唐熙说:"唐熙,我爸在体育馆外面等着接我回家过周末,我先走了。"说着她背起背包转身走了。

李钢跟了出去,他追问着佳人家的电话号码还有佳人的 QQ 号。

楚佳人拿出背包里的笔,问道:"我写在哪里？"

李钢弯下了腰,说道:"球衣上。"

楚佳人笑着把电话号码和 QQ 号签在了李钢的球衣上。

但是她故意都少写了一位数字,这是女孩子的小矜持,也是女孩子的小心思。她要让他着急,让他知道追女孩子没那么容易。

李钢目送佳人上了她爸爸的车,转身跑回了体育馆。他要问问唐熙,她与金一鸣究竟是怎么回事。

当他回到体育馆的时候,只看见摄像小哥一人,他拿着摄像机,另一只手还拎着唐熙的相机包。

李钢问:"同学,唐熙呢?"

摄像小哥答道:"跟她男朋友走了。"

李钢听到这个答案心中一惊,接着问:"男朋友?金一鸣真是她男朋友吗?"

李钢记住了金一鸣的名字。

"是啊,热恋期,恩爱着呢,早餐晚餐都在一起吃。"摄像小哥给了他一个肯定的答案。

摄像小哥看着李钢依然怀疑的眼神,又说道:"赛前他们俩约好要去吃夜宵。这不,唐熙让我帮她把相机拿回去。"

赛前,唐熙与摄像小哥一起坐在采访区,所以摄像也听见了她与金一鸣的约定。

"坏了,坏了,怕什么来什么!"李钢顿时冒出了冷汗。

金一鸣冷静下来后,他意识到自己错了。

在完成比赛后,他坐在更衣室里发呆,他不知道唐熙会怎么对他。他有点儿害怕她,害怕她再也不理他。但是,他知道躲不是办法,也不是男人所为,他要去面对她。他要跟她讲清楚,他是真心喜欢她。

唐熙把相机托付给师兄,在更衣室外等着金一鸣。

金一鸣换完衣服,出了更衣室。唐熙看见他就两眼冒火,气呼呼地朝他走来。小丫头的手攥着拳头,唐熙的暴力金一鸣领教过,他早做了防备。

唐熙刚打出一拳,就被金一鸣钳制住,他低声说道:"熙熙,我对你万分抱歉。我们上车说。"

唐熙被金一鸣拉着往停车场走去。在同学们看来,这就是一对情侣在闹别扭。

唐熙被金一鸣拉到车旁,准备拉开副驾驶的门。

唐熙拒绝道:"我不要上车,那个空间太密闭,我怕你有出格的举动。"小丫头一点儿不给他留情面,自我保护意识很强。

金一鸣仰天长叹,说道:"你把我当成什么人了?"

"坏人!卑鄙无耻下流的人!乘人之危的人!"唐熙把所有能想到的词都用上了。

唐熙紧靠着车,金一鸣把唐熙环固在他和车之间。

他郑重地说:"唐熙,我再次跟你道歉,但我是真的喜欢你。我看你的朋友也很关心你,我才着急宣示主权,我是怕他抢走你。你是我这二十四年来第一个喜欢的女孩子,也是最后一个,我视你如珍宝,我不想侵犯你,错都在我。另外我也是第一次恋爱,我没经验,遇见情敌后我不知所措了,我慌了。我当时能想到的办法就是吻你。"

唐熙看到了金一鸣的真诚和忏悔,她有一丝动容。

金一鸣看着唐熙受伤的小脸,接着说:"你不要说我入戏太深,我从来都不是演戏,我是真的很在乎你。刚才你被球砸,比砸在我身上都疼。现在,你的脸还疼吗?"金一鸣的语气温柔,眸色深情。

唐熙点点头,她的脸确实麻木。

金一鸣怜惜地问:"我能摸一下吗?"

唐熙摇摇头,说道:"学长,我能感觉到你的真诚。但是,我也想跟你说,我不喜欢你。我们适合做朋友,你走不进我的心里。"

金一鸣问道:"你心里有谁?武超还是李钢?"赛场上,金一鸣记下了李钢的名字。

唐熙答:"我当李钢是哥哥,他当我是妹妹。我承认,我心里有武超,但是我就是不确定这是不是爱情。我也要跟你道歉,我当初答应跟你实习,也是想知道与其他男生交往的感觉。我对武超的感情,我确实分辨不出是亲情友情还是爱情。"

金一鸣知道了实习的原委,哑然失笑。这个丫头真笨,笨得可爱,笨得想让人保护她。

金一鸣看着唐熙,他知道她不喜欢自己,只是拿自己当试金石。如果他还一味地追她,必然会给她压力,让她逃离。如果守在她身边,也许他还有一线生机。金一鸣退而求其次。

金一鸣说了一句,我帮你。说着他一手托住唐熙的后脑,一手收紧揽住了唐熙的腰,压迫式地吻了过来。

"不行,不行。"唐熙极力挣扎,眼泪横飞。她的脑子里显现的是武超的脸,她想如果是武超吻她,她必然不躲。这世间只有武超能吻她。

她害怕地闭着眼睛不停地摇头,手慌乱地捶打着金一鸣,嘴里喊着:"你不可以。"

金一鸣抱着她问:"谁可以?"

"武超可以。"她还在哭。

金一鸣抱着她,忍不住心酸地笑了。他说道:"睁开眼睛吧,我也没把你怎么样。"

对啊,要吻早吻了,谁能抱这么半天还不吻下去,还能如此"友好"地聊天。

金一鸣松开了唐熙,唐熙靠着车站着,擦着眼泪啜泣着。

金一鸣说:"你傻不傻,这都分不清楚。李钢是亲情,我是友情,那个你想让他吻你的人就是爱情,笨死!"说着金一鸣敲了一下唐熙的额头。

"哎呀!疼!"唐熙捂住了额头。

对啊,金一鸣说得对。然后,她破涕为笑。这千古谜题就这么迎刃而解了。

她知道自己的心了。原来她对小超的感情就是爱情。原来爱情离她那么近,她却没发现。而且,她猜,小超应该也喜欢她。嗯……也不是猜,是感悟,是用心感悟到的。

最后她捂着嘴哈哈哈大笑起来。

金一鸣看着这个傻姑娘,心里一阵酸楚,如果这个女孩爱的是自己该有多好。

金一鸣说道:"你的心意我明白了,以后我们还是'师生'关系。我们做朋友,做好朋友。我再次向你道歉。"

唐熙不好意思地摇摇头,说道:"这样吧,以后你做我大哥,我当你小弟。就像王子赫那样,我也喊你老大。"

"我是缺小弟的人吗?我缺的是一女朋友!"金一鸣吼了起来。这次他是仰天长啸。

"哈哈哈,要不,咱喊上王子赫,也来个桃园三结义吧。"唐熙笑得前仰后合。

这是哪跟哪啊!校草金老大,硬生生地把恋爱谈成了拜把子!

"不过,熙熙,我告诉你,我可是没有放弃你。"金一鸣深情款款地看着唐熙。

"啊?"唐熙吓了一跳,不知所措地看着金一鸣。

"啊什么啊呀,也许你需要一个替补队员呢?"金一鸣看着她一摊手,表情可爱搞笑。

"我不需要。"唐熙很认真地回答他。

"哈哈,你也别急着拒绝。我给你一个后续服务吧,如果觉得他不合适,欢迎回来找我。"金一鸣说得轻松,如同玩笑般,但也是他的心里话。

"呵呵,老大,您太客气了。说了,不需要。"唐熙再次笑着重申。

"好了,我失恋了,我伤心!你请我吃饭!"金一鸣笑着对唐熙喊道。

"好,好。我请。"唐熙点头,这饭她必须请,她最要感谢的人就是金老大。

金一鸣拉开车门,唐熙笑着坐进了副驾驶。金一鸣绕过车子,长出了一口气,这失恋的滋味太难受。幸好,他拥有天时地利,就安心做个替补吧。

这时,S大的大巴缓缓驶过,李钢看到了金一鸣与唐熙在车前的小"甜蜜",他看见小熙笑得那么开心,也看见了唐熙坐进了豪车的副驾驶。

这事——挺大，他必须要通知武超了。

李钢坐在大巴里，脑子在飞快运转。他想这事应该怎么跟武超说，才能把伤害降到最低。

他感慨爱情来得太快，唐熙的男朋友犹如天降。

然后他又想到了自己。他自己何尝不是，一场球赛，俘获了佳人的芳心。

想到楚佳人，他心潮澎湃，那是从没有过的幸福感。他从背包里拿出了球衣，看着上面的数字回味地笑着。

他脑子里都是楚佳人明艳动人的模样。音乐响起时，她的眼神能摄人魂魄，她性感、冶艳，但是眉宇间还有隐约的纯真。她坐在场下时，又娴静羞涩。她如一颗红石榴，外表热情奔放，内在却又清甜娇美。

李钢经过这一晚上高强度的对抗，身体极度疲惫。他想着佳人，昏昏沉沉地睡着了。

大巴抵达学校的时候已近十点。他整理思绪，准备先给佳人打电话，约明天见面，再跟佳人确认一下唐熙与金一鸣的关系。可他怀着忐忑激动的心情拨打佳人留下的号码时，他才发现少了一位。

李钢不禁失笑，这是佳人的小伎俩，她想让他夜不能寐。

李钢又打给唐熙，可是唐熙的室友说，唐熙与男朋友出去了，还没回来，因为室友们都去看了球赛，也看见了金一鸣拉着唐熙离开。李钢心情沉重。

李钢深深呼了一口气，拨打了武超办公室的电话。

接电话的是武超，他没有出车。同时，李钢又不希望是武超接电话，他想能瞒一刻是一刻，他能想象到武超知道这件事会受到多大的打击。

李钢尽量平静地说："小超，我跟你说一件事。"

武超听出了他严肃的口吻，试探着问道："好事还是坏事？"

武超有种不祥的预感，李钢从来不用这样的语气讲话。而且李钢能跟他说什么事，除了唐熙，他想不出别的。

李钢说:"是关于唐熙的事。"

"唐熙怎么了? 她是受伤了还是病了?"武超第一个想到的就是唐熙的安危。

"都不是,都不是。"李钢急于否定,他怕武超着急。

"你说啊,唐熙怎么了?"武超已经很着急了。他想不出唐熙发生了什么事。

"她……谈恋爱了。"李钢尽量说得和缓、清晰。

"你再说一遍,我没听清楚。"武超怀疑自己耳朵有问题。

"她……谈恋爱了。"李钢更清晰地重复了一遍。

听清楚了李钢的话,武超的头要炸了似的疼了起来,马上,他又告诉自己是李钢弄错了,李钢一定是哪个环节没搞明白,所以误会了。

"你开什么玩笑,不可能。你是误会了。"武超对着电话否定李钢,也是在安慰自己。

"武超,这事我能乱讲吗? 就今天……"李钢想说出他今天的所见所闻。

"停! 你别讲!"武超喝住了李钢。他稳了稳情绪又继续说:"这是办公室,我出去打给你。"

武超跟师傅打了一声招呼,跑出了值班室,跑到了路边的一个电话亭里。

这个电话亭是他和唐熙经常通电话的地方。

红色的小亭子,是他幸福快乐的天堂。在这封闭的小亭子里,他们俩能聊上一个小时,通常是电话卡打爆了,他才出来。有时候聊得不尽兴,他还会换一张卡接着打。

武超把电话卡插进卡口,拿着电话他突然不敢打给李钢了。

他决定先打给唐熙,先装作什么都不知道,跟唐熙聊一会儿,了解事情的来龙去脉后,他再"傲娇"地告诉李钢,是你误会了,唐熙还是唐熙,她还是"单身"!

可是,现实又给了他一记重击。

他拨通了唐熙寝室的电话,以前他经常打电话,室友也知道他是唐熙的发小。

武超语气轻松地说:"你好,我找唐熙。"

接电话的陈璐说:"唐熙还没回来。"

武超问:"快十点了,她怎么还没回来?"

陈璐:"她跟她男朋友出去了。"

武超的头更疼了。他故作轻松地问:"她什么时候有男朋友了?"

陈璐:"开学后有的。研一的学长帮她补习高数,补着补着就成男朋友了。"

武超啪地一下,挂断了电话。电话的另一端,陈璐一惊,以前武超可不是这么没礼貌,今天怎么这么快就收线了。不过,陈璐也不介意,武超跟她也没关系。

武超想起来了,这就是唐熙说的老师!现在马上十点了,她为什么还不回寝室?

武超继续打给李钢。由于慌乱,他甚至拨错了号码。

他对李钢说:"你说吧。"他已经做好了思想准备。

李钢突然不知道从何说起。他喝了一口水润润喉咙,说道:"今天我们学校和唐熙学校篮球比赛,那个男生也是球员。然后唐熙在场边拍照,被篮球砸了。"李钢停了下来,下面的话他很难说出口。

"严重吗?砸哪里了?"武超急切地问李钢。

"砸脸了,眼睛乌青,额头也肿了。"李钢实事求是。

"她又受伤了,这笨蛋不知道躲开吗?"武超拿着电话心如刀割。他一个大男生被球砸都疼得晕头转向,何况唐熙一个小姑娘,她得多疼!如果他在唐熙身旁,一定抱住她好好安慰,好好呵护。

"这不是重点。重点是,那个男生,当时也在场上。他看见唐熙被砸,不顾一切地跑下去抱住了唐熙,还……亲了她的额头。"李钢尽量说得缓慢,让武超有一个心理缓冲。

李钢的话,字字诛心。武超站不住了,他靠在了电话亭的玻璃墙上。

都到吻的地步了!

"你干吗跟我说细节！不许跟我说细节！"武超对着电话吼了起来。

"我不说细节,你能知道事情发展到什么地步吗?"李钢也不想说细节,但是有些话他必须得说。

"她不听话,她不听我的话。我告诉她不要谈恋爱。她忘了。她都忘了。她答应我了,等我带她去周游世界,她都忘了。"武超说着哭了出来。然后,他控制不住情绪大哭起来。

"唐熙喜欢他吗?"止住悲声,武超问了一句他想了解的真实情况。

他要做到有备而出,他要去夺回唐熙。

"喜欢不喜欢我不知道,但是小熙跟他在一起很开心很快乐。"李钢想起他在大巴里看到的情形,那是唐熙与金一鸣在一起时灿烂的笑容。

"小熙不喜欢他,小熙一定喜欢我多一些,她跟我在一起更开心。我能跟她抢草莓圣代,我能背着她跑。她还在 M 国给我买了超人。"武超自言自语,自我安慰,眼泪却依然汹涌不断。

"嗯,对,你说得对。但是我还听说,嗯……能说吗?能说细节吗?"李钢附和着他,但是该说的话他要说出来。他还要兼顾兄弟的心理承受能力。

"你说吧。"武超已经坐在了地上。亲额头都说了,还有什么不能说,他能挺住。

"我听她同学说,他们早晚都在一起吃饭,现在属于热恋期。"

"吃饭算什么?我们也一起吃饭。"武超继续给自己打气。

武超才不怕一起吃饭,谁还没在一起吃过饭。他们还在一个房间睡过一晚上呢。虽然旁边有李铁,虽然他们一个睡床,一个睡地,但这也足以证明他们的关系更亲密无间。

他后悔那个阳光灿烂的早上,他没有不亲吻她。他应该告诉小熙,我喜欢你。也许换来一记耳光,也许是温柔的回吻。当时,他太患得患失了,太怕失去她了。

如果,那个清晨,他吻了她,也不至于今天晚上的天空一片黑暗,没有月亮也没有星星……

武超控制住情绪,说:"哥,我知道了。就这样吧,我能把她追回来。"他想挂线了。

"嗯,还有……"李钢话没说完,他还得继续说。

"说,有什么你都说出来。"武超已经无所谓了。

"那个男生,条件很好:研究生在读,长得也不错,开的车也不是一般人能买得起的。"这些李钢也要说出来,他不羡慕豪车,但不代表女孩子不羡慕,也许她也有虚荣心。

"试问有几个女孩能目中无车、目中无才? 条件甚好的青年才俊,哪个女孩能不动心?"李钢说出了他的结论。

李钢虽然与唐熙一起长大,但是他不确定上了大学的唐熙,是否还如以前那么单纯、洒脱。从外在条件看金一鸣,绝对是完美男友,即使唐熙喜欢他也正常。李钢得给武超敲响警钟。

"哥,如果你认为唐熙爱慕虚荣,那你就错了。"武超认为李钢有此想法,是对唐熙人格的侮辱。

武超继续表达着他对李钢观点的不苟同:"你看着她长大,她是爱慕虚荣的女孩吗? 一辆车就能打动她吗? 物质条件能打动她吗? 她看着钻戒都无感,还评价那是一块石头。你怎么能那样想她!"

"我想错了,是我一时糊涂。"李钢也觉得自己太轻贱唐熙了。他怎么能那么想妹妹。

"好了,钢哥,我会追回唐熙。就这样,你让我想想。"武超逐渐恢复了理智,结束了与李钢的通话。

武超认为事情还没有那么糟糕,他还有胜算,而且胜算很大。

他对自己与小熙的感情充满了信心。也许自己跟小熙表白后,她会恍然大悟。她还会责怪他,为什么不早说。然后小熙就会接纳他,拥抱他。她还是他的小公主,是他最纯洁最可爱最漂亮的二货小公主。

想着,想着,武超笑了出来。还等什么? 现在就给唐熙打电话,现在就告诉她,他喜欢她、爱她。明天晚上他就买火车票去京城看她,后天早上他就能与她一起吃早餐。

他幻想着,他到唐熙寝室楼下,给她一个大大的惊喜,然后她会飞奔到他怀里，他一定紧紧抱住她，不让她再有别的想法。

然后他要告诉那个男生，唐熙喜欢的是我，你离她远点。

现在他想想就激动，想想就甜蜜。

武超站起身看看时间，晚上十点四十分，现在唐熙一定回寝室了。时间还不算晚，她和她的室友应该还没睡觉。

他要表白了，按电话键的手开始颤抖，他清清嗓子，告诉自己不要太紧张，不要太激动。

表白的词呢？他还没想好。唉！也不用想了，把自己的心里话说出来就行。

电话被接起，还是陈璐接的电话。武超说道："你好，请找唐熙，谢谢。"

陈璐："唐熙还没回来啊。你是武超吧？"陈璐已经能听出他的声音。

武超心里一紧，这个时间，唐熙怎么还没回来？"嗯嗯，是我，你们周末几点锁楼门，唐熙怎么还没回来？"他有隐约的担心，毕竟唐熙是与男生一起出去的。

"周末一般是十二点锁楼门。周末，有上大自习的同学，还有出去玩的同学，会回来晚一些。"陈璐回答。

"谢谢，我一会儿再打吧。"武超没有了刚才的兴奋，开始紧张起来。

他索性席地而坐，等着过二十分钟再给唐熙打电话。十点，唐熙怎么也能回到寝室了。

十点，武超打电话，唐熙没回来。

十点三十分，武超打电话，唐熙还没回来。

最后陈璐说："武超，我们要睡觉了。你还有事吗？"这是委婉地提醒武超，别再打扰她们休息。

武超说："哦，好。不好意思，我十二点还会再打一次，我有急事跟她说。"

现在的武超已经没有刚才的淡定了，他现在满脑子胡思乱想，想唐熙与那个男生会怎么样。他亲都亲过了，比亲更严重的事情是什么？他不敢想象！他的头又开始疼了。

此时的滨城,秋风瑟瑟,秋雨潇潇。渐渐地,雨势越来越大,他的心也越来越凉。

唐熙在与那个男生干什么! 干什么!

他想象着,那个人拥着小熙,然后吻她,然后,不能想,不能想!

他无助地坐在地上,双手抱着头,又哭了出来。这次是绝望地哭。

十二点,他再打过去,陈璐接起来直接说:"唐熙没回来。"然后就挂断了电话。

武超彻底地绝望了! 他坐在地上哭得肝肠寸断。

他边哭边想,那个人对唐熙做一些不可描述的事情,他就想杀了那个人。他想着唐熙一切的美好,都给了那个人,他就要疯了。他的小公主他不忍心亵渎半分,居然被那小子给……他受不了了!

"唐熙,你回来! 求你了,回寝室。"他哭着喃喃自语。

他要在这里坐一夜,明天一早他就给唐熙打电话。他会装作什么都不知道,只要她回来就行。只要她随便说个理由给他,他就相信。然后他就当什么都没发生过,然后表白,然后去京城看她。

他痴痴傻傻地坐在电话亭的地上,眼泪一滴滴落下。

周五的晚上,乃至周六的上午,唐熙都在陪着金一鸣。

周五夜,体育馆外。金一鸣上车后,发动了车子。他问唐熙:"你想吃什么?"

唐熙说:"你选,我请你。"

金一鸣不好意思地笑笑:"说实话,我不知道吃什么。我妈从来不许我乱吃东西。上次的羊肉串,还是我第一次吃。你选吧,你带我吃什么都行。"

唐熙笑道:"你真乖,我妈也不许我乱吃东西,我都是吃完不告诉她,比如油炸蚂蚱、炸知了、烧麻雀。"

金一鸣笑问:"停,小姐,你不会带我去吃这些吧?"

唐熙说:"呵呵,不会。今天带你吃我家乡的美食,小海鲜!"

金一鸣说:"你确定?"

唐熙说:"确定,我好久没吃海鲜了,我现在很想海里的味道。"

"好,你指路,我舍命陪君子!"金一鸣像下了决心般说道。

"哈哈,我带你吃个饭不至于吧!又不是把你卖了,又不是要你的命。"唐熙心情很好地与金一鸣调侃。

就这样,唐熙跟金一鸣一路狂聊,往她常光顾的一个海鲜小店驶去。

好朋友,就是金一鸣在唐熙心中的最佳位置,没有了"实习"的束缚,两人聊得很高兴。

金一鸣看着唐熙乌青的左眼,说起话来眉飞色舞的可爱神态,心中无限惆怅。

世间万事都不尽完美,比如一个"情"字,他就逃不过。

这时,车内的交通台传来了一首《很爱很爱你》,纯净、真诚的女声唱起:

> 很爱很爱你,所以愿意,舍得让你,往更多幸福的地方飞去;
> 很爱很爱你,只有让你,拥有爱情,我才安心……
> 地球上两个人能相遇不容易,
> 做不成你的情人我仍感激……
> 很爱很爱你,所以愿意不牵绊你,往更多幸福的地方飞去;
> 很爱很爱你,只有让你拥有爱情,我才安心……

车在路上行驶,车窗两侧城市的霓虹灯不停闪过。伴着温暖中带着哀婉的歌声,两人都不讲话了。

一曲终了,电台主播娓娓道来:"这首奶茶的歌是今天晚上的结束歌曲。为爱放手也是一种成全,也是一种伟大。心中有爱就有希望。也许当他蓦然回首时,能看见你所有的好。长街亭,烟花绽,我挑灯回看。月如梭,红尘碾,你把琴再叹。听弦断,只恨别离难;静水深流,沧笙踏歌,三生阴晴圆缺,一朝悲欢离合,用我三生烟火,换你一世迷离。各位听友,晚安。"

金一鸣看着前方的路,悠悠问道:"熙熙,以后再听到这首歌,你会不会想起我？"

唐熙微笑着含泪点头，柔声以对："会。我很高兴认识你。"

金一鸣亦含泪勉强笑答："我不高兴认识你，如同黄粱一梦。"

唐熙说："我也非常抱歉，让你认识了我。"

金一鸣佯装无奈："是啊，我现在还得帮你拿到毕业证，亏大了！"

唐熙抱拳："谢了，老大！我全家都谢谢你。"

金一鸣苦笑："行了，您客气。让武超请我吃饭！"

唐熙掩口甜笑："我可没提他的名字，是你提的。"

金一鸣继续摇头苦笑："我喜欢自虐，不行吗？"

唐熙忙点头，竖起了大拇指，学着金一鸣的口气："您局气！"

他们来到了一家名叫"滨城海鲜大排档"的小店，店面不大，靠着墙是一面水族柜。

老板娘看见唐熙来了，热情地打招呼："'小闺宁'，好久没来了。"这是浓浓的滨城乡音。

唐熙被老板娘"传染"，也说起了乡音，热情地回应着老板娘。

两个人的"海蛎子"味口音，惹笑了金一鸣。

在金一鸣的眼里，唐熙更可爱了。正所谓越了解，越喜欢。

唐熙点了四个菜，葱油海螺片、白灼小八爪鱼、清蒸皮皮虾、辣炒蚬子，还有两份海胆蒸蛋。

金一鸣看着一桌子菜，咽了咽口水说道："这些东西我吃不饱，给我来一碗蛋炒饭吧。"

老板娘建议道："蛋炒饭在哪儿不能吃？我给你下一碗蚬子面吧，保证没沙子，鲜溜儿。"

金一鸣表情莫测，笑着点点头。唐熙解释道："鲜溜儿，就是非常鲜美的意思。"

接着她喊道："老板娘，两碗蚬子面。"

片刻，面上来了，白白的面条上放了烫好的小白菜，还有带壳的蚬子混在其中。

唐熙说:"快尝尝,很好吃的。"

金一鸣迟疑了一下,然后拿起筷子吃了起来。这面,确实很好吃,非常鲜美。

海胆蒸蛋,金一鸣推给了唐熙,他说他吃不惯这个味道。

吃完饭,已经十点多了,两人坐进了车里,唐熙系好安全带等着金一鸣开车。

金一鸣坐在驾驶位上没动,唐熙转头看向他。

金一鸣面色红润,呼吸急促,眼神迷离地看着唐熙,表情有压抑有克制。

唐熙感知到危险,说道:"老大,你冷静,你想要干什么!"说着,她要松开安全带,想跑下车去找老板娘姐姐寻求保护。

金一鸣一把按住了她的手,艰难地说道:"你想什么呢?快送我去医院。我……海鲜过敏!我……喘不上气。"

"啊?"唐熙伸手摸了一下金一鸣的脸,是烫的。

金一鸣喊道:"别摸,痒!"

唐熙跳下车,也把金一鸣扶下了车,她扶着他站在路边打车。

他们运气还不错,金一鸣很快被送进了急诊。他躺在病床上吸着氧气,挂着脱敏的药水。

金一鸣跟医生断断续续地叙述着病史。他以前有海鲜过敏史,只是身上会起疹子,吃过脱敏药就会痊愈,不知道这次为什么这么凶险。

医生分析,可能是他剧烈运动后,身体极度疲惫,自身的免疫能力没有以前那么强,所以严重的过敏反应导致他呼吸困难、全身起丘疹。幸好就医及时,并无大碍,不过按医嘱输液后,还需要留院观察十二个小时才能离开。

唐熙心存愧疚,她翻出金一鸣电话,要打给他父母,出了这么大的事,唐熙还是要通知他的家人的。

金一鸣虚弱地说:"我爸妈不在国内,去欧洲了。"

唐熙又翻看着号码,说道:"我打给你爷爷。"

金一鸣按住她："我爷爷九十岁了,早已经休息,你不要打扰他。吓坏了他,你负不了责。今晚,就麻烦你陪我吧。"金一鸣爷爷身边有工作人员,但是他不想让叔叔阿姨来陪他。他已没有生命危险,还是唐熙陪在他身边最暖,这也是他的小私心。

唐熙擦着眼泪,忙点头："今晚我一定陪你,必须陪你。"

她好害怕,金一鸣的过敏反应太凶险了,她差一点就失去了这个好朋友。

唐熙一直陪在金一鸣的病床旁,医生给金一鸣开了五个各种功效的吊瓶,估计要滴一夜。

金一鸣早已经累得睡着了。唐熙在床边时刻观察着吊瓶的进度。

唐熙一夜无眠,困了就站起来溜达溜达,实在困得难熬,她就去卫生间用冷水洗脸。

她想,武超值一个夜班,不能睡觉得多难受。而且他每过两天就得值一次夜班,实在是太辛苦了。

当天空泛起鱼肚白,金一鸣的吊瓶也滴完了。唐熙靠在他床边沉沉睡去。

早上六点,武超一夜无眠,他拨通了唐熙寝室的电话号码。

武超说了一句："你好,请找唐熙。"他发现自己的嗓子干疼,说话已经很困难,吞咽口水都疼得难受。

陈璐在睡意蒙眬中接了电话："哦,唐熙不在。"

"她是没回寝室吗?"武超捏着嗓子处的皮肤艰难发问。

"嗯……是。"陈璐如实回答,"你是武超吗?待唐熙回来,我转告她打给你吧。"

"不用她回电话,我没事了。"武超挂断电话,走出了电话亭。

一夜时间,武超想明白了。唐熙有思想,这事必定是她自己愿意的,这说明她一定很爱那个男生,那他就祝福她吧。也许,那个人就是唐熙说的精神伴侣。而他,自始至终,都是唐熙心中的好哥们儿。

武超回到了办公室,正好是他们交接班时间。幸好一夜没出车,替补的

B组也在宿舍睡觉,所以除了师傅没人知道他出去过。他回到了宿舍,倒头就睡。

唐熙趴在金一鸣床边睡到早上八点才起来。

她一坐起身,觉得腰酸背疼,脖子僵硬。

她活动着身体,看见金一鸣正咧着嘴笑得异常灿烂。

唐熙不明就里,问道:"老大,你正常了? 你笑什么? "

金一鸣笑道:"你知道吗,你睡觉流口水。"

"嗯? "唐熙低头一看,床单上确实湿了一片,"不是,我躺着睡觉不流,这坐着睡觉控制不了嘴。"

"你还打呼。"金一鸣又放出了一个炸弹。

"不是。我是坐着睡觉,呼吸不舒畅。"唐熙忙解释,以前没听室友说过她打呼,好丢人。

金一鸣稍微收敛了笑容,说道:"我饿了,你快去给我买吃的。"

唐熙笑问:"买海鲜粥吗? 哈哈哈哈……"

金一鸣一副任她宰割的表情:"你要是恨我不死你就买,你买什么我吃什么。"

唐熙说:"我还是留着你给我讲高数吧! "

小女生利落地出了病房,买早餐去了。

她永远精力充沛,像一株向日葵向阳而生。

金一鸣看着她的背影,回味无穷地笑着,退回到小女生好朋友的位置,反而觉得彼此之间更亲近了。

唐熙买了两人份的早餐回来。金一鸣坐在病床上,假装虚弱地说:"你喂我吧。"

唐熙给他安装上小餐桌,把小米粥摆在了桌子上,说道:"你爱吃不吃! "

金一鸣是过敏反应,又不是上肢外伤,想骗她喂他,做梦吧!

"就你这样,一点儿也不温柔。武超能喜欢你才怪! "金一鸣开始打击唐熙。

"呵呵,你错了。我喂过他,就是不喂你。"唐熙可不怕斗嘴。气人她最拿手。

"好啦,你别扎我心了!"金一鸣拿起羹匙,自己吃了起来。

唐熙坐在床边,也端着一份粥吃了起来。

"老大,你海鲜过敏怎么不告诉我。多危险,我差点儿成了千古罪人。"唐熙边吃边说。

"我想只要你高兴就好,我就陪你去吃。我当时想少吃一点点,然后回寝室吃脱敏药就可以了,没想到这次这么凶险。还有,老板娘蛋炒饭也不给我吃,非得推荐蚬子面,你们吃面条也放海鲜,有没有不放海鲜的食物?"金一鸣控诉着。

"你就说好不好吃吧?"唐熙跟他抬杠。

"好吃!"金一鸣也承认好吃了,"但是,我以后是不敢去你们滨城了,什么菜式都放海鲜,我吃什么?"

"大饼卷馒头就着米饭吃。"唐熙说出了自创的菜式。

"哈哈哈……"金一鸣已经乐不可支,与小女生聊天就是这么开心。

金一鸣结束观察,与唐熙回到学校已经下午一点了。

唐熙回到寝室准备补眠。寝室没有同学,她看到了陈璐给她书桌上留的字条:"武超找过你,后来说不用你回电话了。自己斟酌。"

唐熙像怀揣着小兔子一样给武超拨电话,她在知道了自己心意后,竟然不知道怎么跟他讲话,她觉得好羞涩。

武超的值班同事告诉唐熙,武超在睡觉。唐熙说:"先别喊他了。我晚一些时候再打吧。"

唐熙知道武超辛苦,她要做一个会关心他的小女生,要学会金一鸣所说的温柔,然后唐熙也上床补眠了。

唐熙再醒来的时候已经夜幕降临。她出去吃饭时顺便在公用电话亭给武超打电话,可武超还没醒,唐熙只好说再打吧,不打扰他。

后来武超的同事也纳闷,为什么武超睡了一天都没有醒。当同事掀开被子时,发现武超浑身滚烫。老武夫妻赶来,带儿子去输了液。武超退烧后,坚持回宿舍,因为司机人手不够用,他坚持做替班,如果 A 班出车,他们B班要随时顶上。现在工作就是他最好的感情寄托。

直到第二天,唐熙才找到武超。武超本不想接电话,但是同事已经说他在,所以武超硬着头皮接了电话。他不知道怎么与唐熙交流,不知道怎么面对她。他没有那么大方,他嫉妒得要死。

唐熙说:"小超,你这几天很忙吗?很累吗?"

武超说:"嗯,是。"他嗓子还不舒服,一切简短回答。

唐熙说:"你怎么了?"

武超说:"没事,你接着说。"他听着她的声音,心里很纠结。

唐熙深呼了一口气,甜甜地说道:"我跟你说一个秘密。"

武超说:"嗯,你说。"他听着她的声音,心就迷醉。

唐熙说:"我喜欢上了一个男生。"

"跟我有什么关系!"武超怒了,挂断了电话。他攥着拳头回到了宿舍,一头栽在了床上。

唐熙的试探性表白才说出第一句,就被武超硬生生切断了。

唐熙拿着电话,气得哇哇大叫。小超,你情商真低!

武超躺在床上,怒吼了一声。

他明白,唐熙把他当成无话不谈的好朋友,所有秘密都会告诉他。所以小女孩谈恋爱了,按捺不住兴奋与喜悦要与他分享。她现在是快乐的,她也会传递给他身临其境的快乐。

听她讲谈恋爱,他疯了?!他找自虐吗?!

所以,他不给她机会,不让她说出来。

他回想到刚才她那句话透出的甜蜜,他就狂吃醋了。

只是回味着她那句话的内容,就足够他嫉妒甚至是愤怒的。

他跟同事们说,以后除了他妈妈打电话,其他任何女性的电话一概不接,理由就说他出车了或者是在睡觉。

这个时段,不是他的正班,也不是他的替补班,完全可以休息。

他回到家属区,坐在篮球场边,回忆起他从小到大一起在场上打球。

他回忆起儿时唐熙与李铁比赛爬高,她不认输地爬到篮球架的最高处,吓得他和李钢在下面准备接住她。

他回忆起他们俩戴着小头灯走在放学的路上。

他回忆起唐熙端着滋水枪追着他满场飞。

最后,他的脸上泛起苦涩的笑容。

哀莫大于心死,悲莫过于无声。

再见,我的初恋。

再见,我最爱的女孩。

我会把你永远藏于心中!

唐熙在那之后,又找了武超两次,但都没有找到他。唐熙不明白武超为什么突然对她态度恶劣。

唐熙是一个心里有事一定要表达出来的女孩。

她现在开始怀疑武超对她的感情,难道是她会错意了? 难道是她落花有意,武超流水无情?

唐熙开始上火了,脸上冒痘痘,食欲也不佳。

金一鸣也看出唐熙这两天的状态不对,问她:"你怎么了? 看你的样子像失恋。"

唐熙无精打采地说:"我感觉武超不喜欢我。我刚跟他讲一句话,他就气呼呼地把我电话扣死了。"

金一鸣心中也有疑问,他半真半假笑道:"你们关系不是很好吗? 不会是你一厢情愿吧?"

唐熙看着他,给了他一个求他别再说下去的眼神。

金一鸣话锋一转:"要不,你考虑一下哥哥,我不比他差。"金一鸣用期待的眼神看着唐熙。

唐熙皱着眉头,求道:"哎呀,你闭嘴!"声音已经哽咽。

金一鸣知趣地闭上了嘴。金一鸣也不想再撩唐熙,看着她难受,更激起了他的保护欲和怜惜心。金老大就是喜欢自虐,欲罢不能的爱,就是他对唐熙的真实心境。

周日晚上,李钢给唐熙打过一个电话,问了佳人的 QQ 号。

楚佳人当时就坐在唐熙床上,微笑着示意唐熙可以给。

但是她不会马上去登录 QQ,这才过了两天时间,楚佳人要磨一磨李钢的耐性。

她是怕他一时冲动,让他过了脑袋发热的几天再看看他的反应吧,看他是放弃退缩,还是继续勇往直前。

关于武超,李钢没提一句。即使他与唐熙关系再好,小姑娘的感情生活,他这个当大哥的也不便过问。而且武超也说了,他要追回唐熙。李钢也只能在场外加油,其他的事爱莫能助。

周二下午,唐熙不舒服没去上课。楚佳人在寝室照顾她。

"佳人,我胃疼。"唐熙胃疼,躺在床上可怜兮兮地喊楚佳人。

楚佳人给她倒了杯热水让她喝下,又给了她一个热水袋。楚佳人说:"抱着热水袋你会好一些。"

唐熙说:"可是我想抱着你。"

楚佳人伸手抱住了唐熙,说:"小熙乖,一会儿就不疼了。"

唐熙身体一直很好,就是最近几天为情所困,胃才不舒服的。

唐熙胃越来越疼,疼出了汗。楚佳人说:"我们去医院吧。我给金一鸣打电话,让他来背你。"

唐熙摇头:"我不要他背,我不想麻烦他。有时候与他走得太近,我会心存愧疚。"

楚佳人笑问:"你希望谁来背你?"唐熙已经把这几天发生的事讲给楚佳人听。楚佳人为她高兴,这才故意逗她,往武超身上引。

"楚佳人,我想他。"唐熙嘤嘤地哭了出来,然后放声大哭。

楚佳人没想到这个问题如同一个导火索,完全引爆了唐熙。

楚佳人真想骂自己,她把唐熙弄哭了,此时此刻还得她来哄唐熙。

楚佳人抱着唐熙,说:"乖,我说错话了。咱们不想他。我抱着你。"

"可是我想他，很想他。他为什么不理我？"唐熙哭得很伤心，扑在楚佳人怀里，鼻涕眼泪都蹭在了楚佳人的新衣服上。

楚佳人翻翻白眼，骂自己这张嘴给自己惹麻烦。

唐熙的胃痛只是痉挛，现在已经好了一些。但是她还想在楚佳人怀里发泄着情绪。

楚佳人看哄不好唐熙，又出了一个主意："小熙，你再给武超打电话，换一种语气告诉他你想他，看他怎么说。"

"换一种语气？"唐熙看着楚佳人。

"对啊，用小女生的撒娇语气，嗲一点儿试试，别像你以前那样汉子气。"说着，楚佳人教了唐熙几遍。

"我怕他还像上次那样不理我，我怕他说我脑子坏掉了。"

"哎呀，你怎么这么不争气！这你都不敢？你看他什么反应，就能判断他是喜欢你还是拿你当兄弟了。"因为楚佳人不认识武超，所以她也不清楚武超对唐熙的感情。

"我怕得到答案。"唐熙还是没有勇气。

"怕什么，他也喜欢你就皆大欢喜。如果他拿你当哥们儿，你就追他。"

一句话提醒了唐熙，对，他如果拿我当哥们儿，我就追他。

唐熙起身打电话。

铃响之后，是武超接的电话。

因为他知道这个时间，唐熙在上课，不可能是唐熙来电话。可这个电话偏偏就是唐熙。

"喂，你好。"武超的声音从电话那端传来。

唐熙很高兴是武超接电话，但是她已经紧张得不知道怎么开口。

"是我。"半天唐熙才说出两个字。

"小熙，你这个时间不是应该上课吗？"武超不明白为什么这个时间唐熙给他打电话，时隔两天，再听到唐熙的声音，他平静的心又乱了。

"我……我……"唐熙看向楚佳人。

楚佳人指了指胃。

"我胃疼了,没去上课。"唐熙轻声细语,有柔弱也有撒娇。

"你又乱吃什么了?你能不能让人省心?你吃药了吗?你去医院了吗?"武超着急,一个问题接着一个问题。他是关心则乱!

"你别着急,我现在好了。"唐熙忙着解释。

楚佳人急死了,她用唇语说:"说重点。"

唐熙看着佳人,深吸一口气,下定了决心:"武超,我想你了。"她说得好温柔,说完等着电话那边的回应。

"哦——"武超哦完没了下文,他不知道怎么回答唐熙。他一手拿电话,一手攥着拳头,纠结郁闷。

"我说我想你了!"唐熙又强调一遍。

武超在快速反应,她以前也说我想你了,是朋友间再正常不过的语气,但是今天为什么她的语气不对呢?什么意思?是喜欢我吗?她不是有男朋友了吗?武超脑子飞快地转着,一直没有回话。

"你太烦人了!你太讨厌了!"唐熙又哭了起来,哭得很伤心。

"我怎么讨厌了?你别哭啊!你为什么哭?"武超莫名其妙,她为什么哭?她不是应该沉浸在幸福中欢笑吗?但是他舍不得唐熙哭,听唐熙哭他心乱如麻。

"小熙,你别哭,告诉我你怎么了?"武超哄着唐熙。

"我失恋啦!我喜欢的人不喜欢我!"唐熙生气地重重把电话扣死。

唐熙说的失恋,是因为她说想武超,武超没有任何反应。她认为武超拿她与李铁一样,都是兄弟。她在武超这里失恋了。

而武超理解的失恋是唐熙的男朋友辜负了唐熙,唐熙在学校失恋了。

唐熙哭着捂住了胃,胃更疼了,如同刀绞般疼痛。

"走吧,我背你去医院!"楚佳人无奈,弯腰背起了唐熙,往校医院去了。

此刻,楚佳人又在心里暗骂自己,出了一个馊主意,又把唐熙弄哭了。

武超放下电话,她失恋了?她不是在热恋中吗?

突然他想到了一个问题,一个他忽略掉的严重的问题。

唐熙是不爱慕虚荣,但是她单纯。那小子条件甚好,极有可能是个情场老手。唐熙有自己的处事原则和标准,那小子能追到唐熙,说明他一定是一个会投其所好、甜言蜜语,甚至是口蜜腹剑的人。

这才四天时间,唐熙就哭着说失恋,说明是那小子得到了唐熙后,就找了个理由跟她说分手。

他的目的就是得到她。目的达到了,马上撤退。

原来,唐熙是遇见了人渣了!难怪唐熙哭得那么惨,一个女孩子最宝贵的东西给了一个不珍惜她的人,她心里得受到多大的创伤!

对,就是这么回事!唐熙失恋了,武超火大了!唐熙那么完美,那小子居然辜负她。优秀就可以为所欲为吗?斯文败类!

武超气炸了,然后心疼小熙。他把电话拨回去,他要告诉小熙,别哭,你超哥来给你出气,你想怎么对付那个渣男都行,为那个渣男哭不值得!我,才是这世界上最爱你的人!

可他回拨回去,寝室已经没有人接听。

武超看看时间,去京城的火车晚上发车,现在他赶去火车站应该来得及。

武超起身去与车队队长请假,他顺口说了一个理由,在队长怀疑的眼神中跑出了办公室。

跳上公交车他才发现,他没来得及换下工装,身上还穿着暗绿色、左胸前绣着滨城临海医院急救中心的制服。

这边,唐熙没有得到想要的答案心情低落。不过佳人说得对,喜欢就追他。放寒假回家就追,一定把他追到手!唐熙下定决心,她要为自己争取爱情!

再到京城,恍如隔世。武超凭着记忆,来到了唐熙的宿舍楼下。现在已经是上课时间,他就坐在楼下的花坛边等,等着唐熙中午回来。

唐熙没吃午饭,无精打采地往宿舍走。金一鸣知道唐熙身体不舒服,特意去买了一个养胃的炖品,送给唐熙。

还有一段距离,武超就看见了唐熙。他看唐熙脸色灰暗,完全没有了以前的明媚。

他还没来得及迎上去，就看见一个男生挡在了唐熙面前。

金一鸣拿着炖品递给了唐熙，说道："熙熙，我给你买了黄芪煲牛肚,治脾胃虚弱。"

唐熙道谢接过："你以后别买了，我过几天就好了。"

唐熙看着金一鸣，流下了委屈的眼泪。她希望出现在她面前的人是武超，而金一鸣对她的体贴却是一种负担，她承受不起。

金一鸣看着唐熙楚楚可怜的样子，柔声安慰了她几句，转身走了。唐熙也转身上楼。

武超现在很疑惑，他不确定他们俩是闹小矛盾还是彻底分手，他决定探一探金一鸣的品行和态度。

金一鸣走到车前刚想上车，武超从后面跟了过来，按住了金一鸣的车门。

武超看到金一鸣的车就已经百分百确定他就是唐熙的"男朋友"了。因为李钢说过，他的车不是一般人能买得起的，而且校园里也没有几个人能开车。

武超问："你是唐熙男朋友？"

金一鸣转头看去，这个人他不认识，但是看着他的制服和容貌，金一鸣就已经猜出他是谁了。

随之，金一鸣脑子里冒出一系列的问题：武超为什么来到京城？他此行的目的是什么？他究竟喜欢不喜欢唐熙？喜欢到什么程度？最重要的是，他值不值得唐熙的爱？

既然他当过一次唐熙的试金石，不如好人做到底，就再试一次吧。

同时他也有私心，也是为了成全自己。金一鸣想如果武超不值得唐熙去爱，他绝对不放弃机会，他要改变策略，他一定要追到唐熙。

金一鸣给了他一个含糊的答案："是，也不是。"表情很是无所谓的样子。

武超听着这不负责任的说法就怒火中烧："你什么意思？！唐熙是一个单纯的好女孩，你如果喜欢她就要珍惜她，就要认真对待她。不要把她玩弄于股掌之上。她是我最在乎的人,你伤害她我绝不答应。"

金一鸣轻哼反问:"我伤害她什么了?"

武超转头吐了一口气,犹豫了一下还是开口了:"上周五晚上你们是在一起吧?可是昨天她跟我哭得很惨,说她失恋了。你自己做了什么你最清楚!如果不是你辜负了她,她能哭得那么伤心?你若爱她,就不要让她哭。你若不爱她,就别再招惹她。是男人就告诉我答案!"武超在极力压抑着火气,他特烦金一鸣这种玩世不恭的态度,现在他是看在唐熙的面子上才没动手。

金一鸣看着武超,明白了,武超是知道了唐熙周五晚上的彻夜未归,而且他也误会了。

但是唐熙与武超说什么失恋,他不明白,他也无须明白,无外乎是小女生的心思,就按着武超的思路走吧。

金一鸣看着武超说:"你最在乎她?你是喜欢她吧?"

武超直视着金一鸣:"是!"

金一鸣带着莫测的笑容问道:"有多喜欢?"

武超说:"你想象不到的喜欢。"

金一鸣点头,直视着武超:"都让你说对了。我现在不要她了!不想要了!"

话语虽轻,但如原子弹爆炸。

武超暴怒:"人渣!无耻!你当唐熙是什么!"说着武超攥起拳头,打了过来。

金一鸣身手敏捷,挡住了他的拳头,说道:"这里不是打架的地方,你敢不敢跟我去一个地方?"

金一鸣带着武超,往跆拳道馆走去。

金一鸣与武超往跆拳道馆走去,路上的女生们都看到了这两个男生走在一起,那个穿着制服的男生还超级帅。

曲玲珑和李郡儿回到寝室马上开始散播看到的校园"美景"。

曲玲珑花痴地说道:"你们回来早的人可是损失大了。我们刚才在路上看见一个帅哥,第一次看见能把急救中心制服穿得那么好看的帅哥。"

李郡儿说:"是啊,是啊。他跟金一鸣走在一起,两个人好养眼啊。他甚至把金一鸣的风头盖过去了。"

唐熙听出了端倪,忙问:"你再说一遍,金一鸣和谁在一起?"

李郡儿说:"一个穿墨绿色急救中心制服的小帅哥,两人走在文体路上,往南边去了。"

唐熙立即坐起,急救中心的制服、墨绿色、帅哥,那就是临海医院的制服,她太熟悉了。也就是说武超来了,武超来看我了。他为什么不来找我,而是与金一鸣在一起?他们俩又怎么会在一起?

唐熙跑下了楼,往文体路跑去。

中午时分,跆拳道室没有人。金一鸣带着武超进去。

他说道:"这里安静,没人打扰。用你男人的方式解决吧。"

武超已经压抑不住怒火,直接对着金一鸣抢起了拳头。

金一鸣躲闪着,不停激怒着武超:"你知道我为什么不要她吗?她睡觉打呼,还流口水!她不会温柔,除了长得还行,没有像女人的地方。"

"你下流!无耻!人渣!"武超直接上拳。金一鸣把唐熙说得那么不堪,武超实在听不下去。

一般人打架会有防守,而武超没有防守,只有进攻,那是一种不要命的打法!

金一鸣看出他的凶猛势头,开始防守反攻。

"你喜欢她什么?"金一鸣控制住武超。毕竟他是跆拳道专业选手,曾参加过全国比赛,水平了得。

武超说:"是你不懂得欣赏她。她聪明。"

金一鸣说:"她是一个数学渣渣!"

武超说:"她单纯,她善良!"

金一鸣说:"她是傻大姐儿!"

武超说:"她要强,她坚忍。"

金一鸣说:"她是女汉子!"

金一鸣一一否定着唐熙的优点，但是他了解武超欣赏的唐熙，与他是一样的。

武超怒吼："那你为什么还要追她，还对她那样！现在竟然这么中伤她！"

金一鸣说："追着玩啊，谁知道她那么容易上钩！但现在我后悔了，我跟她共度了一晚，那简直是一种煎熬。"

武超怒骂："垃圾！下流！"

武超在说话间隙，抓住时机挣脱了钳制，偷袭了金一鸣。两人又打在一起。金一鸣本想点到为止，没想到武超战斗力超强，一遍一遍地发起攻势。最后两人都挂了彩。

"我现在不要她了，你要吗？"金一鸣边打边问，他在触碰一个男人的底线。他玩大了，在作死的边缘来回试探。

"浑蛋！"武超又发出怒吼。

"回答我！你要吗？"金一鸣不依不饶，想知道答案。他想知道武超有多爱唐熙。

在金一鸣第一遍问的时候，武超也纠结。作为一个男人，他脑海里闪过了介意。但取而代之的是对唐熙的心疼。唐熙居然被这么一个人渣轻贱，他替唐熙不值。他更想废了金一鸣。

"我会一直爱她，要她一辈子！不会让她再受到任何伤害！"武超说得毅然决然。

金一鸣艰难地把武超按在地板上，说了一句："行，够男人！"

这时唐熙跑了进来，她刚才走在文体路上，能想到的地方就是跆拳道馆。唐熙看见金一鸣把武超按在地上，武超脸上还有伤，她的小宇宙彻底爆发。

唐熙大喊一声："金一鸣，你敢打他！我跟你绝交！"

唐熙上前踹开金一鸣，跪在地板上，拉起了武超。

金一鸣再次见识了唐熙暴力的一面。

唐熙摸着武超的脸，含泪问道："你来找我什么事？"

在与唐熙对视的这一刻,武超就更加确定,自己可以什么都不介意。他爱的就是唐熙,独一无二的唐熙。

武超一把将她拥入怀里,紧紧地拥住她,如同要把她嵌进身体里,说道:"小熙,我来告诉你我也想你,我很想很想你,我喜欢你!"

唐熙在他肩头流下了眼泪。后知后觉的爱情,来得艰辛,却更甜蜜。

可还没等唐熙开口,金一鸣一把拽起她,说道:"你起来,男人的架还没打完!"

武超一愣,迅速起身准备迎战。

金一鸣说道:"换个地方打!"然后他拉着武超快步往更衣室走去,直接把唐熙关在了门外。

唐熙在更衣室外拍门,大喊道:"金一鸣,你要敢伤他,我跟你没完!"

更衣室内,金一鸣问武超:"拼酒敢不敢?"

武超嗤之以鼻:"拼酒算什么男人?!"

金一鸣轻哼:"架都打了,怎么能少得了拼酒!"

武超说:"走!"

跆拳道室在一楼,金一鸣拉开窗户,示意武超跳出去。武超跳了出去,金一鸣也跟着跳了出去。

唐熙在门口拍了几下,听听里面没有动静,她猜到他们两一定是跳窗走了。

"金一鸣,你个王八蛋!"唐熙咒骂着,偌大的校园,她去哪里找他们。唐熙在脑子里用排除法做着选择题。

金一鸣和武超在校园外的小饭店里,相对而坐。

在来饭店的路上,武超感觉到金一鸣并没有他想象的那么渣。他现在感觉出来,金一鸣刚才是在故意激怒他。

金一鸣看着武超,苦涩一笑。武超被他笑得莫名其妙。

金一鸣说:"我喜欢她,不比你少。但她不喜欢我,不给我机会。"

武超眼睛瞬间明亮,下意识地他端起酒杯准备干了杯中酒,金一鸣也端起酒杯说:"一起吧。"然后他举杯碰了一下武超的杯子。

喝了杯中酒,金一鸣接着说:"你们滨城的海鲜太厉害了,周五晚上直接把我吃进了医院。过敏的滋味你尝过吗?痒,皮肤红肿,呼吸困难,发烧,那真是一种煎熬。这就是陪唐熙吃海鲜造成的,所以她得对我负责,她得照顾我!"

　　闻听此言,武超已经豁然开朗,他含着笑骂道:"你自找的,谁让你招惹她。"

　　说着武超端起了酒杯,碰了一下金一鸣的杯子,示意他干了。

　　两人喝完这一杯,武超低头笑问:"唐熙有没有说,她喜欢谁?"他心中已有答案,此问就是想再确认一下,因为以前的唐熙给了他太多的希望和失望,他吓怕了。

　　金一鸣做了一个要抽他的手势,骂道:"她喜欢谁?你问我啊?你问我啊!你自己心里没数吗?"

　　武超笑得更开心了,这是他二十年来最开心的一天。

　　他举杯对金一鸣:"我敬你!"

　　金一鸣这次反而没有举杯,他说:"你先别着急敬我!"

　　武超不明所以,看着他。

　　金一鸣说:"说一个现实的问题,爱情能当面包吗?你能给她什么样的未来?"

　　武超说:"我早考虑过这个问题。你在京城资讯最发达,你说说什么行业最有发展前景?"

　　金一鸣说:"你能想到的是什么?"

　　武超看着金一鸣,说道:"房地产!"

　　金一鸣看着他,点头笑赞:"小子,有眼光。"

　　武超说:"你也看好这个行业?"

　　金一鸣点头,英雄所见略同。

　　2000 年,城市正在发生着巨大的变化。很多城市已经如火如荼地开展地产经济,少数领跑的开发商甚至已经赚下第一桶金。

　　武超说:"我早就关注了,地产是一个资本运作的过程,是现金流迅速转换的过程。我没有实力做地产开发,那是不切实际的幻想。我现在甚至找不到一个很好的切入点,来接触这个行业。"

金一鸣说:"地产开发是一棵大树的主干,你可以从地产的末梢行业做起,有这棵大树为你输送养料,你在末梢也会枝繁叶茂。以后就看你的本事了。"

一句话点醒梦中人,聪明人与聪明人的交流,至此已足够。

武超举杯:"我敬你!"

金一鸣微笑举杯,他在心里默默祝福唐熙,也在心里佩服自己的气度,但是更多的是酸楚,是难过!

此时的唐熙,走在校外的小街上,她排除了他们在校园内的可能,能想到的就是他们会在校外,那就从美食街找起。

唐熙在落地窗里看到了金一鸣和武超,桌子上还摆了几瓶啤酒。她猜到他们是在"拼酒"。

唐熙看过金一鸣与王子赫的比试,已经给金一鸣定义为"危险分子"。她怕他们一言不合又肉搏,她不能再让武超受伤。

唐熙跑到小饭店门口,抄起一个空酒瓶,"啪"摔掉瓶底,酒瓶立时变成了——利器。

店内众人都被这清脆的声音吓住,只见一个左眼熊猫眼的女孩,拿着半个酒瓶冲了进来。

瞬间,店内鸦雀无声,大家都用震惊的目光看着这女孩。

"金一鸣,你要敢再动武超一下,我就跟你拼了!"唐熙战斗力爆表,气势汹汹地站在桌前。

金一鸣一惊,利器就在他的帅脸前晃动,吓得他马上站起,后退一步,倚墙而立。

金一鸣结巴道:"唐熙,你可想好了,哥得靠这张脸娶媳妇儿呢!"

对于唐熙的"虎",金一鸣早已"佩服"得五体投地。

他知道唐熙行事,只有你想不到,没有她做不到!

"你管管她!"金一鸣向武超求助,他控制不住唐熙,武超却能。

武超深情款款地看着唐熙,说道:"小熙,这个不好玩儿会扎手,给我。"他小心翼翼地拿过了她手里的利器。

看着武超把利器扔进了垃圾桶,金一鸣才敢坐下,小饭店老板也长出了一口气。

武超拉着唐熙坐下,两个人在桌子下相牵的手,一直没松开。他们微笑相视,眼中只有彼此。

金一鸣看着对面的两个人,用手斩断了二人的目光,说道:"唐熙,去结账!"

唐熙终于看金一鸣了,抗议道:"你们喝酒,为什么让我结账?"

金一鸣说:"你不去跟人家老板赔礼道歉吗?"

唐熙这才意识到自己的莽撞,去吧台找老板道歉。

金一鸣和武超相视一笑,金一鸣说:"她一点儿不笨,咱们躲在哪里她都能找到。"

武超笑言:"遇见数学智商归零,以后还得拜托你助她一臂之力。"

说着武超举起杯,笑对金一鸣。金老大表情无奈地撇嘴,两人碰杯,干了!

三人漫步在饭店外的小街上,唐熙和武超的手一直牵在一起。

金秋时节,银杏树的叶子黄得耀眼。那是张扬的黄色,热烈的黄色,绚烂的黄色。

唐熙问金一鸣:"你为什么打武超?"到现在她也不清楚,他们为什么会打起来。

金一鸣气得哇哇直叫:"什么叫我打他,我也挂彩了好吗?我还额外挨了你一脚!"金一鸣给唐熙看他的脸。

唐熙直接回答:"没看见!"她就是这么双标。

她又转向武超问道:"他为什么打你?"主语宾语颠倒,她认准了金一鸣是责任人。

"他嫉妒我。"武超傲娇地给了唐熙一个答案。

唐熙笑意盈盈,她很满意这个答案。他们不愿说,她也不强问。

她对着武超，语气娇嗔："我中午没吃饭，现在饿死了。"几天的茶饭不思，现在的唐熙终于有了饥饿感。

　　武超看着她笑："我也饿，我不但中午没吃，我今天早上也没吃，昨天晚上也没吃。"

　　金一鸣自己嘀咕："没吃饭还这么能打！"

　　唐熙说："咱们去吃好吃的吧。"

　　金一鸣不愿再当小透明，插言道："我也没吃饭，我也去。"

　　唐熙白了他一眼："我们去吃蚬子面，你去吗？"

　　金一鸣笑道："算你狠，哥走了。"金一鸣不再玩笑，他知道自己必须走了，虽然心有不甘，但是也要面对现实。

　　武超真诚地道了一句："兄弟，后会有期！"

　　金一鸣微笑点头，怅然若失，转身离去。

　　看着金一鸣的背影，武超抱住了唐熙，低头笑问："那天你给我打电话，说喜欢上一个男生，是谁呀？"

　　唐熙羞羞地萌萌地双手缠上了他的腰，不好意思看他的眼睛，说道："嗯……我，幼儿园同学。"说完，她呵呵地笑着把脸埋在了他胸前。

　　武超抱着小女生，在她耳边低语："好巧，我喜欢的也是幼儿园同学。"

　　从此，两个幼儿园同学，开始了一场浪漫的、甜蜜的恋爱。